澳大利亚文学经典

Australian Classics

Woman of the Inner Sea

Thomas Keneally

内海的女人

(澳)托马斯·肯尼利/著

李尧/译

青岛出版社
QINGDAO PUBLISHING HOUSE

编委会

鸣 谢

WESTERN SYDNEY
UNIVERSITY

Foundation for Australian
Studies in China

本译文集荣获北京外国语大学、内蒙古师范大学、西悉尼大学、在华澳大利亚研究基金会的大力支持，特此感谢！

总序 ❶

General Preface

I am pleased to introduce this important collection of Australian literature translated by Li Yao.

The 40th anniversary of Li Yao's career as a translator is a timely occasion to revisit some of Australia's great literary works.

Thanks to Li Yao's unwavering commitment to translating Australian literature into Chinese, works by Alexis Wright, Patrick White, Thomas Keneally, and Colleen McCullough, among others, will continue to delight readers in China.

We can see in this collection the uniqueness of Indigenous stories and writing that reflects Australia as a contemporary, diverse society.
The breadth of this collection and the interest in China in Li Yao's translation of Australian works reflect both the richness of Australian literature and the depth of the ties between Australia and China.

The publication coincides with the 45th anniversary of the establishment of diplomatic relations between Australia and China in December 1972, providing an opportunity to celebrate what has already been achieved and to consider how we can further enrich each other's societies, including through literary exchange.

The many partnerships between authors, translators, editors, publishers and readers that have made this collection a reality form an important part of the great fabric of the Australia-China relationship,

I congratulate the Editorial Board, in particular Professors Sun Youzhong, Zhang Haifeng and Li Jianjun; Beijing Foreign Studies University, Inner Mongolia Normal University, Western Sydney University and the Foundation for Australian Studies in China, as well as the publisher of the collection, Qingdao Publishing Group.

I am sure these stories will continue to inspire interest in Australia and in Australian literature in China.

Jan Adams

Jan Adams Ao PSM
November, 2017

总序 ❶

General Preface

我很高兴在此向大家介绍李尧翻译的这套重要的澳大利亚文学作品选集。

在李尧翻译生涯进入第四十个年头的时候，重温澳大利亚一些伟大的文学作品可谓正逢其时。

正是由于李尧对澳大利亚文学作品中译的不懈努力，亚力克西斯·赖特、帕特里克·怀特、托马斯·肯尼利和考琳·麦卡洛等人的作品将继续给中国读者带来愉悦。

从这部译文集里，我们既能看到澳大利亚独特的原住民故事，也能读到反映澳大利亚现代、多元社会的作品。

译文集的跨度以及李尧译作中的中国兴趣既反映了澳大利亚文学的丰富性，也体现了中澳两国关系的深度。

中澳两国 1972 年 12 月建立外交关系，译文集的出版正值建交四十五周年。这也为我们提供了一个契机，庆祝所取得的成就，并思考如何通过文学交流等方式丰富彼此的社会。

作者、译者、出版社和读者之间的诸多伙伴关系促成了这部译文集的完成，这也是构成中澳关系丰富肌理的一个重要部分。

我祝贺编委会，特别是孙有中教授、张海峰教授和李建军先生，也要祝贺北京外国语大学、内蒙古师范大学、西悉尼大学、在华澳大利亚研究基金会以及这部译文集的出版方——青岛出版集团。

我相信译文集中的故事将继续在中国唤起人们对澳大利亚及其文学的兴趣。

澳大利亚驻华大使 安思捷

2017年11月

总序❷

General Preface

德国文学、法国文学、英国文学、俄罗斯文学、美国文学和日本文学介绍到我国已经有了很长一段历史，从十九世纪末到二十世纪初期出现了大量各国文学译本。特别是日本文学，据查，在明代已经有李言恭、郑杰编纂的日本短歌39首被译为中文。澳大利亚文学进入中国则是比较近期的事。1953年上海出版公司出版了詹姆斯·阿尔德里奇(James Aldridge)的小说《外交官》(*The Diplomat*)的中文译本，这是我国出版的第一部澳大利亚小说。1954年出版了弗兰克·哈代(Frank Hardy)的《幸福的明天》（*Journey into the Future*）和《不光荣的权力》（*Power Without Glory*），此后又陆续出版了一些长篇和短篇小说以及一些诗集和剧本，包括凯瑟琳·苏珊娜·普里查德(Katharine Susannah Prichard)的《沸腾的九十年代》（*The Roaring Nineties*），朱达·沃顿(Judah Waten)的《不屈的人们》（*The Unbending*）等。[①]但是，总的来说，在二十世纪五十至七十年

①陈弘：《20世纪我国的澳大利亚文学研究述评》，《华东师范大学学报（哲学社会科学版）》2012年第6期。

代，我国的澳洲文学翻译不仅数量很少，而且，由于当时的时代背景，翻译的选题范围狭窄，作品内容单一。

这一局面的改变得益于1978年我国开始实行的改革开放政策。在这一年，发生了一些对澳洲文学翻译具有深远意义的事情。安徽大学成立了大洋洲文学研究所，推出《大洋洲文学》期刊，翻译出版了澳大利亚、新西兰的一些文学作品。人民文学出版社出版了刘寿康翻译的《劳森短篇小说集》。这一年年底，教育部将全国选拔出的9位中年教师集中于北京，准备派往悉尼大学。这就是日后人们戏称"九人帮"的一批学者。在悉尼大学，他们虽然分属英文系和语言学系攻读硕士学位，但多数都选学了澳大利亚文学课程。这一批学者在学成归国后，在推动澳大利亚研究方面发挥了重要的作用。也就是在这一年，李尧先生开始了他漫长的文学翻译之旅。

二十世纪八十和九十年代是一个热气腾腾的时代。澳大利亚文学翻译呈现出勃勃生机。在这一时期出版的澳大利亚文学作品包括艾伦·马歇尔(Alan Marshall)的《我能跳过水洼》(*I Can Jump Puddles*)，罗尔夫·博尔德沃德(Rolf Boldrewood)的《空谷蹄踪》(*Robbery Under Arms*)，帕特里克·怀特(Patrick White)的《风暴眼》(*The Eye of the Storm*)、《人树》(*The Tree of Man*)、《探险家沃斯》(*Voss*)、《树叶裙》(*A Fringe of Leaves*)和《镜中瑕疵》(*Flaws in the Glass*)，迈尔斯·弗兰克林(Miles Franklin)的《我的光辉生涯》(*My Brilliant Career*)，兰道夫·斯托(Randolph Stow)的《归宿》(*To the Island*)，托马斯·肯尼利(Thomas Keneally)的《辛德勒的名单》(*Schindler's List*)和《内海的女人》(*Woman of the Inner Sea*)，彼得·凯里(Peter Carey)的《奥斯卡和露辛达》(*Oscar and Lucinda*)以及一批短篇小说集和诗集。

杰克·希伯德(Jack Hibberd)的剧本《想入非非》(*A Stretch of the Imagination*)不仅翻译出版，而且在京沪两地公演。综前所述，可以看出我国译者不断拓展澳大利亚文学翻译的范围，将不同背景、不同流派的作家纳入自己的视野，使得澳洲文学翻译在我国不仅数量激增，而且内容也发生了实质性的变化。

致力于翻译和介绍澳大利亚文学的中国学者是一个群体，既包括早期的马祖毅、刘寿康等，也包括八十年代初从澳大利亚归来的留学学者黄源深、胡文仲等，他们一直处在澳大利亚文学翻译、教学和研究的第一线。译者中还包括朱炯强、叶胜年、曲卫国、欧阳昱、李尧等。这一大批译者在介绍和推广澳大利亚文学方面成绩显赫。其中李尧的贡献尤为突出。除了文学翻译，还应该特别提到黄源深教授撰写的《澳大利亚文学史》以及王国富教授主编翻译的《麦夸里英汉双解词典》，这两部巨著对于澳大利亚文学研究和翻译都起了重要的作用。

李尧先生致力于文学翻译四十年，主要从事澳大利亚文学翻译，也翻译出版了部分英美文学作品，总计52部，字数逾千万，在我国翻译界如此多产的译者实属少见。李尧翻译的作品涵盖澳大利亚作家老中青三代，既包括老一代作家帕特里克·怀特，托马斯·肯尼利，亚历克斯·米勒等，也包括中年作家彼得·凯里，尼古拉斯·周思等，还包括一些年轻的儿童文学作家。从文学流派看，现实主义、现代主义和魔幻现实主义都囊括其中。此次出版的《李尧译文集》只占他翻译的澳大利亚文学作品的约三分之一。收入集子的作品大部分获得过文学大奖，在澳洲文学中具有一定的代表性，有些则是考虑到作家在中国的影响或者题材与中国有关。这一译文集集中反映了李尧在澳大利亚文学翻译方面的成就。

李尧先生1966年毕业于内蒙古师范大学外语系，从事记者工作和文学创作二十余年，发表过报告文学、散文、小说等近百万字，1986年成为中国作家协会会员。正是由于李尧的作家背景，他翻译的文学作品具有一个突出特点：文字优美，行文流畅。阅读他翻译的作品，给人以欢畅淋漓的感觉。李尧回忆说："我翻译小说的时候，常常是从一个写小说的人的角度出发，像我自己写小说一样，体会、捕捉作者的思路，创作的技巧，注意人物性格化语言的翻译。不是只从字面上去对应。我看懂原文，就用自己的语言而不是字典上的意思去翻译。这样译出来的东西就比较鲜活，可读性强。"翻译亚历克西斯·赖特(Alexis Wright)的《卡彭塔利亚湾》(*Carpentaria*)难度很大。作者是澳大利亚当代最有成就的原住民作家。小说涉及澳大利亚原住民的宗教信仰、部族矛盾、生产生活方式、风土人情、历史渊源等，而且写作方法也比较独特。李尧在翻译这部小说前，大量阅读了有关澳大利亚原住民历史文化的著作，同时不断和作者联系，取得她的帮助。悉尼大学在授予李尧荣誉文学博士学位时指出："《卡彭塔利亚湾》是李尧毕生从事文学翻译和四十余年来中澳文化交流的巅峰之作。"有评论指出："《卡彭塔利亚湾》是纯文学性文本，李尧先生翻译策略的选择，让译文洋溢着一种梦幻般的抒情色彩，充满文学情调，让读者感受到澳大利亚古老土地的荒芜。"①

翻译从来都不是简单地把一种语言变成另一种语言的过程。王佐良先生对于翻译，特别是文学翻译，曾经发表过许多重要的论述。他指出："因为有翻译，哪怕是不免出错的翻译，文化交流才成为可能。

①张华：《纽马克文本翻译理论与李尧文学文本翻译策略》，《安徽工业大学学报（社会科学版）》，2016年第5期。

语言学家、文体学家、文化史家、社会思想家、比较文学家都不能忽视翻译。这不仅是因为通过翻译者的辛勤劳动才使得一国的文化遗产能为全世界的人所用，还因为译者做的文化比较远比一般人要细致、深入。他处理的是个别的词，他面对的则是两大片文化。”① 李尧正是通过他的文学翻译将独特的澳洲大陆文化介绍给了拥有悠久历史文化传统的中国人民。

李尧先生几十年来耕耘在澳大利亚文学翻译这片土地上，他的勤奋努力非常人所可比拟，他经常夜以继日地工作，节假日也很少休息。他在澳大利亚文学翻译方面的成就获得了广泛的认可，于1996、2008、2012年三次获得澳中理事会颁发的澳大利亚文学翻译奖。2014年被悉尼大学授予荣誉文学博士学位。表彰词指出，李尧“在中国，在文学翻译和澳大利亚研究方面作出了杰出的贡献。他把许多澳大利亚作家介绍给中国读者，包括帕特里克·怀特，托马斯·肯尼利，亚历克西斯·赖特，为中国读者更好地了解澳大利亚和澳大利亚人民提供了丰富的资源”。

澳大利亚文学翻译在中国的成功首先是由于译者的努力和奉献，但与澳大利亚作家们对中国的友好感情也紧密相关。许多译者都与澳大利亚作家有过密切而友好的交流，从他们那里得到了无私的帮助。澳中理事会在推动澳大利亚文学翻译和澳大利亚学术研究方面也起了至关重要的作用。最后，还应该提到中国出版界对于澳大利亚文学翻译的兴趣和关注。没有他们一以贯之的支持就不可能有今天澳大利亚文学翻译在中国的丰收。

①王佐良：《翻译中的文化比较》，《王佐良全集》第8卷252页，外语教学与研究出版社，2016年。

2018年适逢中国澳大利亚学会成立三十周年，也恰是李尧先生从事文学翻译四十周年。北京外国语大学、内蒙古师范大学、西悉尼大学和在华澳大利亚研究基金会共同发起出版的十卷本《李尧译文集》既是对于李尧几十年来从事澳大利亚文学翻译的充分肯定，更是繁茂的中澳文化交流之见证。我们相信，澳大利亚文学翻译事业今后在我国必将取得更长足的进步，在促进中澳文化交流方面也必将起到更大的作用。

胡文仲

2017年8月27日

General Preface

It is my great honour to have been asked to write a General Preface for this important series of award-winning translations of Australian literature by Professor Li Yao, to be published by Qingdao Publishing House. The series is in celebration of Professor Li Yao's 40th Anniversary as a translator of Australian literature, which coincides with the 45th Anniversary of the establishment of diplomatic relations between our two countries. As I will explain, these two anniversaries are closely connected.

The Australian Labor Party, led by Gough Whitlam, had recognised the Peoples' Republic of China as early as 1955, but it was another seventeen years before it was elected into government, on 2 December 1972. Less than three weeks later, on 21 December 1972, Prime Minister Gough Whitlam signed the joint communique establishing diplomatic relations between Australia and The Peoples' Republic of China. Under the terms of the Communique, the two Governments agreed to "develop … diplomatic relations, friendship and co-operation between the two countries on the basis of the principles of mutual respect … equality and mutual benefit, and peaceful coexistence".

The Australian Embassy in Beijing was opened on 12 January 1973, and later that year Gough Whitlam became the first Australian Prime Minister to visit China, holding historic meetings with Zhou Enlai and Mao Zedong. Whitlam's establishment of diplomatic relations between Australia and China has been described as the single most important event in relations between our two countries in the twentieth century, and remains the foundation of the relationship today.

In addition to trade and tourism, cultural and educational exchanges have been of increasing importance to the relationship between our two countries. Since the 1970s, these links have included the study of Australian literature. The first five Chinese students to study in Australian universities after the establishment of diplomatic relations arrived in 1975, and the number increased rapidly from the late 1980s. Professor Li Yao's career in translating Australian literature for generations of Chinese readers has been central to this story of cultural exchange.

After graduating from Inner Mongolian Normal University in 1966, Li Yao worked as a writer and editor for journals in Inner Mongolia until his appointment as Professor of English at the Training Centre of the Ministry of Commerce in Beijing in 1992. He became a member of the Chinese Writers' Association in 1986, specialising in literary translation. At that time, he started collaborating with Professor Hu Wenzhong at Beijing Foreign

Studies University on the translation of Australian literature. Professor Hu is a graduate of the University of Sydney, a member of the so-called "Gang of Nine", who were among the first students from China to undertake graduate study in Australia after the Cultural Revolution of 1966 to 1976. In 1979, the "Gang of Nine" studied under my predecessor as Professor of Australian Literature at the University of Sydney, Professor Dame Leonie Kramer. I was then a young tutor in the English Department researching my own PhD thesis, and I well remember the presence of our Chinese visitors in the Department. The "Gang of Nine" proved influential in developing Australian Studies in China after their return. Since that time, over 30 Australian Studies Centres have been set up across China. A number of these centres have courses on Australian literature, and have people working on translating and introducing Australian literature to Chinese readers. They include Peking University and Beijing Foreign Studies University, where Professor Li Yao teaches advanced translation studies, as well as, Shanghai's East China Normal University, Renmin University, Anhui University, Suzhou University, Inner Mongolia University and Inner Mongolia Normal University.

It was Professor Hu Wenzhong who first encouraged Li Yao to make his career in the study and translation of Australian literature. When they met in Beijing in the mid 1980s, Professor Hu explained that Australian literature was still an untouched field in China, and he encouraged Li Yao to devote himself to this area and make a contribution to it as a translator. Before the Cultural Revolution, Chinese readers had some familiarity with American, British, Russian, French, German and other European literatures, but they knew little about Australian literature. At that time, only Henry Lawson, Frank

Hardy and a few other "social realist" writers were known through translation. Collaborating together, Professor Hu and Li Yao translated Patrick White's The Tree of Man, which was published by Shanghai Translation Publishing House in 1991. Patrick White was Australia's most famous writer, having won the Nobel Prize in 1973. Unlike the earlier realist writers, he was significant because his novels mediated Australian experience and the Australian landscape through the stylistic innovations of international modernism.

After collaborating with Professor Hu, Li Yao continued to translate Australian literature, carrying on the tradition that he had initiated. Li Yao today has translated a staggering total of 35 titles. The list of his translations includes novels by Brian Castro, Richard Flanagan, Anita Heiss, Colleen McCulloch, David Malouf, Alex Miller, and Kim Scott, as well as important works of history and non-fiction. Most of Li Yao's translations were generously supported by funding from the Australia-China Council, the Literature Board of the Australia Council and FASIC, the Foundation for Australian Studies in China. The works selected for re-printing in the 45th Anniversary series include many of the novels that have gone on to achieve fame both in Australia and internationally through their winning of prizes such as the Miles Franklin Literary Award, the Commonwealth Writers Prize, and the Man Booker Literary Award. His translations include Patrick White's novels, The Tree of Man and A Fringe of Leaves, and his autobiography, Flaws in the Glass; two of the earliest novels about Australian-Chinese relationships, Brian Castro's Birds of Passage, and Alex Miller's The Ancestor Game; and Avenue of Eternal Peace, by academic and former cultural officer in Beijing, Nicholas Jose. The list also includes titles by the three Australian authors who have won the prestigious Man Booker Literary Prize: Peter Carey's True History of the Kelly Gang, Tom Keneally's Woman of the Inner Sea and Richard Flanagan's Gould's Book of Fish. In addition to The Ancestor Game, which won both the Miles Franklin Literary Award and the Commonwealth Writers Prize, there are two other novels by Alex Miller, Landscape of Farewell and Coal Creek. In addition to works of fiction, Li Yao's translations of important works of non-fiction include David Walker's memoir Not Dark Yet, and Mara Moustafine's Secrets and Spies: The Harbin Files, both of which in different ways touch on people-to-people Chinese-Australia links.

In more recent years, Li Yao has continued to provide leadership and innovation by keeping up with the latest developments in Australian literature, and continuing to introduce new works by Australian writers to Chinese readers. He has recently shown a particular interest in the areas of Australian children's literature, and writing by Australia's Indigenous authors, and there are examples of these works also included in the Anniversary series. Sponsored by the Australia-China Council, from 2010 Li Yao worked to select and translate 10 Australian children's books, including such well-known and loved classics as Ethel Pedley'sDot and the Kangaroo, May Gibbs' Tales of Snugglepot and Cuddlpie, Ethel Turner's Seven Little Australians, Dorothy Wall's Blinky Bill, Ruth Park's The Muddle-Headed Wombat, and Colin Thiele's Storm Boy. These books were published by People's Literature Publishing House and have become very popular in China. New editions of Dot and the Kangaroo and Seven little Australians are to be published by China Youth Publishing House. Li Yao has reaffirmed his commitment to promoting Australian children's books in China, and will introduce more titles into this series, which is to be called his Koala Books series.

Since 2006, with the help of his great friend, the novelist, academic, and former cultural counsellor, Professor Nicholas Jose, Li Yao has been researching and translating Australian Aboriginal Literature. His translations include Kim Scott's Benang: From the Heart, Alexis Wright's Carpentaria, and Anita Heiss' Who Am I. He is currently working on a translation of Alexis Wright's The Swan Book. He hopes that these books will expand Chinese understanding of Australia, aware that Australian Aboriginal literature has not been introduced to China systematically so far, and so to most Chinese readers this is still an unfamiliar field.

In addition to his translation and teaching at PKU, Li Yao has served as a council member of the Chinese Association for Australian Studies since it began in 1988. He won the Australia-China Council's inaugural Translation Prize in 1996 for his translation of Alex Miller's The Ancestor Game, in 2008 for Nicholas Jose's The Red Thread, and again in 2012 for his translation of Alexis Wright's Carpentaria. He was awarded the Council's gold medal in 2008 for his distinguished contribution in the field of Australian literary translation in China.

Perhaps because of White's own fame as Australia's only Nobel Prize winning writer, Li Yao is known especially in Australia as a champion of Patrick White in China. His translation of The Tree of Man has been reprinted three times in the past twenty five years, selling over 20,000 copies. White's autobiography, Flaws in the Glass, has also been reprinted three times, seeling more than 12,000 copies. His translations of The Tree of Man, Flaws in the Glass, The

Ancestor Game, True History of the Kelly Gang, and Carpentaria have been well reviewed and well received in China, and many students have gone on to write their Masters and PhD dissertations on these world-class Australian novels, having been first introduced to them by Li Yao.

Li Yao's translation of Carpentaria perhaps deserves special comment as the culmination of a lifetime's work, and some forty years' cultural exchange between the two countries. The novel imagines Australian life from an Aboriginal perspective; it is written from within the Aboriginal life world, in a unique style that might be described as a kind of Aboriginal magical realism. Among Chinese translators of Australian literature, only Li Yao had the depth of experience to take on the challenging task of translating such a masterwork from another culture into Mandarin. He saw it through to publishing with the prestigious People's Literature Publishing House and gathered support from leading Chinese writers, including Nobel literature laureate Mo Yan, who launched it at the Australian Embassy in Beijing.

Today Li Yao remains very actively engaged with Australian literature. Most recently, he was an honoured guest of the 2017 Conference of the Association for the Study of Australian Literature (ASAL) in Melbourne, where he addressed an interested and appreciative audience of Australian scholars about his life's work. Li Yao is always open to advice on new titles of interest. Chinese readers are currently very interested in Tom Keneally's works, for example, and he plans to translate Shame and the Captives. He remains interested in Australian Indigenous Literature and Children's books, and plans to translate further new novels by his friend Alex Miller. He is also co-writing, with Professor David Walker, a memoir about his and his family's experiences in and after the War of Liberation and in the early years of New China and in the Cultural Revolution. This is a book that will be eagerly read by his many friends in Australia.

Li Yao has shown extraordinary dedication in his sustained commitment to the translation of Australian literature in China. No one in China knows more about Australian writing today than Li Yao, who has many friends among authors and literary scholars in Australia. In 2014, I attended a ceremony in the University of Sydney's historic Great Hall in which Li Yao was awarded an Honorary Doctorate for his services to Australian literature. It was a proud moment for the University that had played so foundational a role in Australian literary studies, both in Australia and China. "I love Australian literature', Li Yao has said. "It is an important pillar of world literature. Over the past four decades, I have nurtured great friendships with many outstanding authors from Australia. In translating their works, my own life has changed immensely". In retrospect, we can see that Li Yao's career in literary translation has been exemplary in fulfilling the terms of the 1972 Communique, with which it is approximately contemporary: that is, to "develop … diplomatic relations, friendship and co-operation between the two countries on the basis of the principles of mutual respect … equality and mutual benefit, and peaceful coexistence".

Professor Robert Dixon, FAHA

Professor of Australian Literature

The University of Sydney

July 2017

总序 ❸

General Preface

我十分荣幸地应邀为李尧教授这套重要的澳大利亚文学优秀翻译作品写序。这套书为庆祝李尧教授从事澳大利亚文学翻译四十周年，由青岛出版社出版，恰逢我们两国建立外交关系四十五周年。我要指出的是，这两个周年纪念日密切相关。

高夫·惠特拉姆领导的工党早在 1955 年就承认了中华人民共和国。可是直到十七年之后，1972 年 12 月 2 日，该党才成为执政党。1972 年 12 月 21 日，高夫·惠特拉姆就任总理不到三个星期，便与中国政府签订了澳大利亚与中华人民共和国建立外交关系的联合公报。根据《公报》，两国政府同意“在互相尊重……平等互利、和平共处的原则基础之上，发展两国间的外交关系、友谊和合作”。

1973 年 1 月 12 日，澳大利亚驻华大使馆在北京正式开馆。同年晚些时候，高夫·惠特拉姆成为第一位访华的澳大利亚总理，并且与周恩来、毛泽东进行了历史性的会晤。惠特拉姆创建的澳大利亚与中国的外交关系一直被描绘为二十世纪我们两国之间发生的最重要的事件，时至今日，仍然是两国关系的重要基础。

除了贸易和旅游业，文化教育交流对于我们两国关系的发展起到越来越重要的作用。从二十世纪七十年代起，这种交流便将澳大利亚文学研究囊括其中。建立外交关系之后，1975 年，第一批五位中国学生到澳大利亚大学学习。李尧教授为几代中国读者翻译澳大利亚文学的生涯一直以这种文化交流为中心。

1966 年，李尧从内蒙古师范大学毕业之后，作为作家和文学杂志编辑一直在内蒙古工作，直到 1992 年到北京商务部培训中心任英语教授。他 1986 年加入中国作家协会，专事文学翻译。从那时起，开始和北京外国语大学胡文仲教授合作翻译澳大利亚文学作品。胡文仲教授是悉尼大学的研究生，所谓“九人帮”之一。“九人帮”是 1966 到 1976 年“文革”之后，第一批从中国到澳大利亚攻读硕士学位的学者。1979 年，他们师从我的前辈——悉尼大学澳大利亚文学教授雷欧妮·克雷默爵士。我那时是英语系一个年轻的辅导员，正在做博士论文。时至今日还清楚地记着活跃在系里的这几位中国访问学者。

“九人帮”学成回国之后，对推动中国的澳大利亚研究起到很大的影响作用。从那时候起，在中国各地已经建立起三十多个澳大利亚研究中心。许多学者把澳大利亚文学翻译介绍给中国读者，不少“中心”开设澳大利亚文学课程。包括北京大学、北京外国语大学——李尧教授在这两所大学教授澳大利亚文学翻译——华东师范大学、人民大学、安徽大学、苏州大学、内蒙古大学、内蒙古师范大学。

最初，是胡文仲教授鼓励李尧从事澳大利亚文学研究与翻译。二十世纪八十年代，他们在北京相识。胡教授说，澳大利亚文学在中国还是一块未开垦的处女地。他鼓励李尧作为翻译者致力于这一领域，作出贡献。“文革”前，中国读者对美国、英国、俄罗斯、法国、德国和其他欧洲国家的文学比较熟悉，但是对澳大利亚文学知之甚少。那时候，只有亨利·劳森、弗兰克·哈代和少数几位“社会主义现实主义”作家通过翻译为中国读者所知。1991 年，上海译文出版社出版了胡教授和李尧合作翻译的帕特里克·怀特的《人树》。帕特里克·怀特是澳大利亚最著名的作家之一，1973 年获得诺贝尔文学奖。他之所以影响深远，是因为和早期现实主义作家不同，他的小说通过国际现代主义文体创新，展示了澳大利亚社会与澳大利亚风土人情。

和胡教授合作之后，李尧坚持翻译澳大利亚文学，把他已经继承的传统传承下去。迄今为止，他已经翻译了多达三十五部的澳大利亚文学作品，其中包括布莱恩·卡斯特罗、理查德·弗兰纳根、阿尼塔·海斯、考琳·麦卡洛、大卫·马鲁夫、亚历克斯·米勒和金姆·斯科特等多位作家的小说。还有历史与非小说译作出版。李尧大多数翻译作品的出版都得到澳中理事会、澳大利亚理事会文学委员会、在华澳大利亚研究基金会的资助。为纪念中澳建交四十五周年重新选择出版的这套译著包括业已在澳大利亚和世界范围内赢得盛誉的作品。这些作品有的获得“迈尔斯·富兰克林文学奖”，有的获得“英联邦作家奖”，有的获得“布克国际文学奖”。他的译著还包括帕特里克·怀特的长篇小说《人树》《树叶裙》、自传《镜中瑕疵》；表现澳中关系最早的两部小说：布莱恩·卡斯特罗的《候鸟》和亚历克斯·米勒的《浪子》；著名学者、前澳大利亚驻华大使馆文化官员尼古拉斯·周思的《长安大街》。还有赢得“布克国际文学奖”的三位作家的作品：彼得·凯里的《凯利帮真史》、托马斯·肯尼利的《内海的女人》、理查德·弗兰纳根的《古尔德鱼书》。除了获得“迈尔斯·富兰克林文学奖”和“英联邦作家奖”的《浪子》之外，李尧还翻译了亚历克斯·米勒的《别了，那道风景》和《煤河》。还有一些重要的非小说类作品，包括大卫·沃克的家族史《光明行》

和马拉·穆斯塔芬的《哈尔滨档案》。这两本书都从不同的角度记录了中澳两国普通人之间的关系。

最近几年，李尧紧跟澳大利亚文学的最新发展，继续把澳大利亚作家的新作品介绍给中国读者。他对澳大利亚儿童文学和澳大利亚原住民作家的作品特别关注。这个纪念译文集也收入了相关作品。从 2010 年起，李尧在澳中理事会的支持下，选择并组织力量翻译了十本澳大利亚儿童文学经典，包括深受几代读者喜爱的埃塞尔·帕德利的《多特和袋鼠》、梅·吉布斯的《小胖壶和小面饼》、埃塞尔·特纳的《七个澳大利亚小孩儿》、多萝西·沃尔的《眨眼睛的比尔》、鲁斯·帕克的《糊里糊涂的树袋熊》和科林·蒂勒的《暴风雨中的男孩》。这些书由人民文学出版社出版，在中国很受欢迎。《多特和袋鼠》《七个澳大利亚小孩儿》新版将由中国青年出版社出版。李尧决心为推动澳大利亚儿童文学作品在中国的翻译出版作出更大的贡献。他将翻译介绍更多的儿童文学作品，收入他的“考拉丛书”。

自从 2006 年起，在他的好朋友——学者、作家、前文化参赞尼古拉斯·周思教授的帮助下，李尧一直在研究、翻译澳大利亚原住民文学。已经出版的作品有金姆·斯科特的《心中的明天》、亚历克西斯·赖特的《卡彭塔利亚湾》和阿尼塔·海斯的《我是谁》。他目前正在翻译亚历克西斯·赖特的《天鹅书》。鉴于澳大利亚原住民文学到目前为止还没有被系统地介绍到中国，对大多数中国读者而言，那还是一个不熟悉的领域，李尧希望这些书能使中国读者对澳大利亚有更多的了解。

除了从事文学翻译以及在北京大学、北京外国语大学教授澳大利亚文学翻译之外，李尧从 1988 年中国澳大利亚研究学会成立以来，一直担任学会理事。1996 年，他因翻译亚历克斯·米勒的《浪子》获得澳中理事会首次在中国颁发的翻译奖，2008 年因翻译尼古拉斯·周思的《红线》、2012 年因翻译亚历克西斯·赖特的《卡彭塔利亚湾》又连续两次获此殊荣。2008 年因其在澳大利亚文学翻译领域的杰出贡献，获澳中理事会颁发的金奖章。

也许因为怀特作为澳大利亚唯一的诺贝尔文学奖获得者享有盛名，李尧也因其在中国翻译介绍帕特里克·怀特的作品在澳大利亚广为人知。在过去的二十五年里，他和胡文仲教授合作翻译的《人树》先后印刷三次，销售量超过 20000 册。怀特的自传《镜中瑕疵》也被印刷三次，销售量超过 12000 册。他翻译的《人树》《镜中瑕疵》《浪子》《凯利帮真史》和《卡彭塔利亚湾》在中国受到好评和欢迎。不少学生依据李尧第一次介绍到中国的这些世界第一流的澳大利亚文学作品，撰写硕士和博士论文。

李尧的译作《卡彭塔利亚湾》作为他毕生从事文学翻译以及四十多年来两国文化交流的巅峰之作，也许特别值得一提。这部小说从原住民的视角出发，以一种也许可以称之为原住民魔幻现实主义的独特风格想象了澳大利亚的生活。在中国的澳大利亚文学翻译者中，也许只有李尧因其具有丰富的经验，可以接受挑战，将这样一部杰作从一种完全不同的文化翻译为中文。2012 年，他克服了重重困难，在久负盛名的人民文学出版社出版此书。该书翻译出版过程中，得到多位中国著名作家的支持。诺贝尔文学奖获得者莫言在澳大利亚驻华大使馆为《卡彭塔利亚湾》举行的新书发布会揭幕，并做了热情洋溢的发言。

今天，李尧依然活跃在澳大利亚文学研究的舞台上。最近，作为在墨尔本召开的“澳大利亚文学研究会 2017 年会”（ASAL）的贵宾，他对兴趣盎然、不无赞赏的澳大利亚学者讲述了自己毕生的工作。李尧总是乐于倾听同事们对新的、有趣的选题的建议。比如，最近中国读者对托马斯·肯尼利的作品很感兴趣，他就计划翻译这位文学大师的《耻辱和俘虏》。他对澳大利亚原住民文学和儿童文学依然表现出浓厚的兴趣，计划翻译他的朋友亚历克斯·米勒的新小说。他与大卫·沃克教授正在合作撰写关于他和他的家族在解放战争前后、新中国建立初期以及“文革”中经历的纪实文学作品。这是一本令他许多澳大利亚朋友热切期待的书。

李尧在中国长期致力于澳大利亚文学翻译，表现出非同寻常的献身精神。在中国，没有人比李尧对澳大利亚文学作品更了解。他在澳大利亚作家和文学工作者中有许多朋友。2014年，我在悉尼大学历史悠久的大会堂参加了授予李尧荣誉文学博士的典礼。对于这所无论在澳大利亚还是中国都在澳大利亚文学研究领域起到基础性作用的大学来说，这是一个骄傲的时刻。“我热爱澳大利亚文学。”李尧说，“它是世界文学的重要支柱。在过去的四十年里，我和许多澳大利亚优秀作家结下了深厚的友谊。在翻译他们作品的过程中，我自己的生活也发生了巨大的变化。”回顾往事，我们可以看到，李尧的文学翻译生涯，堪称实现1972年《公报》初衷的楷模。今天，我们依然为之努力，那就是“在互相尊重……平等互利、和平共处的原则基础之上，发展两国间的外交关系、友谊和合作”。

罗伯特·迪克逊
澳大利亚人文科学院院士
悉尼大学澳大利亚文学教授
2017年7月

致简，我勇敢而又不谙世事的女儿

目录

CONTENTS

总序❶ …… 001

总序❷ …… 005

总序❸ …… 011

第一章 …… 001

第二章 …… 007

第三章 …… 012

第四章 …… 025

第五章 …… 029

第六章 …… 050

第七章 …… 066

第八章 …… 087

第九章 …… 097

第十章 …… 106

第十一章 …… 113

第十二章 …… 129

第十三章 …… 141

第十四章 …… 154

第十五章 …… 163

第十六章 …… 185

第十七章 …… 200

第十八章 …… 229

第十九章 …… 256

第二十章 …… 273

第二十一章 …… 284

第二十二章 …… 303

第二十三章 …… 320

第二十四章 …… 348

第二十五章 …… 362

第二十六章 …… 376

第一章

凯特·盖弗尼－科金斯基，一个三十岁出头的漂亮女人，双眉颦蹙，小跑着穿过被倾盆大雨涂上了釉面的人行道。不经意间，她被已经关门的报刊亭上的海报抓住了眼球——被免去圣职的舅舅在接受一本纸张考究的杂志的又一次采访。

凯特停下脚步。站在这张人工合成的海报跟前，不禁悲从中来，觉得之前的一切就像一场噩梦。她把手伸到衣领下面，摸着左肩下面那块熟悉的伤疤。尽管时间紧迫（熟食店就要打烊，她还没给默里买好咖啡），但她还是停下来，颤抖着，大口大口地喘着气，吐出团团白雾，大滴的泪水夺眶而出。

她知道这儿不是涕泪滂沱的地方。沿这条路往前走，过两个街区，幽雅和恬静便被供徒步旅行者休息的青年招待所和镶嵌着乳浊玻璃窗的棕黄色房子所替代。男人们到那几幢房子里让来自塔斯曼海彼岸的毛利女郎推拿按摩腹股沟……人们在那儿想哭就哭，想笑就笑，大声喧闹，说些只有在繁华都市才能听到的“都市疯话”。

嘤嘤啜泣的凯特不明白为什么舅舅会浪费自己的才智和精力对女记者大谈她根本不懂的问题。这个女孩儿可能来自拉脱维亚，也可能来自希腊。最糟糕的是，她可能出生于北海岸边的一个新教徒家庭。这个娇小的女人对富兰克舅舅的神性，对他对政府和天地万物的妙论一无所知。

凯特想象得出他那副样子，甚至能感觉到对他的种种非难形成的压力。那些不谙世事的小女孩儿虽然没什么信仰，但总向他提出一些庸俗无聊的问题。“欧布雷恩神父，星期日做弥撒的时候，你为什么不像警察和下院后座议员那样也站起来向满脸严肃的基督表示敬意呢？你为什么和方加蒂阁下不一样呢？”

这座凯尔特人的城市——由于历史的偶然和对西南太平洋的取代，它被命名为悉尼——确实崇拜卑鄙的男神和尖酸刻薄的女神，而对精心装扮的神只是象征性地点点头。这座城市真正的神是贩卖牲口的骗子和非凡的盗马贼库丘林[①]，或者他的追随者、小喽啰、芬尼亚勇士团[②]团员们，还有牛皮大王、好色之徒芬兰人迈克库尔。此人曾经从安特里姆郡到苏格兰修了一条公路，以便诱奸一位苏格兰美女。最终他跟一群衣衫褴褛的苏格兰和爱尔兰流放犯或者移民一起远涉重洋来到这座濒临南太平洋的城市。

---

①库丘林（Cuchulainn）：爱尔兰民间传说中独身保卫祖国的英雄。

②芬尼亚勇士团（Fianna）：爱尔兰民间传说中保卫祖国的团体。

凡是了解“不怎么受人尊敬”的富兰克舅舅的人都知道，他属于另外一个更具有二重性的神，一个瑕疵点点的神，一个为凯尔特的云雾笼罩的神，把狡诈看得比美德更重要。正如“不怎么受人尊敬”的富兰克舅舅常说的那样——他是“一条恶棍”。

富兰克舅舅对民间传说知之甚少。但是，凯特坎坷的人生经历到了这步田地，他便经常说，她是爱尔兰民间故事《伤心事》中的女主人公。有时候，他喜欢拿他随便看到的什么东西比喻凯特的处境。他常常提起迪尔德丽的大名。迪尔德丽是乌尔斯特[1]宫廷诗人的女儿。她呱呱坠地的时候，人们预言，除了悲伤，她不会给乌尔斯特带来任何别的东西。富兰克舅舅对这个故事的细节不甚了了，所以用得并不准确，只是信口开河罢了。有一次他去访问监狱，也说，不幸女子就该是“伤心的迪尔德丽”。

富兰克舅舅是世界上唯一懂得伤心为何物的人。在举行葬礼的时候，或者在他的朋友——殡仪业者欧图勒——的停尸房，他总能恰如其分地说出人们因亲人去世而蒙受的损失，从而使尚且活着的人们对死者永远无法忘怀。他曾经暗示外甥女凯特·盖弗尼－科金斯基，某人将发现这个世界沉重得无法忍受，某人被这世界吓得不敢越雷池半步。而她，命中注定要不断地用自己汩汩流淌的泪水去援助那润物无声的细雨。这是规律。虽然他自己，这个老骗子，因为违反新南威尔士州的狩猎条例，因为行骗、受贿、偷税、漏税，被投入监狱，此刻却赢得了报社一位迷人的姑娘的好感。他惹得她流泪，

①乌尔斯特（Ulster）：爱尔兰岛北部，分属爱尔兰共和国和英国。

他是将自己的灵魂向这位《联合报》年轻、愚蠢的女孩子和盘托出才获得了这种效果。

富兰克舅舅是这样评价“伤心女王”的：

算不上绝代佳人，但是爱情使她十分动人。

身材很好，颧骨挺高。

即使阳光明媚，她也满脸乌云。

“伤心女王”的肩膀由于阳光的烤灼有点痒痒，而别人早已把那灼热的阳光抛诸脑后。

透过报刊亭的挡风玻璃，她发现海报已经容不下富兰克舅舅因为笑容而咧开的大嘴。这个老家伙不管到哪儿，都要衬上他那个罗马式的硬领。甚至在中心监狱，他也要在罩衫下面戴这个硬领。他虽然被证明有罪，但架子不倒，下巴颏仍然用雪白的赛璐珞支撑着。现在连合法的牧师也不再衬这种领子了，他这样做或许是出于对已经逝去的岁月的怀念。那时候，喜欢感情用事的守门人霍根和克兰西总是让穿黑色教士服的牧师免费进入悉尼板球场。如果牧师已经是俱乐部成员，就为他们打开专供达官贵人出入的大门。在工业化、电子计算机、宇宙飞船和原子能时代，“不怎么受人尊敬”的富兰克“大师”仍然喜欢旧时代的遗风。

“你今天会赢吗？牧师。”

“只要那些家伙组织好防守，肯定没问题。”

“哦，我想他们击不中中卫莱昂斯，牧师。我把钱都押在别人身上了。”

“啊，这事儿可就由不得我们了。走着瞧吧，走着瞧吧！”

他真诚地相信，自己仍然生活在白赛璐珞硬领还意味着什么的世界。

红衣主教方加蒂或许会说他确实说过，即使在《悉尼先驱报》，富兰克舅舅已经不再拥有作为牧师的权利。可是在板球俱乐部工作多年并且熟悉富兰克舅舅的人们仍然坚信他还是牧师。用富兰克舅舅的“华丽辞藻”说，是“亚伦①和麦基洗德②修道会的牧师”。

在富兰克舅舅的想象之中，刚才提到的这两个希伯来人和迪尔德丽一样，虽模模糊糊，但又颇具魅力。

富兰克舅舅并非学者。他在坎万主教管区一所规模不大的神学院念过书，可惜教会法成绩平平，从来没有得过奖。不过这并不影响他夸夸其谈。类似“伤心的迪尔德丽”“根据亚伦和麦基洗德修道会的规矩”这种引人遐想的话经常挂在嘴边。

凯特终于不再流泪。她把目光从那张杂志海报上移开，又走了起来。不一会儿，她便给默里买好咖啡，为了对他谨慎的生活方式和文雅的工作作风表示敬意，还买了些冰淇淋。她知道自己需要三分之一升苏格兰威士忌和狂风暴雨般的性爱。经历过那个愚蠢的老家伙——“不怎么受人尊敬”的牧师富兰克舅舅刚才“强加”给她的涟涟泪水之后，这应该是普遍规律。

---

①亚伦（Aaron）：基督教《圣经》故事人物，摩西之兄，相传为犹太教的第一个大祭司。

②麦基洗德（Melchizedek）：撒冷王，在亚伯拉罕时代是一位祭司；见《圣经·创世纪》。

值得欣慰的是，没费多大力气，凯特就把默里变成这种类型的情人。此公虽然在公众场合温文尔雅，但是一旦和凯特在一起，就变得充满阳刚之气，眨眼之间便能驱散凯特风雨中痛苦的回忆。凯特记得这以前发生的事情。第一次是在斐济一个环礁湖旁边，凯特刚刚经历了我们这个故事中最悲惨的一幕。起初他还听任她的摆布，可是后来，他就像一阵破门而入、穿堂而过的呼啸着的飓风，把她旋卷到爱的峰巅。

老好人默里，他和富兰克舅舅虚构的、荒诞的故事永远不搭界。就为了这一点，她也愿意嫁给他。他虽然城府很深，但没有琢磨不透的东西，也没有令人讨厌的毛病。就连他破碎的婚姻也是一具平平常常的残骸，尽管他自己认为那是一场令人毛骨悚然的悲剧。对于凯特来说，他的单纯很性感。

第二章

这位凯特·盖弗尼－科金斯基，是吉姆·盖弗尼的女儿。吉姆·盖弗尼是一座连锁影院的业主，我们这个城市第一座超级影院的建设者。所谓超级影院是集旅馆、店铺和一系列电影院为一体的场所，每逢电影节，可以在同一个时间上映多部影片。凯特的母亲是凯特·欧布雷恩，富兰克舅舅的姐姐，一位泼辣而又极富同情心的妇人。

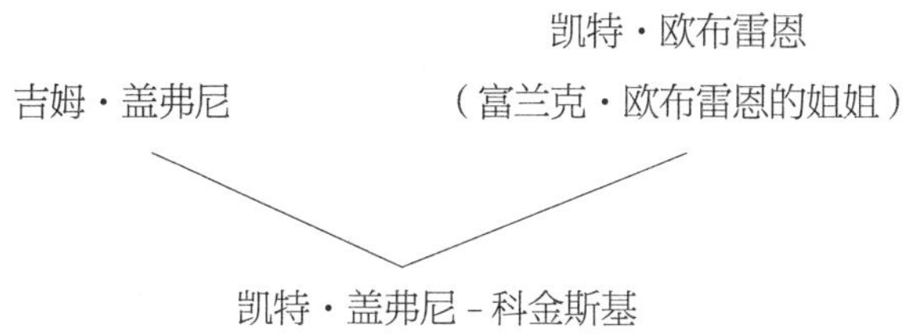

人们都说盖弗尼太太（娘家姓欧布雷恩的盖弗尼夫人）招人讨厌。在发表上述意见的时候，为了保持某种平衡，大伙总要加上一句，詹姆斯·盖弗尼很有点外交手腕。凯特·欧布雷恩——我们这个故事的主人公凯特的母亲——是个泼妇。她的弟弟是个荒唐的德鲁伊特①，她的女儿是“伤心的迪尔德丽”。

有的人，包括女儿凯特·盖弗尼——刚刚停止哭泣，去买咖啡和冰淇淋的女人，一直纳闷，老凯特和她的弟弟富兰克·欧布雷恩小时候在一块儿的时候会是怎样一幅景象。甚至那些爱他们的人也认为，他们小时候一定是难缠的、顽皮透顶的孩子。

由此可见，欧布雷恩－盖弗尼太太——凯特·盖弗尼－科金斯基的母亲是个众所周知的很难对付的女人。至于她弟弟的短处更被那些无聊文人在报纸杂志上连篇累牍，大书特书。

凯特·盖弗尼太太和“不怎么受人尊敬”的富兰克·欧布雷恩牧师在利默瑞克②一座阴郁的小镇长大。在一个店铺里，百叶窗紧闭的窗户后面，什么样的活剧都可能上演。而詹姆斯·盖弗尼——我们的凯特的父亲——沐浴着澳大利亚明媚的阳光，在工人阶级的居住区长大。“不怎么受人尊敬”的富兰克牧师背井离乡走了好多地方，最后才在一个愿意接纳他的修道院找到安身立命之处。经过一段时间的学习，他自愿到偏远地区的主教管区传教，后来又到悉尼大主教管区工作（他强调指出，紧挨兰德维克和玫瑰山赛马场）。他的姐姐凯特·欧布雷恩跟他从爱尔兰来到悉尼，在玛利亚儿童俱乐部的野餐会上认识了吉米·盖弗尼。

在那个泪流满面的夜晚，我们的凯特 32 岁。1958 年，她

①德鲁伊特（Druid）：古代克尔特人中一批有学识的人，担任祭司、教师和法官等职务或当巫师、占卜者等。

②利默瑞克（Limerick）：爱尔兰一城市。

的父母结婚不到9个月，她便呱呱坠地了。她结过一次婚，嫁给一位波兰难民的儿子保罗·科金斯基。她的婚姻已经被大主教管区法院和离婚裁决法庭同时注销。

保罗·科金斯基的父亲——老科金斯基先生经常夸耀，他在澳大利亚是靠一辆独轮车起家——推过一车又一车水泥——而成为全国五大建筑公司之一的。那时，凯特觉得老头的骄傲也在情理之中。

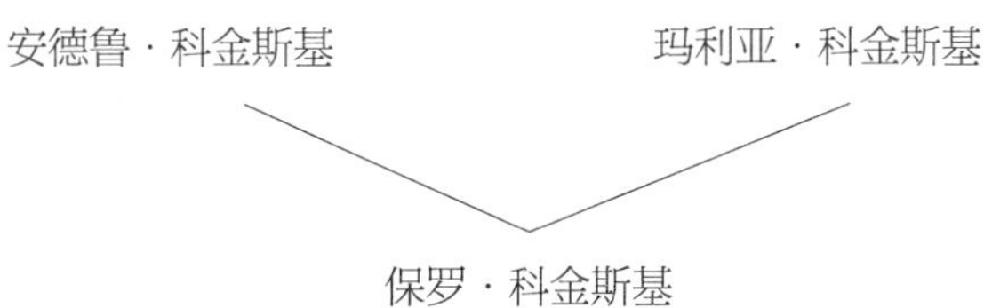

甚至在保罗向她求爱的时候，凯特·盖弗尼就怀疑老科金斯基所说的“全国五大建筑公司之一”是否真的合乎道理，并不是他夸大其词。老科金斯基所说的“五大建筑公司之一”的确是事实。但他说“第五大建筑公司”就有点不太诚实了。也许当时公司正处于鼎盛时期，人们只简单地认为这是一种虚荣，而不是防患于未然的警告。

保罗·科金斯基接受的是耶稣会的教育，他一边攻读经济学学士学位，一边利用业余时间当装配工人。他个子瘦长，头发呈棕色，有一缕活像被牛舔过，怎么也梳不平，脸上总是挂着一丝冷静的微笑。科金斯基祖上是农民，这种家庭背景和他在澳大利亚接受的教育正相吻合，这也许和对平均主义的追求以及能给人提供机会的土地有关。澳大利亚正是这样一个地方，而只有农民才对这两样东西心驰神往。

他创建并且经营科金斯基建筑公司房地产开发部。他把自己那部分权利运用得得心应手。他很活跃，喜欢和父母亲开无伤大雅的玩笑。他似乎是以局外人的眼光看待科金斯基的“独轮车王朝”。

凯特看见舅舅脖颈上衬着圆形胶领的那个夜晚，科金斯基的事业遇到了点麻烦。至于科金斯基家族的来龙去脉和现在的状况到底如何，现在披露还为时过早。不过在20世纪80年代鼎盛时期，保罗已经把科金斯基建筑公司的势力范围扩展到加利福尼亚的林荫道上。为了谋求扩张，他还借贷了大批债券。在那个疯狂的年代，各大杂志的商业版都对他大加赞扬。他并不是唯一陷入困境的工业巨子。凯特和他的关系恶化，也只是一般的婚姻崩溃。她本来可以因为科金斯基陷入麻烦而幸灾乐祸，或者像某些前妻一样，为先前爱冒险的配偶暗自伤心。

凯特却觉得这两种态度都难以接受。最近一个时期，她在类似《金融时报》这类报刊上看到的关于他的照片，选的都是那些满脸阴霾、胡子拉碴、目光游移不定的头像。这些照片是对他过去一年里的业绩充满讽刺的说明，告诉世人，他陷入了一片混乱。有消息报道说，国家安全委员会召见了他，建筑业调查委员会也已经从得过他好处的人那儿收集了若干证据，而所谓被证实的问题其实在现实生活中司空见惯。凯特看了非常气愤，不由得抓起那些报刊撕得粉碎。她这样做并非站在他的立场上替他生气，而是因为那些刊物实在是俗不可耐。真正的问题是，国家安全委员会对那些隐藏着他的罪行的事情从来没有进行过调查。而那些事情又超出了建筑业调查委员会的权限。

保罗·科金斯基和凯特·盖弗尼的婚礼是富兰克舅舅主持的。那时候，他的丑行还没有暴露，凯特和保罗的朋友们都很喜欢他。他的问题在被《悉尼先驱报》披露之前，人们常常说，他为什么不该是一位可以称之为“阁下”的大主教呢？

科金斯基太太一直后悔，不该让嗜酒如命的富兰克牧师主持婚礼。她的丈夫和年轻的帕蒂克牧师是莫逆之交，可是在盖弗尼－科金斯基的婚礼上，帕蒂克只当了个做弥撒的司祭牧师。

罗伦托的姑娘们和圣依纳爵的小伙子们！婚姻在天堂里早已注定，在双方对此一无所知的情况下完成。就在举行婚礼的那天，富兰克舅舅在花园里说：“所有的外国人都很危险。”那时候，大伙都觉得这是一位喜欢信口开河的牧师说的玩笑话，现在科金斯基太太再想起这句话，便觉得实际上这话是富兰克牧师的警告。这句话的意思是，难道仅仅因为一个小伙子接受耶稣会的教育，就证明你和他已经有了许多共同的东西吗？历史决定一切。人们最终都会因为不同的历史背景而相互摈弃。

第三章

下面是我们这个故事及其人物的背景。

1. 凯特·盖弗尼在情绪相对稳定的时期，以优异的成绩毕业。她学的是太平洋历史，这是激进分子热衷的领域。因为太平洋地区的历史和欧洲文化野蛮的侵略，和对美拉尼西亚[①]、波利尼西亚[②]、密克罗尼西亚[③]的掠夺不无关系。不过，虽然如此，她本人并不具备激进主义者的素质。父母亲虽然为她的选择吃了一惊，但他们之间的关系并没有因此而疏远。出于对富兰克舅舅的迷恋，对父母的尊重，她恪守富兰克舅舅几乎是眨巴着眼睛说的“信仰”。

---

①美拉尼西亚（Melanesia）：西南太平洋的群岛，意为“黑人群岛”，主要包括新喀里多尼亚岛、斐济群岛和所罗门群岛等。

②波利尼西亚（Polynesia）：中太平洋的岛群，意为“多岛群岛”，主要包括夏威夷群岛、萨摩亚群岛、汤加群岛和社会群岛等。

③密克罗尼西亚（Micronesia）：西太平洋的群岛，意为“小岛群岛”，主要包括马里亚那群岛、马绍尔群岛和加罗林群岛等。

2. 少年时代，她看到“不怎么受人尊敬”的富兰克舅舅的信仰不但和宗教的奥秘有关，而且和类似社会党[①]的著作、酒精以及对政府的不敬有关。而科金斯基家的“信仰”和富兰克舅舅的信仰大相径庭。科金斯基家的“奥妙”之一是犹太人房地产开发者——他们当中许多人和科金斯基一家人乘同一条船来到澳大利亚——不管参加什么比赛都遵循诡秘的、有利于他们自己的规则。而这些规则是摩西[②]时代在西奈山[③]的荒野就制定出来的。靠这些规则他们杀死了耶稣，使得雄心勃勃的天主教徒备受艰辛。打凯特的童年时代起，在盖弗尼家对圣母玛利亚的尊敬与虔诚就日渐减弱，而在科金斯基家则“方兴未艾”。琴斯托霍瓦[④]那尊黑色的圣母玛利亚的雕像是东欧最大的一座玛利亚的雕像，也是莫斯科人进驻以前塑起的最后一座——保罗有一次以波兰人可爱的幽默这样说。这座雕像有幸成为离奥斯威辛[⑤]最近的一座圣母玛利亚的雕像。可以说，她是科金斯基太太的一位“知交”。

琴斯霍托瓦这位烟雾熏黑的圣母玛利亚以后将常常在睡梦中造访凯特。这是后话，现在不必赘述。

3. 凯特和保罗结婚之前在一家电影广告公司工作。她是在父亲为招待电影广告界的代表而举行的一次鸡尾酒会上碰到这

①社会党（Socialist Party）：根据马克思和恩格斯的社会主义理论建立的政党。

②摩西（Moses）：犹太教、基督教《圣经》故事中犹太人的古代领袖。

③西奈山（Sinai Mount）：基督教《圣经》中记载的上帝授摩西十诫之处。据信系指埃及西奈半岛南部某山。

④琴斯托霍瓦 (Czestochowa)：波兰中南部城市。

⑤奥斯威辛：波兰南部一城镇，第二次世界大战其间纳粹德国曾在此建立集中营。

家公司的经理的。此人名叫伯尼·阿斯特。酒会上，她看到一位先生在吉姆·盖弗尼和伯尼·阿斯特两个人之间往来穿梭，自在轻松。有伯尼在场，吉姆·盖弗尼似乎轻松了许多。他可以大声说话，甚至开一两句有伤风化的玩笑。她的母亲——娘家姓欧布雷恩的凯特·盖弗尼对伯尼，对他的动机、行为等都心存疑虑，因为此人名声不大好。20世纪50年代，她第一次跟他见面的时候，伯尼刚刚离婚。而那个年代，只有放荡不羁的人才离婚。凯特·欧布雷恩那种母亲式的怀疑很让小凯特·盖弗尼恼火。那种不相信女儿才华的母亲，总是把她们小小的成功归结于老板内心潜藏的淫欲。事实上，伯尼是位良师益友。沙巴特说，显而易见，他再婚后的日子过得不错。他博览群书，在电影广告界很受人们爱戴，他自己也很喜欢电影艺术。

4. 凯特在伯尼那儿找到这份差使时，美国人爱用“勤杂工”这个词。除了在伯尼干的这个行业和电影界有关人士当中，这个词还没有被人们广泛使用。但是伯尼雇她的时候，就是以这个词的含义为条件的——作他办公室的勤杂工。对于凯特来说，这个词并不是语义双关的俏皮话。它包含着一种未曾言传的聪明和尚且隐藏的精力。伯尼办公室里那些年纪稍长的女人——传说她们当中许多人与导演、演员有染——开始恨她。她们错误地认为，她是一位富家小姐，结婚前来这儿消磨时间。通过当勤杂工驳斥她们是一件很有趣的事情。

凯特开始像别人那样滥用精力。她经常工作很长时间，而伯尼并不额外付给她工钱。但他们两个人心照不宣，达成一种默契。他总是教给她许多东西，作为对她勤奋工作、不计报酬的回报。有时候，他把她留下，让她陪他以及城里一帮有点艺术鉴赏能力的律师、商人一起去看法国、捷克斯洛伐克或者巴西的新片。然后出谋划策以打消影片发行人放弃宣传的念头。

5. 伯尼手下资深的雇员，有时伯尼自己，教她如何为那些大名鼎鼎的明星们安排活动。这些人风流倜傥的倩影，她以前只在父亲电影院前厅的画廊里见过。她为梅丽尔·斯特里普或者凯文·克莱恩、奥黛丽·赫本或者罗伯特·杜瓦尔安排午饭时，在悉尼电视台亮相，然后送他们及时赶回墨尔本休息。首场演出和随后举行的鸡尾酒会也由她负责安排。她还决定哪位导演到电影电视学校发表讲话，哪位没有时间大驾光临。她述提携了墨尔本一批“新潮”导演。他们都是学识渊博、勇于开拓、深刻敏锐的男女青年。几年之后，他们都将金榜题名。她渐渐熟悉并且学会尊重那些所谓明星们的精神和肉体需要。

6. 她接受过四个著名男影星、两个著名女影星性欲的冲动。那一般来说都是夜深人静、倾心交谈之后的事情。他们知道，是骄傲和自尊，还有贞操才使她没有落入他们的怀抱（当然，她也承认，骄傲和贞操是不是真的无法统一还是一个问题）。倘若那些著名影星，特别是男影星，回家之后能从洛杉矶或者纽约打个电话，说一声“我无法忘记你！”情形会大不相同。

7. 她还接受过一个年轻但非常走红的澳大利亚导演做爱的提议。她完全屈从于性爱的狂风暴雨，于无奈之中得到某种教化。那位导演祖籍意大利，名叫派雷格瑞诺，意为朝圣者。

关键时刻，这个名字还会出现在你面前，虽然那时你也许早已把它抛诸脑后。

派雷戈瑞诺停止了他们的关系，扬长而去。回美国后来过两封信。那信充满了伤感和悔恨，说他已经和一个纽约姑娘讠婚。凯特被这个动人的爱情故事的光芒照耀着，心里明白，他很快就会另有所爱。

凯特心里已经有了一位斯拉夫小伙子——保罗·科金斯基。她和他的关系发展得很快，一有机会就做爱。对于生活，她有一个很好的计划——在一个可以允许你对生活做出计划的国度里，有个安排是件好事。她的安排是：一旦熟悉了伯尼·阿斯特这行的业务，就嫁给保罗。婚后五到七年生儿育女——一种目的更为崇高的“打杂”。然后再回来做电影广告。

保罗·科金斯基所受的教育决定了他不可能喜欢这个计划——妻子结婚之后再去干什么本是痴人说梦，更别说是竟然狂妄地称之为“事业”的电影广告了。他认为，如果可能，妇女就应该待在家里做家务，应该心满意足地坐在杉木长桌旁边喝咖啡。不过他只是嘻嘻哈哈嘲弄一番，并不特别认真。

她想要生儿育女的愿望倒正对他的心思，因为似乎只有接续了香火才更能确定他作为自己父母的儿子的地位。他知道，娶一个贤妻良母型的女人为妻，才会得到父母的赞许。

她有点自负地谈起她的“育儿”——用五年左右的时间抚养孩子。她用了“休假”这个词。想到这个词的含义，她便要寻找一个可以安安静静不受打扰的地方。她不想在保罗的公寓里等着做母亲。这套房子俯瞰悉尼港，是一个热闹的所在，但从根本上讲，不是果实累累的富庶之地。她希望得到一片海滩，让大海来养育她的孩子。

他们想象着那一片乐土。被爱着的人儿对她的爱人说：“我想海滩是个好地方。”爱人对被爱的人儿说：“我也喜欢海滩。海滩才是澳大利亚人养育孩子的地方。”

科金斯基建筑公司有一条 72 英尺（21.95 米）长的游艇。这条游艇名叫“维斯特拉”，是以流经科金斯基父母家乡的河命名的。科金斯基夸耀，“维斯特拉”可以航行到塔希提岛，然后再到圣地亚哥。其实谁也没有时间做这样一次远航。“维斯特拉”停泊在皮特旺特——悉尼北面一个漂亮的小港湾。有一次保罗带凯特去那儿度过周末。你也许知道那个地方：湛蓝的海水，海岸上灌木丛生，砂岩上沙袋鼠①和袋鼠蹦蹦跳跳。桉树上，色彩美丽的白鹦鹉、黄鹦鹉，黑鹦鹉和红鹦鹉飞来飞去，彩虹鸟和青绿色的小鹦鹉嬉戏枝头。

青绿色的小鹦鹉啊，
你的光彩吸引我
投以尊敬的目光……

如果你曾不亲眼看到皮特旺特那如同仙境的美丽，就品味不出这动人的诗句。离“维斯特拉”的停泊之地不太远，越过悉尼北面的半岛，是帕尔默海滩。这片海滩之所以得此芳名，并不是模仿迈阿密，而是因为这里还生长着扇叶菜棕，生长着从前流放犯和殖民者用来做帽子的棕榈树。

这地方有不少有钱人度假的别墅和常在此地居住的居民们算不上豪华的住宅。有钱人只在周末或者节假日的时候才光顾此地。

凯特和保罗一致同意打破这种模式。他们打算孩子生下的

①沙袋鼠（Wallaby)：一种小体形的袋鼠。

最初几年，就住在帕尔默海滩。保罗说，他情愿长途跋涉开车到城里上班。不过周末从帕尔默海滩到“维斯特拉”游艇倒很近，这也算一种补偿。他们的孩子将在明媚的阳光下成长，成为澳大利亚“天生优越的”民族的成员。

为了饱览田园风光，他们买了一幢三层楼房。这幢房子正对巍峨的灯塔和茫茫无际的太平洋。起居室阳光明亮，简直有半个足球场大。长长的走廊足可以让孩子们骑自行车。小科金斯基们在家里就可以享受到户外的种种快乐。极目远眺，那是吸收阳光并且将太阳人格化了的大海。房子后面，岩架环绕，创造出一个天然的竞技场。亚热带植物园里，浓荫覆盖，绿草茵茵，正是孩子们玩耍的好地方。

然而，不管多么好的地方总有缺点。谁都知道，这片天堂般的海滩上有一种网呈漏斗状的毒蜘蛛，而这座美丽的半岛正是这种蜘蛛的故乡。凯特在买这座房子之前，特地请一位昆虫专家仔细察看了花园和地基。察看之后，那人对凯特说，没有明显的毒蜘蛛出没的迹象。不过平常还是谨慎一点为好。比如说，穿鞋之前要磕打磕打，孩子们玩沙堆之前要仔细检查一下水桶、铲子。专家还暗示盖弗尼－科金斯基夫妇俩，其实没有什么可担心的。不会有黑背毒蜘蛛从丛林里跑出来破坏他们的幸福。

结婚的日子在计算财产、清理账目的氛围中一天天逼近。作为减少纳税的手段，他们起草了家庭财产委托书。还有一系列法律程序要履行、许多文件要签字。这些文件都是一些忠实可靠的律师起草的。他们由衷地希望这一对年轻夫妇幸福。几年前，凯特也签过类似的文件，不过没有这次如此庞杂。那只是她作为不参加具体经营的合伙人签订的与父亲的公司有关的文件。由于税收的缘故，结婚前签订的这种种文件使凯特成了一个纸面上十分富有的女人。一位与保罗相识的会计员对保罗说："保罗，你最好别太早离婚。真的。"

他的话引起一阵笑声。

有一次，她的父亲在家宴上发表演说："我是把光的奥妙展示给大家，富兰克舅舅是把信仰的奥秘传播给大家。我们两个人谁更幸运呢？我认为是富兰克舅舅。因为光消失之后，信仰依然存在。"

家里人报以礼节性的掌声。

因为这是澳大利亚。在这个国家，没人相信花言巧语。对于那些喜欢引用格言警句的人，大家不仅听其言，还要观其行。欧洲人的智慧是捆绑起一千名罪犯、煽动来一百万移民的锁链。"在爱尔兰，""不怎么受人尊敬"的富兰克舅舅说，"人民被压迫了一千年，结果只产生了一个名叫奥斯卡·王尔德①的弱不禁风的小伙子，说了几句醒世的格言。"

澳大利亚人——盖弗尼和欧布雷恩的亲戚们——深刻认识到，所谓醒世格言并无实际价值，因为真正付出代价的是他们的传统。所以，大家都认为，他们那位礼貌周全的父亲——吉姆·盖弗尼是个喜欢空想的人。他喜欢夸夸其谈。或者可以说，他是一位雄辩家。富兰克舅舅则是人中俊杰。他伯乐识马，明

---

①奥斯卡·王尔德（Oscar Wilde）：(1854—1900) 爱尔兰作家、诗人，19 世纪末英国唯美主义的主要代表，主要作品有喜剧《少奶奶的扇子》和长篇小说《道林·格雷的肖像》等。

白哪个裁判员打了埋伏。他更知道，和大家相处，怎样才能悠然自得。事实上，他也是个雄辩家，可以把事情说得无懈可击。“不怎么受人尊敬”的富兰克讲起话来的确有声有色，但他总喜欢讲人们听惯了的“老生常谈”。

小时候，凯特总觉得富兰克舅舅神情严肃的讲话都是冲自己来的。有一天夜里，澳大利亚赛马俱乐部的春季赛事刚刚开始，有她父亲份额的那匹马跑了第二名。那年凯特 12 岁，她从床上爬起来，看见父亲帮富兰克舅舅爬进一辆大型高级轿车。这辆车是和父亲有业务往来的一家公司的。富兰克舅舅钻进那辆车，因为醉酒显得格外天真，以至于她的姐姐第二天早晨问：“为什么人们都说烂醉如泥？我看富兰克舅舅喝醉了也心如明镜。”那天夜里，富兰克舅舅抬起头，朝她的窗户喊道：“你认为教皇就比澳大利亚联邦总理更高明吗？不对。只是一个制作过程，明白吗？为制造废物设计的工艺流程。他们都是废物，所以能适应这个过程。”

她相信，富兰克舅舅知道她在听他的这番长篇大论。她因此而获得政治的和基督教会的初期教育。这没什么了不起，只是比劳雷托修道院大多数姐妹们接受的稍稍少一点罢了。

可是没等富兰克舅舅的“异端邪说”在东郊的夜空中扩散开来，父亲已经把他推到轿车后排座上坐下。

两个人之间的感情交流过程常常发生让人尴尬的事情。这位遭人诽谤的牧师——谣传他在旅馆和赛马场都有投资——经常在酒过三巡、闹饮进入高潮之际，甚至在醉意朦胧、口齿不清的时候，扬起预言家的大下巴，说出一套在他的外甥女听起来是针对她的妙论。

她纳闷，因为心不在焉或者因为昏昏欲睡曾经错过多少舅舅的高论。不过，慢慢的，她还是积累了一大筐有用的“富兰克主义”。有些话似乎不值得一说，但是一旦说出来就具有某种力量。都是些平凡的真理，或者老生常谈。然而，即使如此，有的嘴巴说出这些来就具有某种新意。对于凯特来说，富兰克舅舅的嘴有这样一种力量。富兰克舅舅是她的久经考验的“演说家”。情人之间的绵绵情话虽然都是些“陈词滥调”，但又永远是充满新意的欣赏与赞美。而富兰克舅舅则可以把老生常谈变成熠熠生辉的真理。就如情人不可或缺一样，“演说家”也必不可少。出自“演说家”之口的格言可以引起共鸣——通过他的技巧，你甚至可以理解一个没有爱的世界。

小时候，甚至在她还没有把富兰克舅舅看作自己的精神导师之前，她发现别人——她的同学们的父母亲——常常特别气愤地指责“不怎么受人尊敬”的富兰克。他们板着面孔谈论他的进口小汽车、羊驼绒套装，还说他赌博、酗酒，就好像他是唯一有这种不轨之举的牧师。悉尼的大主教管区，不管是英国国教的还是罗马天主教的，从来不是特别强调忏悔的地方。在这座浮华的城市中，幻想家和神秘主义者从来不受鼓励。一般来说，人们把中下层阶级的德行看得比渐渐凋谢的信仰更高。谁都故意说，罪恶的行为和邪恶的思想同样令人发指。

吉姆·盖弗尼和富兰克舅舅这一代人认为，把低教会派[①]

---

①低教会派（Low Church）：英国基督教圣公会中的一派，主张简化仪式，反对过分强调教会的权威地位，较倾向于清教徒，与 High Church 相对。

追求的目标移植过来，是爱尔兰工人阶级出身的牧师的传统。在悉尼，这种移植却常常蜕化为行贿受贿和恣意放荡。牧师是异性恋者（然而他到底在多大程度上被引诱并且得到了证明？）、赌徒、酒鬼、打猎者。他被封为这样的人。为了耶稣基督，他似乎应该是一个阉人，才有资格训导别人。如果你允许他贪杯酗酒，允许他赌博打猎，他对床笫之事或许会少一些渴望。他不是库尔公牛队的成员，他是一头向更高的目标跋涉的阉牛。因此，他要吃好饭、坐好车，把钱押在足球运动员和赛马身上——是的，尽管悉尼主教管区明令禁止赌马。因为那玩意儿能让人走火入魔。不管怎么说，赌博是可以原谅的，而性交是不可宽恕的。

凯特后来才认识到，人们之所以对“不怎么受人尊敬”的富兰克·欧布雷恩说三道四，是因为他“五毒俱全”：赌马、踢球、喝威士忌、穿羊驼绒大衣、开捷豹或宝马、玩女人。这个女人是他的合伙人——寡妇菲奥娜·柯尼。

这是欧布雷恩家的一桩丑闻，本书开始之前即已广为人知。不过在家里，柯尼太太和富兰克舅舅的风流韵事却秘而不宣。凯特直到在大学里攻读学位的第一年才有所耳闻。也许凯特对此一无所知，是因为她对这种事压根儿就不感兴趣。如果有的人对某些事情不曾注意，而且这正与他的禀性相宜，又有什么可大惊小怪的呢？凯特是在一次大学生辩论会上听说此事的。在那场辩论中，富兰克舅舅被当作公共机构中虚伪的例证而被大加引用。她由此明白，火爆脾气的母亲，凯特·盖弗尼太太为何曾经在朋友家里大打出手，不止一次搅了别人的鸡尾酒会。

凯特经常暗自庆幸，欧布雷恩家族的下巴的外形没有遗传给她。但她希望自己更多地继承欧布雷恩家族的刚毅、忠诚于部族的原则和姐弟情谊。正是这样一种情感使得姐姐凯特·盖弗尼一听有人对弟弟说三道四就大发雷霆。搅了人家的圣诞酒会，然后在圣诞甲虫[1]的唧唧声和蝉的鸣叫声中驾车扬长而去。

老实巴交的吉姆·盖弗尼娶了一位充满自然力量之美的妇人。小凯特·盖弗尼猜测，爸爸一定得到了很好的补偿。母亲既然在公众场合那样疾恶如仇，毫不掩饰，作为恋人也一定不乏狂暴和粗鲁。

当然，吉姆也勇敢地挑起另外一种“自然力量”加之于他的重担，那就是他的内弟——“不怎么受人尊敬”的富兰克。

凯特和保罗·科金斯基结婚以前，吉姆和女儿坐在阳台上一边聊天一边喝酒。他望着悉尼港令人炫目的波光，谨慎而又大胆地说：“富兰克不该当牧师，他本来可以是一位不错的工会领导人，或者出色的政治家，或者足球教练。他的前锋可以为他去死！他还可以成为一个了不起的调马师。他的骑手能为他赢得每一场比赛。他真不该当牧师。”

他直勾勾地望着她：“是贫穷和有限的机会把他塑造成了一位罗马天主教牧师。”

父亲很少这样直抒己见。凯特知道，在这个问题上，他不会对妻子直言不讳的。

综上所述，我们第一次和凯特·盖弗尼相识时——她在绵绵细雨中看富兰克舅舅住宅旁边的那幅广告——凯特深信，如果富兰克舅舅不是被社会舆论贬低的那个富兰克，她或许早就

①圣诞的甲虫：澳大利亚夏季常见的一种甲虫。

死了。现在，一切都没有完结，她在给默里买咖啡。她还活着，内心充满了感激。但是她认为，自己还幸存于世只是一种现象，和其他现象具有同等的价值。比如太阳升起落下、落下升起，或者某些物体持久不变的磁性。她知道，如果富兰克舅舅是工党里搞政治的老手，或者澳大利亚工会理事会主席，或者爱尔兰共和国总统，或者巴拉马塔[①]英式橄榄球联盟[②]的教练，她大概就不会活到今天了。倘若那样，富兰克舅舅的“伤心女王”就会被其他可怜的女人替代了。

①巴拉马塔（Parramatta）：澳大里亚新南威尔士州一城市。

②英式橄榄球联盟：每队13人参加的半职业性橄榄球队。

第四章

亲爱的读者，根据你自己的经验，以及经常阅读的类似这个故事的小说，你一定知道，两个不同民族之间的婚姻会演变出多少家族内部的憎恨和倾轧。

有一次，富兰克舅舅在双水湾盖弗尼家过圣诞节，酒过三巡之后，他愤愤不平地说："科金斯基家那个波兰老泼妇一点儿也不喜欢我。她不也是从波兰遍地牛粪的牛棚来澳大利亚谋生的吗？可那气势就像哈布斯堡王朝[①]的公爵夫人！"

每逢喜庆的日子，这两个家庭总是拉起圈子各跳各的舞。表面上看着其乐融融，实际上那快乐实在不堪一击。

现在，爱情使保罗变得充实。他和凯特一起居高临下，摆出一副对所有这一切都不屑一顾的架势，既嘲笑农民出身的欧布雷恩牧师，又看不起农民出身的玛利亚·科金斯基。

---

①哈布斯堡王朝：欧洲最古老的王室家族，其成员从1273年到1918年当过神圣罗马帝国、西班牙、奥地利、奥匈帝国的皇帝或国王。

科金斯基太太虽然没有理论根据，但是对“不怎么受人尊敬”的富兰克主持圣典的合法性仍然持怀疑态度。因此对儿子这场荒唐的自以为是的婚姻是否会幸福一直持怀疑态度。

吉姆·盖弗尼走过宽敞的起居室，就像从一个部落走到另外一个部落，一边倒酒，一边说些安定人心的奉承话。

凯特·欧布雷恩·盖弗尼对弟弟那种虎一般勇猛的爱，使得所有人都知道，富兰克是主持盖弗尼家一切仪式的司祭。科金斯基太太则希望德高望重的波兰牧师参与科金斯基家的所有典礼。于是，双方只能稍作退让，获得暂时的平衡。

不出所料，保罗和凯特·盖弗尼的婚礼是富兰克舅舅主持的，那位波兰牧师站在旁边协助他，给这对年轻夫妇的海誓山盟增加点合法性。

一年之后，凯特生下第一个孩子。是个女儿，取名西奥布罕。洗礼还是由富兰克舅舅主持，不过波兰牧师帕蒂克帮助富兰克从撒旦[①]手里拯救了西奥布罕的灵魂。

儿子伯纳德生下之后，洗礼也是这样安排的。这孩子之所以取名为伯纳德是为了纪念伟大的卡尔特教团[②]的神秘主义者（至少吉姆·盖弗尼压低嗓门儿对科金斯基太太这样说）和那位政论家伯尼·阿斯特（“伯尼”为“伯纳德”的昵称，译者注）。

直到后来，玛利亚·科金斯基太太才从一个新的高度审视这件事情，认为盖弗尼一家礼仪上颇费心机的权衡是别有

①撒旦：指基督教和犹太教教义中专与上帝和人类为敌的魔鬼。

②卡尔特教团：1086年圣布鲁诺在法国 Chartreuse 山中成立的教团，提倡苦修冥想。

用心。也只是后来，科金斯基一家人才相信，富兰克舅舅是毒化这场婚姻、甚至毒化那两个小孩生命的根源。这种毒化起始于婚礼祭坛的台阶，起始于洗礼的圣水器。他们还认为，是堕落的富兰克牧师向凯特灌输了一种近似疯狂的母爱，导致凯特把丈夫孤零零地丢在一旁，逼得他和妓女鬼混。

在科金斯基太太眼里，富兰克舅舅起初是个声名狼藉的乡下佬，后来是个邪恶的巫师，会给她的儿子带来灾难。她的儿子是澳大利亚六个州、两个地区以及美国加利福尼亚房地产业的巨头。而科金斯基太太通过种种渠道，通过波兰人的流言蜚语得知，哪儿有巨头，哪儿就有微笑的恶棍陪伴着他。波兰团结工会经历了最后几个夏天的苦斗，赢得初步胜利。苏联解体。南苏丹人被杀戮。埃塞俄比亚人和厄立特里亚人在挨饿。澳大利亚土著人还没有和政府达成协议。科金斯基太太则赤裸裸地提出这样一个问题：怎样才能让波兰牧师取代“不怎么受人尊敬”的富兰克，给她的孙子孙女的洗礼注入合法的成分。

那时候，凯特和保罗正爱得如痴如醉，谁也不把老太太的话放在心上。她认为老祖宗的血脉被篡改，并且在西奥布罕和伯纳德身上发生了变异。保罗听了觉得滑稽，咧了咧嘴，好不容易才没笑出声来，下嘴唇向上撇着，鼻子里发出一串哼哼声。这是他的一个颇为迷人的习惯性动作。

“老太太想让你管那个可怜的小家伙叫卡西米尔。这是她那位在‘抵抗运动’中战斗过的叔叔的名字。你想象得到吗？学校里，人们会如何看待一个名叫卡西米尔的孩子？”

直到后来，经受了那场变故以及随之而来的种种野蛮行径之后，保罗才对母亲的如意算盘表示赞同。

科金斯基太太还说什么了吗？

“还有伯纳德！我和希特勒不共戴天。我和他永远不可能有交集。我在希特勒的屠刀下流过血。但是这并不意味着我就非得和犹太人跳舞，或者我的孩子就必须叫他们的名字！”

第五章

想起拉扯孩子的事儿，凯特仿佛又看见茫茫海滩。那片海滩是她的花园，是她的无忧无虑的岁月。那时候，人们还认为，进行日光浴的时候，只要抹点儿高效防晒油就安全可靠了。西奥布罕出生的那年，阳光还被人们看作滋养人体的宝物。四五个夏天之后，情形就大不相同了。

凯特觉得，悉尼的海滩对于孩子们来说是最理想的游乐场。这儿的沙子既不是细如粉末，又不曾化为白泥；既不像黑乎乎的火山灰让人看了难受，又不是沙砾遍地把脚丫子硌得生疼。这儿的沙滩柔软得像一块缎子。孩子们向沙滩冲过去的时候，肩膀、肚子首先着地，也不会有丝毫疼痛的感觉。这儿的沙子还有足够的“亲和力”，孩子们尽可以发挥自己的想象力，堆起形状各异的“建筑物”。这儿的沙子源于黄褐色的砂岩。从岩石到冲积层到沙子，再从沙子到冲积层到岩石，循环往复无数次。那颗颗沙粒还残留着对于其他形状的记忆。

海滩南边是冲浪区。西奥布罕两岁半的时候，就已经可以在那粼粼碧波中游 25 米。伯纳德比姐姐来得慢。他走路摇摇晃晃，喜欢沉思默想，一望便知没有运动天赋。他对他们那座房子前面，砂岩平台上的小水坑，远比对茫茫大海感兴趣。他注定是个离不开陆地的人。

在凯特的记忆里，西奥布罕像迎接盖弗尼·科金斯基后院里的家禽一样，迎接拍岸而来的浪花。而伯纳德总是一见汹涌的波涛便掉头就跑。人们——包括“不怎么受人尊敬”的富兰克舅舅——都对这个鲜明的对比大发议论。凯特对大家的评论不以为然。因为伯纳德见水就跑并不是一件丢人的事情。在她看来，虽然他的生长方式不同，但同样值得称赞。如果他对水不感兴趣，或者见了水就感到压抑，那是另外一码事。

只有为数不多的几个人，谈起伯纳德平衡能力差、对移动着的物体缺乏观察能力时，凯特不会气得一言不发。吉姆·盖弗尼——连锁电影院的创始人，就是其中之一。

“要注意这个问题，”诚实的吉姆说，“对于一个缺乏形体训练的孩子，学校生活会让他吃不消的。现在倒是不比从前，我们那时候，教师总是把体育看做澳大利亚人崇高的使命。不过即使现在，对于小学生来说，体育锻炼也是头等重要的事情，凯特。”

吉姆·盖弗尼和反复无常的凯特·盖弗尼打了一辈子交道，处事十分谨慎。此刻，你可以想象老先生说完这番话之后，朝椅背上一靠，仔细观察女儿会作何反应，会不会郑重其事地把这件事情谈下去。凯特指头抵着前额，示意父亲可以继续讲下去。

“有一种诊所，”吉姆说，“谢天谢地，现在有这样的诊所可以矫正这种毛病。我们那时候可没有。从事平民教育的天主教社团的先生们只会打得你哭爹喊娘。”

于是，凯特把伯纳德抱进她的结婚礼物——高级小轿车里，驱车一个小时来到悉尼大学。那儿有一个诊所。一些动作配合得不够协调的孩子们在那儿练习投球接球。伯纳德也跟大家一起玩，尽管谁也不投球给他。保罗·科金斯基有时也带儿子去那儿。凯特为此感到荣幸。保罗总是匆匆忙忙，从一个建筑工地跑到另外一个建筑工地。有一次，他抽空到诊所，看见儿子正在游泳池里学游泳。像任何一个当父亲的人一样，看到儿子的进步，他非常高兴。

“你教得真不错，凯特。不和姐姐在一起的时候，他游得蛮不错嘛！在她旁边，他游起来就像一条要沉的集装箱船，你说是吗？”

他对伯纳德缓慢的进步和对西奥布罕奥运会游泳健将般的技术，报以同样的喜悦。他还表示，不管什么方式，只要能够奏效，就具有同等的价值。一位实业巨子如此通达，实在难能可贵。凯特知道，换个场合，保罗一定会说出些不中听的话来——“建筑工人联盟”的成员们爱说的最为粗俗不堪的话。

虚荣心使她相信，保罗这种大度宽容会持续一辈子。她全然没有想到，这种所谓的大度不过是一文不值的粗糠。

伯纳德在门诊部治疗一段时间之后，已经能抓起坚硬的小球。抓球的时候，小家伙咯咯地笑着。这表明，他虽然不得要领，但玩得很愉快。他出生时，神经元受过一点轻伤，也许是因为吸第一口气的时候晚了一两秒钟，反正影响了智力的正常发育。现在，他已经成了这家专门矫正不协调动作的诊所的优等生，“摸爬滚打”都已过关。

鼎盛时期，保罗和他的父亲是悉尼波兰人小社会的英雄。他们对“波兰协会”“波兰俱乐部”“波兰中心”以及波兰战争纪念馆附属教堂慷慨捐资，受到很高的赞誉。他们还给波兰艺术剧院、波兰体育、娱乐、社会活动中心捐赠基金。他们的照片经常刊登在《波兰新闻》上，他们的名字经常出现在波兰少数民族广播电台里。

有一阵子，凯特经常坐在波兰艺术剧院前排观看精彩的演出，或者去体育馆看波尔斯卡和克拉科瓦职业篮球队势均力敌的比赛。她还经常参加宴会，在这些宴会上人们向科金斯基一家欢呼致意，而他们也总是慷慨解囊。她听这些 20 世纪 50 年代的移民用尖刻、果断、颇富表现力的母语相互问候。他们回忆起从罗兹，或者弗罗兹瓦夫，或者比德哥煦消失的妇女；回忆起奥尔什丁，或者比亚韦斯托克，或者卢布林黑市的商人；回忆起在奥斯特罗维茨或者莱什诺，奥波莱或者卡托维兹从德国人或者苏联警察手里侥幸逃脱的经历。当你从一个充满快乐的社会步入这个社交圈子，并且发现自己嫉妒他们的“波兰化”和他们历史上的苦难，那是一种很奇特的感觉。

老科金斯基先生晚餐之后，常常爱讲一个关于波兰人的报复心理的笑话。

有一个波兰人在原始森林里的一棵大树下面发现一盏生锈的灯。他取出那盏灯，把锈擦掉。那是一盏神灯，它说可以帮助波兰人实现三个愿望——今后三年每年一个。波兰人的第一个愿望是让中国军队开到波兰，烧杀抢掠，然后再回他们老家。神灯虽然觉得这个愿望奇怪，但还是满足了他的要求。于是，两个月之内，中国人打到华沙，掠夺一番之后，撤回本土。

一年过去了，波兰人又去找神灯，并且说出和第一次完全相同的愿望，结果自然和第一次完全一样。第三年，波兰人又表达和前两次相同的愿望。神灯虽然同意满足他的要求，但是在好奇心的驱使之下，问他为什么会生出这种愿望？波兰人说："因为他们每一次进攻波兰，然后再回中国，就要两次穿越俄罗斯，付出的代价自然比我们大一倍。"

老科金斯基认为，这个故事是打开波兰人灵魂的一把钥匙。凯特看到那些斯拉夫人围坐在桌子旁边，雪白的台布上放着醇香的波兰酒和上等伏特加，心里想，如果这样的生活也算是一种艰辛，别的生活恐怕只能是水深火热了。

科金斯基先生对吉姆和凯特·盖弗尼重复这个笑话之后，总要说："所以嘛，亲爱的，我们挺像爱尔兰人。否则怎么会在悉尼待下去呢？"

凯特·盖弗尼太太——我们的凯特的母亲——深知悲伤和压迫是什么滋味，总是一言不发。她并不想把科金斯基太太作为自己受苦受难的姐妹。她总是说，在建筑业，老科金斯基自己就不亚于那支烧杀抢掠的部队。

凯特意识到，丈夫身上有这个笑话所包含的那种波兰人百折不挠的精神。他干的这行，胆小的人干不了，怕失败的人也干不了。别的不说，光和工会打交道，他一个星期动的脑子、耗费的精力，就比律师或者牙医一年耗费的都多。此外，他还得和州议会、环境保护机构以及各式各样的政客们周旋。有打有拉，软硬兼施，不择手段。

刚结婚的时候，凯特并不觉得这种科金斯基风格有什么可怕。她喜欢听老科金斯基对斯拉夫精神大发议论，并且举出若干事例证明他的论点之正确。不过有一点，她总是迷惑不解：为什么一个对政府和工会应付自如的人却要容忍科金斯基太太在家里为所欲为？她心想，或许正如社会科学家所说，男人在众目睽睽之下获得的权利才是真正的权利。如果他获得了这种权利，在家里便心甘情愿被人统治。

她眼巴巴地看着乐呵呵的、喜欢恶作剧的安德鲁·科金斯基，看着喜欢苦思冥想而又反复无常的吉姆·盖弗尼。她也爱琢磨婆婆和母亲。人们认为，这两个女人都以各自不同的方式，展示自己作为女家长的骄横和滑稽。凯特很难想象母亲和婆婆究竟可以飞扬跋扈到什么程度。凯特常常想，自己是否也会像她们那样生活？科金斯基太太和欧布雷恩－盖弗尼太太是否由于她们的辛劳不被承认而郁郁寡欢？是否由于她们的丈夫自认为在更广阔的领域拥有权利而闷闷不乐？是否由于她暂处休眠状态、而终将和伯尼·阿斯特一起重整旗鼓，大干一番事业，才使她免于女家长们的保护与监督？在她看来，拉扯西奥布罕和伯纳德是自己身为人母尽心尽力的广阔的“舞台”。科金斯基太太当年对小保罗是否也怀着这样的感情呢？凯特·欧布雷恩对小凯特·盖弗尼是否也怀有慈母之情呢？而现在，她们总是撇着漂亮的嘴巴，表达心中的不满。

盖弗尼－科金斯基夫妇经常在科金斯基家共有的那条游艇

“维斯特拉”上招待朋友。我已经描绘过这片海滩美丽的风光。那地方那样秀美，以致一位英国同行对保罗喃喃着说：“嘿！以前我们以为你来这儿是找罪受的！”

可是凯特渐渐不喜欢“维斯特拉”了。因为保罗不再独自到船上和她共享良辰美景。随着科金斯基建筑公司的日益发展，保罗的势力也渐渐壮大。现在应邀到他船上的已经不再是朋友，而是他用得着的人。他满脸堆笑，不惜一切代价讨好对方。这情景凯特以前从来不曾见过。这些人当中有一个是科金斯基建筑公司的保镖。那人身体结实，个子很高，头发剪得挺短，以前是个小有名气的足球运动员，名叫伯恩赛德。

伯恩赛德抱着小伯纳德转圈儿玩，就好像伯纳德也能长成一个五大三粗的壮汉。凯特看了总觉得子宫一阵阵收缩。

凯特第一次没有参加这种建筑行业的聚会，是因为西奥布罕上呼吸道感染引发高烧。科金斯基父子在这种场合便充分显示他们的社交能力和他们拥有的王侯般的权力。

她发现自己很喜欢待在家里。她喜欢哄西奥布罕把小儿服用的阿司匹林和甘香酒剂吞到肚子里，然后就给她讲那些能让孩子们安静下来的故事。她喜欢一个人安安静静地坐在客厅里，在那儿，她能感觉到孩子们正在甜蜜的梦乡遨游。她坐下来，倒上一杯酒，一边慢慢地喝，一边看《悉尼先驱报》；或者一边喝伏特加，一边看电视里的新闻节目。

这样的夜晚恬静安谧，让人心旷神怡。凯特并不因为自己喜欢独处、没有陪伴丈夫而有丝毫内疚。她暗想，此刻她是处于一种原始的最本质的状态，也就是说，像一个游牧部落的母亲，像一个与太阳的升降、月亮的盈亏密切相关的人。她觉得日复一日年复一年，都是一个完全相同的永恒。这种相同是神圣的。大千世界的种种社会活动则是运动的低级形式，是对精神的折磨。她只是为保罗尽自己的职责。

她对这个三人“联盟”——凯特、西奥布罕、伯纳德的“联盟”非常满意。这一点连她自己也感到惊讶。

后来，凯特总是迷惑不解，在别人身上得到证明的、亘古不变的“定律”终于在她的身上得到了验证。这个所谓“定律”便是在社交场合，如果一个男人没有妻子在场，就会说出和妻子在场时截然不同的话来，而那些女人也会因为他的妻子不在旁边，就肆无忌惮，表现出万种风情。

她不去出席那些宴会，待在家里，倒是巩固了和孩子们的“联盟”，但她同时失去了妻子的权利，无形之中使自己处于不利的地位，并最终付出了巨大的代价，因为她不知道自己是在玩一场古老的游戏。她以为自己可以胜过这一切。

保罗的第一件风流事——迄今为止，这是她知道的他的风流史的第一页——不是跟他的女秘书，而是跟他老爸的女秘书。一场不能算大的投机。颇具讽刺意味的是，这件事发端于电影发行界人士为他的老丈人——连锁电影院的创始人吉姆·盖弗尼举行的宴会。在这次宴会上，他遇到了这位意中人。他对她不仅仅是怀有一种欲望，而是走火入魔。他海誓山盟，声称愿意为她上刀山、下油锅。

那次聚会凯特正好在场。她穿着一件肩膀裸露的长裙——那时她的肩膀还没有伤疤。如果保罗对那位女秘书的迷恋没有发展到后来那种要死要活的地步，凯特也许认为，是那次晚宴的“盖弗尼风格”让保罗逢场作戏，对盖弗尼一家进行出于本能的报复。

但是事情的发展证明，这绝非保罗施展的雕虫小技。那个女人名叫帕迪塔，白皙的皮肤，金黄色的头发，和保罗一样消瘦。其实凯特早就认识帕迪塔，熟知她那副模样。因为每逢夏天，她和她那位出生在克罗地亚的丈夫常来帕尔默海滩。有时候帕迪塔只穿比基尼，因此，就连她那副赤身裸体的样子，凯特也一清二楚，保罗自然也一样。不过，保罗似乎并没有特别注意大热天专心致志于阳光、海浪和丈夫的帕迪塔，直到在盖弗尼家的晚宴上，她终于坐在他的身边。大家都说，无论谈吐还是容貌都无法解释帕迪塔怎么能把保罗·科金斯基迷得神魂颠倒。

盖弗尼的家宴之后不久，保罗和帕迪塔·克林科维奇就双双坠入情网。凯特自然非常痛苦，但是最让她痛苦的是，这件事彻底改变了帕尔默海滩，结束了她无忧无虑的黄金时代。那时，她可以随心所欲把阳光、笑声带给两个孩子，而两个小宝宝也总是充分享受妈妈和大自然的馈赠。

为了孩子，同时完全出于自愿，她一直不愿意参加社交活动。可是现在，她被排斥在那个圈子之外，完全是出于保罗的选择。他总是找理由住在双水湾的公寓里，周末回海滩度假就蒙头大睡。星期六晚上和凯特一起吃晚饭的时候，也总是心不在焉，词不达意，最后只能回到孩子们的话题上。她经常看见他放下酒杯，透过宽大的玻璃窗呆呆地望着大海，目光中充满了凄凉和绝望。凯特知道，他的“航船”显然不在这儿，而在那漫漫远方。他渴望桅杆从水平线那边升起。

星期天，他就把那些"用得着的人"请到"维斯特拉"号上。有时候，她把孩子们送到船上，让他们能有机会和父亲一起游游泳。但她总是找借口留在家里。她讨厌伯恩赛德和别的那些人。

淡泊平易的默里第一次来到凯特·科金斯基家门口时，他怀里揣着一份征集签名的请愿书。他发现到这个地区居民家造访并非易事。车道很陡，上上下下，要翻过一道断崖。默里是一家商业银行的律师，正在干一件看起来有明显政治色彩、实际上又无政治可言的事情。

有人想在帕尔默海滩建一座两层楼的饭店。这座房子破坏了他站在自家阳台上凭栏远眺时尽收眼底的太平洋的风景。而且饭店一旦建起来，这里就成了一个闹饮宣泄的所在。倘若不开饭店，要么空房一座，白白在那儿扔着，要么成了人们打台球、跳迪斯科的地方。他倒不是反对跳迪斯科，他特别认真地对凯特说。他不想被人们看作一个古板守旧的"行动主义分子"。问题是这儿的道路状况不允许车水马龙。这儿不是年轻人酒后开飞车，向皮肤晒得黝黑的年轻女郎卖弄的地方。

他似乎有点夸夸其谈，只是那种嘲弄的口吻使他免遭此嫌。

这就是默里——一个挺正派的、尊重英裔澳大利亚传统的旧式男人。吉姆·盖弗尼也是一个血管里流淌着凯尔特人血液的旧式男人。但是这两个人的类型有很大的差异。默里不像吉姆那样滑稽可笑，他有自己的价值观。他第一次找凯特签名时，凯特就感觉到他性格中有一种执着，甚至执拗。他不辞辛苦找人为他的请愿书签名，而那份请愿书或许并不像他振振有词的陈述那样有理有据。他要维护的远比他口头上承认的多。

人们传说，他的婚姻出现了危机。而他深信，婚姻是不应该破裂的。人们普遍认为，他的生活之所以遭此变故，是因为他还恪守着20世纪50年代初期的价值观，而他那位年轻的妻子是个70年代才长大的孩子，在性和文化上相当开放，发表意见无所顾忌。起初，她被他的“古雅”所吸引，现在，她却觉得这无法忍受。

他说：“当然，人们或许认为，我这样四处奔走是为了自己那片风景。其实不然。人们从世界各地来我们这儿观光，就是因为这里的景色没有被杂乱的建筑物破坏。这座建筑物本身，我承认，科金斯基太太，和其他地方的建筑物相比也没有什么令人讨厌的地方。然而，这不是症结之所在。如果我现在不站出来做一番抗争，悉尼就会失去它最后的一个机会。从伍伦贡到帕尔默海滩，人们已经筑起了一道水泥围墙！”

凯特签了名，但她断定，倘若这位默里把这份大伙签了名的请愿书拿回家，他的妻子一定烦得要命。

给凯特通风报信的大有人在。他们历数帕迪塔·克林科维奇和保罗·科金斯基之间发生的奸情，有的人出于恶意，有的人出于关心。据说，对克林科维奇本人，这正中下怀。因为他自己早已另有所爱，很想从那场婚姻中脱身。如果他的现任妻子嫁给一个众所周知的“大款”，他就如愿以偿了。

凯特的妈妈——凯特·欧布雷恩–盖弗尼——给她出主意，要对女婿严厉一些。婆婆则劝她要对儿子更体贴一些，还要经常陪他出去参加聚会。

夏天，这场“动乱”发生之前，人们坐在帕尔默海滩，冷眼旁观这三份正在瓦解的姻缘——克林科维奇夫妇、科金斯基夫妇、斯坦纳德夫妇（默里和他的妻子）。在悉尼，这种事司空见惯，没有人大惊小怪，也没有人喋喋不休。

如果说雷戈·克林科维奇对这场恋爱和婚变从容不迫的话，保罗·科金斯基却只是假装胸有成竹。

那家协调儿童身体机能的诊所曾经提到，有一个舞蹈班对小伯纳德挺合适。凯特也发现，舞蹈有时候对伯纳德的确很有吸引力。她寻思，经过一个阶段的练习，伯纳德或许有可能发掘出自己身上那种运动员的潜质。舞蹈班开始了，西奥布罕没有多久就掌握了芭蕾下蹲和阿拉贝斯克舞姿①，伯纳德保持身体平衡的能力也有了很大的提高。

玛利亚·科金斯基老太太对小外孙子会遭厄运的蛛丝马迹始终保持高度警惕。有一次她去那个舞蹈学校参加圣诞音乐会，看了孩子们的表演以后，说："班上怎么只有一个男孩？"

老太太对富兰克舅舅主持伯纳德的洗礼，并且给他取了个犹太人的名字一直耿耿于怀。现在又旧病复发。

"圣诞节见面的时候，请把这事对她讲清楚。"凯特对保罗说。

"你为什么不亲自跟她讲呢？她可是听你的。"

"不，你告诉她，不要管他的事儿。什么也不要管。不要说什么'你难道不喜欢别的男孩喜欢的游戏吗？'"

"得了，你又没听见她说这话，你听见了吗？"

---

①阿拉贝斯克舞姿：芭蕾基本舞姿之一，单腿直立，一臂前伸，另一腿往后抬起，另一臂舒展扬起，使指尖到脚尖形成尽可能长的直线。

“她肯定会说的。”

“你说她错误地判断了你？”

“你能影响她，保罗。看在上帝的份上，不要让她干扰他。伯纳德也许永远不会为澳大利亚把守球门，但是他已经获得了比当一个运动员所需要的体力更重要的自信。现在他可以对什么事情都处之泰然。他确实是舞蹈班唯一的男孩，可是他自己并不这样看待。对于他来说，那些女孩儿跟他一样，只不过是舞蹈班的学员。他的姐姐也只是另外一个学员。他看她做芭蕾舞大跳的时候，并不认为‘我不想做这个动作，因为那是女孩儿的动作’，也不认为‘我不想做因为我不能做’。他只是看了心里快乐。如此而已。我不想让你的母亲再把他搞得无所适从，保罗。”

她本来可以告诉保罗，这样做只不过是调整一下他的妻子和母亲之间的关系，使她们不再相互对立。保罗并不真的相信，儿子对舞蹈班其他学员的态度，会因为母亲的意见而有所改变。或者他在凯特的压力之下，对母亲说点什么会影响儿子的成长。不管怎么说，他对凯特、对关于伯纳德的灵魂是否会受到损害的争论已经十分厌倦。

在过去的两年里，一位名叫丹尼斯的姑娘一直在盖弗尼－科金斯基家带孩子。这个姑娘很瘦，脸上长着雀斑，性格很温柔。她曾经一次次到喜马拉雅山旅行。20 世纪 80 年代，澳大利亚年轻人把到喜马拉雅山旅行看作一生中值得庆祝的大事。他们污染了陡峭的山坡，甚至珠穆朗玛峰，但也从尼泊尔人那儿学会了吃苦，学会默默地奋斗。丹尼斯是个素食主义者。她立志定期出去旅游，直到35岁。她和父母亲生活在一起。他们无法理解自己的女儿，无法理解她奉行的苦行悔罪主义，无法理解她何以对不动产、前途、职业等漠不关心。丹尼斯对伯纳德有一种特殊的感情。她那种他人第一、万物为先，类似佛教禅宗的信条常常激动得西奥布罕大翻筋斗。她从来不喝酒或者别的饮料。作为一个苦行主义者，她车技竟然很好。于是她就负责每星期二送两个孩子上舞蹈课。

一个夏天的星期二下午，保罗早早地回到家里。耀眼的阳光下，他看见凯特坐在一张安乐椅里，一边呷着伏特加，一边看报纸。

凯特觉得有必要做点儿解释。

“丹尼斯去送孩子们上舞蹈课的时候，我就会放纵一下自己。”

她情不自禁使自己处于守势。

“为你向过去那个老妈妈式的自己告别干杯！”保罗说。他给自己倒了一杯酒，坐下来眺望大海。

这样的星期二不在少数。他早早地回家，和她一起“聚会”一个半小时。平常，他要么在外面转悠，要么很晚才回来，累得昏昏沉沉，抱怨从城里回这儿路太远。有一天他半夜醒来，凯特正好从浴室出来，手里拿着一瓶镇静剂。

“你这玩意儿用得太多了。”他抱怨说。的确不少。或许每晚服用20毫克确实有点多，而且她还喝过量的伏特加。他们的婚姻已陷入僵局。而别人的婚姻似乎都有一定的灵活性，都可以逃脱。众所周知，人们先贪杯，后混日子，最后去找律师，这也算一条规律。现在这条规律已经找到盖弗尼—科金斯基一家的头上。

“我希望你开车带孩子出去的时候，头脑清醒一点儿。”他说。按照保罗的本意，这场婚姻结束时，他情愿把两个孩子留给凯特，让她尽人母之责。可是科金斯基太太极力煽风点火，鼓动儿子把她的孙儿孙女从那位“不怎么受人尊敬”的牧师制造的可怕的氛围和缺点很多的圣礼中解救出来。于是，类似凯特酗酒、服用镇静剂等都成了对保罗有利的证据。

凯特在毫无准备的情况下面对法庭，额头上渗出了细密的汗珠。

“科金斯基先生，你曾经劝告过你的妻子不要服用镇静剂吗？”

“我记得有一天夜里，我看见她从浴室出来，手里拿着一瓶镇静剂，便埋怨了几句。我很担心，她是否能开车带孩子们出去……”

凯特暗暗发誓，万不得已，她就远走高飞，带两个孩子到危地马拉过日子，或者到哥斯达黎加的海滨。她做过一个噩梦，梦见他们开着一辆黑色小轿车愉快地奔驰着。车轮上坐着满脸狞笑的伯恩赛德——科金斯基公司那位五大三粗的打手。

她想质问保罗，看到她手拿镇静剂，他和帕迪塔上床时是否会更心安理得？但是转念一想，自己实在太累了，犯不着再为这一对风流男女而经受一场喧闹。

倘若连架都懒得吵，他们的姻缘可就真的到头了。

后来便出现了那个可爱的人，那个永远不会拿孩子大做文章、进行报复的男人。一个不会假装的人——默里。嫁人就该嫁给这种男人。让那个瘦骨嶙峋、不忠诚的男人见鬼去吧！

星期一，富兰克舅舅常去看她和两个孩子。这天，他的大多数同事都打高尔夫球，但他已经退避三舍，不再是他那些牧师朋友争论的焦点，尽管用他充满幽默的话说，红衣主教还没有摘掉他的“帽子”。

每逢星期一，他总是烦躁不安。吉姆·盖弗尼说，星期一是富兰克的黑色“安息日”。他需要耐着性子等到星期三举行的赛马大会，好去赌马。

不过有一点，“不怎么受人尊敬”的富兰克舅舅有所改进，那就是喝酒有了节制。过去，警察局和地方行政部门都有他的朋友。倘若喝多了，他们总会保护他不受惩罚。现在这些人要么已经退休，要么自己也犯了案。在凯特这儿，他坐在阳台上一边喝白葡萄酒，一边议论政治时事，还谈起爱尔兰民间传说中那位保卫祖国、抵抗侵略者的英雄库丘林。

“如果你可怜的姥姥看到我们坐在阳光下面喝这金灿灿的酒，她就会明白她受那么多苦究竟为了什么。我们也一样，凯特宝贝儿。你那个男人，那个该死的波兰人最近似乎不太顺利……”

“是不顺利，富兰克舅舅。”她承认，极力抵制舅舅想要她说出心事的诱惑。

“啊，我的上帝，”他说，“婚姻真是个坏东西。它能把平平常常的人夸张得变了样儿，能把不平常的人搞得可怜巴巴。你还爱他吗？那个保罗·科金斯基。”

她没有回答。刚结婚的头六年，他们的生活充满了喜庆和快乐，他似乎还值得一爱。可是眼下他们之间“冷战”不断，他还有资格被爱吗？他还有资格拥有两个孩子吗？

“亲爱的凯特，”富兰克舅舅说，“我想，你的父母希望你能经受这场婚变的痛苦。现在这种事儿容易多了。按照斯拉特瑞阁下那种大教堂卑鄙小人的说法，要想签订一个协议，就得有一个恰当的理由、合适的证人、双方同意等。我想你得走所有这些程序，这毕竟是传统，传统还是重要的。如果人们认为离婚那么容易，如果他们都能经得起那番折腾，现在就得有一半人离婚。”

“走一步看一步吧。这段姻缘还能挽回，富兰克舅舅。”然而富兰克舅舅听到的情况并非如此。大伙听到的情况和凯特的说法也大相径庭。种种迹象表明，保罗·科金斯基已经下定决心，不再走回头路了。

“你对我和柯尼太太的事一定早有耳闻了吧？”富兰克舅舅问。他很坦率，似乎向凯特表明他愿意把自己的问题和盘托出，澄清流言，以正视听。

柯尼太太——阿尔德曼·潘德·柯尼的遗孀——费奥娜·柯尼太太。千万不要在富兰克先生那位反复无常的姐姐凯特·欧布雷恩面前提起这个名字！

“我说出这个女人的名字，就像给你付了一笔押金，凯特。你由此可以看到，我并不是跟你闹着玩儿。我任何时候都可以跟你推心置腹，倾诉衷肠。你两岁的时候，我们就是‘同谋者’了。你小时候，十四五岁以前吧，对我真是无所不谈。记得我带你去看过一场音乐会。摇滚乐手们脸上抹着油彩，仿佛群魔乱舞，乐器的响声从水泥地升起，震耳欲聋。可是你看着我，圣洁得就像天使。于是，我心里想，‘见鬼去吧，只要我们凯特快乐！’这就是我为什么要提起柯尼太太，凯特。我是向你表明，你和我的心灵可以沟通。为了你，我什么事情都可以去做。这就是我之所以向你提她的原因。不管你那位神圣的母亲对她持有怎样的看法，亲爱的凯特。”

他等待凯特回过头看他。她微笑着瞥了他一眼。

“我不想大谈什么 mea culpa[①]。爱尔兰人崇尚善恶二元论和‘自我怨恨’，结果把什么都弄得一团糟。不过我还是要说，我这个人毛病很多。在大主教管区办事处，人们简直是排着长队数落我。我是说，舅舅这个人尽管经常被‘圣灵’们恶语中伤，其实脆弱得很。我几乎不能心平气和地熬过今天。我的心总在为一匹赛马激动得乱跳。我承认，准确地说，已经不再是心房乱颤，更像是心肌梗死。

“现在，像我这样的人，早已抛弃了牧师的工作。他们从梵蒂冈拿来一纸文书，说他们品行端正，可以去赌博、娶老婆。但是我太骄傲也太富有该死的反抗精神了，凯特。我不愿意那帮家伙在罗马某次宗教会议上对我品头论足，然后强迫我离开自己选择的道路。”

他呷了口酒，继续说道：“凯特，我是根据亚伦和麦基洗德修道会的原则办事的牧师。还是个小伙子的时候，在爱尔兰，人们常给我讲来世永生的故事。一位牧师因为追求女人成了酒鬼，让主教剥夺了他的权利。但是有一天夜里，当他经过一家

①拉丁文，意为：这是我的过失、我应负的责任。

面包房的橱窗时，他仍然拥有给摆满橱窗的那些面包祝圣变体的力量。‘因为这是我的圣体……’想想看，在爱尔兰的一座小镇里，他站在面包房的橱窗前面，把所有面包变成神圣而又神秘的物质的那个画面。

“你瞧，我就是这样看待自身价值的。你是如何理解‘必然发生’‘不可避免’的呢？意大利那帮小人们别想像对待刚才故事里那位可怜的牧师一样，把我也赶上街头。我只是让你明白这一点，凯特。因为你一定纳闷，我为什么要固执地坚持自己的立场。你一定会满腹狐疑，眼巴巴地瞧着我这个家伙。还是个小娃娃的时候，你就常常这样看着我，觉得我这个人神经兮兮的。所以我想把这个故事讲给你听，亲爱的凯特。我之所以坚持这样做，是故意采取和他们不合作的态度。我对神灵的不敬，足可以使我认为，我比梵蒂冈那些一本正经的大人物更懂得爱。”

听到富兰克舅舅这番推心置腹的表白，凯特不由得热泪盈眶。富兰克舅舅却满脸放光，洋洋自得。

“让我再对你讲点事情……哦，等我再给自己倒一杯金灿灿的葡萄酒，猎人谷①的葡萄酒……”

他举起杯子，唱起一支歌。

啊，但愿我在美丽的丹露中，
坐在青青的芳草地。

①猎人谷：新南威尔士最大的河谷，是澳洲著名旅游胜地，也是澳洲历史最悠久的葡萄产区。

手边放着一瓶葡萄酒

脸前放着一个酒杯……

他又喝了一大口，说："美好的生活我们受之有愧！"然后镇定了一下，继续说："我要对你说的是，凯特，我知道你很痛苦。我很为你难过。在这个世界上，我只愿意为两个人去下地狱。这两个人中的一个，很遗憾，不是我那位好姐姐，你的母亲。说起来让人难堪，她那张'愿意为某某下地狱的名单，上有我的大名，而我的'名单'上却没有她。她什么都愿意为我做。对我的错误视而不见……我愿意为之献出一切的两个人是你和费奥娜·柯尼。这就是富兰克·欧布雷恩——一位蒙羞受辱，尚且苟活于人世的麦基洗德修道会的牧师的故事。就这么多。我可以为你做点儿什么？凯特。"

当然，他清楚，凯特也明白，虽然听到富兰克舅舅愿意为你去死是一件令人宽慰的事情，实际上，他还是什么忙也帮不上。想用这种亲情打垮保罗·科金斯基对帕迪塔的恋情，是根本不可能的。

不过，他这番话没有白说。凯特惊讶地发现，其实，她心里也有这样一份"名单"，只是以前不曾意识到罢了。她没有多想，脑子里就生出一个怪念头：如果她和保罗作为一对度假的情人突然从直升机上掉下来，或者乘坐"维斯特拉"到塔西提岛中途出事，富兰克舅舅可以替她把孩子养大。伯纳德长大以后可以去赛马场登记赌注，西奥布罕可以像富兰克舅舅和柯尼太太一样拥有几座酒店。这两种活儿都不赖。人们传说，富兰克和费奥娜共有八个酒店，也许还要多。他的朋友欧图勒经营的殡仪馆也有他的股份。晚上，他还经常去殡仪馆前面舒适的接待室里安慰死者遗属。这份收入当然也归他。富兰克舅舅说："你要多留点神，他是个热情认真的小伙子。"

"此话怎讲？"

"斯拉夫人特别容易动感情。"

"可他的父亲总说，他们跟你一样。"

"不一样。我们很重感情，的确如此。但完全是另外一种形式。我们喝酒是为了摆脱生活的压力，他们喝酒是为了永远不要忘记。你应该提防他们。有什么情况就来找我。"

第六章

四月在悉尼北边海滩是一个天高气爽的月份，这里应该是秋天，但是换个地方也还可以说是夏天。这个月有一个法定假日——“澳新军团节”，纪念1915年在加利波利半岛牺牲的年轻的澳大利亚人和新西兰人。这一天的天气温暖宜人，盖弗尼－科金斯基一家就在沙滩上度过，好像盛夏还没有过去。

这一年，“澳新军团节”是星期一。伯纳德沿着水线寻找蛤贝。西奥布罕在潮水退去的沙滩上单腿旋转，做了一个准确无误的芭蕾舞动作——弗韦泰[①]。保罗·科金斯基这天出奇地温顺。他说过一会儿要坐飞机到墨尔本，因此要早点回去。他微笑着，而且并不是心不在焉。虽然他没有带来多少别的女人的麝香味儿，但是另外一种麝香在他心中那团秘密篝火的边缘缭绕。他很有分寸地扮演着丈夫和父亲的角色。

①弗韦泰（fouettes）：指一腿抬起在空中急速划圈的单腿转。

“倘若两年前，我们会在这儿举行烤全牲野餐会，会有三四十个人来凑热闹。”

“和家里人一起更好。”

他们小心翼翼，如履薄冰，生怕稍一疏忽，就会随着坍塌的冰面一起沉入水底。那个可怕的问题会像海中怪兽一样，随时都可能从太平洋平静的水面升起。

每年这个时候，太平洋都会名副其实太平上一阵子。这天，风平浪静，可以想象，从帕尔默海滩一直游到鲸鱼滩将畅通无阻。下午，对着万顷碧波胡思乱想，她甚至想让丹尼斯和孩子们待在海滩上，她自己踏着冲浪板，沿海滩滑行几英里。她真希望保罗能在什么地方，比如新港，接她。海风在 200 英里以外徐徐地吹。在这样一个日子里，对于一位母亲，这也算小小的冒险。但是她心里清楚，除了丹尼斯谁也指望不上。去求父亲或者富兰克舅舅，她觉得丢脸。至于保罗，即使他没去墨尔本，而且愿意接她，她也不想劳他的大驾。她不愿意面对他的目光。那闪闪烁烁的目光似乎炫耀着帕迪塔的光彩。出于礼貌，他会淡淡地问上一句“玩得怎么样？”

保罗收拾行装去墨尔本之后，凯特便去探寻暴露在海面之上的礁石。这些礁石每年只能在风平浪静的时候见到一两次。西奥布罕和伯纳德现在对海滩已经非常熟悉。他们对平常总是深藏在海面之下的岩石已经了如指掌。他们在平常是汹涌的浪涛，现在却是宁静的沙滩上行走，快活得又跳又叫。如果你想找到珍奇的贝壳和难得一见的海底生物，他们就会把你带到潮水退去留下的小水洼里。那些互不相连的小水凹像一面面透镜，清澈见底。太平洋真像它的名字一样，太太平平，宁宁静静。

西奥布罕、伯纳德和凯特在一块巨大的砂岩上寻找贝壳和别的海物。凯特发现了一个手持双筒望远镜的男人。那人的脑袋和肩膀都裹在一块很大的毛巾被里。毛巾被下面，头戴一顶蓬松的白帽子，就像英国电影里爱德华时代的地中海人。他还穿着一条白色长裤，似乎是为了避免阳光照射，尽管此时已经红日西斜，要么就是他不准备参加水上运动。事实上，他正神情专注地用望远镜观察什么。凯特顺着他的视线望过去，看见一种像是海豚或者海草的东西在水面上游动。渐渐地她看清是两个身穿潜水衣的人。他们浮在水面上，脊背和小腿划破平静的水面，背在身上的氧气筒清晰可见，但脑袋埋在水里。

他们一定想同时看清水里的什么，因为他们几乎在同一秒钟摆动着橡皮脚掌，潜入水底，眨眼之间消失得无影无踪。

那人放下手里的望远镜，眼睛却还盯着潜水员消失的地方。原来是默里，为征集签名四处奔走的默里！现在，从他那副包裹得严严实实的样子看，他一定是个讨厌阳光的人。她向他走过去打了个招呼。

“我是凯特·科金斯基。很遗憾，你没能阻止他们建那座房子。”

“你好，”他说，“我也非常遗憾。”

然后，他又回过头向那橡皮脚掌升起又消失的地方望去。凯特不但大吃一惊，还非常生气。当初他想让她在那份请愿书上签字的时候，可是蛮谦恭的。人们都说，他彬彬有礼，和平常来帕尔默海滩度周末的那些趾高气扬的新闻界、法律界人士大相径庭。

倘若是那些人，就会这样回答你：“哈罗，我也非常遗憾。

见鬼去吧。”默里的小妻子说话很随便。人们因此而得知，她认为丈夫虽然很有教养，但也不乏怪诞之处。他似乎出生在一个门第很高的英国人的家庭，这话自然也是从他那位言谈随便的小妻子那儿传出来的。他的母亲是个一直没有正式结婚的英国姑娘，跑到澳大利亚生下这个儿子，含辛茹苦把他抚养成人，希望有朝一日荣归故里。默里在澳大利亚人仿照英国人开办的那种语法学校读书，而且成为了一个非常出色的板球运动员，20 岁那年就被选拔到新南威尔士州谢费尔德板球队。他的母亲希望他能以澳大利亚板球队成员的身份回英格兰。倘能如此，那些让她在澳大利亚这个缺少文明的地方带大儿子的亲戚们就会对她刮目相看，并且写信给她说：“你干得太漂亮了！他就像是在我们这儿长大的一样。”

凯特心想，让他开口说话还值得吗？换个场合，这样做也许很自然，可是此刻有什么价值呢？一个人倘若活得有滋有味，要要社交手腕儿还挺有意思，然而她现在还有什么滋味可言？话虽这么说，想要让他开口说话的冲动几乎是一种根深蒂固的习惯。这位默里曾经跑到她那儿，让她在一份对于这个世界来说狗屁不值的请愿书上签字。现在，她也想在他身上试一试自己的本事，看一看有什么价值。

“倘若是我，就去那儿和他们一起玩儿！”她朝他喊道。

他的视线没有移开，一双眼睛还盯着那两个潜水的人刚才嬉戏过的水面。这时，默里已经拿开挡在脸前的毛巾。凯特看见他满脸通红。她懊悔极了，因为那戏水的人正是他的妻子和另外一个男人。也许他们正在水下进行最大限度的“交流”——从同一个面罩、同一个氧气筒里吸吮氧气，再呼到对方的嘴里。

看来，他也被同样古老而又愚蠢的痛苦折磨着。而且他还不如她。她有儿有女——“游泳健将”西奥布罕和伯纳德，以及伯纳德作为“接球员”初露的才华。这一切，给了她莫大的慰藉。默里只能孤零零一个人坐在砂岩上看那对鸳鸯戏水。

如果凯特爬上那块礁石，坐到他的身边。她会说出怎样一番话来呢？

“听我说，放下你的望远镜。旋转调整焦距的旋钮于事无补。我的丈夫倒是拿望远镜也看不见他的踪影，他正在去墨尔本的路上。在那儿，他要对匈牙利房地产经营者、市政府官员、工会领袖发表讲话。我看不到他，但我知道，帕迪塔肯定在那儿。帕迪塔，那个堕落的女人。克林科维奇先生当然已经不再拥有她。彻底完蛋了。你的妻子只有一臂之遥，但你也看不到她。她和她的那位‘潜水员’——他总该有个名字吧！他姓甚名谁？这个让你痛苦不堪的人叫了一个什么动听的名字？”

但是默里此刻心情极其恶劣，他把自己包裹得严严实实，抵挡灼热的阳光。他不愿意被人打搅。他又正了正那块好像阿拉伯人包头布似的毛巾被，表面上看是为了遮挡阳光，实际上是为了把别人的同情和交谈的欲望拒之“门”外。

他傻乎乎地以为，他的妻子和那个不知名的男人重新露出水面的时候，他会发现什么新情况。

凯特自己心力交瘁，不管保罗什么时候“重新浮出水面”，她都不会抱任何希望。这一切使她觉得神经都要失常了。为了恢复一下精神和体力，她决定忘掉默里，去追伯纳德。

吉姆·盖弗尼得知女儿每天晚上都孤孤单单一个人待在

家里，心想她或许愿意和自己一起参加那些带有政治色彩的晚宴。

“为什么去参加这种活动呢？”

“就算一种消遣，一种活动。他们会像对待内阁部长一样对待我们，让我们跟他们坐在同一张桌子旁边。你可以提几个很有礼貌的问题，感觉到自己和权力如此接近。也算一种夜生活吧。”

虽然这并非她通常对夜生活的理解，但她还是去了。她想让父母亲看到，她并没有远离她所热爱的事业。在餐桌上，她还有大家感兴趣的话题。但有些参加晚宴的客人知道，她就是那个被保罗·科金斯基一脚踢开的妻子。

丹尼斯来照看孩子，凯特开始精心打扮。她知道，为了自己，也为了吉姆，她应当打扮得漂漂亮亮的。至少父亲会为她而骄傲。看着镜子里打扮好的自己，不知怎地她突然想起拍电影的富兰克·派雷格瑞诺，一个对于她具有象征意义的男人。如果有机会，他俩倒是相互赞赏、相互满足的一对儿。她想，这真是可怜又可笑的心理游戏，不由得悲从中来，哪里还有高兴和激动的影子？

吉姆·盖弗尼帮凯特把车停在迈克夸利大街的州议会大厦前面。移民部部长和他们同席而坐，总理和财政部长坐在紧挨他们的那张餐桌旁边。吉姆这张餐桌上，大伙的话题都是关于政治难民和经济难民的区别。

总理发表讲话，讲的是关于解除对银行的控制和指数的增长。之后，客人们便转着桌子相互敬酒。凯特注意到，大伙儿，包括总理和财政部长对吉姆·盖弗尼都直呼其名，与他十分热情地握手。围拢过来问候吉姆的都是小时候和他一起在天主教平信徒社团为平民百姓办的学校里读书的校友。他们用小时候爱说的“俚语”交谈，回忆起共同经历的往事。吉姆·盖弗尼从小就对父母的政治团体以及学生们的小派别很感兴趣。凯特现在搞不清楚，父亲会不会再投工党的赞成票，但她知道，老先生并不是总为工党摇旗呐喊。然而，不管怎么说，工党的理想是他信仰的一部分。

今晚，聚集在迈克夸利大街的新的工党领袖都是年轻的专家治国论者和中产阶级理想主义者的代表。在澳大利亚联邦众议院的男女成员、新南威尔士州议会上院和下院的男女成员中间，吉姆·盖弗尼是“圈里人”，是一位可以招之即来，并且提出宝贵意见的可靠的朋友。

然而，他们忽略了一点，那就是像许多白手起家、大获成功的人一样，吉姆·盖弗尼认为，今天的无产阶级已经不具备他那个时代无产阶级的美德。尽管如此，他们似乎仍然相信，他至少是一位积极的、可以信赖的平均主义者。

参加迈克夸利大街晚宴的，除了吉姆小时候的同学和新党的空想家，还有广告、电视、金融、矿产、房地产、建筑等行业的巨头。

这些人利欲熏心、贪得无厌、雄心勃勃、固执偏狭，形成另外一个极端。凯特庆幸，到此刻为止，她还没怎么引起他们的注意。

吃过点心之后，凯特谢绝了侍者送来的葡萄酒。这时，一个头发刚刚染过、梳得整整齐齐、脸盘四四方方的男人走到她的桌子跟前，半蹲着，用干哑的声音说起话来。

她认出此人正是雷戈·克林科维奇。她以前只见过他几次，在海滩上，他近乎裸体。

“我想和你说几句话，凯特。”

和保罗·科金斯基不同，雷戈还有移民口音。对他而言，自然是南斯拉夫口音。他还保留着亚得里亚海地区人们彬彬有礼的做派。不过，此刻他绕桌子乱窜，还漫不经心地蹲在别人椅子旁边，也够不拘小节的了。

“你回家之前，我还能见见你吗？”

倘若在悉尼别的宴会上，克林科维奇不会和一位公然宣称把自己的老婆搞得神魂颠倒的人的妻子这样说话。

可是，现在这个场合，主要话题是政治。这些联邦议会的议员，或者其他政治背景的人物，对保罗·科金斯基先生和帕迪塔·克林科维奇太太的事情一无所知。

“在前厅怎么样？”她建议道。

“三分钟后前厅见。”

在那儿，在新南威尔士州历届总理画像的包围之下，他们将匆匆忙忙谈上几句话。因为总理很快就要离开宴会厅，急急忙忙向他的轿车走去。别人也会步其“后尘”，鱼贯而出。

前厅有一个漂亮的室内喷泉，喷泉周围有几张加了软垫的椅子。

“我并不喜欢这种见面的方式。”

雷戈说，听起来就像情人幽会。他当然知道，情人幽会不会在这种地方。

他十指交叉，放在膝上。雷戈的发家史多少有点像老科金斯基先生——一辆卡车、一台水泥搅拌机、一辆独轮车。对于这样一个人，这双手保养得实在不错。

“听我说，凯特。我要告诉你的，是我一直听到的谣传。我就这样开门见山地对你说吧。我和帕迪塔结婚的时候，想在文件里把她写成我的事业与产业的合伙人。当然，这里面有试图减少纳税的目的，但是对于我，主要是为了表示对帕迪塔的爱情。”

他苦笑着摇了摇头，脸上一副清白无辜、蒙冤受屈的表情。

“然而，我的律师是个聪明的老家伙。犹太人。波兰犹太人。总是歪着脑袋琢磨事儿。他对我就像老父亲。我知道，南斯拉夫人不喜欢犹太人，可我喜欢这个老头。他对我说：‘雷戈，别这么干。想避税也好，想表现你的忠诚也好，办法有的是。我知道，你想跟她和和美美过一辈子，可她的背景不同。她生在澳大利亚，长在澳大利亚。她是盎格鲁－撒克逊人的后裔，或者别的什么类型的人。现在还很难对她下结论。你也许会碰到什么麻烦。所以要谨慎一点，要三思而后行。’”

有几个肥头大耳的工会官员上洗手间。他们步履匆匆，嘴里念念有词，就像文艺复兴时期绘画作品上面“跑龙套”的背景人物。

“我按照老头的意见，又认真想了想这件事情，把她写入‘工业废物处理’那个栏目。我想给她点儿谁也无法拿走的东西。我这样做的结果是，她可以有一份别人永远无法从她手里抢走的固定收入。那时候，我就是这么想的。我洋洋自得。就是现在，我也不会在这件事情上对她有任何怨言。”

“请原谅，雷戈。据我所知，人们都在谣传，你实际上想把她一脚踢开。”

他松开十指交叉的双手。

“三个月以前，她和保罗还没有开始这段孽缘的时候，确实如此。可是现在情况变了。这些日子，我心里非常难过。”他眼里突然充满泪水，顺着修饰得非常干净的面颊潸潸流下。

“这几天，我简直无法忍受让保罗把她抢走这个念头。”

凯特也不由得热泪盈眶。

“我也无法忍受。”

提起这件事，就让人焦躁不安。如果保罗能停止这桩风流事，她相信自己轻而易举就能和他重归于好。但是她并不认为保罗在这个问题上有决定性作用。雷戈·克林科维奇谈到帕迪塔的时候，泪流满面就足以说明这一点。要知道，克林科维奇和科金斯基干的这一行可是不允许掺和眼泪的。

看到克林科维奇潸然泪下，看到他对爱的专制，或者说他的骄傲，凯特越发清醒地认识到，她生命中最宝贵的东西是孩子。凯特虽然也为保罗流泪，但是她心里的指北针却向着伯纳德和西奥布罕。他们是她不容置疑的北方。他们还没有察觉什么——爸爸不在家的日子已经越来越长。孩子们还没有对她这种婚姻提出疑问：“他是不是要永远离开这个家？”因为保罗还没有给两个孩子造成痛苦。迄今为止，他只是让她苦不堪言。基于这一点，她总觉得这件事还可以调解、可以补救。

就这样，克林科维奇愁容满面、泪水涟涟，隐忍着通常克罗地亚人的怒气，宣称他的灵魂为她哭泣，为误入迷途的帕迪塔哭泣。

克林科维奇几乎是凭着意志力忍住眼泪，终于平静下来。

雷戈说："我从可靠的消息来源得知，和我的妻子相比，你拥有巨大的财力，凯特。因为你们结婚时，保罗在最重要的文件上签了字，就像当年我想对帕迪塔做的那样。这样，你就掌握了他的财产的核心。看来，我和你的丈夫都是爱动感情的人。现在，这意味着你可以使这个杂种蒙受巨大的经济损失，凯特。你可以让他面对现实，清醒清醒。自从老科金斯基太太在波兰哪个狗粪堆上生下这个混蛋之后，你可以第一次给他当头一棒。这个杂种！"

克林科维奇这个主意吓了她一跳。她朝四周瞥了一眼，生怕父亲或者跟他同过学的哪位部长或者后座议员或者工会领袖突然从餐厅走出来。他们当中不一定哪位会走过来跟她说上几句话。再说，总理和他的随从随时都可能出来。每逢这种场合，他总会尽早回家。

她必须在总理一行人出来之前，赶快谈完这件事。

"我想，你是想让我把这些情况告诉他，对吗？告诉他，倘若他和帕迪塔结婚，帕迪塔只能给他带来'废物处理'这部分财产。而我，只要有个正经的律师帮忙，就能对他的财产造成巨大损失。或者从他的名下分割一半。我还可以把这些财产卖给他的对手！"

雷戈的目光中充满了希望。

"正是这样，凯特。其实，从某种意义上讲，你一直掌握着主动权。告诉他，你会把他彻底打垮。让他睁开狗眼看看这个世界到底怎么回事儿！跟他来真格的吧，亲爱的。"

看到希望，他一下子变得滔滔不绝，满口方言。

凯特纳闷，这位老兄怎么会相信他的主意能够成功。他想让她通过法律途径解决问题，似乎这样就不会和保罗结下你死我活的深仇大恨。她仿佛清楚地看到，这是一个暗藏杀机的计划。而且更重要的是，这个计划会把她变成一个让人憎恨的女人。

“如果能够成功，我会照你的办法去做。但是我知道，这是不可能的。”

克林科维奇摇了摇头，朝上翻着眼睛，那副样子惹人生厌。

“听我说，亲爱的。让我告诉你该怎么办。在这个世界上，保罗只怕两个人：他的老爹和他的老娘。如果这两个老东西知道你要对他们的儿子下手，把他打翻在地，掏空他的口袋，分走他的一半财产，他们可就着急了，就要认认真真教训一下那个狗杂种。他们是两条泥鳅。他们会威胁他，让他意识到你是无辜的，是他错待了你。”

雷戈这番话听起来颇有诱惑力，凯特情不自禁地在脑子里飞快地转了个圈儿，想弄清楚这个建议错在哪儿。

“如果我拿走他一半财产，那意味着我得承担他一半债务吗？他在加利福尼亚经营的林荫广场可是一团糟。”

“天哪！”

克林科维奇站了起来。

“你是不是有了男朋友，或者别的什么玩意儿？你难道不想挽救你这场倒霉的婚姻？”

“我自然愿意挽救，但是必须在我可以忍受的前提之下去做这件事情。”

“真是废话！”

他捏着嗓子学女人说话：

"'我得尊重我自己！'我们现在谈论的是该死的科金斯基这家混蛋。他们从来不懂得尊重自己，只想发家致富，往狗屎堆顶峰上爬。他们可以在大庭广众之下强奸他们的姐妹。他们知道，耻辱不会杀人，只有输得精光才会置人于死地。啊！看在上帝的份上，清醒清醒吧，澳大利亚人！"

她站起身来，觉得跟他磨嘴皮子真是太傻。从这位克林科维奇这儿，她不会学到什么东西。就连科金斯基一家人都会说，他是个不可救药的混蛋。

"别跟我说这种建筑工地的粗话，我不是包工头。"话虽然这样说，凯特心里却想："我为什么不能这样干呢？不管怎么说，总能起点儿作用。"

能说会道的雷戈·克林科维奇把脑袋偏到一边，尽量使自己平静下来。

"对不起。"

可他又觉得怒火中烧。

"听我说，许多人都认为，是你怂恿了这件事情。你从来不和保罗一起参加官方举行的正式宴会。今天晚上你倒是来了。可你是跟谁来的？你老爹。你应该守着保罗，注意他的一举一动。我也应该像一只鹰，死盯着帕迪塔。"

凯特听了觉得非常好笑，她真想问雷戈："你死盯的结果呢？她不也从你身边飞走了吗？"

"天哪，我真不明白你们这些澳大利亚出生的娘们。你们不想保持老家女孩子的传统。看在上帝的份上，你一定要把他弄回身边再将他打翻在地。这才是明智之举。身为人妻，就该如此，你得把握住他。发挥点儿看小孩儿的保姆之外的作用。”

“在孩子问题上，请你不要对我指手画脚。”

“好吧。我忘了你们像嬉皮士一样生活在帕尔默海滩。我想，你是圣母玛利亚，你的两个孩子是蒙受天恩而未沾染原罪的圣子。”

她居然傻乎乎地听他啰唆了这么长时间！她转身向餐厅走去。临走前，压低嗓门儿说：“你自个儿那段姻缘，想怎么处理就怎么处理吧。别总想着把罪责强加到别人头上。”

她刚走到餐厅门口，总理和他的随从就走了出来。他转过一张充满皱纹的脸，用一双鹰眼看着她，嘴角浮现出竞选总理时常见的笑容。

“是漂亮的凯特·欧布雷恩吧，”他说，“你还会再投我的票吗？”

她微笑着，有点尴尬。

“当然，总理。”

她在心里责备自己不该这样一本正经。总理这人愿意听她说点儿俏皮话。他喜欢那种泼辣、随和的女人。她本来应该说：“没我投票，您哪能连选连任呢？总理阁下。”可是，雷戈·克林科维奇搅了她的兴致。

总理没有多停留，径自走出大门。凯特想，他一定在心里愤愤不平地说：“这个傻瓜。工党使她们从工人阶级中脱颖而出，只过去两代人，她们就都变成了她这副德性。”

凯特望着总理的背影沉思默想。他也是个众所周知的好色之徒，而且自己对此供认不讳。但是总理和保罗不同，他不是那种热衷于一事、一物的“偏执狂”。他绝不会为了某个女人抛弃自己的妻子儿女。

她意识到，像大多数母亲一样，她已经把心中最浓烈的感情给了儿女。她情愿保罗是总理那种好色之徒，因为归根结底，他还要推开自己的家门。

吉姆·盖弗尼给她安排了一辆大型轿车，还指定了一位司机送她回家。

司机问她走哪条路回家。“从森林里走？”他说。那是一片亚热带原始森林，和北面的海滩相连。从那一片片绿荫下走过，是一种消遣，也正可以想想心事。于是她同意了他的建议。

进入森林之后，司机踩了踩刹车，把车开到路边停下。木麻黄枝杈交错，多汁的藤蔓缠绕在树干之上。夜色中，喇叭状的白花仿佛闪着亮光，紧贴车窗。

司机从反光镜里看她。

“需要我帮助您吗？夫人。”

“帮助我？”

“有时候，我能派上点用场……”

“我不明白你的意思。”

“听我说，夫人，我误解了您的意思……”

“我想回家，”她对他说，“回到孩子们的身边。”

“当然。我只是想……”

“车没有毛病，对吗？”

“对。”

为了表示确实没有毛病，他又发动了引擎。

穿过森林，开上灯光明亮的大街之后，她问：“你以前是干什么的？”

“我在农场干活。什么都干。放羊、种麦子。但愿夫人不要在意刚才的误会。”

“照你这么说，就像欧洲的农奴……”

“是的，”他说，“真是这样的。”

“刚才在森林里，你是真想为我做点儿什么……”

“是的。您瞧，有的女人愿意让我为她们效劳。她们总是说：‘从森林里走吧！’”

“简直难以置信。”

她听起来一本正经，可是从社会学的角度看这桩事，又觉得十分惊奇。

她从反光镜里看见他咧着嘴，试探性地笑了笑。

“这次可乱套了……”

她什么也没说，心里想，这样的冒险为什么不可以大胆尝试一下呢？她希望自己能从这个角度看问题，希望自己能有这份闲心。

第七章

早晨，风暴即将来临。

太平洋上空阴云密布。这一带海域是澳大利亚和新西兰之间的塔斯曼海，在旋风横行的季节，险象丛生。

滚滚浪涛冲走了堤坝上黄褐色的砂石。

西奥布罕现在是爱万伦海滩州立学校的小学生。她是二月开始上学的。这是一个雾气蒙蒙的季节，澳大利亚儿童都是这个时候开始他们的学习生涯。吉姆和凯特·盖弗尼虽然对女儿不把孩子送到教区小学读书有点儿惊讶，但也有点在意料之中。凯特自有打算。她认为，西奥布罕是个将要投身多元文化的姑娘，所以头六年还是让她在一个多种文化混杂的环境里受教育为好，以后她还可以到条件更好的学校就读。

今天，她没有送西奥布罕上学，也没有送伯纳德到那种一星期去三个早晨的学前班学习。这既不是心血来潮，也没有什么特别让她害怕的原因。只是两个孩子昨天夜里都有点发烧，梦里还说胡话。恐怕人们小时候都有过这种经历。凯特认识的几个女人告诉她，孩子们半夜里哭叫，多半因为心里郁闷。凯特听了非常难过，对于当母亲的人来说，这实在是一个折磨自己的好“借口”。

不管怎么说，在这样一个“山雨欲来风满楼”的早晨，让孩子们穿着雨衣、雨靴上学，并非明智之举。而且四月份是一个季节交替的月份，草木繁茂的北部海滩，鲜花和绿叶都会释放出一种有害气体，大清早，孩子们吸了，难免会过敏。

这天早晨，保罗·科金斯基说他要去布里斯班处理公司的业务。这个月，他还要到南加利福尼亚和另外几个地方办事。凯特想，帕迪塔一定会想方设法跟他一同前往。她不清楚克林科维奇现在是否还和帕迪塔同室而居。倘若他们还在一起，她可以打电话给雷戈，让他采取“高压政策”，设法阻止帕迪塔成行。

凯特闭上眼睛就能想象出保罗和帕迪塔并肩坐在头等舱里，乘风破浪，航行在太平洋上的情景。她无法排遣心中的痛苦，只好给孩子们倒出画画儿用的毡制粗头笔和一团团的橡皮泥。她跟他们说话的时候显得格外热情——现在她特别喜欢唠唠叨叨，恐怕连孩子们也觉得，这并非好事。

“你怎么总是这样兴奋？”西奥布罕早就问过她。

“你怎么总是这样兴奋？”伯纳德也说。现在小家伙总以跟姐姐学舌为荣。

暴风雨渐渐逼近，伯纳德困了。他摇摇晃晃走到长沙发前面，爬上去睡了起来。凯特怕他着凉，给他盖了一条毯子。西奥布罕还在埋头画画儿，粗头笔、铅笔摆了一大堆。她还给她笔下的人物起了好听的名字。

“这是我的朋友，卡斯坦兹。她是一个非常出色的舞蹈家。全村的人都跑来看她跳舞……”

中午时分，云开日出。风势减弱，浪涛也开始收敛。伯纳德还在睡觉，西奥布罕仍埋头作画，凯特读着一本英国女权主义者写的小说。

她听见一阵沉重的脚步声从与大街相连的砂岩台阶走来，然后跨过红杉小桥，径直走到门口。她知道来人不会是邮递员或者水管工，便从门镜向外望去。西奥布罕只顾画那位大伙都围拢过来观看的舞蹈家，压根儿就没看见妈妈从桌子旁边站起来，向门口走去。

凯特从那个小小的透镜望去，看见来人是律师兼银行家默里。从那个鱼眼睛似的小镜子里看到的默里，脸色青紫，和早晨的天气倒很协调。他按了按门铃，凯特在心里默数了几下，才把门打开。

如果拿用电话出了毛病这种人们惯用的理由来解释默里的突然出现，恐怕没人会反对。我可以保证，在悉尼这个地区，像凯特和孩子们醒来之后的这个早晨，电话线经常被狂风暴雨弄断。

“你好！默里。”她说，语气有点儿刻薄。她想起“澳新军团节”那天，默里对她那么没有礼貌。她想，就是最倒霉的时候，和他比比高低也还是一件让人高兴的事情。

“科金斯基太太，我想请你帮个忙。”

“当然可以。”

她没有让他进屋。事实上，在他没有把事情解释清楚之前，就是进了屋，他也会觉得很不舒服。

“你一定认为我是个愚不可及的家伙。不过，那天你在礁石上和我说话的时候，我正心事重重，不知所云。”

他当然刚刮过脸，不过不像平常那样刮得干干净净，脖子上面还留了一片，颇有点“意大利派”。

“啊，我早把这事儿忘了。”

“我的电话坏了。昨天夜里，一根树枝把电话线打断了。”

她看见泪水突然迷住他的眼睛。这可是稀罕事儿：找邻居借点儿东西用用，却在女主人面前哭了起来。其实，他是在不知不觉之中，把凯特当成了可以倾诉衷肠的对象。凯特又何尝不是如此。爱人的嗅觉永远不会比“倾听者”的嗅觉更灵敏。

她敞开门，请他进来。他走进走廊，西奥布罕还在客厅里边画边编故事。

“于是老师走过来对她说：‘我们需要你，卡斯坦兹。参加一次特殊的表演……’”

默里靠墙站着。

“这星期我还没上班呢。”

“今天才星期二嘛。”

但是她知道，对于默里这样一个人来说，没有明显的正当理由就误了星期一的班，简直有点天理不容。而且，看起来，星期二也要泡汤了……

她把他领进厨房，开始给他弄咖啡。她把咖啡豆放到研磨器里，盖上盖子，感觉到刀片正把肯尼亚咖啡豆切割成粉末。

这真是个好玩意儿，仿佛在忘川[1]举行的一个仪式。

“除了周末，几乎所有房子都空着。但我知道，你准在。你有电话吗？”

“当然。书房里就有一部。你是不是给自个儿倒上一杯伏特加？当然，要是不想喝也不必勉强。”

“我不喝。”

他并没有马上去打电话。

“你能告诉我，电话为什么会坏吗？为什么现在坏？昨天我醒来之后，想给办公室打个电话也没打通。我不得不顶风冒雨跑到海滩上。那家饭店外面有个电话亭。你还记得那个饭店吗？”

“记得。”

他看起来好像发了疯似的，眼睛里又充满泪水。

“我记得，她说要送他进城。那是星期天晚上。具体时间我已经记不得了。那天我醉得一塌糊涂。要是你把我推倒，苏格兰威士忌肯定会从眼角流出来。我可从来没干过这种傻事儿。”

“这一点大家都知道。”

凯特是个性格鲜明的人。她和尤内斯库[2]笔下的人物不同。小说家不相信所谓人物性格也就罢了。可是如果人物本身相信

---

①忘川（Lethe）：希腊神话中冥府一河流名，饮其水忘却过去的一切。

②尤内斯库（Ionesco，1912- ）：法国戏剧家，荒诞派戏剧创始人之一，作品表现“人生是荒诞的”，普及非仿真表演的超现实主义技巧，代表作有《秃头女高音歌手》《椅子》等。

这一套，那又该怎么办呢？

凯特就是这样一个女人。她相信自己是个有血有肉、生气蓬勃的人，并非一阵轻风、一株花草。这一点，我们自然已经知道。就在默里找她签名那天——许多事情还没降临到她的头上——她的脑海里已经有一条河流开始流淌，一个声音开始在她耳边回荡：

“如果我想慰藉自己，他正是我所需要的那种男人。不过，他必须振作起来，他必须像他先前那副样子——彬彬有礼、严肃认真，充满男子汉气概。”

“那是我最后一次见她。我直到半夜才忍不住开始打电话——那时，电话线还没断。我不停地拨他的电话号码。你知道，他从前是我的一位门生。但是我只听见录音电话野蛮的响声和他的声音。这算不算电信事业的一大奇迹？如果你问我的话，我会说，这是惩罚人的一种高明的手段。”

“听我说，”凯特给他倒了一杯咖啡，“你可以放心大胆地说，你恨那些家伙，默里。不要再温文尔雅、书生气十足了。”

“我的确恨那些家伙。可是，这又有什么用呢？你的电话在哪儿？”

她只好把他领进书房，然后抽身回到厨房，留下他一个人在那儿打电话。可是，他很快就回来，看起来越发形容憔悴。

“又是录音电话跟你耍嘴皮子吗？”

“等我能开车的时候，马上就去找他们。”

“很好。我知道你认为自己应该出去瞎闯一通。但是我觉得，你这样瞎碰乱撞毫无意义。”

面对别人爱的废墟，凯特也会变成聪明的圣人。

“我非常羞愧地说，我明明知道什么都无济于事，但还是想试试看。”

他抬起头望着天花板，眼里含着泪水。

“我的母亲比我的父亲年轻许多，可她从来没有这样对待过我的父亲。”

“时代不同了，而且女人的类型也不尽相同。”

默里是在说他的继父，悉尼的一位股票经纪人。他对英格兰来的这位年轻寡妇一见钟情，对她出生在澳大利亚的儿子也十分喜爱。

他决定马上就走，为他这次徒劳无益的旅行做一点准备。“谢谢你，科金斯基太太。但愿他们早点修好电话，免得再来打扰你。”

送他走的时候，凯特心里升起一种怅然若失的感觉。她知道，一旦默里离开，陪伴她的便只有咆哮的海浪和还在那儿嘟嘟囔囔画芭蕾舞演员的女儿。现在，西奥布罕笔下已经出现了另外一个人物——卡斯坦兹心术不正的对手。

“可你不能跳吉塞尔这个角色，”西奥布罕恶狠狠地说，“吉塞尔归我。”

凯特打开花园的门，砂岩围墙那边就是公路。雨后的砂岩发出惨淡的白光。她不想让他就这样匆匆离去。

“我知道，能有个人推心置腹地谈谈，并不容易。我很高兴，你能对我倾诉衷肠。”

“是这样的。我始终不能忘记，在我最倒霉的时候，碰见了你。就是我裹在毛巾被里的那天。那是个可怕的日子。那是多久以前的事情？”

“上上个星期。”

“啊，天哪！”

他打量着搭在小河沟上那块红杉木板子。

“你极富同情心，凯特。”

“事情有了结果，告诉我好吗？”她故意装出一副漫不经心的样子，但是她心里明白，默里准能看透她的心思。

默里说会的，语气诚恳，没有丝毫讥诮之意。他要走但没走，只是咧着嘴对她笑。在这张诚实的脸上看到这样的笑容，真让人心痛。你可以想象这张脸，倒退十五年，或者二十年，新南威尔士州板球队的明星照里，一定有他英俊的面孔。看到他，人们一定会说，多英俊的小伙子！或许还会为他只是我们需要的那种“运动特使”而遗憾。默里相信规则，他总是按规则参加比赛的。现在，他对自己的才智发生了怀疑。“请原谅，凯特。我听说你也碰到些麻烦。我想这也许是一种到处流行的病毒。在我母亲那个时代，可不像现在这样世风日下。”

“你所说的这种病毒，那时也有。不过现在人们更觉得‘名正言顺’罢了。就这么回事儿，你知道，人们都会生出摆脱不了的思想感情，都会产生某种怨恨。这是一种对自由的渴望，不是什么病毒。”

“可是我无法想象这种渴望造成的另外一方面的后果。一个人的妻子就这样不明不白地跑了。没有过这种先例。至少我没经历过这种事情。”

默里说是要走，可总迈不开步子。凯特的话颇有点儿发人深省。他向那一片片橡胶林、茶树、藤蔓、棕榈望去。这些树木从公路蜿蜒的山坡向科金斯基家门前的花园依次排下来，繁茂的枝叶掩映着小桥。他似乎想从中找出一条规律。看来，他注定要失败，三思之后，终于彻底绝望了。

“我最好还是回家醒醒酒吧。再说，修理工要来修电话，家里总得有人。”

他委婉曲折地传达出这样一个意思：一旦酒醒之后，一旦电话修好，他就没机会再向外人倾诉心中的痛苦了。说完这番话，他又很生自己的气。

伯纳德醒了。凯特给他做了一个三明治。天光渐渐放亮，也许她应该打开通往阳台的门，让海风徐徐吹进这座闷浊的房子。

可是不一会儿，乌云又笼罩了张牙舞爪的石岬。

电话铃响了，是连锁电影院的主人吉姆·盖弗尼。

“你妈妈和她的朋友们看芭蕾舞去了。”

盖弗尼太太人到中年之后，迷上了芭蕾舞。她发现一位名叫戈雷米·墨费的悉尼舞蹈编导的作品相当出色，便以不亚于对她的弟弟——那位被人瞧不起的牧师——的忠诚对待他编的舞蹈。

“我知道，保罗到布里斯班去了，”吉姆说，他的消息总是出人意料地灵通。但是话从他的嘴里说出来，让人觉得凯特的婚姻一定十分完美，应该从那浓烈的幸福之中解脱几分钟，出来消遣消遣。“我想这是一个好机会，我们一起出去吃顿饭。”

“我得看看丹尼斯的时间是怎样安排的。”

“你应当雇一个能住在家里的保姆。”

“人们都说我是全职妈妈，现在还用不着雇什么保姆。”

“我们去比尔森饭店怎么样？可以俯瞰悉尼湾，”吉姆问，“那地方是从什么时候热闹起来的？菲利普和流放犯的时代，还是父亲和女儿共度美景良辰的时候？”

“你是不是一直和富兰克舅舅聊天来着？”

“啊，我用不着和他聊，也能弄清都发生了什么事情。”

“我不需要别人安慰。”

凯特可以跟爸爸这样说话，他从来不会因此而发火。要是换了妈妈，准得大发雷霆。

吉姆有点儿笨嘴拙舌地说：“是我这个当爹的需要安慰。我想见我的女儿。跟她在一起，总也待不够。”

她找了一大堆理由。今天下午两个孩子有舞蹈课。他们这个家也有芭蕾舞迷。丹尼斯接他们回来的时候，她希望能在家。而且因为两个孩子都有点感冒，她可能亲自送他们去上舞蹈课。

她让吉姆稍微等一会儿，她要去问一下两个孩子。按照平常的规律，如果他们真的病了，就会说：“不，我要让你待在家里。”她问西奥布罕，愿不愿意让丹尼斯来陪她待到晚上。

西奥布罕还在专心致志地画她的芭蕾舞演员，连头也没抬，说：“不必担心。”

她把阿瓦隆运动场上的习惯用语用到这儿了——“不必担心。”

伯纳德听说丹尼斯要来，高兴得手舞足蹈。在伯纳德的心目中，丹尼斯是完美无缺的代名词。

每逢这时，凯特心中总会生出一丝醋意。丹尼斯已经照看这两个孩子好几年了，在西奥布罕和伯纳德心中，她不仅是妈妈的替代，而且是他们最好的朋友。她可以独立自主地处理孩子们的一切。

凯特有时也感到烦躁，她不曾想到在这样小的事情上，自己居然也会心生嫉妒。看来母亲对子女感情上的“排他性”也是一种天性。弄不好，她也会成为老科金斯基太太那样的人——总认为自己是保罗生活中第一重要的人物，总认为谁都不如她了解保罗，至于他娶凯特为妻，简直是落入一个粗俗不堪的女人之手。

凯特拿起话筒，告诉吉姆，如果“旅行家”丹尼斯有空的话，她可以去见他。不过，她希望到一个比比尔森饭店更清静一点儿的地方。

他说了双水湾一家饭店的名字。那是他喜欢的去处，而不是她经常光顾的地方。他喜欢敞开肚子尽情地吃喝，不喜欢所谓的新式烹饪。

“我派车接你好吗？”他问道。

她想起上次森林里发生的事情，觉得不能再迎合父亲这种性质的误解了，连忙说：“不，我自己开车去。”

和平常一样，吉姆希望早一点吃饭。因为他是工人阶级出身，不喜欢灯红酒绿的夜生活。他说：“六点半。”

西奥布罕一直忙着画她的芭蕾舞剧的主人公，直画得头晕眼花并渐渐进入梦乡。伯纳德倒是来了精神，凯特坐在长沙发上给他读小人书。

天气变化无常。太阳刚露脸，雨又淅淅沥沥下了起来。过了一会儿，稀薄的阳光又从水淋淋的云彩中间洒下。整整一下午，天气像钟摆一样晴了阴，阴了又晴。凯特一直专心致志地给伯纳德大声朗读袋熊和獾的故事，读巴黎一所学校里最小的女孩儿马德林妮的故事，还有神奇的布丁、巨大的桃子的故事。伯纳德总是听得津津有味，百听不厌。

丹尼斯四点半进家，西奥布罕正好醒来，高兴得翻了个筋斗。光线越来越暗，太阳快要沉没到帕尔默海滩陡峭山坡的另一边了。

她穿好衣服，吻了吻两个孩子，向他们道别之后，便走了出去。车库没有门。住在海滩的人都喜欢这种车库，尽管盐分太高的水气会把车身搞得锈迹斑斑。凯特站在车库旁边，回转身望着自己那座房子。她突然想到，孩子们没有问过她生活在这种婚姻悲剧中的孩子们爱问的问题。难道她想让他们提出这种疑问？是否因为她一直给他们读书，带他们疯玩儿，而分散了他们的注意力？

她的车发动不起来。以前从来没有发生过这种事儿。老科金斯基先生经常一边拍着车身，一边酸溜溜地说："德国发动机。"波兰人赞美别人的时候非常吝啬，更不用说赞美德国。平常钥匙插进去只要转一圈儿，它便马达轰鸣。也许因为忘了关灯。她看了看仪表，并没有什么异常。

找修理工已经来不及了。只能明天打电话给阿瓦隆汤姆汽车修理厂，请他们派人来修。她只好回屋打电话叫了一辆出租车。二十五分钟后，一辆出租汽车来到北部海岸这个偏僻的角落。这当儿，两个孩子一直和丹尼斯兴冲冲地玩着，压根儿就没有问关于保罗的任何问题。

双水湾一派国际大都市的架势。从中欧和东欧来的难民在这个地区占了相当大的比例。他们在悉尼东郊发迹，现在又来这儿开咖啡馆和时装用品小商店。这标志着一股新的移民浪潮又要从南非、香港、中国、日本席卷而来。不过他们是移民中的“风云人物”，都带着大把大把的钞票。

吉姆·盖弗尼说的那家餐馆是一家法国餐馆，老板实际上是匈牙利人，餐馆也是个“四不像”。盘子怪里怪气，绝对算不上精致。墙上挂着猎号，整个装饰矫揉造作。

“听我说，”凯特一进门便对吉姆·盖弗尼说，“我的车发动不了，回家的时候，我也准备坐出租车。这事儿您别跟我争。”

她觉得对于她来说，坐出租车更安全。他不会半路停车，提供“特别服务”。吉姆不同意她的看法。“开出租车的什么人都有。”他说，“那些朝鲜人特别蛮横。”他不愿意让她一个人坐出租车到帕尔曼海滩那么远的地方。

凯特决定和爸爸针锋相对。

“我来双水湾可不是和你在这个问题上争来争去的。”

吉姆软了下来，可凯特还没完。

“还有一个话题我不想谈。”

他看着自己一双手。

“我知道哪个话题你不想谈。这也正是没请你妈妈大驾光临的原因。”

他咧嘴笑了笑。要是妻子在这儿，很快就会提起保罗·科金斯基。她会鼓动凯特逼迫他回家或者离婚。跟爸爸在一起就没有这种麻烦。

“我们可以谈谈你的女朋友。”她说，意在表现自己的幽默并没有因为生活中的痛苦而受到损害。她当然知道老爸没有什么女朋友。

当她的父亲可不是件容易的时情。他天生就是一个“从一而终”的人。他每天的时间都安排得有条不紊。早晨六点之前，到百岁公园骑他的赛车。六点半到塔特赛尔俱乐部游泳。八点差一刻，坐到办公桌子旁边开始办公。他睡觉很早，是一个快乐幸福的人。

他们一边喝洋葱汤，一边谈起孩子和富兰克舅舅。眼下，富兰克舅舅还是悉尼大主教管辖区的教区牧师。但是红衣大主教方加蒂已经视他为眼中钉。吉姆·盖弗尼认为富兰克舅舅之所以被攻击，有其特定的原因，并不完全是他自己的罪过。

“众所周知，悉尼是一个观念狭隘的地方，非常狭隘。小时候我并没有认识到这一点。后来，到处旅行之后，才感觉到这种拘谨与陈腐。不管怎么说，大主教认为他太过分了。富兰克为朋友的各种借贷作保证人，这是违反教规的行为。他还在西郊又买了两家酒馆，当然是以那个女人的名义。”

他总是管柯尼太太叫“那个女人”或者“他的朋友”。

“教规当然明确规定，牧师不能拥有旅店、酒馆。你知道这一点吗？凯特。最让人吃惊的是，富兰克舅舅教区里的那些教徒。我到现在也琢磨不透这一点。在欧图勒的殡仪馆，他对死者的家属说上几句悼念亡灵的话，他们就永远不会忘记。这就是富兰克了不起的本事——吸引人，让他们忠实于自己。”

他压低了嗓门。

“他跟那些接受了他精神抚慰的人们要钱的时候，可一点儿也不脸红。这个老富兰克，真是个让人惊讶的家伙！没有他不敢干的事情。”

“他可从来没跟我要过东西。”

“他把你视为掌上明珠，凯特。你知道他是何等人物吗？他简直是个土匪头子。”

他的脸上露出一丝微笑。当他说“土匪头子”的时候，他也许想起了欧德韦尔——威克洛[①]的头领。小时候，在吉姆·盖弗尼这样一个好基督教徒的心目中，欧德韦尔是个英雄、牺牲者，他甚至赢得了英国人的尊敬。后来，他来到澳大利亚，现在，静卧在维沃利公墓华丽的墓地里。富兰克舅舅和他有点相似之处，他们都爱干点儿违反教规、甚至“颠覆与破坏”的事儿。

“还有不少人恨他。许多人写信告富兰克。那天，我在悉尼皇家剧院碰见他的老朋友布莱恩特。布莱恩特对我说，这是一场有预谋的行动。每星期一或者星期二，教区办事处都会收到四五十封举报信。人们去做弥撒，实际上是为了寻求一种刺激，看看这位丑闻迭出的牧师站在圣坛上是怎样一副模样。然后回到家里就写卑鄙的匿名信。”

“如果他们直截了当地向富兰克舅舅提出自己的看法，富兰克舅舅会有所改变吗？”

吉姆没有回答。富兰克舅舅——这位天主教的巫师对此类问题一贯避而不谈。

毫无疑问，吉姆·盖弗尼如果当牧师，一定比富兰克舅舅强得多。吉姆·盖弗尼甚至可以当到主教。他不会像“不怎么

①威克洛：爱尔兰共和国东部港市，威克洛郡首府。

受人尊敬”的富兰克舅舅那样，成为一个人欲和神职相矛盾的象征。

“然而，你可能全然不知，”具有主教之才的吉姆·盖弗尼试图转变话题，“你的舅舅把他在富莱明敦那家酒馆的全部收入都给了年老的牧师。我相信，那些写信向主教告状的人绝对不会提到这一点。”

他们谈时光的流逝。因为被她称为“休假年”的这一段岁月即将结束。再有 18 个月，伯纳德就该上学了。她对人们说，等到伯纳德 7 岁，她就回伯尼·阿斯特那儿工作。

“这次，我要坐办公室，我不能再跟在那些电影明星屁股后面瞎跑了。”

吉姆说：“你真是个好母亲。”

凯特耸了耸肩。

“今晚不像是父女欢度的良宵，是吗？我们一直在谈富兰克舅舅作为一个牧师的失败，谈我婚姻的失败。”

“不，不，在我看来，你们俩都没有失败。至少这失败不是你的过错。也许就连富兰克舅舅其实也没有什么错误可言。”

如果他是富兰克舅舅的主教，他们可能达成某种和解。富兰克舅舅已经快 60 岁了。岁月和新的时代一定会比主教大人给他们更多的关怀。

就像闲聊一样——对于她其实有比闲聊更深的含义——她跟爸爸讲起默里，讲起默里年轻的妻子，还有那天小妻子和她的男朋友穿着潜水衣藏到海底的故事。讲默里气得快要神经错乱了，完全失去了律师兼银行家的风度，失去了板球明星的风采。她自己也感到奇怪，为什么和父亲谈起这事儿时，自己会错待默里，把他的痛苦当作消遣的话题，以防爸爸提起她自己的不幸。

一位斯洛文尼亚侍者走过来告诉吉姆，有他的电话。这位侍者像悉尼所有南斯拉夫侍者一样，极力模仿意大利人的做派。

吉姆站起身去接电话，临走时开了一句玩笑："我没让我的女朋友往这儿打电话呀！"

凯特坐在那儿看自己一双手。她还戴着结婚戒指。这是一枚祖传的波兰宝石戒指，在第二次世界大战的战火中幸存了下来。这是她和保罗订婚时，老科金斯基太太送的礼物。

看着科金斯基家送的礼物，她突然想，此刻，如果保罗看见她坐在这儿，一定会说："你有时间和你的父亲一起吃饭，怎么就没有时间陪陪我呢？"

直到此刻，她才第一次想到，为什么自己不能也在建筑行业干一干呢？不管干这行的人怎样鱼龙混杂，但毕竟是正经的产业。只要有能力，她在这个舞台上就能找到用武之地。也许她还能出谋划策，成为丈夫的左膀右臂。她觉得责无旁贷，不仅仅因为自己在律师办公室签过那些受托人文件，还因为从严格的意义上讲，这是一件不可或缺的工作。

至少，这件事情可以考虑，她也准备考虑。这时，她突然觉得奇怪，父亲这个电话怎么接了这么长的时间？她朝柜台望了望。电话一般都在那儿搁着，可吉姆不在那儿。服务员总管大概看出她的疑惑，走了过来。他也是个假装意大利人或者匈牙利人的斯洛文尼亚人。他之所以这样做，仅仅因为不想浪费时间向那些无知的顾客解释斯洛文尼亚在哪儿，也不想把自己说成南斯拉夫人。

“科金斯基太太，你父亲在我的办公室里接电话。”

她朝办公室的门望过去，好大一会儿，还没有吉姆·盖弗尼的影子。那位总管又走过来，给她送上一杯甜露酒。她摇摇头，拒绝了他的好意。

吉姆终于走出办公室，向她走来。他神情疲惫，脸色苍白，面颊好像突然之间深陷下去。不知道他对那位斯洛文尼亚总管说了些什么，那人连连点头，好像在说：“当然，没问题。一切听从您的安排。”

吉姆怎么突然之间变成了这副样子？

和总管谈完之后，他走到凯特面前。

“凯特，我们得马上走。”

她问他出了什么事儿。他说，这儿不是说话的地方。边说边拉她往外走。“是妈妈出事儿了吗？”她焦急地问。

他越发神情慌乱，似乎已经忘记焦急为何物，只有麻木流遍全身。

“妈妈？不，不是这事儿。”

他摆了摆手。

“有点事儿。但不能在这儿说。”

她看见他嘴角的皱纹轻轻颤抖着。她和他在桌子中间穿行，向门口走去。“是妈妈出事儿了！”她说。

“不是。我已经对你说过，不是她。我们得赶快，凯特。”

他们得赶快离开这个明亮的、坐满悠闲快乐的食客的地方。他们已经不再具备在这里享受生活的资格。

“那么是保罗。是保罗！告诉我！他出了事故。和那个婊子帕迪塔。”

“凯特，跟我走吧。到车里再说。”

“是孩子。天哪！是西奥布罕和伯纳德！”

“别胡思乱想！”他似乎已经完全绝望，用命令的口吻说，“谁都没事儿。”

但是说到“谁”的时候，他有点躲躲闪闪。她可以非常准确地感觉到这一点。孩子们也许平安无事，但并不是谁都没事儿。

“一定是妈妈。”

“看在上帝的份上，凯特，别瞎猜了。你就跟我走吧。”后来，她永远不能忘记，那一刻，她仿佛清清楚楚地看见，保罗和克林科维奇太太死在一起。他们乘坐的汽车和油车相撞，或者飞机失事——尽管澳大利亚慈祥的天空很少发生空难。

“你如果不告诉我，我就不上车，”凯特站在人行道上说，“我去叫辆出租车，自己把事情搞清楚。”

吉姆的脸色非常难看，好像再也支持不下去了。他用近乎哀求的口气说：“凯特，一上车，我就把什么都告诉你。”车停在一家时装用品小商店外面。店主是个匈牙利人，凯特在聚会上见过他。吉姆·盖弗尼手忙脚乱，一下子打不开车门。

“要我过去帮忙吗？”

“不用，不用。不过如果你不介意的话，打开车门之后，我就不过去扶你上车了。”

吉姆终于打开车门，又开了里面的锁。凯特在她的座位上坐好，发现父亲几乎是靠方向盘支撑着身体。

“我开车吧。”她坚持说。

“不，不，”他无力地喃喃着，心里明白，一旦凯特——一个被剥夺了一切的女人——知道了这件事情，也会像他一样，血压升高、手脚冰凉。

“那么，旋转钥匙，发动汽车，把什么都告诉我。”凯特发号施令。

他一踩油门，汽车颤动着转了一个弯，开上新南威尔士大道。这是贯穿悉尼东郊的大动脉。

“怎么样？”平安上路之后她问道。

不过她并没有再多说什么。因为她看出，他已经经不起任何压力。她决心控制一下自己焦躁不安的情绪，不要让他痛上加痛。

“等一会儿，等一会儿。”他不停地说。不过这个“一会儿”过了好一阵子。汽车穿过金斯克罗斯大街，又驶过威廉大街。一个十六岁的妓女穿着超短皮裙、高跟鞋，站在寒风习习的街头。

从威廉大街右拐，再从米切尔图书馆后面绕过去，便进入迈克夸利大街下面的通道。出了这条通道，眼前豁然开朗，那便是令悉尼人心神气爽、精神为之一振的地方——悉尼港。悉尼歌剧院的陶瓷船帆已经遥遥在望。

这里还是容易发生危险的地方，因为这里是大街小巷汇聚的地方，而且悉尼港那座巍峨的大铁桥常常遮挡司机们的视线，人们一走到这儿，就变得焦躁不安。这时，一辆满载蔬菜的大卡车从一条大街斜插过来，风驰电掣般地驶进吉姆·盖弗尼正行驶着的车道，差一点儿撞上吉姆的捷豹。千钧一发之际，吉姆猛踩刹车，嘴里喃喃着：“天哪！天哪！”

那辆拉蔬菜的卡车消失在前面一个通道，向大桥飞驰而去。司机全然没有想到，他把连锁电影院创始人吉姆·盖弗尼吓了个半死。

吉姆爬在方向盘上大口大口地喘着粗气，别的司机紧打方向盘，从他身边怒气冲冲地绕过去。吉姆摇了摇头，让自己清醒一下，手指不停地敲打尾灯的按钮。

“这儿不能停车。”凯特提醒他。

吉姆这时才把注意力集中到凯特身上，告诉她发生了什么。

第八章

灾难之后将近三个月过去了。伤痛在慢慢消减，高烧已经退尽，琴斯托霍瓦那位被烟火熏黑的圣母玛利亚不再光顾凯特的病房，并大声谴责她。凯特肩膀上的伤口已经愈合，留下难看的粉红色的伤疤。一位外科医生来看过她，详细检查了一番，看是否可以做植皮手术。

默里同意中午来接她出院，把她送回悉尼港附近父母亲家里。吉姆·盖弗尼任由她点名请默里帮忙。他知道，如果他和妻子凯特·欧布雷恩来接凯特出院，一定会搞得大家手忙脚乱，四邻不安。

她的病房里放了一整瓶伏特加，不过瓶子上面的标签已经撕掉了。这是那座房子留给她的唯一纪念品。那天夜里，州急救中心消防队一位身穿制服的年轻人，往走廊里面走了走，在墙角搜寻了一会儿，顺手提起这瓶酒拿了出来，最后又塞到她的手里。她当时如同行尸走肉，抱着这瓶酒梦游般地离开那片废墟。在她父母亲家里，这瓶酒一直放在床边的小桌上。盖弗尼夫妇不愿意把这瓶伏特加放进他们的酒柜里，那里面的酒都是用来兑鸡尾酒的好酒。即使凯特同意，他们也不会这样做。把它扔了或者倒掉也不合适。因为它能幸存下来也非易事，于是这瓶酒平添了几分神圣的色彩。

毫无疑问，她把这瓶酒当宝贝一样看待。她把它带到斐济，又拿到医院。这是旧日生活的一个碎片，似乎靠它能够重建已经逝去的一切。她心里已经有了一个出走的计划，准备做一次彻底的改变，长路漫漫，前途未卜，带着这瓶酒显然诸多不便。于是，她抓住富兰克舅舅到医院看她的机会，请他帮忙。她说，父母亲出于好意，或许会处理掉她从那场灾难带出来的这件"工艺品"。她想让他带走，替她保管好。

富兰克舅舅在教堂司祭席、在欧图勒的殡仪馆，抚慰过那么多痛不欲生的人们，自然知道她需要什么，知道忧伤会生出多少不合逻辑的想法。

"你不会再喝酒或者再拿酒和别的饮料兑着喝了，是吗？"

"我的上帝！你把我想成什么玩意儿了。"

就这样，她为最后一件心爱之物找到了"避难所"，现在她已经是一个无牵无挂的旅行者了。

有几个护士要来跟她道别。并不是因为和她有特别的感情，而是出于职业道德。她们还想看看她眼睛里的鬼气，熟悉一下失败和痛苦留下的阴影。她或许会使别人胆战心惊，但不会使她们失去往日的镇定。

到了最后，她惊讶地发现，她们对她似乎很热情，尽管她和她们并没有特别的交情。如此说来，她们的关心是真诚的，或者只是一种怜悯。不过，她不想在这类问题上费心劳神。她要走向一个全新的世界，在那里，压根儿就不存在这样的问题。

想起默里，她心里就生出悲凉之感。他已经安排好工作，准备下午接她回到她度过少女时代的娘家，爸爸和妈妈正在那里焦急不安地等她。在父母面前她并不觉得有什么懊悔之意。因为为人父母者，对儿女总是期望很高，你做得再好，他们也还是失望。此外，即使把家事处理得很好，你也还是无法使这个世界更适合生存。当然，对此你可以抱有益于健康的幻想。她从电视里得知，吉姆和凯特·盖弗尼老夫妇俩，还被另外一件事情困扰着。

富兰克舅舅从我们这个故事开始，就一直处于一种前途未卜的尴尬境地，现在，他终于被方加蒂主教停了职。教区办事机构里也有富兰克的支持者，他们对报界透露了这件事，主教阁下也将因此而蒙受耻辱。富兰克舅舅到底是圣人还是无赖，一直是教徒们争论的焦点。有的人支持他，有的人反对他。现在，不少人说，欧布雷恩神父家里这场悲剧，为方加蒂阁下玩弄权术创造了条件。

富兰克舅舅来医院她的床头探望过几次。从他的神情看，似乎对人家剥夺他布道、做弥撒、主持婚礼的权利不以为然。他大谈诉讼。他似乎特别相信，神职人员也可以通过民事法庭寻求公道。

尽管“不怎么受人尊敬”的富兰克舅舅是她的“上帝”，她只是他的外甥女。她即使消失得无影无踪，他照样可以摆出一副圣人的架势，对方加蒂的缺点毛病大加攻击。

墙角放着她那个大一点的箱子，里面装着她最好的衣服，包括那天他们用救护船把她从机场送到这儿时穿的罩衫和裙子。她在箱子上放了一封信，上面写着默里的名字。还有一封，是写给父亲、母亲和富兰克舅舅三个人的。

给默里那封，是这样写的：

最亲爱的默里，

请听我讲，我的最亲爱的默里。你来接我的时候，我已不在此地。因为我已经没有时间安排落实这些事情。如你所知，我痛饮了你友谊的美酒，至今头晕目眩。我像一只小鸟拥抱太阳。所以，我的心神已经完全混乱。

如果我早一点知道你——一个严谨的英国人——如此温柔，充满男人的魅力，最亲爱的默里，我一定会把少女的痴情献给你。

这句话她故意写得这样轻浮。本能告诉她，这封信非得加点儿轻率、轻浮的色彩不可。人们会因此而得知，她还头脑清楚，可以允许她一个人离家出走。信上还说："这也算我们在斐济度假的收获：对人类学有了一点了解。"从某种意义上讲，的确如此。她一直为和默里一起度过的那些疯狂的、仿佛吸毒成瘾的快乐时光而惊讶。她认为，这是他们之间的恋情真挚、严肃的标志。她没有风流浪漫的艳史，以后怕也难有更"严肃"的恋情。他或许会因为失去她而痛苦、张皇失措，但这不会置他于死地。他还能找到别的女人。那时，这对他来说已是轻车熟路了。她在信中继续写道：

我很难过，不知道什么时候才能回来。求求你，默里，如果你愿意帮我，那么最大的帮助就是不要找我。我想，这笔账你还是算得过来的，默里。我要么这样默默地离去，要么自杀，不找我就是让我活下去。如果可能，请给我的家人多做工作，让他们断了四处找我的念头。让我的舅舅——被人称为异教徒的前牧师富兰克先生为我和我的孩子们做弥撒。

现在，让我把该讲的话都讲清楚。默里，我欠你太多。这一点，我对谁都不会隐瞒。我还要对你说，我爱你。但是这句话从我的嘴里说出来，和从别人嘴里说出来大不一样。这一点你应该知道，默里，我的含义有多么准确。

你的真诚的

凯特

她穿了一件淡蓝色的宽松的运动衫，绿裤子。这两件衣服碰巧质量都非常好。她希望能给人留下一点印象。她的本意是到像川玑或者库纳布尔这样的小镇去找个工作，类似汽车旅馆这种地方的经理，不会因为她的衣着打扮而大惊小怪。所以她虽然身着名牌时装，却是那种“混合型”的休闲打扮，随随便便，并不刻意装饰。她手里提着一个塑料包，里面装了一包坦佩斯牌卫生巾。她已经 3 个月没来例假了。不过她知道因为采取了措施，自己并没有怀孕。也许因为心情不好，或者因为化学药品的缘故，才会发生这种情况。她在航空包里装了几样简单的化妆用品、几件内衣和安眠药。医生告诉她，只要不同时喝酒，可以服用这种药片。因此，路上如果她愿意，就可以戒酒，靠吃药入睡。

她手里的航空包没有拉拉链，故意做出一副漫不经心的样子。现在她已经走到走廊上，还是那样漫不经心。她对护士站的护士小姐说，要到公用卫生间化化妆。

这是一家私立医院，卫生间的设施不亚于五星级饭店。坐在椅子上，她意识到，在今后相当长一段时间里，这将是她使用的最豪华的卫生间。镜子里的她映照出灵魂深处的一种变化。不是快乐，而是快乐的影子，是快乐打在皮肉上的烙印。

在电梯上，她也显得随随便便，一副无所谓的样子。她和医院里两个病友闲聊。那两个女人一个做了子宫切除手术，另一个甲状腺有问题。走进前厅，她向四周张望了一下，然后径直向达林赫斯特大街走去。她对这座城市实在太熟悉了。她无法相信，它已经有近 200 年的历史了。这座城市的年龄超过了埃及第十九王朝的持续时间。

凯特坐出租车到了马丁银行。虽然她准备过艰苦的生活，但是手头有一笔应急的现金，也还算明智之举。她从自己的账户上取了 10000 澳元。银行办事员很不耐烦。因为她的钱还在科金斯基家数额巨大的户头上，办起来手续繁多。

她来到中心火车站，这是一座规模宏大的建筑。倘若住在悉尼东郊，或者北部海岸，你可以几年不来这个地方。你可以走在那巨大的拱形屋顶下面，而对过往的火车视若无睹。凯特还是小时候和妈妈一起坐火车出门旅行的时候来过一次火车站。现在大厅已粉刷装饰一新，整个火车站已建成了百余年，因此颇有历史的沧桑感。开往全国各地的火车停靠在十几个站台旁边，等待那些坐不起飞机或者目的地没有机场的旅客。

她在候车室看到的那些面孔，大部分都是不怎么复杂的淳朴的澳大利亚人。乡下人坐到乡下去的火车。这里没有来自世界各地的居民，除了几个亚洲人，其余旅客大都是饱经风霜、真诚务实的丛林人，还有一些英裔凯尔特人。人们现在爱在特写里把他们写成祖先相互敌对、到了他们这一代却彼此达成谅解的人，他们用连字符号轻而易举把曾经水火不相容的姓氏连到一起，成了一家人。他们的脸被太阳烤灼出一块块红斑，甚至生出瘤子。他们的眼睛一直在狂风和烈日下，细眯着眺望漫漫远方，即使现在在中心车站巨大的屋顶下面，仍然半睁半闭着。他们的面孔曾经听任大自然的磨蚀，与她自己的肌肤一样。

候车室巨大的屏幕显示，十五分钟内有两列开出去的列车。这两列车走了之后，再过四十五分钟才有车。她本来想在周围溜达一会儿再走，可是又怕默里或者别的什么人找到这里。

第一列是快车，沿海岸向北，直达戈拉夫敦。第二列车她更感兴趣。屏幕显示，沿途有许多小站。对于一个试图躲避大海责难的女人，这条路线最为理想。因为火车一直向西北行驶，进入内陆地区。澳大利亚人认为，这个地区既是一个可以找到答案的地方，又是虚无之所在。这列火车要经过的地方也让凯特感到一种慰藉。屏幕上写着：巴瑟斯特、奥林吉、威林敦。这都是英国常用的地名。这种英国味儿一直向里延伸，直到土著人的地名渐渐占了上风：达布、纳罗马恩、川玑、内沃塔尔、木林嘎吉瑞、木亚木巴、宁嘎。从宁嘎换车可以到荷梅代尔、坎贝里沟和科巴。或者继续往前走，到吉瑞兰姆堡、库拉巴、贝罗克、布伦达尔，然后到伯克。伯克是为了纪念一位名叫伯克的总督而得名的。这座小城坐落在达林河边。而达林河是为了纪念另外一位总督达林得名的。

你或许知道，每逢人们谈起荒凉、遥远、丛林深处、人烟稀少，就会想起伯克这个地方。而眼下，所有这些概念包含的意蕴都是凯特求之不得的。在这条铁路线上，从巴瑟斯特到伯克，每一站都是一个机会，都可能是一个理想的去处。

她没有买头等票。事实上，整个伯克铁路线没有“头等”可言，对于大千世界，这倒是一种平衡。再说，她喜欢四周都是乡下人的面孔。她愿意死死盯着那些面孔，直到头脑发木为止。她希望在这些面孔的帮助之下，远离这个被毒化了的世界，回归到那个更为安全的澳大利亚——吉姆·盖弗尼小时候的澳大利亚。在那儿，人们管午饭叫正餐，管正餐叫茶点，管箱子叫旅行包，管乳牛场主叫“挤奶头的”。在那儿，人们用老祖母留下的烧木柴的炉子做饭，还会轻轻松松地拿1964年的大旱和洪水跟1986的大旱和洪水作比较。

她买了一张到伯克的通票，不过她未必走完全程。碰到想去的地方，她或许就下车了。

窗外的景色一直没能吸引她的注意力，直到翻过连绵逶迤的山岭，进入煤城雷思沟。雷思沟坐落在群山脚下，过往的运煤卡车在路上撒下的无烟煤在阳光下闪闪发亮。这里地势开阔，人们一定以为，每一位矿工和他的妻子都拥有一座四分之一英亩大的宅子，独门独院，没有共同的院墙。其实不然。也许因为它离悉尼和“科金斯基城堡”还很近，这里住房还比较拥挤，而且煤城普遍具备的缺点它都有。凯特从车窗望过去，看不到她所寻觅的东西。

渐渐地，羊群和牛群出现在视野之中，土地变成了棕黄色，牧场看起来更加干旱。巨大的桉树屹立在牧场中央，饲草现出虚假的绿色。火车穿过大河的时候，她看见牛群向山坡上的棚圈走去，挤奶工人正等着挤下午的奶。周围安谧宁静，牲畜从容不迫地慢跑着，一切一切的背后，是一种近乎催眠状态的惰性。她试图发现自己与这些动物相类似的习惯，能够屈从于那种昏昏欲睡的状态，将自己限制在最基本的要求和期待之中。她心里想，从某种意义上讲，我在这儿可能获救。

这里的景色几乎都是一片宁静。牛羊慢慢地啃着青草，沉浸在反刍动物巨大的单调与快乐之中。

蜿蜒曲折的大河流过的地方，便会有城镇出现，城镇那边是辽阔的平原，远处是连绵逶迤的山岭。她觉得自己在这样的原野一定会很快乐。城镇按照一定的规律一次又一次地出现在你的眼前。先是零星的建筑物，然后是教堂、银行、镇公所。这些坐落在不同城镇的建筑物完全可以相互替换。小镇的房屋有的是十九世纪的砖头或砂岩建造的。有的是二十世纪五六十年代奶油色砖头建成的。那是羊毛和肉食价格上扬的时代，是丛林的黄金时代。每个小镇的旅店都是按照维多利亚时代的建筑风格建造的，而且名字也只有那样几个：铁路酒店、塔特萨尔酒店、联邦酒店、维多利亚酒店、皇家酒店、商业酒店。

凯特突然想，她应该下榻于这种小旅店。以前，她一直打算在那种带檐板的房子里租一间小屋。可是现在她决定到一家叫做铁路酒店的小旅馆住下。她可以找一间小小的屋子，只放得下一张单人床，墙上没画儿，走廊尽头是女人公用的洗澡间。她就想找这样一个地方隐姓埋名住下去。

整整一上午和半个下午，她都是伏在窗口，望着窗外单调的景色度过的。下午四点多一点儿，火车小心翼翼开过一座小桥。前面河水早已干涸的河湾里有一座小镇。她看见想象之中的教堂、旅店。极目远眺，是一座座风雨剥蚀的黛色的山峦。这座小镇最引人注意之处或许正是它的安谧和慵懒。一旦太阳落山，小镇就万籁俱寂。

现在是五月，按照冬时制，表已经往前拨了一个小时。太阳很快就要落山了。

第九章

火车还没有拉下制动闸，她就收拾好提包向车门口走去。车站建筑物还是那种经年不变的黄色。小时候，她和妈妈出去旅行时，遍及城乡的车站售票房就是这种黄色。她踏上铺着沙砾的站台，手里提着包，向黄色的票房走去。门口的检票员让她等一下，他要先放别的旅客出去，再给她办理退款手续。因为她的票到伯克，现在中途下车，可以按规定，将前面那段路程的票钱退还给她。让检票员大惑不解的是，这位妇人并不想让他退款。她就想留着这张票，在距离伯克 150 英里的地方下车。

看着他的疑惑，她心里很高兴。她就喜欢生活在一个一切都循规蹈矩的小镇里。在这里，几乎没有人会做出这种轻率的选择。这件事将长久地记在检票员心里。回家之后，他一定会当天下奇闻一样讲给妻子听，告诉她，有一位不知来自何方的女人，拿着到伯克的票，连退款也不要，就在木亚木巴下了车。

如果木亚木巴是这样地接纳各色人等，那么这是一个可以待下来消磨时光的好地方。

车站外面是货场。货场里杂草丛生，铁路线上停着几列运送谷物的车皮。

铁路那边，是宽阔的大街，大街两边绿树成阴。从前，那些在印度受过训练的土地测量员规划这座小镇时，想的是一个充满希望的新世纪，因此马路设计得很宽。

这里还有一个很大的女修道院，一度十分兴旺。那时候，丛林地带颇为繁荣，小农场主丰衣足食，劳动力十分缺乏，修道院里住满了和她的母亲同属一个基因库的修女。那座英国国教的教堂也高雅漂亮，而且肃静。离教堂不远，是十九世纪建造的法庭。石头门楣上刻着狮子和独角野牛，还有维多利亚女王的英文缩写 VR。有几个土著人和几个白人小伙子坐在门廊下面的椅子上，等着看这天最后几场小热闹。

她走到一个火车道口，道口旁边有一间涂成黄色的小屋。有一个看门人和他的妻子曾经住在这里，写下他们未曾见诸文字的历史。从这里望过去，凯特看见铁路北边有一幢门廊宽阔的二层楼，楼房上面的招牌写着：墨齐森铁路酒店。铁路线把酒店和小镇的主要建筑物分在两边，对于凯特来说，也算一个优点。

火车已经开走，消失在漫漫的西方。她从被看门人丢弃的小房子旁边走过，仿佛听见钢轨在百里之外的啸吟声、母牛忧伤的哞哞声和旧卡车换挡时的咔嗒声。

墨齐森铁路酒店。深棕色的砖墙，砖头制作得十分精巧，至少是九十年前的产品。窗户上安着磨砂玻璃，玻璃上面呈半圆形写着“铁路酒店”几个大字。楼下酒吧正门上方写着业主的名字：约翰·帕特里克·墨齐森和康斯坦蒂亚·V·墨齐森。

她没有进酒吧，而是从旁边一扇门径直向楼上走去。她寻思客房部登记处肯定在楼上，但她想错了，这种酒店在楼下酒吧登记。如果你受不了那些喝酒人火辣辣的目光，可以马上走人。根据经营法的规定，这种酒店主要开酒吧卖啤酒，同时也可以为客人提供食宿。

酒吧里坐着几个老头，还有几个皮肤黝黑的旅客，他们在屋里也戴着牧场工人的帽子。厨房外面与餐厅相连的配膳室里，一个壮实的女人正忙着分牛排三明治，经理一边倒啤酒，一边抬起头朝那几个顾客喊道：“你们好，小伙子们！”

他从配膳室取出三明治，送到那几个黑不溜秋的小伙子面前，目光自然落到凯特身上。

凯特第一眼看见木亚木巴铁路酒店的主人兼经理，就觉得此人不大可靠。他个子很高，给人一种头重脚轻的感觉，给客人们倒啤酒、送三明治的时候，动作麻利得让人很不舒服。一位旅客拿三明治中间夹着的肉开玩笑的时候，他就会拿出早已备好的哈哈大笑。

他这副样子正是凯特想象之中的小酒店老板的样子。他朝凯特走过来的时候颇为谨慎。尽管她穿着随便，没有刻意打扮，在他看来还是不怎么顺眼。他不知道她需要他的宽容，她希望他能够理解她目前的处境。至于她的悲剧，眼下当然只能守口如瓶。等到适应了这里的环境，她或许会和盘托出。

“能帮你什么忙吗？”他有点焦躁不安地问。他以为她想卖给他什么东西。

“我想在您这儿找一个吃住的地方。”

她的头轻轻地颤动——这毛病已经有好一阵子了，乍一看好像故意抽动脖子，其实她是不由自主。

“房间倒是有几个。”

听他的口气，似乎只有到晚上才能搞清楚是否可以给她一个房间。他说，可能有一车日本或者美国的旅游者要来。这种事儿在花花绿绿的大城市当然并不鲜见，他们来木亚木巴也只是路过，但这打破了这座小镇千年的寂静。

他转过头，喊了一声：

“康妮，你先照看一下酒吧，好吗？”

一个年轻女人的声音传了过来：“干吗让我照看？”那声音听起来气势汹汹，而且一听就是历来如此。

“有人要看看房子。”

酒吧那头一位顾客说：“老杰克，你最好在康妮看见之前，把这位女士带到楼上。”

酒吧尽里头一个老头不怀好意地笑着。一种男人的欲望在蠢蠢欲动。杰克朝那个戴一顶大帽子的顾客骂道：

“去你妈的！伊恩。”

靠墙摆着一溜瓶装的朗姆酒和威士忌。瓶子下面挂着一串钥匙，老板取下那串钥匙，朝凯特打了个手势，让她沿着柜台走，在前面那个小酒吧拐角和他会合。凯特发现，在冬天的夜晚，这个小酒吧一定非常舒服。

他领她走过前面的走廊。她刚才就是从那儿上楼的。墙壁上镶着杉木板，因为刷了厚厚的清漆，已经看不出原先的木纹。墙壁和顶棚连接的部分，都镶嵌着金属铸造的花边。维多利亚时代和爱德华时代的人们不但喜欢这种图案，而且希望在成批建造的旅馆和房屋里都镶上这种花边，让他们的创造充斥全世界。凭着百折不挠的意志，他们硬是把这些盛开的百合花送到如此遥远的地方。如今，这些花朵都被涂成了奶油色。

那个名叫杰克的大个子男人一边爬楼梯，一边转过脸望着她。

“你知道吗？我们这儿来了许多工人，修补洪水冲坏的堤坝和房屋。”

“不，我不知道。”

“我还以为你知道呢！”

“不知道。”

“楼下那个家伙说得很对。康妮能把我吃掉。所以现在我还不能跟你签订住房合同。我只是让你看看房子，这也是照章行事。现在我还不能答应租给你房子，我必须先搞清几件事情……”

凯特开始觉得旅途的疲劳不知不觉浸遍全身。

“什么事情？”

“你不像一个外出旅游的女人。不过这倒无所谓。你不能在我这儿工作。如果你在我这儿工作，我的营业执照就要被吊销。”

“工作？谁也没跟你提过工作。”

“你应该知道我的意思，亲爱的。我这儿以前也住过一些姑娘，企图在我的酒吧干活儿。以前这家酒店的老板就是这样干的。他敢冒险，我可不敢。因为第一，我跟人家签的是抵押合同；第二，康妮不允许这种事情在我的店里发生；第三，新南威尔士州规定了这么一条狗屁法律。”

凯特恍然大悟。“你以为我是妓女？我只是想租间屋子。当然，如果你需要雇一个诚实的服务员……”

“我的天！你想当服务员？”

他在最上面一级台阶停下脚步，旁边就是墨齐森铁路酒店楼上黑乎乎的走廊。

“你会干我们的活吗？亲爱的。当酒吧女招待？”

“我相信，很快就能学会。”

“你相信……”

他摇了摇那颗硕大的脑袋。

“我知道，这活儿并不简单。可我真想干点这种工作。如果你愿意，我可以洗盘子。”

“你以前是干什么活儿的？”

“办公室的工作。”

“你叫什么名字？”

“凯特·盖弗尼。”

“你是不是坐过监狱，或者在拘留所呆过？还是刚从精神病院出来？”

“不是。你看我像那种人吗？”

“从星期四开始，我们这儿总是需要人手。可是，我的上帝！你是个漂亮娘儿们。康妮一定会吃醋的。听我说，我从来不围着女人打转转。可康妮总是唠叨：‘你休想打邻居老婆的主意！’这个康妮，她就是不相信我。我知道，她就是这么个人。”

“那我可以到别的酒店试一试。”

“别忙！我可不想让你这么一个漂亮人物跑到联邦酒店或

者商业酒店。我们这座小镇虽然酒店不少，可都粗俗不堪。我想，你或许认为，我不是个规矩人。其实，我正经是个循规蹈矩的人。我这家酒店遵纪守法，因为我自个儿就身体力行。酒店的纪律靠老板维护嘛！可是像我们这种小镇，坏蛋多的是。这条河上游的那些家伙敢对他们的小妹妹施暴。在我这儿，可以保证你的安全，到别的酒店，可就难说了。”现在他们已经走进那条黑乎乎的、很不舒服的走廊。

“听我说，对你我得以诚相待。我看你干这活儿还合适。不过，我们相互之间还一无所知。你叫凯特，对吗？我们先看看房间，好吗？”

他推开一扇门。这个房间正是凯特在火车上想象的那种小屋。一张中型床，一扇百叶窗，一盏台灯，一把椅子，一个洗脸盆。还有一张从日历上剪下来的桂堤河风光，装在镜框里，挂在墙上。

“女盥洗室在走廊那头。我们这儿不是五星级宾馆，不过收拾得还算干净。我们墙上挂的画儿，自然也不是毕加索的名作。”

他敲了敲镜框上的玻璃。

“早饭和晚饭一共十八块钱。我可以向你担保，都是我们这儿最好的饭菜。我们可以安排一下，每周结一次账，如果……”

“如果康妮喜欢我。”

“正是这样。当然还有别的条件。如果你敢带任何一个男人进我的旅店，那么，请你马上走人。不过，要是深更半夜带个人进来，还情有可原。这点儿事，警察局管执照的人还可以通融。你明白我的意思了吗？”

凯特烦透了杰克·墨齐森教训人的口吻。她解开羊毛衫最上面一枚纽扣，一把撕开毛衣和衬衫，露出左肩。

“你看见这个了吗？”

杰克眯细一双眼睛，看她那只已经有点畸形的、伤痕累累的肩膀。

“天哪！”

“这样一副肩膀，恐怕很难靠卖淫为生。”

“天哪！对不起，亲爱的。”

他把头转过去，希望她赶快把扣子扣好。

“这间屋子归你了。”

“工作呢？”

“得等到下星期五，再开始试用。”

“你就是墨齐森先生？”

“杰克。康妮的丈夫。她是少数民族，希腊人。她老爹在古迪文迪开了一家咖啡馆。把我们夫妻俩安顿在这座小镇。这实在是帮了我大忙。”

他说这番话并非自我解嘲，而是一片真诚。那位希腊老头确实给了他一个平步青云的机会。

楼下又传来希腊妻子的叫喊声：

“杰克！杰克！该打电话让他们送煤气罐了。”

杰克微笑着，不无宽容地说：

“她知道我正陪着一位女士。当心那些家伙。对于他们当中的某些人来说，你肩膀上的伤痕算不上障碍。”

凯特突然意识到在有的人看来，肩头的烧伤是一种障碍。杰克的话使她从新的角度看待这件事情。这个陌生人虽然用词不当，但还是一片好意。

“障碍？怎么会呢？我还能跑、能跳，甚至还能游泳。”

“好吧。从现在到下星期五，你可以在我们这座小镇好好玩玩。用不了三分钟，你就可以转遍全城。上星期公共浴场刚刚关闭，冬天快到了。天冷之后，它就可以当滑冰场了。”

她发现自己像大公馆的女主人一样，跟着杰克，一直走到楼梯口。杰克往下走了两步，转回头说：“康妮会照顾你的，亲爱的。她会把那些坏蛋都吓跑。”他似乎想起泼妇康妮，就高兴得心痒难耐，一路笑着，向楼下走去。

第十章

凯特想证实一下杰克·墨齐森的话：三分钟就可以转遍全城。

于是她又跨过铁路，向这座布局合理的小镇望去。

有的建筑物她是第二次看到。但是现在她在城里有了一个立足之地，再放眼望去，便出于一个全新的角度。她找到了她想要找的东西。比如说，小教堂旁边有一个告示牌，上面有一行已经退了色的彩色粉笔字：木亚木巴不是你的木亚木巴，而是上帝的木亚木巴。她想看一看那个游泳场，也很快就找到了。那是一个用很高的铁丝网围起来的公共浴场，大门上面挂了一把锁，旁边有一块牌子，上面写着：弗罗仑斯·特里罗纪念浴场。

她还想看看另外那几家二层楼小酒店——皇家酒店和塔特赛尔酒店，这两家酒店和墨齐森铁路酒店正好南北相对。她还要去看看战争纪念碑。这座碑是为纪念第一次世界大战牺牲的士兵建造的。碑顶屹立着一位绑着裹腿、扛着刺刀枪的战士。碑身上刻着从木亚木巴到遥远的前线打仗牺牲的军人的名字：爱因斯沃斯、布兰迪、克拉克、丹克沃斯、伊根、弗兰尼利、戈登、高加蒂、哈里斯、伊莱顿、詹金斯、凯里、劳德、摩根……当年木亚木巴为自己的子弟立碑的父老乡亲全然没有想到，没过多久，战争的烽火又起，所以没有给1939年到1945年牺牲的新一代的烈士留下刻写名字的地方。现在，他们的名字只好挤在旁边：莱沃若、迈克伊恩托斯、迈克米兰、欧里瑞、菲力普……

这些让人麻木而又熟悉的名字冲淡了凯特·欧布雷恩心中的痛苦，他们的牺牲换来了今天的安宁。

纪念碑旁边有一座不大的美利奴羊的青铜雕塑。这座雕像是为了纪念木亚木巴牧场的奠基人、德文郡的霍勒斯·兰戈尔而铸造的。

不远处是保龄球俱乐部。恐怕在这个星球上，再也不会有更让人赏心悦目的、如此碧绿无瑕的保龄球场了。几位中老年朋友非常友好地聚在一起，有的穿着洁白的法兰绒运动衣、有的穿着裙子、羊毛衫。草坪修整得就像没有人动过的台球案子，旁边是一座对外营业的俱乐部酒吧。凯特从大街上望过去，看见服务员脖子上系了一个黑色的蝴蝶结。墙上挂着女王的照片，照片下面是金箔做的荣誉名册，上面写着1984年混合双打冠军的名字。

再往前是复员军人联合会：常青俱乐部。凯特看见，前面一张桌子旁边坐着一个老头，正在那儿打瞌睡。她还听见吃角子老虎机咔嗒咔嗒的响声。那里面还有好几台游戏机、自动售货机。常青俱乐部……只有在凯特的家乡，在澳大利亚，人们才会把对 1942 年牺牲在克科达、1917 年牺牲在佛兰德的小伙子们的纪念碑和吃角子老虎机联系到一起。

中学：以十九世纪探险家约翰·伊戈林敦船长命名。此公是木亚木巴水源的发现者，这股水后来隔三五年就给这个地区带来一场灾害。他还发现了翠鸟一个珍奇的品种。这所学校就叫约翰·伊戈林敦船长中学。学校前面立着一个半腿高的花岗岩大拇指，上面刻着这样一行字：为表彰 1986 年洪水之后，为重建学校作出贡献的全体同学，约翰·伊戈林敦船长中学校务委员会特立此碑。

下面的题词朴实无华：勤奋、积德。

光荣的约翰·伊戈林敦船长中学，在这片荒原的腹地，让人精神为之一振。

过了一个街角，是圣约翰急救站。门敞开着，一个眼睛圆圆的年轻人坐在急救车里，很不熟练地摆弄着无线电话报机。在凯特看来，这套装置对于小伙子还是个新鲜玩意儿，或者无线电不是他之所长。

不过，她并不是来找聪明的乡下人。

丛林自愿灭火队所有房门都上着锁。熊熊丛林大火的记忆，被沉重的锁头所代替。

她懒洋洋地向书报亭走过去，问那位管理现金出纳机的妇女，有没有平装本小说。

“没有，亲爱的。这儿没人要看这种书。”

这就更理想了，凯特高兴地想。木亚木巴，丛林深处的威尼斯。你可以在这里，获得一个在安谧与茫然中生活的机会。

她买了一份《丛林时报》，第一版上印着扶轮国际[①]三位前任主席和他们的夫人的照片。她把报纸夹在腋下，手里拿着镇静药。谁知道呢，回墨齐森铁路酒店之前，她或许要看看木亚木巴板球队和乌姆贝利甲级联队比赛的消息。

一个上了年纪的老人坐在邓尼刚乡村百货店前面的一张长椅上。他似乎一眼就认出这是一个陌生人。好像这是他一生积累的经验，是天赋的才能。

“你看过我们的冲积堤了吗？亲爱的。”

“冲积堤？”

“洪水冲积而成的堤坝，亲爱的。我们这儿发洪水发得出了名。冲积堤是这座小镇一大风景。你应该去看看才是。”

“我一定去。一定去看看妙在何处。”

“真是个好姑娘。”

她回到酒店时，酒吧里坐满了穿白工作服的男人。有的人虽然穿着便装，但也是刚刚脱了工作服，擦了把脸，梳了梳头。他们是来修补被洪水破坏的那些建筑物的。

她把自己关在屋里，坐在床上。

门板上响起一阵敲门声，节奏明快，像是鼓点。那是杰克·墨齐森。他之所以这样敲门，是想告诉凯特，一切正常，并无危险。

“康妮问你要不要喝杯茶。”

她皱了两下眉头。

---

①扶轮国际：一种由从事工商业和自由职业的人员组成的群众性服务社团，其各次会议要轮流在各个成员的事务机构举行。原名“扶轮社”，1905 年创建于美国芝加哥。

在她看来，这是康妮无声的命令。她跟在对康妮俯首帖耳的杰克·墨齐森身后向楼下走去。酒店的工作间都在楼下的走廊旁边：厨房、洗衣房、切肉的工作间。这些房子四周都堆满了等待运走的空啤酒桶。木亚木巴人的干渴、寂寞和空虚消耗了这些啤酒，但世界并不因此而完美。

厨房里，灶火熊熊，宽大的桌子擦洗得干干净净。两个孩子刚刚放学回家，康妮正喂老大吃炖梨。凯特对两个孩子并没有特别注意，但她对杰克·墨齐森的妻子很感兴趣。黑眼睛，皮肤黝黑但透着苍白。她长得很漂亮，但眼睛里充满了忧伤。凯特知道，这并不是因为杰克对她不好，而是父母亲遗传给她的哀怨，一种爱情无法冲淡的意思。它既不属于新世界，又不属于木亚木巴。而是土耳其人或者马其顿人世代相传的、古老的忧伤。

老二是个男孩儿，像杰克一样骨架子很大。他在厨房里转来转去，想找点儿什么东西抹到面包上吃。一个块头很大的女人站在一口大锅旁边煎牛排。凯特想，这儿的牛排一定做得不错，而且供应量很足。可是看起来，小牛肉、龙虾、蛋糕在铁路酒店一定没有地位。在这儿，你可以大嚼牛排、鸡蛋、白面包，也可以因心肌梗死而过早地去见上帝。

牛排的香味对于凯特是一个预兆，也是一盏航标灯。它告诉她，她即将达到可以容忍的极限。康妮放下孩子，任他向门外跑去。

“你要喝杯茶吗？”

“好吧。”

她的脑袋又不由自主地晃了起来。

“怎么回事儿？”康妮问，心里又生出新的疑问。凯特不由自主的痉挛消除了康妮对她道德上的疑虑，但是又开始怀疑，她的新房客会不会患有癫痫？

凯特喝茶的时候，心里明白，康妮正抿着嘴打量她。

“来我们这儿喝茶的男人很多。每天晚上都挤得满满的。杰克说，你真的不知道这儿有多少男人。”

“真的不知道。我本来想找一个安静的小镇住一段时间。现在只能看看情况再作最后的决定。”

“我们这儿的确是一个安静的小镇。只是男人很多。木亚木巴总是这个样子。我们这儿三年发一次大水，每次发过大水，政治家们就坐着直升机来视察，并且许愿马上派人救灾。然后他们就派来一大批工人，不等我们这个倒霉地方干透，就又是抹灰，又是刷油漆。一两年之后，我们这座小镇终于干透了，工人也又来了。因为上次抹的灰已经全掉了，油漆也爆了皮。所以，我们的雪莉总是一天到晚煎牛排给那些男人吃。”

康妮给凯特介绍木亚木巴的时候，一直用审视的目光看着凯特。这双女人的眼睛倒很坦率，即使看不到最糟糕的东西，也还是满怀希望。

“这么说，你对满城的男人确实不感兴趣？”

凯特摇了摇头。事实上，她正在考虑是否用那张到伯克的车票继续西行。不过那就意味着放弃这座布局得体的小镇。“我不是那种从男人身上赚钱的人。”

康妮一边看在厨房转悠的小男孩儿，一边哼着鼻子笑，态度倒很友好。

“我的上帝，这下子他们可大失所望了。”

煎牛排的雪莉也咯咯笑了起来。

康妮说："那些家伙，他们也确实需要女人。其实一星期有十分钟就解决问题了。"

凯特胆子也大了起来。

"我想，你们让我来，是要试验试验我。"

"是的。"康妮说，那种与生俱来的忧伤又笼罩了她那美丽的面庞。似乎为了表明她有足够的理由发牢骚，康妮又喊了起来："喂！杰克。你给达布的批发商打电话了没有？"

酒吧里传来杰克的喊声："马上就打，亲爱的。我得先打开一桶啤酒。"

第十一章

快到星期五了。凯特欣喜地发现，她的头发已经变得乱蓬蓬的，颇有点乡下女人的味道。在这个变化过程中，她仍然单独用餐，那些男人们还没有对她的独处进行干扰。可以想象，酒店的食物绝对谈不上精致，而且量很大，对心脏没有好处。我会发胖的，凯特心里想，我的血液也会变得又黏又稠，像乡下人用的胶水，连早饭也得吃牛排。我将成为“澳大利亚心脏监测中心”的一个服务对象，为他们的“农村常见病统计表”增加一个数据。

餐桌上铺着台湾生产的塑料台布。凯特的吃相与以往大不相同，排骨汤溅到台布上面，她一点儿也不在乎。如果真的在这儿待下去，她也许每天都要刷洗一次这种化学制品。所以趁现在自己还有资格在这塑料布上泼溅一番，就别小心翼翼、战战兢兢了。她很希望那些泥瓦匠、油漆匠和那几个卡车司机，认为她的吃相太糟。

她发现来修补、油漆这座小城的泥瓦匠和油漆匠大致可以分成两类。

一部分人显然在另外什么地方还有自己正常的生活。这一点从他们在木亚木巴铁路酒店的表现就可以看出来。他们来这座以发洪水而闻名的小镇，仅仅是因为这种抗灾救灾的钱比较好赚。你可以看到，他们花钱特别节省，连一块钱也不肯浪费。在酒吧，他们几乎什么钱都不花。他们头发梳得整整齐齐，说话轻声慢语，从不东张西望，胳膊总是抱在胸前。

另外一部分人是现实生活的逃避者。他们憎恨某座城市，或者逃避婚姻的枷锁，现在正在为过去错误的选择而付出代价。他们赚的钱要付子女的赡养费，或者付高利贷。

在餐厅里，这两部分人井水不犯河水，各有各的“地盘儿”。“逃避者”喜欢大声喧哗，无所顾忌，而且总问凯特愿不愿意和他们喝一杯。凯特心想，即使她愿意跟他们喝，恐怕也喝不到她真正想喝的东西。在这儿，大概只能喝到龙头里流出来的啤酒。如果她要一杯杜松子酒，或者别的什么烈性酒，就会暴露自己的底牌。“也许星期五，可以喝点儿。”她对他们说。

“太不凑巧了，亲爱的。星期五晚上，我们大多数人都回家过周末。”

她想起已经吃过的肥中带瘦的牛排，和适当时候将要痛饮的啤酒，竟然有点儿小满足。

葬礼上，老科金斯基太太撇着嘴，隔着坟墓歇斯底里地大喊大叫：“你算什么母亲？你算什么母亲？你什么时候尽过妻子的责任？和你的父亲一起吃饭？当然，是和你父亲一起吃饭！如果你是一个好妻子，一个好母亲，我的孙子孙女都会还活在世上！”

但愿科金斯基太太这撕心裂肺的叫喊永远消失。她将以另外一种错误的碳水化合物的形式模糊这可怕的记忆。她什么都不怕，只怕滔滔洪水淹没不了老科金斯基太太的叫喊声。

“逃避者”们在酒吧乱哄哄地喝酒。正经的工匠们在楼上看电视：问答比赛、时事新闻，还有警察局关于凶杀案的报道，然后就上床睡觉。凯特能够感觉到酒吧里的人们正对她做种种猜测：她是个爱拨弄是非的女人，还是个同性恋者？而楼上那些人一边看麦淇淋广告，一边也在心里琢磨，她是个好女人，还是个爱惹是生非的家伙？凯特希望，这两种截然不同的推测能使她处于一种近乎麻木的平衡。就像一头驴，夹在两个距离相等的装满谷物的口袋中间。

凯特相信，再过一两个月，无论“逃避者”也好，正经的工匠也罢，都不会一天到晚把注意力集中到她的身上，他们的热情会慢慢减退。如果这些男人们的好奇心仍然不肯烟消云散，她就再坐上火车向大漠深处进发。越是人烟稀少的地方，越接近这个国家的核心。

红衣主教方加蒂站在坟墓旁边。凯特听见人们小声谴责老科金斯基太太，怎么能在红衣主教面前如此放肆。也许主教大人的到来的确产生了某种不同的效果，至少，他那引人注目的、紫红色的长袍为科金斯基太太的哭叫增添了一丝英雄气概。

富兰克舅舅痛不欲生，主持仪式的大权落到那位波兰牧师的手里。老太婆肆无忌惮地哭叫着:“你对我这个婆婆不孝，对我的儿子不忠。所以上帝惩罚你，让一把斧头落到你的头上。”

“走着瞧吧！”凯特那颗仿佛结了一层硬壳的心大声呼喊，“我会做一件比上帝干得更漂亮的事情。”

凯特走进电视房，看见人们正津津有味地看电视。屏幕上，一个时事评论员正噘着嘴唇批评一位影子内阁成员。她发现一个书架，上面放着一套已经日久年深的百科全书。这本书也许是木亚木巴羊毛和小麦大丰收的黄金时代的“遗物”，也许是杰克·墨齐森心血来潮在哪次牧羊站拍卖会买来的。

电视评论员还在滔滔不绝大发议论：“然而，难道你不会这样说吗？”

凯特从那套百科全书里随便拿了一本，回到房间，插上门，坐在床上仔细读了起来。因为就连幽灵也需要消遣。

第十三卷，从 Jirá Sek 到 Lighthouse。凯特想发现一点儿和斯拉夫人有关的东西，便翻到第一页，第一个词条是 Jirá Sek。这位 Jirá Sek 是捷克人。生于 1851 年，死于 1930 年。

Jirá Sek1851 年 8 月 23 日生于波希米亚赫罗诺夫镇，职业是一个中学教师。他的历史小说是他那个时代最著名的文学作品，在捷克斯洛伐克煽动起民族主义情绪。他对捷克爱国者和宗教改革家胡斯表现出特殊的热情。

下面的词条是 Joss，她发现这个字原来源于中国港口那种洋泾浜[①]英语，意思是“偶像”和“神”。Jota 是一种西班牙舞蹈，3/4 的节奏，源于阿拉贡。Slobodan Jovanovic 是一位塞尔维亚律师、政治家、历史学家，1962 年死于加拿大温泽。接下去是 James Joyce（詹姆斯·乔伊斯）。她知道这位詹姆斯·乔伊斯，但是大学时代对他的著作《费尼根的守灵夜》读不懂。她跳过了 Judaism（犹太教），心里充满了对伯尼·阿斯特的歉疚。她还跳过了 Book of Judges（士师论）、Julian of Norwich（小说名）和 Junglewarfare（丛林战）。读了一会儿“侏罗纪”——Jurassic。看了两节关于“法学”——Jurisprudence' s 的介绍。

接下去是以字母 K 开头的词条。她翻到澳大利亚的图腾 Kangaroo——袋鼠。这一条和 Kandinski[②]同一页。人们常常打死这种动物，楼下酒吧里喝酒的那些人就能告诉你怎样消灭它们。然而它们是一种性情温和的食草动物，词条旁边那张照片很好地捕捉了这一特点。它们本该得到豁免，平平安安地生活在丛林之中。跟袋鼠关系最近的“亲戚”是袋貂和毛鼻袋熊。它们也是澳大利亚独有的珍奇动物。不过袋貂栖息在树上，毛鼻袋熊在洞穴里生活。按这本百科全书的说法，灰袋鼠一小时能跑 28 英里（约 45 公里）。

黑灰色的袋鼠身高 6 英尺（1.8 米），但是死了之后，足

①洋泾浜英语，指 20 世纪初，没有受过正规英语教育的上海人说的蹩脚英语。
②康定斯基（Kandinski，1866—1944）：俄国画家，抽象派创始人之一，代表作有《紫的优势》《主曲线》，重要论著有《从点到线到面》。

有 12 英尺长（3.6 米）。五个脚趾，“大拇指”已经基本退化，第二、第三个脚趾细长，奔跑中派不上用场，唯一的用途是梳理皮毛。它们的尾巴在飞快的奔跑中掌握方向、保持平衡。

照片上的袋鼠身体稍稍后仰，两条后腿向上，似乎完全靠尾巴支撑身体的重量。

第十三卷说，袋鼠深棕色的眼睛很大，耳朵可以向声音传来的方向转动。雌性红袋鼠有两个子宫、三个阴道。第一个小袋鼠刚从子宫里产出，第二个胎儿便开始在另外一个子宫里孕育。胎儿在妈妈肚子里待五个月，早产的那个就在妈妈的袋子里吃奶。

读到这儿，一阵喜悦掠过凯特心头，她想象着小袋鼠出生后的旅程——在子宫和四个奶头的袋子之间慢慢爬行。它伸开四肢，做出一个与澳大利亚人匍匐前进完全相似的动作。它们总是在冬天刚刚开始的时候，踏上从母体分离的旅程。那个粉红色的小肉团只有一英寸长，这是它生命史第一次也是最慢的一次从一个庇护所到另一个庇护所的冲刺。凯特想，在这艰难的旅程中，小袋鼠领略了大自然的严酷，也懂得了建设这样一条通道的价值。来到庇护所，它把四个奶头中的一个含在嘴里，奶头膨胀，固定了小袋鼠的位置。小袋鼠栖息在黑暗与安全中，享受着大地和母亲的馈赠。几个月之后，它就松开妈妈的奶头，从袋子里爬出来，在妈妈的身边奔跑跳跃。六个月之后，便永远离开那个袋子。

灰袋鼠的妈妈是红袋鼠，也叫深灰色袋鼠。灰袋鼠是一种雄性大袋鼠，被冠以“林中居民”的美称。它们生活在水草肥美的桉树林中，在澳大利亚起到羚羊和鹿在其他大陆起到的作用——用柔软的嘴唇松动了坚硬的土地。

袋鼠成群结队地活动在丛林中、草原上，族长保护它们的安全。而它的地位最终将受到年轻的野心勃勃的雄性大袋鼠的挑战。当它有能力打败对手的时候，它就伸出两条前腿，拼命厮打，保护自己的尊严，并且在众目睽睽之下，享用家族中的雌性袋鼠。

第十三卷还告诉凯特，灰袋鼠虽然身强力壮，但胆子很小。逃跑的时候，很容易伤害自己。它们喜欢成群结队地逃窜，而不是奋起反抗。然而，它们也有恼羞成怒的时候，也会站起来奋勇反击。有史料记载，它们曾经把野狗打得肠开肚破。十九世纪和二十世纪初期的报道还说，在有的地区，袋鼠甚至把袭击它们的猎人打得头破血流。有相当长的一段时间，马戏团的老板们利用它们的拳击天才赚钱。他们让袋鼠和拳击运动员比赛，试图产生一种轰动效应。袋鼠袭击对方的时候，身体的重量都压在尾巴上，后腿只是稍微起点儿支撑的作用。

"不要着急，"她对第十三卷关于袋鼠的条目大声说，"不要着急。"

从某种意义上讲，她既没有时间，又无法对照片上这个被划分到"有袋目"的动物表示同情。那个可爱的小东西正把右脚放到嘴边，直勾勾地看着她。它莽莽撞撞来到这个世界，以为妈妈的袋子是安全之所在，不知道茫茫草原无处不隐藏着凶险。对于大自然，袋鼠的两个子宫也好，温暖的袋子也罢，都是无法兑现的空头支票。

它也需要别人用谎话来安抚自己天真幼稚的心。

"不要着急，不要着急。"

她抱着这本百科全书读了大概一个半小时，听见有人敲门。是杰克·墨齐森，正咧着嘴朝她微笑。好像他们已经相识了好几个月一般。

“今天晚上可真安静。我想你或许愿意到酒吧坐一会儿。”

“下面人多吗？”

“都是些常客。本地人。不会带来什么坏处的老家伙。”

可是走到楼下的时候，他又回转头，说：

“不过，这几个家伙在我们这座小镇都小有名气。”

楼下专门供顾客商谈业务，或者倾诉衷肠，现在空无一人。那些做生意的人，或者为自己的秘密寻找“避风港”的人，都已经回家去了。透过玻璃门，可以感觉到小镇死一样的寂静。狗的吠叫、汽车刹车声只能使这寂静更加深沉。透过厚厚的墙壁，凯特仿佛看见夜幕下，装满粮食的车皮停在铁路线上。她在心里说，政治家们或许正在什么地方慷慨激昂地演说，大谈粮食出口。而在木亚木巴，成千上万吨粮食躺在集装箱里睡大觉。

杰克推开小酒吧柜台上的小门，走进大堂，出现在长长的柜台后面。

凯特突然意识到，自己仿佛走进了一座圣洁的殿堂，来到一个这类地方的禁区。就像赛马场的过磅房，教堂里的忏悔室。她觉得，走进那间酒吧，就获得了某种豁免权。她希望能在那间空空荡荡的小酒吧里多待一会儿，再吸一口殿堂里圣洁的空气。杰克却以为，她之所以驻足不前，是因为对他这座“无产阶级的小酒店”心存疑虑。他宽容大度地笑着，心里却说：“我一直怀疑你属于希尔顿大酒店，或者迈罗特斯大饭店。”

没有耽搁多久，他们便走进酒吧。正如杰克所说，里面没有多少人。她注意到紧靠最里面的那堵墙，放着一张台球案子，案子上面苫着一块绿布，彩色球放在三角框里，吊在上面的灯早已熄灭。最后几位顾客坐在柜台前面，喝着即将逝去的一天里的最后几杯酒。凯特在铁路酒店待的时间越长，越感觉到这些人以为他们在这里犒劳自己，实际上他们是在完成一项任务，占领一个必须有人去占领的空间，以保证事物按照规律发展，就如同群星在太空中保持着各自的位置一样。

有一个喝酒的家伙还穿着白色工作服，一望便知，他是当地的工人。他来杰克的小酒吧喝酒是为了找一个“避难所”。他以酒吧为家，这一点显而易见。他不愿意回到沉睡的大街上自己那幢简朴的房子——用婚姻的枷锁维系的那个家。不过，你无需充当柯南·道尔笔下的夏洛克·福尔摩斯，更没有必要对眼前的人物刨根问底。

靠近后门那个角落，一张高高的长凳子上坐着一个大块头很大的男人。他坐在那儿，上身像座金字塔。你可以感觉到他那身膘挺结实，并不全是松弛的皮肉。

他的角落——天知道除了把这个角落称为“他的”，还有没有更好的表达方法。他只要往那儿一坐，就摆出一副凛然不可侵犯的架势。杰克说，这几个家伙都是当地的名人。这位先生自然也知道自己乃一方名士，回转头看凯特的时候，显得慷慨大度，没有一点点怀疑的神色。看来他之所以出名，不仅仅因为块儿大，一定还有别的原因。

离“金字塔”大约一码远，坐着一个瘦小的男人。他连帽子也没摘，看见杰克领进一个从来没见过的女人，脸上露出诡异的微笑。他像一条灵巧的杂种小猎狗。凯特可以准确无误地判断出，他是一个自视甚高，并且喜欢满天飞的人。当然，这里所说的满天飞并不是指他经常到墨尔本、旧金山、爱丁堡或者东京这样的大城市，而是指像木亚木巴这种名不见经传的小地方。然而，就在他云游四方之前，甚至还在他年轻的时候，他天生就是一个“满天飞”的人。

凯特发现这几个类型的人都很有趣。大难之前，她或许很难看清他们各自的特点。他们身上似乎都各具特色。

那个“满天飞”的男人左边坐着一个男孩儿。这个孩子个子很高，长了一张凯尔特人的脸。现在这种面孔主要，或者只能在丛林小镇里见到，他们是苏格兰高地人的精华。十九世纪，这样的面孔被送到丛林——并非完全出于自愿——他们幸存于世，并且一直保持着古老的容貌。苏格兰外赫布里底群岛，渔民们长得差不多都是这个样子。而寻找类似这个小伙子这样红扑扑的脸，不也正是你来木亚木巴的目的？这张朴素的面孔或多或少冲淡了生活的奥秘。

酒吧里还有两个上了年纪、但又看不出多大年纪的老头。一个坐在柜台前面的角落里，另一个坐在椅子扶手紧挨墙壁的地方。他头顶的墙上挂着一块匾，上面写着：墨齐森铁路酒店为纪念胖子伯特·霍根（1923—1989)，特设此座：胖子角。

和刚才那位因为“满天飞”而喜欢自作聪明的瘦子一样，这两个老头也戴着帽子。柜台角落坐的那位显得很机灵，就像一条急于和人类一起嬉戏的、十分友好的狗，极力从主人的谈话中寻找让它加入的命令，邀请它用两条后腿站起来，表演一番。

坐在纪念胖子霍根的牌匾下面那位老者，显然非常清楚，虽然自己有多年的经验可以与人分享，但早已无人问津。最终，他将带着“满腹经纶”去见上帝。

靠后门坐的“金字塔”和那个头戴一顶脏兮兮的帽子的“杂种小猎狗”，控制着酒吧里的谈话。在杰克·墨齐森的酒精的“催化”之下，他们十分悠闲而又颇有权威地东拉西扯。

牌匾下面坐的那个老头对眼前的阵势心如明镜。他本来可以把自己听到的只言片语，告诉像狗一样支棱着耳朵硬听的另外那个老头，可是谁都有自尊心，还是不去传达为妙。

所以，酒吧里这种并不轻松的气氛多少和这两个老头有关。他们太容易战胜了，一块面包渣就能把他们打倒。没有必要非让大家凑在一起，说三道四。新南威尔士酒类管理局不曾赋予杰克这种权利，非得满足或者扩散人们的热情与渴望。“金字塔”慈眉善目，本来可以满足两位老者的好奇心，但一想到有悖常情，只好作罢。

让凯特感到惊讶并且安心的是，自从酒神传授了发酵和蒸馏的技术以来，世界一直保持着这样一种平衡。某人获得特许，控制造物主创造的酒的配给，所有这些侍从虽然没有听见召集的号令，却从无名之地蜂拥而至，填补了这场仪式的空缺。当他们交杯把盏，任棕色的液体流过头脑的时候，酒精改变了他们的梦想。

她觉得杰克是个非常幸运的人。因为他是被委派而来，在座的几个人都对她很感兴趣，包括那两个不必理会的老年人。

杰克把她领到收款台，向她介绍钱箱子的用法的时候，凯特感觉到“杂种小猎狗”正直勾勾地望着她。酒吧里，似乎只有他可以开开玩笑。这玩笑也许压根儿就不可笑，但是在这个充满陈规陋习的世界，这种玩笑也还是需要的。

“又收了一个新学徒？杰克。这个可比前一个漂亮。”

“这个按钮是收一密迪[1]啤酒的钱，”杰克站在收款机前面告诉她，“这个是一大杯啤酒的按钮。按旁边这个就能知道一小杯烈性酒的价钱——伏特加、朗姆酒、威士忌。在一个完美的世界，谁都知道威士忌、伏特加、杜松子酒、朗姆酒的价格各不相同，一手交钱一手交货，简单明了。可是我的铁路酒店在一个并不完美的世界。你再也找不到可以把不同价格熟记于心的雇员。文化发达的时代在我们这儿已经成为过去。这是花生和别的小吃，价格都一样。看见花生按钮了吗？你这样干就行了。”

他清理了一下收款机，好让凯特试验几遍。酒吧里，那几个顾客都停止谈话，十分注意地倾听杰克的讲解，更注意凯特会做出怎样的反应。当然，更主要的是想等着看凯特的笑话。她能感觉到，他们对她抱着很强的好奇心。她真想告诉他们：“等着瞧吧，先生们。六个月之后，我就会成为一个你们这个世界的女人。”

“现在，瞧这些龙头，”杰克说，“这是新产品，老牌儿货，这是福斯特牌。这生意真不好做，注意看我的手腕子。”

他从盘子里没有用过的玻璃杯里取出一个大杯子，在凯

①密迪：澳大利亚啤酒的计量单位，相于半品脱。

特眼前晃了晃，好像一下子能把它变没了似的。

“全靠腕子功。生活的一大目标就是来两大杯啤酒。倒酒的时候要做到滴酒不洒，啤酒沫不多不少，恰到好处。要干得干净利落，漂漂亮亮。”

他按照刚才的描述，一丝不苟地示范起来，摆出一副行家里手的架势，非常优雅地弹着啤酒龙头，任金黄色的细流迸涌而出。她心里充满欢乐，因为这一切正与她现在生活的这块偏僻、古朴的土地相吻合。杰克的“腕子功”确实不错，他又倒了一杯，淡黄色的啤酒柱顶着一层漂亮的泡沫。凯特知道，对于啤酒上面这层泡沫，一定要十分留心。在别的国家平平常常、可以允许的事情，在澳大利亚就要小题大做，坏了一家酒店的名声。恰到好处的啤酒沫似乎享有一种与生俱来的权利。它是对喝酒人的存在和大丈夫气概的欢呼与赞美。

她十分用心地看着杰克倒酒的动作，把他的“腕子功”熟记于心。

“真棒！”杰克说，把盛满啤酒的细长的酒杯放到柜台上。胖子鼓起掌来。对于他的这个举动，大家都表示认可。那个急不可耐的老头咯咯笑了起来。大伙虽然容忍了他那难听的笑声，但是没有人理睬他。杰克把凯特介绍给他的顾客。靠后墙坐的那个金字塔似的大块头男人叫詹莱。凯特注意到，他虽然得了一个挺吓人的绰号詹莱[①]。人却很和善，一双棕色的大眼睛闪烁着真诚的光芒。

杰克说：“不过这个名字和这小子的大块头可没关系。”

---

①（Jelly）：一种炸药。

詹莱对杰克的玩笑毫不在意，哈哈大笑起来。

“他是个爆破手，用的全是葛里炸药[①]。这是凯特，詹莱。”

“你好，亲爱的。欢迎你。”

杰克已经走到“杂种小猎狗”前面。

“这位是格赛嘎。跟这个小子做买卖可要当心点儿。交了钱再给他倒酒。”

“好啊！你这个贪心不足的家伙，”“小猎狗”叫了起来。“从前，坎奴文德拉有个可怜的酒店老板，就你这副德性，后来让人家轰走了。你要介绍我的宝贝儿子吗？”

“小猎狗”朝那个长了一张凯尔特人面孔的小伙子指了指。

“我是要介绍你儿子的。他可是能跟你沾边儿的最好的一个人。凯特，这是格赛嘎的儿子，诺埃尔。”

小伙子个子很高，比他父亲还瘦。他伸出手和凯特握手。格赛嘎不喜欢他这副文绉绉的样子。

“诺埃尔，别跟女人握手。她不是澳大利亚高等法院的女权主义者，或者别的什么玩意儿。”

酒吧里的人都笑了起来，小伙子很不好意思。凯特还是满脸微笑，但更主要的是因为她找到一个人们还管自己的孩子叫诺埃尔的小城。这种对素朴与自然的回归，正是她求之不得的。

詹莱也笑，但似乎仅仅是为了尽自己的责任。凯特从他两只手敲打柜台的样子就能看出这一点。因此，一等可以插

---

①葛里炸药：由硝铵、硝酸、甘油和木浆混合制成的一种炸药。

上嘴，他就连忙说：“诺埃尔是澳大利亚的剪羊毛冠军。你也许不相信，但这千真万确。全澳大利亚的冠军。虽然他老子是这样一个不可救药的家伙。所以，你应该和我们的冠军握握手。”

诺埃尔两只脚来回挪动着，样子十分尴尬。因为小伙子属于那种别人一夸奖他辉煌的过去，他就手足无措的人。

“我是用那种刀口很宽的剪毛机，”诺埃尔说，“和过去不一样。不是那种旧式剪毛机。”

“刀口很宽的剪毛机，”格赛嘎又重复了一遍，“和过去的剪毛机大不一样。该死的畜牧业者强加给我们的那种新式剪毛机。我的儿子就是用这种宽刀口剪毛机赢得了冠军。他母亲和我简直连头也抬不起来。”

格赛嘎喝得太多了。他的儿子，剪羊毛冠军没怎么喝。凯特仿佛听见格赛嘎太太喊：“看好你的老子，把他平平安安带回家。”

杰克又把两个老头的名字告诉凯特。墙角坐着的那个老头一副受宠若惊的样子，牌匾下面坐着的那位却有点轻蔑地朝后仰了仰头。他和凯特都明白，他们相互之间没有必要通报姓名。一个连自己两个孩子也照顾不好的女人，根本就不想记这样两个老头的名字。

墙角坐的那个老头对凯特心之所想却一无所知。他很想立刻和这个妇人建立一种友谊，甚至开开玩笑。他想喊一声：“凯特！”并且希望这位妇人能轻启朱唇，说出他的名字。就像第十三卷里的袋鼠，仅仅因为自己拥有一个慈爱的妈妈，便愚蠢地以为整个世界都会向他敞开温暖的怀抱。

穿白工作服的那个人已经走了。他已经醉了，或者觉得这一切索然无味。

因为已经没有什么好学的了，凯特便大大方方向大家道了晚安。她知道，詹莱的目光一直没有离开她，不过那是一种友好的、光明正大的目光，没有任何非分之想。

冠军的父亲——傻乎乎的格赛嘎却以为有机可乘。

第十二章

有那么几天，她看出，由于她的到来，墨齐森酒店的生意挺火。约翰·伊戈林敦船长中学的老师和国家银行、维斯特帕克银行、州银行的职员们，出于好奇都跑到这儿喝酒——当然是“醉翁之意不在酒”。“逃避者”们请她星期三晚上到伊戈林敦公路那边一家酒店参加聚会，遭到了她的拒绝。他们不明白，除了想躲他们，这位女士还有别的什么原因，居然不想去另外一家酒店玩玩，倘若没有他们的干扰，铁路酒店的确是她一直寻找的理想的去处。

还有几个人试图引诱她，也被她拒绝。有一位汽车修理工问她，关门之后愿不愿意跟他开车到兰格尔自然保护区，只是去看看月光下那一潭碧水。他对她说，那儿漂亮极了。牧羊站一位书商请她去万加看法国话剧《澳大利亚》。

“要开好长时间车，路上还挺冷。”他说，似乎长途跋涉、寒风冷雨都是颇具吸引力的东西。

后来，那些心怀叵测的人们开始抱怨她的冷淡和死板，红火了几天的生意又变得冷清起来。

每天，她都是拿羊肉当早点，也不在乎上面厚厚的肥油和筋。午饭和下午的茶点都是牛排和白面包片，面包片上还要涂一层冰凉的黄油。牛奶、淀粉、高蛋白，她都不在乎。

杰克从她每周微薄的工资中扣除房租和饭钱。在墨齐森铁路酒店住下去，并且使自己的面貌发生改变，凯特每周要交 90 澳元。

然而，这种变化并不总是一帆风顺的。深秋季节，澳大利亚内陆地区的早晨，空气清冽，凯特准备上班的时候，听见杰克和康妮正在争论什么。

“我是说普普通通的友好关系。”

“得了吧，康妮。起初你不是一直担心她是个妓女吗？”

“难道只有妓女才对人友好吗？问题是，她把顾客都吓跑了。”

“要知道，亲爱的，不管怎么说，靠色相做生意长久不了。”她听见杰克还在据理力争。他不想让妻子的思维乱无头绪。

“那些家伙都是醉翁之意不在酒，根本就不可能成为我们的常客，”杰克说，“都是假的。”

“银行来的报告单可是真的，先生，”康妮这个省吃俭用的希腊人说。“天知道，哪天土耳其人会来烧了这个村子？所以你老人家还是趁能做生意的时候，多做点儿生意吧。”

“听我说，亲爱的。看在上帝的份上，不要再说三道四了。”

“她是个怪物。”

“是的，可她并不是个危险的人物，难道不对吗？”

过了一会儿，她在厨房削土豆皮，人高马大的雪莉准备炸土豆片。凯特的目光无意中划过一张报纸。她不需要知道任何消息，政治新闻也好，社会新闻也罢，都没有兴趣。但是有时候，一个熟悉的名字或者一条熟人的消息，还会吸引她的注意力。

建筑委员会推迟对科金斯基父子的调查

王室法律顾问盖尔曼先生再次提出，对建筑业巨头，科金斯基父子建筑公司、科金斯基国标建筑集团的业主——彼得和保罗·科金斯基推迟调查。由王室法律顾问、建筑委员会委员罗格先生主持的调查委员会，考虑到科金斯基家最近遭遇的不幸，同意了这项请求，决定暂时推迟对该父子的调查。罗格先生说，尽管他有若干问题急于得到科金斯基父子的回答，而且这一调查不可能无限期地延长下去，鉴于全社会对这场悲剧的同情，他认为推迟调查应在情理之中。委员会查阅了……

凯特连忙收回目光，她不想看到她自己的故事。

她在厨房里面干活，看到的总是索然无味的报纸，平淡而无味的蔬菜。康妮走过来试探她：“杰克和我要到赫雷夫德·布瑞德家参加舞会，不知道你能不能替我们看看孩子？”

凯特闭上眼睛。她不喜欢别人跟她玩这种把戏。

“我这个人不会带孩子。”

“你的意思是不情愿，还是压根儿就不想看。”

“不……我只是不会……”

住在铁路酒店，凯特倒是做好了和康妮几个孩子打交道的思想准备，但是她一直没有跟他们说过话，更不想记他们的名字。对于她，那两个孩子就像墙角里、牌匾下喝酒的那两个老头。

凯特心里明白，她的话得罪了康妮，便去找杰克。酒吧还没有开门，屋子里光线昏暗。

“听我说，杰克，我想连班干。”

杰克不知道她的话是什么意思，不由得皱起眉头。

“我的意思是，从 10 点开始，一直干到关门。”

“你会累得屁滚尿流的，亲爱的。”

“我就是想干苦活、累活，为了晚上睡个好觉。”

“我不知道能不能让你这么干。”

“我不多要钱，还是原来的工资。”她想用靠“腕子功”的苦活儿，填补每天的空闲时间。一杯一杯地倒酒，倒酒。

“听我说，这本来不关我的事……可是，你能担保你一切都好，没有毛病吗？你能担保，用不着去看医生吗？”

“我住医院的时候，医生看得够多的了。”

“医院？”

“为了治疗我的烧伤。你是否认为我会对别人造成威胁？”

“不，不是这个意思。没有什么威胁。”

像早晨和康妮争论一样，杰克又喋喋不休地和凯特争论起来。

凯特立刻看出，问题的关键并不在于，你可以在酒店一口气干十二个小时，或者十三个小时。像平常一样，人们并不满足于你去干他们也干的活儿，他们真正想知道的是你为什么要这样做。

看起来事情还挺复杂。于是她决定采取强硬的态度。

“听我说，杰克。你到底想不想让我在这儿干活儿？”杰克一见女人发火，就没了主意。他最怕这种事儿。他一定觉得那是一种什么元素的化学反应，就像核爆炸。

“当然想让，当然想让。我觉得你干得非常不错，凯特。”

他拍了拍啤酒桶：“你有没有丈夫，或者情人？”

“我离开他了。”

她不知道为什么男人无处不在，男人的问题无所不包，而且提得那么直截了当。她实在想不出到哪儿才能逃脱这张罗网。

“好了，凯特，如果你愿意就试试看吧。从下午一点到晚上十一点怎么样？你总该有属于自己的生活吧，凯特。”

杰克似乎看出，这条普遍规律——你总该有属于自己的生活——惹恼了凯特，但他不明白为什么。他是这样一种男人，活了一辈子，也搞不清楚女人为什么懊恼，为什么生气。“你一定要对顾客热情点儿，凯特，好吗？”

她知道应该怎样回答这个问题——使用最准确、最有力的言词：“见鬼去吧！”

她忍不住又晃了晃脑袋。她很失望。杰克曾经说过，只要倒好啤酒，不要洒得到处都是就可以了。现在看来，光会倒酒还远远不够。所幸杰克不等凯特把那句话说出口，就及时改变了话题。

“听我说，我发现你和我的妻子之间有许多相似之处。康妮有时候也情绪十分低落。可她的妹妹更是个多愁善感、喜怒无常的人。他们家原来在古恩第温第开了一家咖啡馆。她就在那家咖啡馆里切断了自己的喉咙。关门的时间，大约晚上九点半，她把所有的房门都关好，一个人跑到柜台后面的水池子旁边，割断颈动脉。就是这儿。”

他摸了摸自己的脖子。从他摸脖子时候的轻柔劲儿，凯特就能看出，他的颈动脉绝对安全，绝对不会被他自己施以暴力。现在，看到一个完整的杰克，她感到很高兴——看到他肌肉松弛的啤酒肚、懦弱的性格、高大的身材、黝黑的皮肤，还听见他为了“抚慰”肠胃而吱吱扭扭放屁的声音。

“我可不想在这儿惹出任何麻烦。我得好好地照顾康妮。明白吗？”

在他看来，一生最重要的任务之一，就是防止康妮舞刀弄杖。

凯特哈哈大笑起来。她发现，大发雷霆和哈哈大笑都能把杰克唬住。

“这么说，我光向你担保不是妓女还不够，还得向你保证不在你的酒店里杀死詹莱。”

杰克也笑了起来。凯特开的这个玩笑似乎使他轻松了许多。

“听你这么说，是挺蠢的。”他勉强承认。

“该死的，简直是愚蠢透顶！”

“在酒吧最好不要这样说话，凯特。我们的顾客都是些头脑简单的家伙。他们认为，这样说话的女人都不正派。”

这天晚上，不等“金字塔”詹莱开口，凯特就给他倒了一杯班达波戈朗姆酒，放到他的面前。詹莱只喝这种酒，每天晚上都喝四分之一瓶。那是昆士兰的甘蔗经过太阳的蒸馏，以及其他工序酿造而成的、酒精含量超过标准的美酒。

“谈谈你和你的爆破好吗？”

她知道杰克正在侧耳静听，尽管他正装着和酒吧里的顾客说话。

詹莱说：“在我们这座小城，你要是干过一件不同凡响的事情，人们就会记上一辈子。他们议论纷纷、念念不忘，就好像你一辈子就干过这一件事情。好多年了，我摸都没摸过那该死的葛里炸药。请原谅，我尽说粗话。我们这些家伙都是大老粗。”

杰克扬着下巴走了过来。既然詹莱不肯正经地讲讲这件事，他便只好亲自出马，让他严肃点儿了。

“你对这位女士诚实点儿，好吗？你后院儿的棚屋里装满了炸药，对不对？也许你该回去看一看，詹莱。你那些破炸药都受潮了。”

“我家后院什么也没有，凯特，”詹莱扬了扬眉毛说，“自从我老婆回娘家后，我连后院那些烂草都没锄过。听我说，不但后院没炸药，连卧室里也没炸药。”

格赛嘎和杰克哈哈大笑起来。虽然他们知道，詹莱这句话并不是一语双关、含沙射影。别的那些捧腹大笑的人们却认为他是话里有话。

“可你曾经是个爆破手，难道不是吗？”

“听我说，亲爱的。我是个吃救济金的人。我一无所有。过去，我是个爱幻想的足球运动员，还是个小农场的主人。我还在铁路上干过一阵子。”

听说詹莱宣称自己在铁路上干过，格赛嘎又哈哈大笑起来。

“你在那个该死的铁路货场干活的时候，手指可真灵巧。”

“滚蛋！”詹莱骂了格赛嘎一句，又回转脸，对凯特说：“1962 年发洪水的时候，我干过爆破，这倒是真的。”好像事先排练过似的，杰克已经拿来一张纸、一支笔，递到詹莱手里。詹莱也好像早就和杰克达成默契，顺手接过这两样东西。看来，他们二位要带着别的“漫游者”，到他们的故事里漫游一番。

詹莱画了一个平行四边形。

他说，一条边是西面的公路，叫伊戈林敦。另外两条边是堤坝。第四条边，也就是离他的手最近的那条，是从木亚木巴到柯巴的铁路支线。事实上，公路和铁路的路基，都是天然的冲击堤。而人工修建的那两条大坝，不但地处低洼的平原，还正对西面的几条大河。詹莱说，这几道堤坝就像四堵城墙，保卫着木亚木巴的安全。然而，尽管镇长迈克休一再宣称，这四堵“城墙”很高，足以抵挡洪水的袭击，大伙心里都明白，一遇洪水，还得靠沙袋增加堤坝的高度。

从伯克到悉尼的铁路线——凯特就是沿这条线路来到这

座小镇的——穿越木亚木巴的低洼地带，向北而去。不过这和詹莱讲给凯特的故事没有多大的关系。问题出在四边形外面，柯巴支线分叉的地方。这条支线越过兰格尔河，将西面的城镇连接起来。

“那时候，我是板球运动员，还是西部地区队的主力。那会儿，我比现在瘦多了。充满了自信，傻得像只兔子。但是我有足够的物理常识，这条铁路的路基下面没有泄洪的涵洞。一旦洪水冲垮堤坝，后果不堪设想。你瞧，并不是只有爱因斯坦才能看出这种问题。”

他把地图递给凯特，让她看个仔细。

“滔滔洪水以排山倒海之势，从东面滚滚而来，席卷了伯干，席卷了整个平原。从石器时代起，大概就没发过这么大的洪水。我们都在堤坝上紧张地工作，像埃及人一样，用沙袋加高、加固堤坝。但是水太大了，毫无用处。人们惊慌失措，在铁路上跑来跑去。警察说东，镇长说西。”

“老迈克休一点儿用也没有。”格赛嘎说。

诺埃尔咯咯咯地笑了起来，完全是为了表示对父亲的孝顺。

“于是我和另外两个家伙冲进铁路炸药库，把葛里炸药和雷管统统拿来，在路基上炸了一个大洞。”

他压低嗓门儿，呷了一口朗姆酒，然后在酒精的刺激之下，又大声说：“炸路基之前，洪水已经没过房顶。路基一炸，洪水向西奔腾而去。人们都说，詹莱——炸药救了木亚木巴。从那以后，我也就得了这么一个雅号。”

“干得真漂亮！”格赛嘎说。

“真漂亮，澳大利西亚[①]的太阳神。”

格赛嘎转过头看着诺埃尔。

“你小子有没有胆量干这种大事儿？”

“不知道。”诺埃尔说。

“我知道。你的男子汉大丈夫气概都让那该死的宽刀口剪毛机给吸跑了。”

诺埃尔把脸转了过去。格赛嘎每天晚上用酒精净化他的灵魂的时候，总爱说三道四。“剪羊毛冠军”便成了他的活靶子。他总是先拐弯抹角地向陌生人夸耀自己的儿子是全澳大利亚的剪羊毛冠军，然后又想方设法贬低他。

“难怪他喜欢宽刀口的剪毛机，”父亲已经喝得酩酊大醉，“这小子连蜘蛛都害怕。有一次，他妈让他把一只死老鼠从厨房拿出去。他倒是硬着头皮拿出去了，可是你瞧他那个熊样，吓得浑身发抖……”

他边说边做出一副哆哆嗦嗦的样子，除了牌匾下面坐的那个老头，谁也没有笑。

诺埃尔气得脸色煞白。他走出酒吧，怕自己忍不住给老子一拳。

“格赛嘎，你真是个王八蛋！”杰克说，“你应当对这个孩子好一点。他给你带来了荣誉，你却千方百计挖苦他。”

“去！向他道歉，让他回来。”詹莱说。

“他长着两条腿，自个儿会回来的。要是瘦得皮包骨……”

在杰克和詹莱的压力之下，他只好站起来向门口走去。

---

①澳大利西亚：澳大利亚大陆、新西兰和新西兰附近各岛的总称。

诺埃尔站在黑暗之中，望着路边的花椒树和远处闪着微光的铁路线。

“好了，儿子，”格赛嘎说，“别当真。进来跟老爹喝杯酒。”诺埃尔走了进来，脸拉得老长。也许他真的害怕那些蜘蛛、老鼠之类的玩意儿，要不然，也不会有一种被出卖的感觉。

“听我说，”格赛嘎说，他想讲点儿奇闻轶事，好让别人忘记他的卑鄙，“我给你们讲过库那巴拉巴那个大个子的故事吗？”

“得了吧，”詹莱对格赛嘎说，“我们还在讲爆炸的事呢。别乱插嘴。”

牌匾下坐着的那个老头又哧哧笑了起来。詹莱继续说：

“后来，也就是上一次发洪水的时候，1986年，我本来应该再爆破一次，但是错过了机会。那阵儿，我正在万加参加板球比赛。1962年和我一起炸路基的那两个伙计，一个死了，另外一个搬到昆士兰去了。城里头也再没有血气方刚的小子可以去冒这种险了。”

格赛嘎说：“急救中心那些家伙更是迟钝得要命，你要是不咳嗽一声，他绝不会知道你已经走到他身边了。”

他朝儿子眨了眨眼睛。

“下一次再说吧，”詹莱平静地说，“下一次我才不管他们那些家伙呢！我还要炸一次。不管怎么说，那条铁路没用。炸狗日个天翻地覆。请原谅，法国人，凯特。”

后来，他朝凯特点了点头，意思是，她应当保存好那张地图。他的嘴看起来棱角分明。木亚木巴发洪水的历史和他错过的机会，使他陷入沉思。就像一个孩子，一个被什么人丢掉的可爱的孩子。那一刹，她想，他和杰克都是被人残酷训练过的孩子。因为他们都是听话的、有出息的孩子。

詹莱望着凯特一双眼睛，把剩下的朗姆酒一饮而尽，因为痛下决心，嘴角现出青白的颜色。

“我能给你买一杯酒吗？亲爱的。”

人们都看着他和凯特。凯特伸出手捏了捏喉咙，扬了一下下巴，用一种令人啼笑皆非的姿势，表示同意。她从盘子里拿出一个玻璃杯。就连“杂种小猎狗”——格赛嘎也知道，现在可不是冷嘲热讽的时候。凯特心里明白，此刻杰克正在心里焦急地权衡利弊得失。他知道，一种难以控制的力量主宰了眼下的局面。

她用手指弹了弹一个龙头。

“一大杯上等的啤酒。”她对詹莱说。

最初的啤酒沫“安定”下来之后，凯特顺顺当当把酒杯倒满，真是一件不同寻常的活计。她本来想喝一杯伏特加，可是一杯伏特加不足以使她意识模糊。她把那一大杯啤酒举到唇边。

“干杯，詹莱，谢谢你。”

詹莱举起他的班达伯戈牌朗姆酒，用只有她能听见的声音说：“天哪！”

他的意思是，他不知道她接受他喝酒的邀请意味着什么。不过，不管怎么说，这个感叹词也具有一种亲和力。

她喝完第三杯之后，伸出手，让他付钱。

第十三章

为了向墨齐森夫妇，向“逃避者”，向正经的工匠们证明自己并无与众不同之处，凯特把詹莱作为自己的保护人和伙伴。现在，人们不再问长问短、说东道西了。对于她孤身一人的种种怀疑也已烟消云散。对于她的“归顺”，杰克和康妮都不感到惊讶。因为，这件事情的发生既不突然，又不偶然。对于一个像她这样出众的女人，这更是水到渠成的事情。凯特现在可以心平气和地听酒吧里人们的谈话，听他们讲下流故事，听他们毫不掩饰地发表对周围事物的看法。

她一天到晚听他们嘻嘻哈哈地斗嘴，几乎没有时间吃丰盛的早饭，没有时间上厕所，更没有时间看《妇女日报》上刊登的那些让她目瞪口呆的文章。每天，她把所有的精力都耗费在酒吧里，弹着手指，用完美无缺的动作，倒出一杯杯美酒。詹莱六点钟来，坐在墙角他专用的那个“宝座”上喝朗姆酒，吃一个牛排三明治。

酒吧里废报纸很多，她每天早晨都用这些报纸包鸡蛋壳、土豆皮、肥油。对于她，报纸上的消息和酒吧里人们的谈话一样，淡而无味。可是有一天早晨，厨娘雪莉从清冷的室外呼着团团白气走进来的时候，凯特的目光落在一张报纸的大字标题上面。尽管是在木亚木巴，这个标题放出的“光辉”还是让她阵阵目眩。

“不怎么受人尊敬”的富兰克被教堂驱逐

悉尼教区红衣大主教方加蒂阁下昨天宣布，对已经被撤职的牧师、“不怎么受人尊敬”的富兰克·欧布雷恩提起诉讼。富兰克是众所周知的赛马和体育运动爱好者。红衣主教方加蒂办公室的发言人说，他们之所以诉诸法律，实在是不得已而为之。因为欧布雷恩牧师拒绝接受解除职务的决定。红衣主教的发言人说，欧布雷恩在房地产业投资甚广，绝不会因为被驱逐而衣食无着。

欧布雷恩牧师是已故柯尼先生的密友。柯尼先生曾经是悉尼市政府一位高级官员，反犯罪委员会曾赞誉他是赌注登记业杰出的经纪人。人们普遍认为，“不怎么受人尊敬”的富兰克牧师是已故柯尼先生的遗孀，菲奥娜·柯尼太太做生意的合伙人。

目前，“不怎么受人尊敬”的富兰克不便就自己被解职一事发表言论，但是，已经给他当了十五年管家的普雷恩德·加斯特太太说，为了对抗教会诉诸法律的举动，她

> 将陪同牧师枪先搬进艾博特修道院。“不怎么受人尊敬”的富兰克牧师的老朋友，悉尼德高望重的殡仪业者，帕特里克·欧图尔先生说：“尽管我是一个虔诚的教徒，但是我不能不说，在这件事情上，红衣主教方加蒂充分显示出自己绝非宽宏大量之人。”

凯特心想，看来可怜的富兰克舅舅处境还不太艰难。可怜的妈妈凯特·欧布雷恩－盖弗尼也还没有身处绝境。富兰克舅舅有那么多好朋友支持：普雷恩德·加斯特太太、柯尼太太、欧图尔先生和他那张庞大的关系网，而凯特·欧布雷恩将是他最坚定的捍卫者。

凯特立刻看出，富兰克舅舅现在并不需要正在脱胎换骨的外甥女的帮助，即使她有这个能力。他一定理解她的目的，一定知道将有众多的朋友站在他的一边，其中最难能可贵的是欧图尔。他的买卖完全依靠教区的支持，他也爱财，远非不食人间烟火的神仙。但是为了维护富兰克舅舅的名誉，他宁可得罪红衣主教方加蒂。

有这样的帮助，富兰克舅舅不需要像她这样一个伤痕累累，除了削土豆皮、吃牛排、倒啤酒之外，一如行尸走肉的人忙中添乱。

于是，在一种莫名其妙的力量的驱使之下，凯特看了关于富兰克舅舅的报道之后，不但没有给他写信表示安慰，反而决心——从某种意义上讲——“走”得更远一些。想起默里，她脑子里一片麻木。对于詹莱，她更是守口如瓶。对他，谈不到什么偏爱或者恩惠。默里可以说得了她的惠赐，詹莱恐怕不会从她身上得到多少好处。

忧伤凝冻了她的子宫。像她这个年纪的女人，本来应该每月来一次例假，可是经血已经好几个月没有光顾了。她并没有走完欲望横流的路，却以为自己已经是个皱皱巴巴的老太婆了。两个月前在斐济，她的性欲还那样高涨，现在却已是明日黄花，随风而去。可怜的詹莱将要探索的只能是一张没有活力的皮囊。

这天晚上，墨齐森酒店来了十个土著人。七个男人，三个女人。他们要到内沃塔尔看星期天举行的牧人马术表演。孩子们坐在轻便小货车或者牧羊站的面包车里等他们。还有几个孩子跑到铁路酒店宽大的门廊下面跳方方玩儿。

后来，又来了四个穿板球运动衣的男人。星期六下午，他们玩了个痛快，笑声中充满了放浪。他们不是这儿的常客，但是很想和在座各位甚至“炸药”詹莱，建立一种兄弟般的友谊。詹莱勉强接受了他们的好意。因为这四个打板球的家伙和他，还有格赛嘎，都是小时候的同学。不过，墨齐森酒店不是他们平常的去处。他们经常光顾的地方，是更为舒适的保龄球俱乐部，或者退伍军人俱乐部。这天晚上他们之所以来墨齐森铁路酒店，是因为想无所顾忌地喧哗一番。

酒店里热闹非凡。去看马术表演的土著人买花生给那几个等得不耐烦的孩子。刚打完板球的那四个家伙，一边喝酒，一边大声嚷嚷。

尽管詹莱给凯特买酒喝，还是严格遵循古老文明的规范，但他心里明白，在这个“规范”之内，她已经逐渐发生了变化。

这天晚上，他说：“你愿意晚上跟我回家喝杯茶吗？”他脸色苍白，显然一股激情在心中涌动。凯特知道，请她喝茶只是借口。他对喝茶情有独钟，来这儿喝酒，似乎是不得已而为之，只是为了保住自己爆破手的名望，以及大家都心照不宣的酒吧“主席”的地位。喝茶才是他个人的爱好。“我有好多杯子要洗，”凯特说，“要到很晚。不过，好吧。”等到铁路酒店这些酒鬼们喝到尽兴，的确已经很晚。打板球的那几个家伙都喝得烂醉。他们一边看手表，一边夸耀，回家之后，妻子一定会找他们的麻烦，不过，他们一点儿也不怕。那几个家伙还发誓，从今以后，这儿就是他们的酒店。

詹莱根本就不相信他们的屁话，漫不经心地说：“前厅就有电话，伙计们。为什么不打电话叫她们也来凑个热闹呢？”他们终于要走了，再次保证，很快就会“卷土重来”，还大声说，为什么这么多年，居然忽略了这样一个“黄金地带”。他们目光呆滞，舌头发僵，但是一再向詹莱表示，他们将重建校友之谊，而且要把这种美好的情谊，千秋万代传递下去。

土著人早走了。他们一边打嗝，一边教训着儿女，推推搡搡把他们弄上汽车。

“我的天，莎仁！快坐到卡车后面。”

格赛嘎被儿子诺埃尔弄回家了。墙角和牌匾下面坐的那两个老头，一个小时以前就走了。凯特走到酒吧前面，对詹莱说：“准备好了吗？”詹莱站起身来，叹了一口气，好像在说，别指望等待你的是一块理想的乐土。杰克把这一切都看在眼里，既惊诧不已，又觉得很安心。

酒店外面，北风夹带着红色的尘土徐徐地吹。詹莱说：“今晚不会是你生活中最激动人心的一夜，亲爱的。”

他摸了摸她的手腕，似乎是为了保证她能了解这一点。他没开卡车。他知道，木亚木巴的警察对整整一晚上把车停在铁路酒店这种地方的司机格外注意。像詹莱这种喝四分之一瓶朗姆酒的人，血管里酒精的含量肯定很高。

两人沿着铁路深夜漫步，夜风抚弄着他们的肩膀。詹莱一双棕色的大眼睛闪着幽幽的光。他膀大腰圆，可是屁股挺小。凯特要变得稀松、肥胖、粗俗的愿望还没有完全实现。在詹莱眼里，她还美如天仙。星期六热闹的夜晚已经过去，小镇万籁俱寂。她对这座无名小镇的爱已无法用语言来表达：这里有大把的时光可供虚度。

月光下，铁轨闪着银光向远方延伸。此时此刻，铁路线上一片冷清，没有客车也没有货车。从墨齐森铁路酒店到詹莱的住处，仿佛铺了一架雅各①的天梯。为了修这条铁路，十九世纪的牧场主和国会议员们到处游说，争论不休，互相攻击，终于使铁路线从南方迤逦而来，跨过兰戈尔河，分出一条支线，直奔柯巴。这条铁路线也就是使爆破手詹莱名声大振的地方。然而，今天这个夜晚，这条铁路只是一条将木亚木巴一分为二的装饰线。

离退伍军人俱乐部不远，经营俱乐部餐馆的中国广东夫妇手里提着几个塑料袋，沿着铁路慢慢地走着。节俭的人们在木亚木巴找到一个安身立命的地方，便居住下来，将战争的记忆

---

①雅各：《圣经·创世纪》中以色列人的祖先。

深藏在心底。他们走过邓尼刚百货店，前几天，凯特还从这儿买了一双胶鞋，准备用水管子冲洗地面时穿。约翰·伊戈林敦船长中学、圣约翰救护中心、巴迪安大街、木亚木巴都被他们留在了身后。

詹莱那座檐板很宽的房子蜷缩在它的地基之上。这座房子的房顶铺着波纹状铁皮。第一次世界大战前后，这种房顶十分流行。一望便知，许多家庭曾经先后在这里安居乐业。不过眼下，它属于没有老婆的詹莱。正如他在酒店说过的那样，后院没有修整。不过肯定有人，也许是他那位不翼而飞的妻子，种过一些花花草草，所以看起来还是葱葱茏茏。

厨房里，詹莱把茶壶放到电炉子上面，就像一个劳累了一天终于得到某种解脱的人。他把一瓶药放到桌子上他自己的茶杯旁边。

“高血压。”他解释说。

厨房很干净，地板擦得亮光闪闪，连一点儿尘土味儿也没有。

茶烧好之后，他按凯特的吩咐给她倒了一杯，放到桌子那边。

“请坐。”

他自己在桌子对面坐下，开始慢慢喝茶。

“天哪！谁能想到这一切呢？凯特。”

“我并不打算和你结婚。”

“如果你曾经想过，也不必着急。”

“我确实没有想过。”

他们就像一对结婚多年、对什么都没有太高期望的夫妻，一起上了床。

这间乡下人居住的卧室里摆着一个八字腿的梳妆台，上面镶着一面圆镜子。那是放女人用的化妆品和别的小玩意儿的。可是现在放着三个奖杯，只是写得奖人名字的地方一片空白。

靠近床头的后墙上，挂着一幅画。对于一张夫妻同睡的双人床，这幅画实在有点儿不伦不类。画面表现的是，探险家伯克和威尔斯从南到北穿越澳大利亚之后，又回到库坡湾补给站。他们坐在月光下一株大树旁边，大树上有人用刀子刻了一个字：挖。他们已经挖出补给站给他们留下的那点儿少得可怜的食物，正两手托着下巴，注视着漫漫远方。在澳大利亚，这是一副传神之作，渴望和恐惧在这张双人床的床头。

床很高，好像詹莱因为自己太重而加固过，或者铺了两层垫子。床前放了一张椅子，椅子上面堆放着一摞报纸。最上面那张印着在迈克夸利大街问候过凯特的那位总理。那时候，她正和雷戈·克林科维奇争论什么。报纸上面的大字标题写道：澳大利亚向美国出口粮食获利甚微。

詹莱指了指床头那盏台灯，问凯特，要不要把它关掉?

凯特说："不要。"

在那张放着三个奖杯的梳妆台和椅子之间——椅子上面放着那张刊登着粮食出口形势严峻的报纸——她从詹莱肥胖的身躯下面，找到那根短小而白皙的阴茎，想尽一切办法才让它勃起。他感激地叫喊着，将她深更半夜心头的宁静一扫而光。他没有想到在自己身上能发生这样的事情，而这也正是她之所以不遗余力的原因。

因为不是正式的夫妻，凯特在詹莱还熟睡的时候，便离开他那幢房子。那是凌晨三点，天地万物还处于一种麻木的状态，伊戈林敦公路一片死寂，连一辆车也没有。她悄悄回到了墨齐森酒店她那间温馨的小屋。

早晨，她醒来之后，走到楼下，看见康妮·墨齐森正用水管子冲洗门廊。这是康妮或者凯特每天早晨的工作。此时，杰克还在梦中与头天晚上顾客们带给他的疲劳搏斗。康妮一双黑眼睛直勾勾地看着水管子里的水流，似乎只要她的目光离开，水就会停止流动。

“你知道吗？他是个有毛病的男人，不顶用。”

“我倒是看见他吃药了。”

“是吗？知道就好。”

如果有谁知道谈论这种事情很无聊的话，那就是康妮。她自己的姐姐倒是没得高血压，却用自己的双手结束了生命。凯特本来可以告诉她我有过孩子。一个能把芭蕾舞足尖着地、右腿后伸、两手平举的动作做得完美无缺；另一个也获得了门诊部“投球好手”的证书。可是，尽管他们手指灵活、足尖灵敏，到头来还是没有派上半点用场。所以，‘他是个有毛病的男人’又有什么关系呢？

不过，她心里明白，必须装出一副对她颇有影响、关系很大的样子。

“当然不关我的事，”康妮说，“我只是感到惊讶，他那一身膘还能干这事儿。”

凯特什么也没说。康妮是否希望她能解释一下，她是怎样找到詹莱那个小男孩儿似的玩意儿，怎样启发诱导出连詹莱自己也感到吃惊的效果?

完事儿之后，躺在詹莱的怀里，凯特听他讲，他是怎样成为名震四方的爆破手的。

“大伙说得不错，我是把那玩意儿——葛里炸药和雷管——藏在后院棚子里的，装在保存冷饮的冰盒里。”

澳大利亚人都喜欢用这种冰盒。人们出去野餐的时候，用它装冰镇啤酒、牛排和别的食物。坐在老桉树斑斑驳驳的树阴下面，打开盒盖，望着精美的食物，孩子们欢声四起，女人们互相夸赞，男人们喜笑颜开。詹莱的冰盒另当别论，那里面装的是另外一种“野餐”。

“炸药确实是从铁路上搞来的。谁都知道。警察也知道。他们都相信我会很好地保存的。不过，如果哪天爆炸了，他们就都假装不知道了。世界就是这样，充满了狡诈和伪善。”其实，你可以说，凯特和詹莱实在是一对同命鸟。对于他们来说，没有可以作为逃避的奢华。“炸药保存得非常好，”詹莱说，“没有受潮。我包裹得严严实实，采取了一切防水措施，一点儿问题也没有。谁都想让我试试看。除了镇长。他的牧场在铁路线西面，地势高一点儿。他不想让他的羊群遭受任何损失。宁可让大水把木亚木巴冲得房倒屋塌。”讲这个故事的时候，詹莱一直望着天花板上雨水留下的痕迹。

凯特想，詹莱对迈克休的攻击也许没有什么根据。

“他既然这样自私，大家为什么选他当镇长呢?”

詹莱摇了摇头。人们选举的热情对他来说是难解之谜。

“不管怎么说，大多数普通老百姓都希望我炸柯巴铁路。

他们都知道，只有我这个傻瓜蛋才干这种蠢事。当然，这是他们自己的事情，我并不想多加评论。”

可能太胖了的缘故，他呼哧呼哧地喘了几口气，实际上也可能是笑了几声。

一天早晨，她回到墨齐森酒店，沿着走廊，到只有她一个人使用的女浴室，洗掉躺在詹莱身边六七个小时留下的汗渍。那是一个平静的、没有太高要求的夜晚。晨光曦微之中，她像我们一样极目远眺，看这座内陆的小镇。红色的铁皮屋顶闪着朦胧的光。在这个国家，人们把波纹状铁皮提高到艺术品的地位。偶尔看得见红色砖瓦建造的房屋。那是银行经理、医生、股票经纪人、牧羊站代理人的府第。这些人不到铁路酒店这种地方喝酒，除了像那几个打板球的家伙，偶然来这儿换换胃口。木亚木巴所有这一切——本乡本土的铁皮屋顶、更加堂而皇之的红瓦屋顶，以及那屋顶下面七百多个正在享用早餐的家庭，两千多张淳朴、近似木讷的面孔，显得那样安谧、平静。而这安谧与平静在凯特的心中引起一阵类似爱恋、又类似爱国的冲动。

墨齐森酒店的淋浴设备大概是四十多年前安装的。喷头喷出来的水带有一股泥土的味道，那水也许是从河里抽来的，也许是碱性很强、像岩石一样古老的地下水。凯特任温热的水顺着越来越粗的大腿流下。白皙的肌肤上有一个水的漩涡流动，就像她肩膀上伤疤的一个小小的缩影。她用碱性很大的肥皂和算不上清洁的水擦洗头发和皮肤，心中有一种说不出的愉悦。

洗完澡回卧室的时候,必须经过男淋浴室。那些工匠和“逃避者”们，正在里面闹哄哄地洗澡。笑骂声、放屁声、第一股凉水射到身上时打着激灵的叫喊声不绝于耳。早晨天气已经开始变冷，男人们半裸着身子，或者光屁股穿着工作服跑过走廊。他们一个劲儿地打喷嚏。因为浴室里雾气腾腾，人又多，没法擦干身子。凯特心里很高兴。她有足够的空间慢慢地把身体擦干。对于他们思想深处的粗俗与卑劣，这也算一种报复。

有一天早晨，天刚亮，冷冷清清。凯特从雾腾腾的男浴室走过，碰上一位泥瓦匠。这家伙曾经敲过她的门，请她到另外一家酒店去玩。他像康妮一样，眼圈发青，只是没有碰上一位像杰克一样能悉心照料他的人，抹平这与生俱来的创伤。“你卖得挺便宜，是吗？亲爱的。”

她本想告诉这位泥瓦匠，他可以对她重新做一番评价，看看她已经胖成什么样子了。她纳闷，为什么几个星期前，他会找上门来，请她作陪。她相信，再有三个月，她一定会变得膘肥体壮，不再是他想要的那种女人。她正在一条荆棘丛生的道路上跋涉，渐渐逃脱人们的视线。她正在接受一场训练，学会在不为人注意的情况下生活。

她之所以拥抱詹莱肥胖的身躯，是因为她自己需要那种肥胖。她在走廊里碰见的这个人，这个靠工资袋里的钱生活的人，永远无法理解詹莱为何被他英勇炸路基的过去和再显身手的未来完全迷住了心窍。詹莱和富兰克舅舅一样，是一个可爱的、禀性卑劣而又志向高远的人。

“滚开！”她对阳台上站着的那个男人说。

“骂得好！”

那人说。他一定为自己不曾拥有这样一个女人而感到庆幸。

第十四章

有一天晚上，詹莱一位老朋友来酒吧看他。这个人瘦削而结实，有点儿像“杂种小猎狗”格赛嘎。但是他的身上没有一点点格赛嘎的卑劣。凯特很欣赏他和詹莱相互问候时的那副样子。他们没有一惊一乍，大声喧哗，不想让酒吧里的人看到他们亲密的伙伴情谊。这个人还年轻，也许刚到四十岁，但是黄褐色的皮肤十分粗糙，就好像生来如此。或者说，他把父亲和祖父经历的沧桑都集中于自己一身。他深陷的眼窝里，一双绿眼睛闪闪发光。他满头黑发在前额筑起一道“篱笆”，仿佛在风的吹拂下，向一边倒去。他穿着一件灰颜色的运动衫，上面落满红色的尘土，手里拿着一顶很大很旧的阿库布拉帽子。

看见凯特沿着柜台向他走来，詹莱的目光变得柔和起来。

“凯特，这位是嘎斯·斯库尔波戈。我的徒弟。在新南威尔士联队效力过。他小子还是我选拔的呢。”

凯特觉得自己应该表现出社交场合应有的热情，立刻点点头，微笑着和嘎斯握了握手。嘎斯·斯库尔波戈似乎对这种礼节不怎么习惯。

“嘎斯的家在伯克镇附近的农村。”詹莱说，好像是为了说明他之所以笨手笨脚的原因。

澳大利亚人对勇敢者的失败向来宽容大度，他们管那些被天灾人祸欺骗、打击得一无所有的人叫“流浪汉”。嘎斯·斯库尔波戈可以在电视纪录片里扮演流浪汉的角色。因为一无所有的流浪汉有两样东西不可或缺，那就是爽朗的笑容和挺直的腰板。嘎斯·斯库尔波戈拥有的正是这两样。现在很难想象他年轻时候被詹莱选中，参加球队并活跃在悉尼板球场的飒爽英姿。

嘎斯和詹莱都在丛林里长大，而丛林人的传统就是希望孩子们的运动员气质和活力早早地被开发出来，尽管这种希望常常是一场梦。

詹莱压低嗓门儿对凯特说：“我的朋友嘎斯带来了澳大利亚联邦的活图腾，就装在他的卡车上。”

凯特不由得扬了扬眉毛，心里明白，詹莱正希望她表现出这种惊讶。詹莱对着眼前的朗姆酒笑了起来，然后喝了一大口。嘎斯挠了挠耳朵，他并不是故意作出一副沮丧的样子，而是从心底感到懊恼。詹莱催促他：

“让她看看嘛，嘎斯。”

凯特沿着柜台，从坐在墙角和牌匾下面那两个老头身边走过，一直走进小酒吧，墙角坐着的那个老头转过脸朝她笑了笑。杰克正和银行一位会计员谈话，便对那人说了一声对不起，站起身向凯特走过去。凯特悄声问他能不能照看一下酒吧。她之所以压低嗓门儿说话，是不想让杰克大声嚷嚷，不想让他为了赶快结束和会计员的谈话，做出有利于对方的决定，或者说出类似“刚上班，就要干私事儿”的话来。

得到杰克的允许，凯特出现在顾客这边。虽然近在咫尺，柜台内外却是两个天地。她看见詹莱和嘎斯·斯库尔波戈也有点鬼鬼祟祟。詹莱装作要上厕所小便。他不得不谨慎从事，因为大伙都用嫉妒的目光看着他。两个老头、格赛嘎，甚至诺埃尔。他们生怕被排除在什么秘密之外，或者不能了解到某件事情的全部真相。

嘎斯没戴帽子，站在一辆搬家用的小型卡车旁边。他呼出一团白气，有点懊恼地抽了抽嘴角，打开车厢后面的锁，把门推上去。

凯特的脑袋痉挛了一下。这个讨厌的毛病又犯了。黑暗中传来一阵鸟儿拍打翅膀的沙沙声和什么动物爪子敲打车厢的咚咚声。凯特不由得向后退了几步。她已经控制住自己，脑袋不再痉挛，只是纳闷，里面到底装着什么。有一刹，她认为也许因为生活艰难，嘎斯带了几个古怪的、令人作呕的玩意儿，到人口比这儿稠密的城镇展览，赚点儿小钱。他来木亚木巴，只是为了喝口酒，顺便看看已经成了大胖子的老朋友。

他从口袋里掏出手电筒，朝车厢里面照了照。

“人都是叛徒。”

借着手电筒的亮光，凯特看见两个动物，四只眼睛在光柱的照耀之下，闪着怪诞的橘黄色的光。这两个长着羽毛和皮毛的家伙个子很高，难怪嘎斯专门借了这辆搬运餐具柜和衣帽架的卡车拉它们。那只鸟更高一些，是只鸸鹋。那只袋鼠虽然不是特别高大，但非常健壮，长得也很漂亮，在同类中应该是佼佼者。

鸸鹋见是嘎斯，放下心来，以和人正好相反的动作，两腿一盘，坐了下来，就像一个巨大的羽毛球。如果从它那个喙很短的小脑袋算起，这只鸸鹋即使卧在那儿，也比康妮的两个孩子高。

“就是这两个可怜的东西。”嘎斯对凯特说。

他对鸸鹋和袋鼠说话，声音里充满了乞求和哀伤。

“好了，你们这两个家伙，不要着急。”

他熄灭手电。

“这两个家伙都是我老婆一手养大的。看见那只鸸鹋了吗？它叫孟席斯[①]。她是从蛋壳里把它养大的。狗把它的父亲给咬死了。你该知道，鸸鹋是公的孵化小鸟。老鸸鹋为了保护还没有出生的儿女，和那几只恶狗好一阵厮杀，最后还是被狗咬断了腿。我怎么吆喝也没用，那几条狗发了疯似地不让人靠近。”

凯特直盯盯地看着鸸鹋突出的眼睛。它无法展翅高飞，眼睛便把来自各个角度的袭击“尽收眼底”。它的脑袋事实上除了眼睛就是嘴巴。全部功能就是吃和防御敌人的袭击。它的羽毛很长，翅膀很小，仿佛是漫长的进化过程中，被造物主作了手脚。

“看见那只大灰袋鼠了吗？它叫奇夫利[②]。它也是我老婆

---

①孟席斯（Menzies，1894—1987)：澳大利亚总理（1939—1941，1949—1966)，澳大利亚统一党领袖，自由党创建人（1944)，执行高速发展工业及鼓励外国投资的政策。

②奇夫利（Chifley)：澳大利亚总理。

一手拉扯大的。它妈妈被一辆卡车撞死，我老婆从它妈妈的袋子里救出它，用奶瓶把它养大。日子好过的时候，我父亲经常跟它玩拳击。摆好进攻的架势，兜圈子。我父亲常说——我也同意他的看法——人不过是没有尾巴的动物，袋鼠虽然长着尾巴，却不像人那样喜欢斗殴。你说是吗？奇夫利。我痛恨袭击袋鼠，太降低人格了。”

嘎斯的绿眼睛和袋鼠那双直勾勾看着他的眼睛对视了一下，回过头，熄灭了手电。

“我在《西部平原报》看到一则广告。有人要在万加搞一个游乐场，想要一只鸸鹋、一只袋鼠。主办人为了吸引游客，别出心裁，要搞一个活的澳大利亚国徽。也就是说，从上午九点，到下午五点，每到报时的钟声敲响的时候，活国徽就要出现在游客面前。现在，他的澳大利亚国徽已经耸立在游乐场中央。他需要一只驯良的鸸鹋和一只温顺的袋鼠在时钟敲响的时候，一左一右，站在两边，就像硬币上面的图案。他说，钟声响过之后，它们再跑就无所谓了。反正一个小时站一次。所有的家庭和孩子都聚集在国徽前面。还有那些日本游客，高举着他们的照相机，他们都知道，热闹马上开始，照相机都对调了焦距。国徽摆在正中，奇夫利站在一边，可怜的孟席斯，站在另外一边。只要它们能老老实实站上两秒钟，我想，肯定能赢个满堂彩。然后，孟席斯会迈开僵硬的双腿跑下舞台。奇夫利也会一蹦一跳，逃之夭夭。我想，那时候，艺术效果会更加强烈，掌声会经久不息。”嘎斯继续说，“主办人说，反应灵敏的表演者拿点好吃的东西会把它们哄上台的。”

他摇了摇皮肤粗糙、黑发盖顶的脑袋。不管怎么说，他不愿意这样折腾他的鸸鹋和袋鼠。

“不同的物种有不同的着眼点。的确如此。可是谁也没有注意到这一点。创建这个国家的老祖宗对此也毫不在乎。我们的先辈，把鸸鹋和袋鼠画到国徽上，又制定出在这个国徽之下，我们必须遵循的制度，詹莱。可是现在，在这个制度之下，连我这样一个生活在达林河西岸的人的温饱也得不到解决。更不用说我这两个可怜的伙伴了。”

嘎斯熄灭了手电，直勾勾地注视着黑暗的周遭，注视着那辆卡车。黑暗中，你能感觉到鸸鹋和袋鼠经受过多么多的苦难。“不要多想了，”詹莱说，“你总得有口饭吃呀，嘎斯。”朋友的愤怒使他的心灵受到震撼。凯特在某种程度上也受到震动。她能够感觉到，平常，嘎斯不是那种随随便便攻击澳大利亚联邦缔造者的人。

“我又何尝不是这样。”凯特冷不丁冒出这样一句，头又颤动起来。她情不自禁要对嘎斯这样说。她想确信，他已经知道她和统治这个世界的评判制度没有丝毫瓜葛。她被这个制度评判了一番，结果连替自己争辩的权利也被剥夺。

她的眼睛渐渐习惯了黑暗，看出黑乎乎的铁路线旁边那条宽阔的马路，也模模糊糊看见卡车里面的情景。在那只瘦骨嶙峋的鸸鹋旁边，她看见那只颇有点王子气概的袋鼠。尽管看不见眼睛的反光，她还是能感觉到那双平静的、无忧无虑的眼睛正注视着她。这只袋鼠肩膀肌肉发达，两条后腿也很健壮，尾巴像一根结实的鞭子。在草原上，它会是一个啃食青草的好手，和羊、鹿为伍，绝不会与狮子为伴。这个奇夫利也从未伤害过自己的同类。但是，它有比青草能够给予它的更大的力量。

“我们像拉扯孩子一样，拉扯它们俩，”嘎斯说，“现在却要把它们卖了。我这干的是什么缺德事儿呀！”

詹莱想安慰他。

“做生意就这么回事儿，老伙计。”詹莱说。其实，他对生意一窍不通。

“活动国徽，活动舞台，”嘎斯说，“我对主办人讲了，不要打奇夫利，一定要善待它。我还让那家伙跟我签了一份协议……对鸸鹋也不能虐待。”

瘦骨嶙峋嶙的鸸鹋动了动，警惕地转过头来。即使在汽车里，在黑暗中，它也不敢有丝毫的懈怠。叫做奇夫利的袋鼠却一动不动，只是凝视着凯特。

凯特说：“奇夫利。”

“是我妻子开玩笑取的。安息吧，我的可怜人。”

“她可是个好女人。”詹莱连忙说。

“让我想得好苦啊！”嘎斯说。

鸸鹋嗓子里发出一串粗嘎的呻吟。那只健壮的大袋鼠——牧民的灾难，嘎斯的朋友，动了动耳朵，好像也被勾起了温馨美好的回忆。

现在既然嘎斯提起这件事情，詹莱就想多问问关于已故斯库尔波戈太太的事情。“我听说她得了那种病之后，确实大吃一惊，嘎斯。”

“唉，她得的是癌症，詹莱。受尽了百般苦，死也是一种解脱。”詹莱轻声细语，充满了对死者的怀念。

“有一天，格赛嘎跑来告诉我，说你的妻子已经过世。那时候我正准备给她寄一张圣诞卡。”

“她的病没拖多久，很快就不行了。”嘎斯往脑后拢了拢头发。

卡车里，奇夫利似乎在侧耳静听，希望弄清那位把它拉扯大的好人到底去哪儿了。孟席斯低下脑袋啄起一粒谷子或者别的什么东西，然后瞪着两眼，伸长细细的脖子，使劲咽了下去。要不是想到它前途未卜，凯特和詹莱肯定会大笑起来。

詹莱朝袋鼠点了点头。

“瞧这个家伙的蛋有多大。”

嘎斯还在唠唠叨叨，安慰自己：“那个游乐场是一个时髦玩意儿。还有一个常驻游乐城的兽医。”

“比在这儿强多了，”詹莱喃喃着，“它们要是在这儿待下去，还不得让农民们打个半死！”

“奇夫利。”凯特说。

她那早已冰封的心底，升起一股柔情。仿佛有一种吱吱嘎嘎的响声奇迹般地撞开她的心扉。

嘎斯拉下车门。凯特站在那儿等待着，全然忘记酒吧里还有那么多活儿在等着她。车门还有一个缝，嘎斯深深地叹了一口气，使劲一拉，才把门完全关上。但是凯特觉得，那只袋鼠还在眼前晃动。

她对詹莱说，今天晚上，她想安安静静地休息，下班之后不跟他回家了。詹莱听了倒是泰然处之。

“我也得好好休息一下，亲爱的。”他说，眼睛骨碌骨碌地转着，既表现出一种对凯特的赞美，又假装对她淫欲难平、贪得无厌。

睡梦中，她仿佛变成一只油光水滑的袋鼠。她不愿意从这种骄傲与欢乐中清醒过来。她向前跳跃着，穿过荆棘丛生的平原。她的四肢配合默契，欣喜若狂。半夜里，她被自己梦中的笑声惊醒，唇边还挂着痴痴的微笑。当然，那笑声很快就化为乌有，被笼罩着木亚木巴的苍穹吞没。

木亚木巴，这个坐落在一条喜怒无常的大河旁边的平原小镇，仿佛消失在辽远的苍穹，不允许人们深更半夜坐在木屋床边开怀大笑。

但是她知道，她的快乐是有意义的。

第十五章

起初，她没认出科金斯基的保镖伯恩赛德。以前，保罗经常带他到“维斯特拉”号游艇——带他去的原因已经成为科金斯基建筑公司秘史的一部分。那时候他没有留胡子，现在却蓄着淡黄色的唇髭。他开始发福，肚子鼓了起来，但还是虎背熊腰，肩膀特宽，活像一台起重机。

他脱了西装，取下领带，塞到条纹衬衫上面的口袋里，故意在众人面前作出一副“没有别的意图，只不过来这儿喝点儿啤酒”的样子。

凯特以为这个大大咧咧的家伙是个云游四方的推销员，可是后来突然认出他是科金斯基的保镖。那个幻化成袋鼠的奇异的梦给她带来无限的喜悦，脑袋的痉挛居然因此而减轻了许多，可是现在又剧烈地颤动起来。她本来想悄悄地溜出去找杰克，手却不由自主地又去摆弄那些酒杯。坐在墙角喝酒的那个人举起手招呼她。她连忙迎了过去。那人坐的是詹莱的位子，不过詹莱白天不来这儿喝酒，那些偶尔来喝杯酒放松放松自己的顾客便可以抢占他的“宝座”。

不知道为什么，凯特挺喜欢这种手势。那些举手的人对是否会引起别人的注意并无把握，因此每一只高举的手都是一种试探。一旦看见服务员把目光投到他们身上，便朝下指指朋友脸前的空酒杯，然后再指指自己的杯子。是谁教会他们这一切的？如果伯纳德还活在这个世界上，他最终会不会也这样比比画画？这种事儿人们为什么都无师自通？

洗干净两个杯子——这是酒店的规矩，同一个杯子绝对不允许连续使用两次——凯特把它们小心翼翼放到可以漏水的盘子上，开始倒酒。这活儿她已经轻车熟路，她真想永远这样倒下去。可惜，也许这是她最后一次在墨齐森酒店为顾客倒酒了。

杰克从小酒吧那边走了过来，伯恩赛德向柜台那边伸出一只大手招呼他，就像课堂上向老师提问的壮小伙子。她听见他用很清晰的声音问杰克，这儿有没有一个叫凯特·科金斯基的女人。“没有。”杰克说，一副不愿意搭理他的样子。伯恩赛德自然不肯罢休，又问：

“凯特·盖弗尼呢？科金斯基是她结婚以后丈夫家的姓。”杰克没有答话，他手里拿着一张纸，正在柜台后面忙着清点瓶子，准备继续进货。他不理不睬，头也不抬，好像在说：“你算老几？怎么可以打断别人的工作？”

伯恩赛德递给他一张名片。杰克接过来放在手里那张纸上，仔细看着，眉毛不停地抖动。

凯特倒满两大杯啤酒，送到顾客面前，伸出手要钱。她希望拖延每一个动作的时间。这个留着淡黄色唇髭的人，这个曾经在“维斯特拉”号和她的孩子以及凯特·科金斯基太太一起晒太阳的人，马上就会隔着柜台，向她喊出一连串科金斯基家人的名字。想到这儿，时间仿佛凝固成一块巨石，重重地压在她的心头。她惊叹，他或者像他这样的人没能早一点找到她，实在是奇迹。

逃离木亚木巴，她连想也不敢想。离开墨齐森酒店，创伤远未平复的她，就得继续向西走，找一个栖身之地。

她当然还有一瓶安眠药，必要时可以派上用场，但是她已经不再想走那条路了。

那天夜晚，在她家那一片废墟外面，保罗·科金斯基声嘶力竭地呼喊：“你为什么不在家？”她过去同意，现在依然同意他的指责没错。她始终认为自己那天不在孩子身边是罪过。然而，她虽然从心底承认自己的罪责，但却渐渐看出，那些把造成这场灾难的责任都推到她头上的人，其实并不完全了解事情的真相。她相信，负责调查纵火案的侦探和急救中心的官员们总有一天会找到她，并且向她提供若干证据，做出明确的结论，平息舆论对她的谴责。不管怎么样，一定要等到这一天。

她是不是应该先到厕所，再从后门溜出去。门外就是十九世纪留下的一个马厩，她可以从那儿逃到另外一个小镇。可是，她的突然失踪会让詹莱惊慌失措。他心里很清楚，他俩的事儿迟早都会完结，但是这总应该有个过程。看来，她已经在某种意义上获得新生。上一次离家出走的时候，她可是没跟吉姆·盖弗尼和凯特·盖弗尼做任何解释。现在，她那颗破裂的心对詹莱充满了温情。

“你管她叫什么？”杰克·墨齐森问。他还在看那张名片，想从印在名片一角那几行小字看出点什么破绽。杰克是个旧式的、颇有点儿家长作风的雇主。他手下的人也许确实不怎么样，但那是酒店内部的事情，用不着外人来砸他们的饭碗。

事实上，如果给他个工地，他会是个一流的老板。水泥不会不翼而飞，跑来送传票的人也会让他骂个狗血喷头。

就连五大三粗的伯恩赛德在他面前也不敢造次。

“科金斯基是她结婚以后的姓，盖弗尼是她娘家的姓。没错，我只是来告诉一个对她有利的消息。”

杰克指了指小酒吧，让他到里面去等。白天，“雅座”里面没人。因为，谁也不会为了谈什么秘密，来铁路酒店这种地方吃午饭。普通顾客则认为到“雅座”里喝酒是花冤枉钱。杰克亲自打开门让伯恩赛德进去。他这样做，还有一层用意，那就是让伯恩赛德明白，在墨齐森酒店，干什么都有一个限度，不能胡作非为。

伯恩赛德进去之后，杰克从柜台后面绕出来，向凯特走过去。他像当爹的刚刚听说自己的孩子做了什么错事，半信半疑，想问又不知如何开口。

“过来，凯特。”

他把那张名片递给凯特。

“你认识这个人吗？”

凯特低下头。当然一部分原因是羞愧。伯恩赛德是科金斯基派来的。科金斯基家族是她耻辱的源头。唉，伯恩赛德这个讨厌的家伙！

“他在我丈夫手下工作。”

“真希望也有这么一个虎背熊腰的家伙在我手下工作。”

他眼巴巴地看着她。只要她给他一个暗示，他立刻就把她带走藏起来。

凯特知道，她必须面对伯恩赛德。他是从科金斯基那个世界来的一个她尚可面对的人。在他的面前，她不必担心自己已经变成被雪莉的牛排和白面包喂肥的新人。谢天谢地保罗没有亲自来找她。要是他来了，事情可就更麻烦了。

“你真的认识他？”杰克又问了一句。

“认识。”

她拿着那张名片，走进小酒吧。

他背朝她坐着。她从他宽宽的肩膀旁边绕过去，看见他抬起一只眼睛瞥了她一眼，就像看一个陌生人，就像他们从来没有在“维斯特拉”号船尾的碧波中相逢。他的眼睛还是她记忆中的那个样子：肆无忌惮地瞪人。他之所以这样傲慢无理，是因为他认为自己是个人物，因为作为科金斯基豢养的走狗，他干得不错。他特别爱听人家夸他：“伯恩赛德，你可真是个人物。”他算是建筑行业的一个传奇。在他面前，人们要么战战兢兢，要么大唱赞歌。

“你的老板对我蛮热情的。”

杰克给他倒了一杯啤酒。他一边打量她，一边呷了一口。“我喜欢来点儿厉害的。好酒。”

他龇着牙，自以为这个动作挺潇洒，但在别人看来却野蛮凶残。

“你胖了点儿，亲爱的。对吗？那位一直惦记着你的默里绝不会想到你变成了这个样子。”

“这样很好。”凯特说。

“哦，没关系。我只是随便说说，科金斯基太太。我可以把你带回原来的地方。”

这个愚蠢的允诺似乎减轻了她的恐惧。

“我们以前见过几次面。在科金斯基先生的船上。”

“那是阳光明媚、风平浪静的日子。”

她本来想说得尖刻一点儿，但是转念一想，没有必要。何必让他因此而采取这种态度或者那种态度。

他说：“我有幸在你丈夫的公司里干了多年，科金斯基太太。”

“保罗的母亲才是科金斯基太太。琴斯托霍瓦的圣母玛利亚和圣父授予她这种荣耀。你去问她，她会告诉你这一切的。”

“可你是保罗·科金斯基先生的妻子。”

“我已经恢复娘家的姓了。”

“这一点我很理解。”

他点点头，摆出一副调停人的架势。然后从搭在椅背上的西装口袋里掏出一个厚厚的信封。

“保罗·科金斯基先生让我把这些文件交给你。”

“应该是保罗先生和安德鲁先生。”

“是的。请你在上面签名。也许你要先看一下。”

她没有接那个信封，而是让他放在桌子上。如果能沾上啤酒杯的印子，她一定会非常高兴。

“科金斯基先生很赞赏你不在婚姻问题上纠缠的态度。或者说，他认为你不想在这个问题上纠缠。因为迄今为止，他没有听到你对此有任何要求，但是他认为应该对你负责。这里有几份需要你签字的文件。这些文件都和解除你在科金斯基几家子公司的董事有关。不管怎么说，你自己也不再想和这些机构有什么瓜葛吧。而且你会看到，他对你还是慷慨大度的。这里有一份协议，他将给你二百万澳元。分六个月付清。第一笔在你签字十五天后划拨。”

“好吧。”她说，那口气似乎有点儿急切。但她首先想到的是，和奇夫利一起在草原上蹦跳、奔跑的快乐。她在心里玩味着这份喜悦。

小镇上空，铁路酒店和丛林之间的旷野，传来沉闷的雷声。伯恩赛德眨了眨眼睛。

“天哪，听这雷声。这儿是不是老发洪水？”

“人们经常谈论的话题就是洪水。”

“所以……你得先看看这些要签字的文件。还得看看这份向教区法庭申请注销婚姻的申请表。签了这份申请表，就用不着再跟那些家伙浪费时间了。把其余的文件都签了之后，就剩这份协议书了。要你签字的地方，都用铅笔画了一个十字，还写了两个 K——凯特·科金斯基。你也许不愿意写科金斯基。不过，不管你愿意不愿意，只能这样写，这是有法律效力的文件。”

她不想对他说，让科金斯基一家拿着他们的协议见鬼去吧。她为什么要对科金斯基家这位体壮如牛的仆人说这些呢？作为所谓的私人侦探，他的离婚故事够多的了，不需要再拿她的故事当佐料。他是个有执照的私人侦探。至少，他的名片上面这样写着。她不想让他把她的故事拿去归类。不想让他得到供他编故事的材料。

然而，她很清楚，她现在这副模样，就是他编故事的好素材。他会说：

“天哪，你们真该看看她现在那副邋遢相！”

哦！见他的鬼去吧！

“你可以离开这儿，”他说，“当然，首先是保罗就不想让你待在这儿。”

“谢谢他的好意。可我就愿意待在这儿。”

伯恩赛德皱了皱眉头，这件事似乎办得太顺利了。经验使他对这种顺利产生了误解。

“我觉得你最好现在就签字，”他开始催促，“这些玩意儿摆在面前，只能让你想起保罗·科金斯基和悲惨的往事。”

“别提什么悲惨的往事！”

“我只是说……”

“不要说！不要说什么该死的屁话。不要说！”

“好吧。你想怎么办就怎么办，科金斯基太太。不过，你和保罗恐怕很难重归于好了。所以为什么不签这份申请表呢？我知道，你们家都是笃信上帝的基督教徒，需要这样一份申请。签了这份申请，就可以着手进行下面的工作了。”

“我知道。你已经跟我解释过了。”

“其实，这些离婚文书、教堂申请表，都不是什么大不了的玩意儿，当然是对科金斯基父子而言。”

“老安德鲁·科金斯基是教皇册封的爵士嘛！”

“这正是我的意思。这些文件只是需要别人签个名儿，走走过场而已。我给你打开信封好吗？”

“用不着。”

“你如果现在签了，我就能开车返回万加，赶上八点钟的飞机。我们都有家……”

凯特看见他因为说漏了嘴，脸色变得苍白。

“哦，天哪！我知道发生过的那些事情……海滩上……请原谅，科金斯基太太。我不是有意的。”对于伯恩赛德这种人，原谅不原谅其实无关紧要。

“我们是都有自己的家。”凯特不动神色地说。

他不想落入圈套，连忙把话扭到正题上。

“听我说，为什么不现在就打开呢？”

他强硬起来，拿起信封就拆。

“放下！那是我的文件。”

“好吧。”

“那么，请你不要动它们。”

“对不起。听我说。我是想……”

天上又响起一阵炸雷。铁路酒店在雷声中颤动。一路雷霆滚过木亚木巴，就像奔腾的大河在荒原呼啸。

“你把这些文件都给我留下！”她说。

她不知道自己为什么要拖延这件事情。伯恩赛德的话并不是没有道理。她应该尽快摆脱这些狗屁文件和伯恩赛德本人。他已经打断了她在“内海”的“蜕变”，打断了她在澳大利亚最健忘的小镇这种脱胎换骨的改造。这种“蜕变”，这种改造，只有伯恩赛德离开之后才能继续。

然而，即使以牺牲自己为代价，她也不想让科金斯基一家的如意算盘马上实现。她想起老科金斯基那个关于波兰人、神灯、中国军队的故事。她已经达到这样的水平：要为自己经受的折磨找一点平衡，失败者应该得到哪怕只是短暂的欢乐。她当然非常清楚自己蒙受过的耻辱，那天夜晚保罗刺耳的尖叫更给这耻辱增加了色彩。现在，如果听任他们的摆布，又会将自己置于何地？可以想见，伯恩赛德走进保罗的办公室，保罗问他，她是否拒绝在那些文件上签字？他一定会说："没有。一点儿问题也没有。"

"你最好在这儿住下，"凯特劝他，"明天一早，我就给你。"

"既然迟早都得签，你现在签完得了。"

"一晚上只收你20块钱，牛排管饱。"

"你既然打算签，就签了算了。我本来以为你不会给我找这么多麻烦的。"

"我想，科金斯基会替你交住宿费的。"

"那是自然。"

"所以，你就住下吧。"

"我不知道现在你周围都是些什么人，科金斯基太太。也许你应当告诉他们，我随身带着枪，而且有持枪证。如果谁胆敢深更半夜打搅我……"

"你可别干傻事。"

"酒店里有坏人。老板就是个大坏人。"

"是的。不过他对你并没有敌意。你就住着吧，别废话。我明天一早来看你。"

她又想起一件事情。

"你不能和我一起吃饭。不能和我一起吃杰克称之为茶点的晚饭。这儿有好多男人，你可以跟他们一起吃。"

“我明白。”他满脸讥讽。他平常总是见人说人话，见鬼说鬼话。有时候像警察，有时候像公司的法律顾问。现在就俨然一位律师的腔调。

凯特想到，伯恩赛德肯定很快就会把她现在身处何方告诉所有熟人。他们一定会来找她。最糟糕的是，日思夜想的父母马上就会赶到木亚木巴。所以，她的拖延战术，从根本上讲，是希望再拥有一个属于自己的夜晚。她可以偎依着詹莱肥胖的、感觉迟钝的身躯再睡一夜；她可以再为墨奇森酒店的顾客倒一次酒；再做一个幻化成袋鼠在大草原上蹦蹦跳跳的美梦。

伯恩赛德本来可以沿着高速公路开几个小时的车，赶上回悉尼的飞机。一下飞机，人们便会急切地问他：“你的丛林之行怎么样？”可是现在，她阻止了这一切。他得老老实实在这儿住一夜，怀里揣着那个装满文件的厚信封。这些文件，凯特大概早晨才签。这期间，雪莉的土豆浇奶油，再加大碗的乳蛋糕，会让他再胖上一小圈儿。

风狂雨骤，詹莱冒险开车和凯特一起回家。

天很冷。只有平原小镇才会有这种逼人的寒气。那是一种比暴风雪还可怕的彻骨的寒冷。詹莱断定在这样的夜晚，警察不会出来巡查。

他想知道那个五大三粗的家伙是谁。

“伯恩赛德。是我丈夫派他来的。”

“来干啥？”

“送离婚的文件。”

他闭上一只眼睛，在心里琢磨这件事情意味着什么。

他一边开车，一边不停地喃喃：“来头不小。天哪，来头不小啊。”

詹莱是指雨。木亚木巴的大街在风雨袭击之下似乎已经不复存在。“他们都躲在自家的铁皮屋顶下面。”詹莱继续喃喃，目不转睛地看着车窗外面，仿佛在数那密集的雨丝雨线。

他没有再问伯恩赛德的事儿，便在黑暗中睡了一个小时。凯特难以入眠，睁着一双眼睛，欣赏着躺在身边这个巨大的身躯。喝了一晚上朗姆酒，詹莱的身上还散发着一股酒气。她推醒他。詹莱翻了个身，嘟囔着说：“什么事儿呀？”

然而，这只是一种象征性的情绪的发泄。深更半夜，风雨交加，床头挂着一幅描绘伯克和威尔士受难的画。这时候，倘若你被叫醒，总得说句什么话。一位心中充满愤懑的诗人曾经写过这样一句话：“因为应该这样说，所以就这样说。”于是，詹莱按照这句格言，嘟囔了这么一句。至于他心中的愤懑，早已被他的禀性、他的一身肥膘以及往日的经验磨蚀得一干二净。

“什么事儿呀？”

“我想开灯，詹莱。”

“开灯？”

和大城市的人不一样，木亚木巴人黑夜从来不开灯。凯特注意到，他们就这样一直在黑暗中安睡，直到朝霞满天的黎明。就连铁路酒店夜里也不开灯。哪怕仅仅为了防盗。木亚木巴人直到他们的祖父辈才看到电灯照耀灌木丛生的荒原。部族的记忆告诉他们，夜深人静的时候，不要拿灯火的光辉宣泄心中的轻贱。

“雨太大，”她解释说，“一会儿可能就没电了。我想让你看一样东西，詹莱。趁现在还有电。”

屋里只有头顶吊着的那个灯泡。凯特第一次来这儿的时候，床头还有一盏台灯，现在也不见踪影。詹莱这儿没有奢华可言。一个电源，一盏灯。

凯特找到她每天晚上来詹莱这儿背的那个包，从包里取出一个钱夹。她知道，那张照片就在钱夹里面。尽管自从那场从天而降的大祸之后，她再也没有看过这张照片。她知道，看见这张照片，就会面临一个疑问，而她也会为自己做一番充满歉疚的辩解：

“你们在那儿，我在这儿，我跟这件事情一点儿关系也没有。”

所以她一直没看这张照片。

等她变成另外一个完全不同的人，当然可以再看它，可以面对他们充满希望的目光。她那早已哭干的眼睛或许还会流出泪来，无限的伤感，紧贴他们的面庞喷涌而出。

冷雨敲打着铁皮屋顶。她从钱夹背后取出那张照片，递给詹莱。

“这是我的孩子。”

詹莱接过照片，摇了摇头，好让自己更清醒一点。他用探究、尊敬的目光看着那两个孩子的照片，准备夸奖一番。

“我失去了他们。”

“失去了他们？让他们的父亲带走了？”

“是的。”

“天哪！他为什么要这样做？”

“他说，他更适合带他们。他的母亲也坚持这样做。”

“我的天！”

詹莱若有所思地看着那张照片，说：“真是两个漂亮的孩子。我相信，你不会虐待他们。”

“他说我会的。”

她之所以这样说，是为了结束这个故事。

“绝对不会。难道会吗？”

“当然不会有故意为难他们的时候。”

她看见他皱了皱眉头。他希望听到一个更简单的回答，听到身为人母的她做出更明确的保证。凯特不管詹莱同意与否，从他手里拿过照片，装进钱夹，放回挎包，然后关掉了詹莱那盏可怜巴巴的灯。

黑暗中，詹莱说：“我不知道该说什么，凯特。”

从他的声音判断，他还想把这个话题谈下去。凯特依偎在他的身边，心里觉得暖融融的，但肌肤却冰凉。那是詹莱的躯壳，她摸索着吻了吻他的额头。

“不要说话了。”

她的嘴唇蹭着他的面颊。

“可是，听我说……”

“还有什么要说的？有什么解决问题的办法？”

“现在连接导火线可不太容易了。”

“又来了。快闭上嘴吧！”

看起来因为摆脱了这个任务，他心里很高兴。

“老天爷，快下大雨吧！”他喃喃着进入梦乡。

这是对给澳大利亚带来干旱、水灾的老天爷的诅咒。是“酒吧之神”对倾盆大雨的祈祷。

她再醒来的时候，屋子里亮起灰蓝色的光。风雨仍然在喧嚣。她觉得很冷。詹莱已经起床。她从来没有一个人待在他的床上。她看见他站在屋子当中，正唉声叹气地穿一双很大的水靴。

“穿上这玩意儿，我快成唐老鸭了。你没听见敲门声吗？河水已经漫过堤岸。洪水正从那罗玛恩镇滚滚而来。我是自愿报名参加抢险的突击队长。大伙都在帕莱士剧院等我。你知道，帕莱士的地势比较高。真对不起，亲爱的。”

凯特觉得挺有意思，脸上不禁浮现出一丝微笑。今天早晨，他礼貌周全、殷勤周到，就像一个普通的情人，认为陪自己的爱人到天亮，是义不容辞的责任。

“你应该回到杰克那儿去，”他说，“我保证用不了多久，他们就会让你到赛马场去装沙袋。”

他终于穿好了那双涉水长靴。平常吃救济金、喝朗姆酒那副窝囊相一扫而光，显得精明强干、威风凛凛，真像一个临时抢险的指挥官。凯特想象得出他对一位老太太说：“不要操心房子和狗。洪水不会漫进家门。先喝上一杯茶，直升机马上就来。”

“我想请你帮个忙。我把那玩意儿拿到这儿，麻烦你把它带到杰克那儿去。”她看了他一会儿，不知道他说的“那玩意儿”是什么东西。他以为她满脸严肃、一言不发就是表示同意，不等她再说什么，便走了出去。

她开始穿衣服，穿鞋。因为昨天晚上淌过水，鞋还湿着。他带着满身雨水走进来，手里提着一个不大的冰盒。

这是人们野餐时用的那种标准的冰盒。这种冰盒你在海滩见过。而那海滩离木亚木巴有四百英里远；你在河边见过，而那河现在已无河岸可言。

詹莱穿着水淋淋的雨衣，气喘吁吁。

“这玩意儿不挥发，”他说，怕她担心。

“这是炸药？你真的有炸药？”

“我当然有炸药，凯特。我以前跟你说过。”

他提起冰盒走了几步，好像给她作示范，然后把盒子轻轻放在床上。

“提这儿，看见了吗？掉在地上也没问题。当然最好不要掉。雷管也在里面。很安全。我用锡箔包着。起爆的盒子我一会儿带过去。瓢泼大雨。我不想让你负担过重，亲爱的。”

“我把它拿到哪儿？”

“啊，对不起。到铁路酒店之后，你径直上楼，放到被杰克称为‘安全通道，的地方。放到那儿就行了。告诉杰克一声，他不会介意的，我晚一些时候去拿。”凯特小心翼翼地摸了一下盒子上面的把手。詹莱以为她害怕里面的炸药，连忙解释说：

“你看，如果我现在就把这些炸药带过去，很容易被雨水打湿，一旦炸药受潮，就得让警察或者求军队上的人出面处理这场危机。”

他连连摇头。倘若他的伟大使命最后以这样一场滑稽戏收场，那真令人无法容忍。

“我不怕。”她对他说。

尽管她确实想好好活着，至少等到签了科金斯基送来的文件，亲眼看着伯恩赛德走进茫茫雨雾。

凯特已经穿好湿乎乎的鞋，准备出发。她没洗脸也没漱口，心里清楚，从天而降的雨水会把她洗刷得干干净净。她提起冰盒，并不觉得有什么不同寻常之处。她跟着詹莱走到走廊。前门在风雨中颤抖着。詹莱身穿雨衣回过头望着她，就像一只巨大的黄青蛙。

“那个大块头，”詹莱说，其实他自己也是一个“大块头”，“是个私人侦探？”

“是的。”

“这场洪水……他怕是走不了了。”

“该死的家伙，见鬼去吧！”

“是该死！”詹莱颇有点义正词严。

他说话很少有这样干脆利落的时候。听他的口气，他不想就此结束这个严肃的话题，他还想给她一些忠告：

“我一直想对你说这件事儿，凯特。你应该知道，你不可能从这个世界消失得无影无踪。你以为来到木亚木巴这样一个偏远的小镇就万事大吉，其实不然。我看到过找你的告示。你的家人满世界张贴这种寻人启事。他们说你并没有真的失踪，而是躲在什么地方。所以他们给每一个警察局都送去几张告示，上面印着你的照片，要他们在镇公所和邮局张贴。有一天，我那位在警察局的朋友拿着一摞告示来找我。‘她是你的朋友吗？’他问。我说：‘是，是我的朋友。’他又问我：‘她愿不愿意让警察局到处张贴这些启事？’我说：‘估计她不愿意。’他知道，你并没有触犯法律，因为他查过有关档案。后来，他就把那一堆告示交给我，让我处理。所以，你瞧，除了木亚木巴，新南威尔士州到处都贴着你的照片。木亚木巴爱发洪水，但木亚木巴也有其他地方没有的好处。你瞧，唯一一个镇公所没贴你的照片的小镇，就是木亚木巴。想想看，有多神！”

一股感激的浪潮从她心底升起。她也庆幸——她来木亚木巴寻求保护，实在是找对了地方。

把炸药送到墨齐森酒店的恐惧已经不复存在。她估计，雷管和炸药肯定是分两包包装、相互隔离的。因而也就不会有什么危险。

詹莱步履蹒跚，走进昏暗之中。凯特在他离开这座风雨中挣扎的房子之前，放下装炸药的冰盒，紧紧拥抱他。詹莱说：“真得谢谢我那位警察朋友。他干这事儿，也是担着风险呢。不过我想，即使出了事儿，他也可以推托，说放到哪儿，找不着了。”

她关上门，没有上锁。木亚木巴人不怕盗贼，只怕洪水。静悄悄的大街上雨水横流，凯特提着沉甸甸的塑料盒子，心里一阵轻松，更为自己能在詹莱的方案中起到一些作用而兴奋不已。她肩膀上的伤口一提东西就隐隐作痛，还有点痒痒。这种疼痛传递的信息细若游丝，将新旧两个世界连接起来。

科金斯基的打手——伯恩赛德正在铁路酒店餐厅里等她。他看起来气色不错，和别的客人一起吃早餐时还挺高兴。他大概给大伙讲了不少建筑行业的奇闻轶事，人们都听得津津有味。雪莉刚刚收拾完杯盘碗碟，擦干净了华而不实的塑料台布。小镇静悄悄。即使在大雨倾盆、洪水将至的今天，工匠们还是分散在木亚木巴的各家各户和公共场所，修补上一次洪水造成的损失。

伯恩赛德放下手里的咖啡，向凯特走去。

“你这是去野餐吗？”他问道，不等凯特回答，连忙说：“如果你再不签字，我困在这儿可走不了……”

“我会给你那些文件的。你在这儿等着。”

她先把詹莱的冰盒提到楼上的门厅。杰克曾经夸耀，十九世纪末二十世纪初，剪羊毛的人、乳牛场场主、赶羊人、伐木工人、赶牛人经常在这儿玩板球。守场员不得不四处接球，以免板球从阳台飞出去，飞到大街上，甚至铁路线上。他们还经常雇一个土著人小伙子站在大街上，把掉下去的球拣起来再扔到楼上。所以，澳大利亚铁路酒店和其他旅店的门廊都很宽，设计的时候，都考虑到可以玩三度空间的板球游戏，高度和长度自然也合乎比例。土著小伙子守候在马路和铁路边，或者跑到货场的石南草丛中找球。楼上，击球员跑来跑去，守场员趴在阳台栏杆上，大喊：“快扔上来，黑鬼！”

此刻，急雨像铆钉枪一样，敲打着屋顶。凯特发现有人已经来过楼上，也许是雪莉。她除了制作高胆固醇食物外，还负责打扫房间。凯特看见，地板上摆放着床垫，每一个床垫上都铺好了床单和毛毯。按照杰克和黑眼睛康妮的命令，雪莉已经准备好临时宿舍。凯特纳闷，詹莱是否知道，铁路酒店已经处于“临战”状态。

最里头有一个食品橱，可以把装炸药的冰盒放进去。詹莱本以为这个门廊空空如也。可是不管怎么说，眼下她还得把它放在这儿。他说过，炸药没有挥发性，而且他跟她约好要来这儿取冰盒。他一定也知道，每逢洪水来临，墨齐森酒店平常楼上空无一人的门廊会铺满毯子、床单，安置无家可归的难民。

她回到自己的房间，关好门。屋子里很冷，她什么也没盖就在床上躺下，又开始做幻化成奇夫利的白日梦。梦境中没有羽毛，也没有皮毛，只有澳大利亚大地上，那不息的跳跃，跳跃……

有一天晚上，格赛嘎争论说，袋鼠跳跃时，肺在肋骨后面下垂，肚子肌肉松弛，说明它跳跃的动作正是它吸气的动作，袋鼠就这样轻轻松松地奔跑、跳跃，从来不大张着嘴喘气。格赛嘎说，所有袋鼠都是马拉松运动员。

凯特觉得自己喉咙发紧，充满欲望。她想象着，越展翅高翔，越需要空气。飞翔使她的羽翼之间鼓满了风。

做完这场关于呼吸和飞翔的白日梦之后，她站起来，从梳妆台上拿起伯恩赛德送来的那个信封。掏出所有文件，看也不看就在凡是用铅笔划了十字的地方签上自己的名字。给教堂的那份申请书的信头上，圣帕特里克踩着一条蛇。她在这份申请书上很快签下自己的名字，不由得想起富兰克舅舅。

她把所有那些文件又装回到信封里，因为装的时候漫不经心，原先整整齐齐的褶痕叠得歪歪扭扭。她向楼下走去，想象之中，那满怀敌意的棱棱角角刺痛着她的手指。

伯恩赛德正在那儿等她。他抽着烟，一望便知，心里并不轻松。她把信封递给他。伯恩赛德没想到凯特这么快就办完这件事情，所以接信的时候，手忙脚乱，撇着下嘴唇，把香烟夹在嘴角。他打开信封，很快就把所有文件都看了一遍。所有文件都按要求签了名，凯特甚至统一用她婚后的名字来签名。伯恩赛德心里很高兴，但他装得一本正经。因为，不喜形于色是他一贯的策略。

“你要是昨天签字就好了。现在，虽然高速公路还没有关闭，但我要困在达布了。听收音机报告，机场已经关闭，所有航班都已取消。”

“困几天也没什么大不了的！”凯特说，语气之间透露出这样一个意思，“再发牢骚可没有你的好果子吃。”因为即使到了这一步，她仍然可以作废她的签字，可以从他胳膊肘子下面抢过那个信封，把里面的文件撕个粉碎。

她说：“你走以前别忘了找杰克结账。”

伯恩赛德直勾勾地望着她，连连点头，好像第一次看清她是这样一个女人，他心里说：

“保罗·科金斯基以前可真是瞎了狗眼，他怎么会看上你这样一个泼妇！”

他两手紧紧捏着那个信封。交差之后，他就可以拿到几万甚至几十万元的佣金。现在他已经稳操胜券，再也不怕冒犯眼前这个女人了。凯特甚至闪过一个念头，他挺想揍她一拳。

“你应该在比他们更好一点的人当中生活。保罗要是看见你在这儿，一定会大吃一惊。我知道，是那场灾难使你受了惊吓和震动，可是……”

凯特转身扬长而去。她说要去收拾酒杯和酒桶了。

看见黑眼睛康妮站在柜台后面，凯特心里有一种被剥夺了权利的感觉。康妮说：“和那个大块头的事情都办妥了？”

“是的，他要走了。”

杰克从放啤酒桶的屋子里走出来，脸上挂着诡诈的微笑，说：“康妮今儿个接管啤酒龙头了。”

“给难民们免费发放啤酒，还为时太早。要是我允许，杰克现在就要这么干。”

“亲爱的。”杰克用近乎恳求的口气说，因为妻子无视自己的商业意识，很不高兴。

“澳大利亚人根本就不懂得如何做买卖，”康妮说，“所以这个国家永远是一团糟。杰克更是个悲天悯人、多愁善感的人。拿我父亲的钱去发善心。”

杰克气得要命，脖子涨得通红，结结巴巴地说：

“亲爱的，我可从来没浪费过老爷子一分钱……”

“那是因为有我监督着你呢！”

她那双眼圈发黑的眼睛的确永远闪烁着警惕的目光。“男人有男人的自尊。”杰克提醒她。

“不管怎么说，今天不会有什么生意了，”康妮用几乎是怜悯的口气说，“如果愿意，你最好装沙袋去吧。”

杰克吻了她一下，对她说了几句悄悄话，然后去穿雨衣、雨靴。杰克离开酒吧的时候，康妮跟她争论的要点是：告诉那些家伙不要那样干，要不然，她就亲自出马，阻止他们。

餐厅里，康妮的两个孩子正在看那台大彩电。凯特穿着从丹尼加乡村百货店买的胶靴，向走廊那边的人行道望去。平常，每天早晨她和康妮都用水龙头把这条人行道冲洗得干干净净，现在，老天爷已经把这活儿替她们干了，而且干得干净彻底。伯恩赛德钻进他的小汽车，把车头掉向东面，顶着瓢泼大雨，信心十足地开上高速公路。凯特觉得，烟雨茫茫，通往达布的这条公路不会畅通无阻。她仿佛看见伯恩赛德正在洪水里游泳，牙齿紧紧咬着那个信封。

第十六章

杰克开着大卡车在公路上奔驰。起初，路上没有什么车辆，因为洪水冲毁了高速公路，和外部世界相连的交通实际上已经中断。可是进入木亚木巴镇，便碰到许多汽车，都在没过车轮的泥水中慢慢地行驶。这便是上次詹莱在酒吧给凯特画的那个平行四边形——一条边是柯巴铁路线，与之相邻的是高速公路，另外两条边是冲积堤。木亚木巴成了内陆海洋中一座菱形孤岛。大河宛若脱缰的野马，雄心勃勃，要吞没这块土地。为了和滔滔洪水抗争，木亚木巴人开着卡车、货车，往来穿梭。车轮排着水花，暮色愈来愈浓，抢险的人们心急如焚，甚至顾不上喝口水。

展览场地入口处竖着木亚木巴农业展览的巨幅广告牌，上面标明的展览日期是四月。这个四月正是我们的凯特被种种矛盾纠缠的日子。那时候，她并没有意识到自己有多么走运。

木头建造的展览大厅像火车站一样被刷成黄色。杰克开着他的卡车在展厅之间转来转去，最后在中间的陈列场地停下。展览会举行期间，得奖的公牛和公羊在这里出尽了风头，参加表演和展出的马也都大显身手。现在场地上堆满沙子，仿佛一座小山。沙子都是自动卸货卡车拉来胡乱卸到这儿的。男人、女人、孩子挥舞着铁锹往麻袋里装沙子，还有的人用麻绳扎袋子。沙山上，密密麻麻全是人，你简直无法想象小小的木亚木巴怎么会有这么多人？

在凯特看来，这是一件令人惊讶而艰苦卓绝的工作。她和杰克向沙山走去，拿起一把铁锹，没跟任何人打招呼就干了起来。杰克不然，大伙儿都推举他当迎战洪水的组织者之一，总得跟人们应酬一下。

凯特兴冲冲地参加这场关系到木亚木巴命运的劳动。她整整干了一下午，雨水泡得两手肿胀，铁锹、麻袋和捆扎麻袋的麻绳磨破了她的皮肉，她却不觉得疼痛。杰克拿着医用胶布一次又一次来看她。

“凯特，当心点你的手，亲爱的。”

他一边给她包扎手指上面的伤口，一边怜惜地咂着嘴唇。手指和手腕的关节最容易磨破受伤，他便给她裹上绷带。但是在雨水中干活儿，你就是披挂上钢盔铁甲也全然无用，鲜血染红的绷带粘着沙子和雨水，就像一条条皮肉从人的手上垂下来。暮色朦胧，人们心中生出一种莫名的惶恐，遏制了所有的思维活动。凯特不由得浑身颤抖起来。一位爱管闲事的中年男子跑过来，大声喊道，有人想出一个新办法。

凯特突然想起那个潮湿的日子，在悉尼一间阴冷的教室里上世界历史的情景。法国大革命一定就是这样，她想。罗伯斯比尔[1]就这样大声喊叫着，宣称制定出一个新计划，结果丹东[2]成了刀下之鬼。

那人朝一个巨大的棚子指了指。汽车司机正往库里倾倒沙子。倘若在那棚子下面装沙袋，可以避免淋雨。

天越来越黑，天空浓云密布。凯特和一些年轻妇女、中学生、为家室所累的壮实汉子，一起坐在一辆卡车上。泥泞道路上的颠簸似乎又给大伙注入了活力。他们相互比较着满是伤口的手，闲聊起来。不管大人还是孩子，都已精疲力竭，但是激动和紧张，驱散了他们的睡意。抗击洪水的共同使命使他们都处于极度的兴奋之中。到了那个巨大的铁皮屋顶下面之后，他们马上开始干活。人们兴高采烈，相互祝贺，因为沙子里面没水，铲起来轻松多了。沙子装在麻袋里，炸药放在墨齐森酒店楼上的门厅下面。私人侦探伯恩赛德很可能被遍地横流的洪水挡在路上。凯特虽然认为自己的生命已经全无价值，但是此刻她具有惊人的自制能力。对于一个即将把木亚木巴抛在身后的女人，她平静得出奇，俨然一位彻头彻尾的木亚木巴的市民。

救护队一位官员，帽子和衬衫袖子上都画着红十字，来给大伙包扎伤口，他的动作比杰克熟练得多。他让凯特赶快放下铁锹，不要再装沙袋。可是凯特紧紧握着铁锹把不放手，那人竟哭了起来。

---

①罗伯斯比尔(Robespierre，1758–1794)：法国资产阶级革命时期雅各宾派领袖。

②丹东（Danton，1759–1794)：法国大革命时期的政治活动家，雅各宾派领袖之一，选入国民公会后试图调和基伦特派和山岳派，后因反对雅各宾派革命政府的各项政策被处死。

“你们……都这样……卖力！”他结结巴巴地说。

他觉得凯特简直要为木亚木巴献出一双手，为这座小镇的完整献出自己一双手。杰克到什么地方去了。人们在冲积堤上面或者后面，再用沙袋筑起一道堤坝。正如詹莱预料的那样，对于木亚木巴，沙袋至关重要。

一个十六岁的壮小伙子给她送来一杯热茶。

“你简直像一只猛虎。”他说。

他让凯特停下手里的活儿，在一个电线卷轴上坐下。凯特喝了一口甜甜的茶，不由得张开想象的翅膀。她仿佛看见她装的沙袋正在什么地方阻挡滚滚而来的洪水——青贮塔前面，巴迪亚大街旁边，路西塔尼亚环形车路以及公墓篱笆墙四周。公墓里，死者都老老实实躺在浸透了雨水的墓穴里，守着他们各自的名目，不敢越雷池半步。凯特就这样在电线卷轴上坐着，由于精疲力竭而胡思乱想。这时，她看见嘎斯·斯库尔波戈探头探脑走进大棚。

他光着头，黑发在雨水中像钉子一样挺立着。从那鬼鬼祟祟、四处搜寻的眼神看，他显然不是来装沙袋的。木亚木巴警察局一位年轻的警察手里拿着一个沙沙直响的对讲机从他身边走过。嘎斯看起来有点惊慌失措，是那种从不撒谎的老实人的慌乱。他转过脸，挡着一双眼睛，直到手拿对讲机的小伙子在黑暗中消失。

后来，他突然看到凯特，连忙向她跑过去。

“天气可真糟，凯特。”

凯特一眼看出，嘎斯发现她非常高兴。他想知道詹莱在哪儿。他没有穿雨衣，像一条落水狗，身上冒着白气。他那股气味也有点儿像狗身上的味儿，一股好闻的麝香猫的味儿。

“詹莱在帕莱斯，”她告诉他，“登记要疏散的人的名字。”

她想象着詹莱坐在一张桌子前面，神情严肃，脸前放着一本选民登记花名册，还有两部和急救中心以及警察局联系的电话。这不是他生命的主旋律，而是那旋律中一个“休止符”。在这个风狂雨骤的夜晚，人们或许会传说，詹莱又还原为一个普通人了。

嘎斯问：“天哪，凯特，帕莱斯在哪儿？”

她告诉他，在兰格尔大街。一个已经很旧的影剧院和舞厅。木亚木巴洪水暴发时的“五角大楼”——指挥部。

嘎斯摇了摇水淋淋的头。在凯特眼里，那一缕缕从后脑勺延伸过来的头发，很像公鸡脖子上的黑羽毛。

“凯特，你能领我去那儿吗？”

凯特已经在装沙袋的人们中建立了很高的威信，只消和一个中年人打个招呼，就可以带嘎斯去找詹莱。

那人很热情地说：“快去吧，亲爱的。你真该好好睡上几个小时。”

雨小了，不过它已经使河水暴涨，滚滚的波涛漫过辽阔的平原。嘎斯把凯特领到那辆运送家具的小卡车跟前。凯特心里非常高兴，因为这正是嘎斯送奇利夫和孟席斯到万加去做活广告的那辆车。在她的梦幻之中，每一样和奇夫利有关的东西都有非同寻常的意义，所以这辆车在凯特心目中也有特殊的地位。

嘎斯非常有礼貌地替凯特打开车门，他从另外那边爬进驾驶室，一双颤抖的手紧紧抓着方向盘。他坐了一会儿，极力镇定下来，心里想，虽然还没有找到詹莱，但碰到凯特，也算运气不错了。

“我差点儿被冲到塔布拉默。那儿的洪水早已漫过河堤，足有五十码宽，凯特。我想冲过去，结果走到河心，车熄了火。那真是千钧一发的危难之际！浪涛滚滚，我的车向一边歪斜着，眼看就要被洪水吞没。这时候一个小伙子开着拖拉机冲过来，把车拖了出去。我连他的名字也不知道。那家伙，他是我的救命恩人呀！”

凯特听见车厢里有咔嗒咔嗒的响声。

“你还有什么动物吗？”她满怀希望问道。

“在后边呢，都让雨水淋湿了。”

“那只袋鼠还在？”

“是的。”

凯特回过头，朝卡车后面车厢上那个小窗子望去。但是那扇小窗只有一条两英寸宽的缝，没法再往上推。

“该死的发动机又进水了！”嘎斯一次又一次地发动引擎。

终于发动起来之后，他又打开汽车风挡上的刮水器。从展览中心和赛马场那些水淋淋的印象派的塑像中驶过，又驶过亨利·劳森①小学，开上丹迪邦大街，向西拐，驶入伊格林敦中学。凯特小心翼翼地摸着自己皲裂的皮肤。她没有想到，她的梦居然又回到身边。而且是洪水把那潮湿的气味，送到鼻翼之间；试探的响声，送到耳边。

---

①亨利·劳森（Henry Lawson，1867—1922)：澳大利亚著名作家、诗人。

“你是说，那只袋鼠还在这儿？”

嘎斯说：“哦，天哪！”

他是指在暴雨和洪水中挣扎的木亚木巴。

“是的，是奇夫利。”

凯特没有再问。她看见花园都已被洪水淹没。杜鹃花在水面上漂游。大街上，建筑物圆形的屋顶早晨时还历历在目，现在已经被洪水淹没，不过，那个最基本的几何图形——木亚木巴由两道冲积堤、一条铁路线、一条高速公路组成的菱形还清晰可见。

“万加那个家伙，”嘎斯说，“不是个好东西。我不断听到他虐待我的袋鼠和鸸鹋的事儿。最初是我认识的一个兽医告诉我的。他打电话给我，说那个杂种不给它们吃东西——为了让它们更驯服。他把它们轰到国徽两边，让它们老老实实站着。我那两个宝贝无精打采，很难让他满意。一旦站好了，又不想蹦蹦跳跳地走开。那些手持照相机的人们只好眼巴巴地等着。因为他们最想抢到的镜头是袋鼠从它的位置跳开的一刹。”

“后来，我听说他用电棒打它们，把它们关在一个汽车库里，不让它们和别的动物在一起。”

“电棒？”

当她在梦中幻化成一只袋鼠，在辽阔的草原自由自在地跳来跳去的时候，奇夫利却被关在车库里，被电流打得团团转。

“这就是二十世纪发生的事儿。”嘎斯说，“别着急，更糟糕的事情还在后头。有一个周末，我开车去万加，偷偷看了它们一次。大伙儿说的都是真的。那小子正饿着它们。我一眼就看出，它们的情况非常糟糕。

“后来，我在酒店里又听到一件事情，这一回我可真急了。万加有个澳大利亚拳击冠军。这小子缺钱花。奇夫利的新主人打算让它和这个冠军进行一场比赛。这完全是非法的。‘皇家反虐待动物协会’坚决反对这种行为，可是那个伤天害理的杂种一意孤行。他要把那些大赌棍都召集来，有中国人、希腊人以及从悉尼来的一些家伙。他们先美餐一顿，然后就开始比赛。他还要给奇夫利的食物里加兴奋剂，让它站起来出击、挨揍……”

嘎斯一边开车，一边摇头。那一头毛刷子似的黑发不停地晃动。公园主人仿佛英国作家狄更斯笔下的人物，他的行为和动机简直令人难以置信！

“所有这一切都证实了我历来的看法。不应该囚禁任何一种动物。这种囚禁会败坏一切，兽医会因此而腐化，就像集中营里的医生……”

凯特立刻站到嘎斯一边。搞拳击比赛完全违反了转让奇夫利的合同；用电棒打它，更是对它那双文静驯良的眼睛的亵渎和冒犯。

于是嘎斯又和朋友借了那辆卡车，昨天夜里把它们弄了回来。他一直躲在栅栏外面观察值班的警卫，那个家伙很懒，没多久就溜回值班室，看电视去了。从欧洲来的足球队一直踢到深夜，那小子进去就没再出来。

嘎斯把公园栅栏弄开足有一个门大的口子。带着鸸鹋和袋鼠离开公园之后，又用铁丝网把那个窟窿修补好。嘎斯就是这样一个少有的老实人。我可以把我的动物带走，但我可不想弄坏你的篱笆。

嘎斯咳嗽了几声。雨水浸透了他的衣服。

“对于一个成年人来说，这事实在荒唐，但我没有别的办法。”

他们经过那座第一次世界大战纪念碑。碑顶那位战士的雕像一直仰着脸，任凭滂沱大雨从天而降。碑身已经被洪水吞没，只剩下他那双靴子踩着浑黄的涟漪。他的同伴——那尊比较低矮的美利奴绵羊塑像——弓着腰，随时准备潜入水底。

“这条路东西两边都封闭了，”嘎斯说，“孟席斯和奇夫利……带着这样两个大家伙旅行，可不怎么方便。”

凯特朝风挡玻璃外面那座装饰华美的帕莱斯影剧院指了指。此时此刻，她简直无法想象木亚木巴还曾有过歌舞升平的时光。影剧院前面停着几辆装备精良的四驱汽车和警车，绞车和探照灯都已安装完毕。你会在突然之间生出一个希望，不管遇到多么紧急的情况，他们都会把遇难的人们救上岸来；不管多么悲惨的景象，他们的灯光都会使之“大白于天下”。

嘎斯在离那些装备精良的卡车不太远的地方停下车来。凯特跳下汽车，随手关住车门。一种奇怪的、强烈而又虚幻的感觉袭上心头。袋鼠的呼吸仿佛包容了、束缚了她和嘎斯的呼吸。这种快乐又生出另外一种效应——执着、顽强。

凯特走进木亚木巴这座一度颇为时髦的影剧院。前厅已经挤满从洪水淹没的低洼地逃来的难民。凯特一眼看见私人侦探、保镖、打手伯恩赛德。他已经有了一些变化——穿着救济难民的衣服，那都是别人捐赠的东西。飞扬跋扈、不可一世的伯恩赛德，居然也穿上了慈善机构的衣服。

伯恩赛德一把抓住她的手腕。他好像憋足了力气，要把她打翻在地，讨回一点点体面和尊严。

“听着，你害苦了我，科金斯基太太。我在一个渡口不得不扔了租来的那辆汽车。后来，又差点儿被洪水冲走。我成了落汤鸡，里里外外的衣服全湿透了。这事儿，你说怎么办？”

“这不是我的错。”

“那些文件自然全丢了。鬼才知道被这该死的洪水冲到哪儿去了。更不用说墨水早就洇得一塌糊涂。这事儿，你说怎么办？”

他的虚荣心能否满足，已经全在凯特的掌握之中了。

“我还耽误了一个孩子的生日聚会。”他继续谴责她。

凯特想起，保罗·科金斯基曾经对她说过，伯恩赛德没有孩子，只有几个“前妻”。

从伯恩赛德的肩头望过去，凯特看见大厅里灯光最明亮的地方在舞台下面、座位前面、过道旁边那块空地。正如她想象的那样，那儿摆着几张桌子，桌子上面放着几部电话。詹莱由于疲劳并且深感责任重大，脸色苍白。他正在听市民代表和官员们讨论什么紧急情况。他神情严肃，保持着高度警惕，就像心里藏着一个不在别人计划之内的秘密方案。

“他在那儿呢。”凯特指着灯光明亮的地方对嘎斯说。但是嘎斯一见那几个当官模样的人，心里就打怵，连忙在离舞台三排远的一个座位上面坐了下来。伯恩赛德无计可施，又怕没了凯特和嘎斯的踪影，只好也在离他们三排远的一个座位上坐下。他对凯特喊道：“昨天晚上，你不应当对我说不能签那几份该死的文件，科金斯基太太！你不应该对我那样说！”

嘎斯不明白他为什么这样吵吵嚷嚷。

“那个家伙嚷嚷什么？”他想知道。但他的注意力还在詹莱身上。

凯特说：“伯恩赛德先生，你遇上麻烦，我深感遗憾。可是这些文件事关重大，我自然有权利花费一些时间仔细看一看。你不要歇斯底里大发作。”

凯特说出这番话来，心里很是痛快。这个伯恩赛德不止一次提着脚脖子，把他的对手拖到第十四层楼的窗户外面。把他们吓得在半空中呜哇乱叫。

现在看到他那副垂头丧气的样子，凯特打心眼里高兴。她虽然脑袋不由自主地颤抖，但是毫不畏惧地从这个恶棍身边走过。从这个没有了自己的衣服，没有了自己的汽车，没有了那几份已经签过名的文件的恶棍身边大踏步地走过。而那些文件本来可以使他从科金斯基父子手里捞到一大笔佣金。科金斯基一家人，对她的判断准确无误，但是他们权衡利弊，绝不会亲自出马。他们需要那声嘶力竭的叫喊最终回归于他们自己的心底，并且在那儿完全消失。

这时，詹莱看见了凯特，他分开众人，沿着过道，从那一排排已经日久年深的长毛绒椅子旁边走过来。快到凯特面前的时候，他才看见嘎斯水淋淋的黑头发，和那张小心翼翼抬起来看他的饱经风霜的脸。凯特感觉到，有一刹，詹莱大吃一惊。他没想到，所有这些仿佛发了疯似的人——包括他自己都碰到了一起。

不过，他装得一本正经，就好像例行公事向市民们报告水情。

“他们说，洪水很快就要淹没我们这座小镇地势低洼的街区。但是堤坝决口以前，还不能用直升机把难民疏散走，”然后，他压低嗓门说，“看见急救中心那个胖子帕金森了吗？还有老迈克休？他们有第一流的爆破设备，可是他们不准备炸坝。”

他好像第一次说出这些看法，好像一个得了健忘症的人，又在墨齐森酒店高谈阔论一样：“你们真该听听他们是怎样说的。他们说，等得到警察总署的批准，交通部派来爆破专家，洪水可能就已经退了。”

他摇了摇头。迈克休和帕金森试图用这种办法反对爆破，又一次在詹莱面前暴露了他们的无能。因而，最终这个任务恐怕又要落到詹莱头上。就连嘎斯——虽然他自己心事重重——也摇着头，无法相信这一切，无法相信那两个老家伙只会纸上谈兵，没有一点儿阳刚之气。

詹莱穿着黄色工作服，浑身颤抖起来。他希望别人能接过这副担子，希望国家栋梁真的成为国家栋梁：“不能把希望寄托在堤坝上，大自然本来就讨厌这些玩意儿。”

“詹莱，詹莱。”嘎斯说，试图缓和一下詹莱在这个大问题上表现出的热情。他拉着詹莱的胳膊向旁边走去。伯恩赛德还在刚才的位子上坐着，四仰八叉，脑袋靠着肩膀，渐渐进入梦乡。

嘎斯对詹莱讲了偷回袋鼠和鸸鹋的事情之后，詹莱非常平静地对他耳语了几句什么。从詹莱那副胸有成竹的样子看，他一定认为这件事情不难解决。

他转过脸，一本正经地看着凯特，脸上是只有非常熟悉的朋友才会有的表情——可以随心所欲，发号施令。好像他们在发洪水之前就已经是相知很深的伙伴——不是这一次洪水，而是创造了混乱、喧闹、蛮横的历史的洪水。

“把嘎斯带到杰克那儿去，”他说，“他那儿有关牲畜的地方。”

牲畜！就好像嘎斯拉了一卡车牛羊。

于是，凯特带着满腹狐疑的嘎斯和他的鸸鹋、袋鼠——偷回来的澳大利亚联邦的活图腾——向木亚木巴那边走去。

“公园的主人肯定要大发雷霆，”嘎斯说，“他会因为我偷走了奇夫利和孟席斯，给他造成经济损失而追捕我……”

他们驶过积满雨水的人行道，径直开进铁路酒店后院，就像十九世纪的牧人骑着栗色种马，或者黑色母马潇潇洒洒走进小酒店。

“从这儿走。”凯特说。

她对这个小院已经非常熟悉，仿佛从小在这里长大，一举一动俨然是这里的主人。跳下汽车，打开通往曾经是马厩的门。嘎斯集中精力，很准确地倒车。他们之间无需交流，这似乎表明他们都是非常讲究实际的人。

她关上马厩的门，嘎斯同时打开卡车后面的门。他们配合默契，就好像在同一个大脑指挥下完成这两个动作。

嘎斯现在轻松了许多，呼吸畅快了，那种鬼鬼祟祟的眼神也不见了。他心里充满了希望。他从车上取下几块木板，给奇夫利和孟席斯铺了一条下车的“路”。两个家伙犹豫了一下，蹒跚着向木板走去。

第一个出来的是那只飞不起来的大鸟——孟席斯。它看起来一副苦行僧的样子。它本来就生性谨慎，抬起一条腿半晌不肯落地，经过一段时间公园纪律的严格管束，越发“举步维艰”。

它一只眼盯着凯特，朝左走了几步，然后又向右走了几步。它抬起一条腿，藏到身后，“金鸡独立”，靠一条腿支撑着身体的重量，那神情似乎在说，现在终于可以放心大胆地休息一会儿了。

奇夫利本来可以一纵身跳下去。它知道，逃生的路还很长，所以积蓄了足够的力量。可是万加的生活似乎使它具备了一种资格，它变懒了。它打算靠尾巴和两条后腿的支撑，从木板上滑下去。直到失去平衡要滚下去的时候——不是地心引力的问题，完全是它咎由自取——才慌慌张张扑通一声跳到那座早已不用的马厩的地板上。

凯特又一次看到，它的尾巴和两条后腿多么粗壮有力。相比之下，两条前腿显得十分细弱，双爪合十，放在结实的胸前，就像祈祷者做祷告。

它的身后，黑乎乎的车厢里飘出一股烂泥和伯恩赛德抱怨过的脏水的臭气。

“已经干了，”嘎斯对鸸鹋和袋鼠说，“你们身上已经都干了。别再抱怨了。”

尽管奇夫利和孟席斯都不会说话，但是在嘎斯看来，它们是那种“唠唠叨叨”喜欢抱怨的“人物”。

暂时的轻松和凉爽的空气使凯特感到十分困倦，脑子也懵懵的。

“我就睡在车里。”嘎斯说。

“大雨天，那不是太冷了吗？”

他坚持说不会冷，里面有好几块毯子。

“真的。”嘎斯说。

这一天，她看得够多了。她甚至想赶快从粗毛满身的奇夫利身边走开。奇夫利虽然过了一段被囚禁的生活，但是没有丝毫的畏惧。凯特想赶快睡觉，在睡梦中思索袋鼠充满抽象意义的运动。她给嘎斯送来一些面包和茶。嘎斯说，这正是他所需要的。天又下起雨来，她终于走过小院，走过后面的门廊，雨愤怒地抽打着铁皮屋顶。她觉得心情沉重，同时又充满期望。有一个“逃避者”从男厕所走了出来。他已经有几分醉意——一直自斟自饮，庆祝他在建造木亚木巴堤坝时表现出来的勇气和良好的愿望。

“哦，亲爱的。我们要永远为这座城市添砖加瓦、抹灰粉刷了。”

“很好。”凯特说。

第十七章

天还没亮，杰克·墨齐森就把她从睡梦中叫醒。即使洪水泛滥的日子，他和女士说话时也谦恭有礼。

他说："要我们都到堤坝上呢，亲爱的。"

她洗了洗皲裂的手，喝了点水。下楼之后，看见康妮穿着雨衣、雨靴，满脸委屈，坐在杰克那辆卡车的驾驶室里。她们互致问候。康妮似乎对朦朦胧胧的、未曾宣布的日出，有一种特别的期望。

凯特纳闷，经历了这场冒险，嘎斯和他的两位好伙伴是不是还在熟睡。或者嘎斯已经起来，正喂它们吃高蛋白的食物，弥补由于那位"活画"主人的野蛮，而给它们造成的损害。

他们一起挤进驾驶室，雨衣互相摩擦，沙沙拉拉地响着。康妮又拣起刚才的话头。大概是凯特挤进驾驶室，打断了她和杰克已经持续了好长时间的争论。

"我知道，我们又成了他们的活靶子。仅仅因为我们这儿地势最高。杰克喜欢打肿脸充胖子。他们喜欢强加于人，强加于好欺负的老实人！”

杰克咂了两下嘴——正如凯特预料的那样——这是一个和解和恳求兼而有之的动作。像以往一样，他的重要使命就是无论如何也要保证康妮颈动脉的安全。

“哦，听我说，亲爱的。对于我们在紧急情况下给难民提供的任何东西——食物、饮料、住宿，等等，将来都可以向政府提出申请，要求补偿。”

“是的。但是只有疯子才这么干。你自己也清楚，政府不会还你的账。你申请的钱只是开销的二分之一。再被他们削减三分之二。最后我们一块钱只能收回一角七分钱。”

康妮不想让杰克过分强调这场水灾造成的损失。澳大利亚的灾害多得是：水灾、旱灾、火灾、饥荒以及人与人之间的杀戮。

他们把车停在公墓后面，三个人向木亚木巴东面那道堤坝走去。杰克极力纠正康妮对这场洪水的看法。

大卡车拉来一车车沙袋，在堤坝上筑起一堵围墙。大伙儿都累得要命，说话难免粗鲁与无礼。有一位显然是退伍军人模样的人，跑过来对大伙儿说，要想让沙袋墙结实，就必须像部队修工事那样，横放一个，竖放一个，不能按照同一个方向堆放沙袋。可是谁也不能在脑子里形成这样一个概念，大家还是各自为战，我行我素。堤坝上堆放着沙袋，沙袋那面是灰蒙蒙的天空和洪水。那是一片汪洋。齐胸深的水没有一丝涟漪，只有偶尔掀起的波浪向遍地泥泞的牧场扑去。

康妮和凯特两个人一组，往堤坝上抬沙袋。凯特发现，远处，一队老人、孩子、孕妇正低着头，沿高速公路上堆起的沙袋围墙，朝几架直升机走去。一些带照相机的男男女女正从飞机上走下。凯特把和外套连着的兜帽往前拉了拉，一直遮住额头。这些身背照相机的人显然是来报道灾情的，他们先从天空拍了照片，现在又要从地面上拍摄。他们要介绍洪水包围下的木亚木巴，表现乡下人万众一心、抗洪抢险的精神风貌。

不一会儿，那些手持照相机的人便来到堤坝上，在离凯特大约三百码的地方停下。他们一定认为那儿是最危险的地段。这时，天空中又下起小雨，凯特低着头，和康妮一起抬着沙袋。

有人喊了一声。大伙儿都抬起头，静静地站着。康妮和凯特抓着沙袋的四个角，也抬起头，向远处望去。一英里之外，桉树已经快被洪水完全淹没。现在，一股新的浪潮又由远及近席卷过来。乍看，它的速度并不快，一副懒懒散散的样子。对于经常在帕尔默海滩冲浪的前凯特·科金斯基来说，这由远及近的波浪实在算不了什么。然而，事实上，它的速度很快，没多久，洪水已经和沙袋筑起的“工事”持平，溅起朵朵水花，打湿了人的胶鞋。

有的人已经开始用铁丝网和铁栅栏加固堤坝。1918 年，澳大利亚军团五个精锐师在东线抗击鲁登道夫[①]时，就用过这种办法。他们的英雄主义和那些打绑腿的士兵一脉相承，而纪念那些士兵的塑像正巍然屹立在拉克兰大街滔滔滚滚的洪水之中。

凯特看见杰克和别的男人一样，也非常卖力地干活儿，

①鲁登道夫（Ludendorff，1865—1937）：德国将军，第一次世界大战时创立“总体战”理论，因西线总攻失败辞职，著有《总体战》等。

尽管他不会指手画脚告诉大家，如何按军队修筑工事的办法堆沙袋。她还看见他举起一只鲜血淋漓的手，哈哈大笑。那是被铁丝网和长矛似的铁栅栏刺破的。如果伤势不恶化，别人也比他强不了多少。即使救不了这座小镇，他们相互之间近乎疯狂的友爱、奋力拼搏的精神也仍将放射夺目的光彩。

一辆救护车开了过来，康妮带杰克去包扎伤口。那位护士是一个农场主的妻子。她给杰克清洗了伤口，抹了一些棕黄色的消炎药，然后用绷带包扎好。凯特的帽子仍然拉得很低。她听见康妮和杰克问那位护士，她是怎么来木亚木巴的。因为她的农场在木亚木巴西面，那里早已是一片汪洋。她听见那个女人说："我是从铁路桥过来的。"

杰克和康妮都非常惊讶。

"天哪！那一定非常不容易。"

"枕木之间可全都是水呀……"

枕木之间确实是浪花翻滚的洪水！

那个护士说："可不是嘛！"话从她的嘴里说出来倒蛮轻松。

"我小心翼翼，慢慢地往这走。"

听说还有一条可以出入的路，凯特非常高兴。她脑子里现在只想着那条逃路。

与此同时，她继续两手抓着沙袋拼命往上拖。就在她这样背朝堤坝，费尽九牛二虎之力往上拖的时候，堤坝开始坍塌。她转过脸，看见洪水从一个三角形的洞里迸涌而出。那水从高处流下，仿佛经过了过滤，竟然十分清澈。洪水已经没过了小腿肚子。凯特和大家一起在泥水中奔跑着，去堵那个越来越大的口子。她听见电视台的记者一边摄像，一边慷慨激昂地向全国各地城镇居民报道木亚木巴人顽强抗洪的英雄事迹。她知道澳大利亚人就喜欢这种事儿——虽然不遗余力，还是以失败而告终。这将使大家对木亚木巴提出更高的要求，新的一轮“逃避者”和工匠们又将涌入这座小镇。

她知道，电视台的记者们非常愿意把摄像机对准杰克·墨齐森那只缠着绷带的手。这当然要比拍用帽子严严实实挡住一张脸的她强得多。

洪水又一次没过堤坝，冲开一个口子。凯特和康妮两个人抬一个沙袋。杰克右手受了伤，只好用左手提，然后在膝盖和大腿的帮助之下，把沙袋塞到已经迸涌着洪水的“围墙”上。事实证明，凡是没有按照军队修筑工事办法堆放沙袋的地方，在洪水面前都不堪一击。不一会儿，冰冷的洪水已经没过腰际。那灰色的水包容着三千个遭劫的农场的愤恨和不满，散发着死羊和死牛以及像伯恩赛德扔到半路的汽车渗漏出来的汽油的臭味。洪水无情地吞没了沙袋，人们向后倒退着，终于承认，人力已经无法阻止这滚滚洪流。

有的人开始涉水回家。大家都知道，事到如今，只能疏散到别的地方。所以最好还是在洪水进家之前，抢出一些可以随身带走的细软。一个个头矮小的男人发了疯似地向堤坝上的决口扑过去，结果被冲出足有一个足球场远。幸亏那儿有一道栅栏，挡住他的“去路”。杰克和另外几个身材高大的壮汉一起向他冲过去。他们在泥水中扑腾着，把他救起，劝他不要再轻举妄动。

杰克领着康妮和凯特涉水向他那辆卡车走去，打算趁洪水淹没发动机之前赶快离开这里。卡车在洪水中缓缓行驶。他从反光镜里看见车轮留下白花花的尾波，就像船行驶过海面。杰克又想起前几次洪水淹没这座小镇的情景："洪水里有脑膜炎病菌，还有别的病菌。人们常常死在谁也说不出名堂的怪病上。我还要对你们说，用不了多久，我们就能听到关于詹莱的消息。"

"那得老天爷保佑，你那只手别感染、烂掉。"康妮说。

过了铁路，杰克的汽车便驶出那一片汪洋。铁路酒店坐落在山坡上，还不曾受到洪水的威胁。那群身背照相机、摄像机的记者都在酒吧外面站着。这些人的衣着打扮和行为举止一副军事化的样子，仿佛向世人展示，他们已经深入到最前线。不过此刻他们谁也没有摄像。他们的摄影器材、三脚架之类的东西都已经装在银光闪闪的盒子里或者圆柱形的筒子里。杰克开着车从他们身边驶过。凯特把帽兜拉得很低，下车之后，头也没抬，快步走过酒店，不过她并没上楼。她断定，杰克要和那帮人唇枪舌剑一番，她很想听个究竟。她知道，杰克的善心不会用在他们身上。

她站在前厅和餐厅相连的墙角，在一扇门的隐蔽之下，听电视台一位记者和杰克争论："我的人和别人一样，也需要有个不受风吹雨淋的地方歇歇脚。"

杰克不同意。他说话的腔调不偏不倚、沉着镇定，凯特听了觉得很顺耳。杰克对新闻媒体心存偏见，貌似中立的言谈话语之间有一种英雄气概。

"我只有几间房子，那是留给孤儿和救援人员的。一两个小时之内，成百人就会涌到我这儿，要吃要喝。你们这样的大人物最好还是坐直升机走吧。我敢担保，会有飞机来接你们的。”

“全澳大利亚人对木亚木巴都一直非常慷慨。仅仅因为他们从电视屏幕上看到了我们的报道。上一次洪水……”

“听我说，如果我是你，就不会贪天之功据为己有。现在，我要为安顿警察、救援者、木亚木巴所有的狗、一半的牛做准备去了。他们的喊叫声已经清晰可闻。我得给他们饭吃，给他们床睡。他们理应好好休息一晚上，不受打扰。”

“不受打扰？此话怎讲？”

“不受电视摄像机的打扰。你应该明白我什么意思。”

“嗬！我要在电视上告诉所有的人，你拒绝为我们提供食宿。你还有什么话要讲？”

“我要讲，见鬼去吧！”

显然，杰克只想让爆破手詹莱，让从游乐园偷回袋鼠和鸸鹋的嘎斯享用他这座不受洪水威胁的酒店。

杰克和康妮走进门廊。凯特虽然一直站在那儿偷听，但是她不想掩饰，也不想马上走开。两位业主在楼梯下面站了一会儿，对那些喜欢做半真半假的报道的记者们又一次表示了轻蔑，颇有点同仇敌忾的味道。

杰克跨过他的“诺亚方舟”[①]的门槛，朝凯特使了个眼色。凯特明白，她现在还不能休息。

后来，从空中拍摄的影片将显示，墨齐森铁路酒店完全处

①诺亚方舟（Noah's ark）：圣经中诺亚为避洪水而造的方舟，舟中载有成对的各类动物。此处喻避难所。

于洪水的包围之中。木亚木巴已经是一片汪洋。洪水至少没过市政建筑和居民住宅的窗台，其余大部分建筑物已经陷入“没顶之灾”。空中拍摄的影片还显示，铁路酒店的后院蹲着许多条狗，都眼巴巴地盼肉吃。

尽管那位电视记者威胁杰克，要报道他的“恶劣行径”，他还是让手下人拍摄了牛群、羊群涌进杰克院子的镜头。那些饿坏了的牛羊咩咩咩、哞哞哞地叫着，终于吃到“志愿者”送来的饲料。

等到这些镜头在全国各地播放的时候，康妮先前提过的那个至关重要的问题——杰克这样慷慨解囊是不是发疯——就已经得到回答。他开动发电机，打开酒吧的灯之后，又和康妮争论起来。那些从堤坝上败下阵来的人，很快就会来到酒店，他们需要喝点啤酒。在这样一个夜晚，不停地敲着收款机上的按钮收人家的钱，实在不成体统。“天哪，亲爱的。”杰克不停地抗议，就好像康妮已经占了上风。

他压低嗓门儿告诉凯特，不要按收款机上的按钮。啤酒也好，烈性酒也罢，统统免费。

“否则，”他仿佛和自己争论，“收什么花生、小吃的钱，岂不太小气了吗？”在杰克这样指示她的时候，凯特能够感觉到，整个酒店都充斥着康妮的焦虑不安。康妮深知人们需要财富和不断制造损失的历史相对抗。她不能就这样让杰克浪费钱财。可是在杰克看来，危难之际，不应该斤斤计较。

“我不能把冷藏柜里的牛排都拿出来给他们吃！”她叫喊着。

“亲爱的，亲爱的，你瞧，院子里牛羊有的是，你着得什么急！”

“总不能现宰现吃吧！我不能让那些没处理干净的肉，把厨房弄得到处是血！”

“会弄干净的。也许今天晚上来不及收拾得干干净净，明天、后天，一定能弄得让你心满意足。耐心点儿，亲爱的康妮。”

欧洲社会在木亚木巴只有一百五十年的历史，正在创造自己的传奇故事。凯特看出，除了善良，杰克还雄心勃勃，要成为这传奇中的英雄人物。慷慨大方是一种艺术的表现形式，她希望杰克·墨齐森在兰格尔大洪水中的善举和德行广为流传。希望大家都知道，他娶了一个名叫康妮的希腊女人。

在铁路酒店，他是这样安排的。

在酒吧，警察和负责疏散难民的人们只要进门，凯特就要给他们倒啤酒喝。这天夜里，木亚木巴已经被彻底放弃，任凭洪水穿堂入室，灌进每一个碗橱，每一个抽屉。有时候，凯特出于习惯，错按了收款机上的按钮。自然无钱可收，只有收款机的抽屉出来进去，哗哗啦啦地响着，在这洪水肆虐的夜晚平添了几分喜气。

在酒吧里，人们讲的都是如何在洪水奔流的大街，用救生船运送难民。苦口婆心地劝他们扔掉这个、丢下那个——一张结婚照片，一个水桶，一包洗衣粉，一口装着已经有五十年历史的结婚礼服的箱子。他们经过小镇中心区，经过急救中心，一直到中学，再乘橡皮小船继续前进。在一个铁路道岔下船，经过坐落在山坡上的铁路酒店，把难民们送到停在高速公路上的直升机那里。

还有的人讲，有的老乡把电冰箱里还没有坏的食物倒出来喂狗。这些天性聪颖的牲灵是他们忠实的保卫者。它们能闻见奔涌而来的洪水，闻见漂流在洪水中的尸体。主人好言相劝，给狗套上口套，弄上船，一直送到杰克家后院的马厩里。

和电视台的记者一样，喝酒的人们谁也没有注意到棚屋里关着孟席斯和奇夫利，现在，一群狗围着棚屋，一个劲儿地吠叫。孟席斯和奇夫利皱着眉头，倾听这不同寻常的喧闹。至少奇夫利十分警惕地竖起耳朵，转来转去。有几个喝酒的人，袖子上缀着臂章，上面写着一行字：新南威尔士州，盾形图案的两边是狮子和袋鼠。还有几个是水上警察。就连他们，对嘎斯是何许人也，他是否窝藏了鸸鹋和袋鼠也全无兴趣。他们的任务是抗洪抢险，和“有袋动物”被偷的案子毫无关系。凯特一边倒酒一边默默计算消耗了多少啤酒。她还注意到，大部分“正经的工匠”和“逃避者”都已经离开木亚木巴。相比之下，她更喜欢来抗洪抢险的人们。那些泥瓦匠只能抹抹灰、刷刷房子，没有拯救这座小城的一纸命令。

一位警官说：“我想听听你们的意见，先生们。我们能不能为这座该死的小镇做点一劳永逸的事情？”

大家立刻七嘴八舌、争先恐后地发表起自己的看法。这时，詹莱穿着急救中心发的黄色制服走进酒吧。他虽然膀大腰圆，站在那儿像座铁塔，却没有引起人们的注意。在凯特看来，詹莱最有资格回答这个问题。所以，看到警察、水上警察、急救中心的人、电视台记者、空军运输队的飞行员——他们是在堤坝决口之前，在木亚木巴机场降落的，现在那里已是一片汪洋——都无视他的存在，凯特感到非常惊讶。谁也不把他当回事儿，不认为他也算是木亚木巴一个非同寻常的人物。甚至没有人跟他提一提这件事情。他不动声色，让凯特给他倒了一杯啤酒，朝她淡淡地笑了笑，大脸盘上已冒出发青的胡子茬儿。

他的淡然和别人的淡然不尽相同。那些前来救援的人们一到暴雨成灾就出现在木亚木巴，用渡船送走老弱病残，把狗安顿好，把冰箱打扫干净。詹莱的责任却是用炸药显示木亚木巴的力量，显示木亚木巴用不着害怕倾盆大雨，害怕河水暴涨，这里的居民也用不着靠外援，逃之夭夭。他抱着这样一种想法，当然和别人格格不入。或许他也会认为，把走不动的老太太、性格直率的农村寡妇劝到救生船上，再把她们送上直升机，安顿她们在座位上坐好，帮她们系上安全带，是一桩令人羡慕的美差。

他很快就喝完那杯啤酒，找杰克去了。

格赛嘎和他的儿子——剪羊毛冠军诺埃尔也来了。格赛嘎伸出两根手指打了个手势，要啤酒。那手指脏兮兮的，大概自从发洪水就一直没有洗过。不过今天晚上他神情庄重，不像平常那样惹人讨厌。

“诺埃尔和我把所有的家具都装上了船，还把那些老太太送上直升机。唉，真不知道，真不知道……”

他连连摇头。

据说，许多年前，木亚木巴和纳罗马恩两个小镇举行了一次橄榄球比赛。那时候格赛嘎还是主力队员。可是就在双方队员扭在一起争球，裁判员还没有判定谁赢谁输的时候，格赛嘎居然从口袋里掏出一盒烟，抽出一支吸了起来。争球的时候抽烟！恐怕只有格赛嘎才能办出此等荒唐的事情来。结果他被橄榄球队永远除名，而且永远背上了一个“自作聪明”的“美名”。

不管这名声对他的婚姻和肝脏造成多么大的损害，大家还一致认为，每天晚上，格赛嘎可怜的儿子诺埃尔，必须陪他老子来喝酒，不管“剪羊毛冠军”的睡眠会受到多大的影响。一个在橄榄球赛进行得如火如荼的时候，敢于优哉游哉抽烟的人，就等于欠了社会一笔账。如果不作出牺牲，不扮演公众要求他扮演的角色，就无法偿还这笔债务。

今晚，十万火急的水情似乎给了他一个偿还债务的机会。

“詹莱在哪儿？”格赛嘎眯缝着一双眼睛问。凯特说，估计在楼上，和杰克谈事儿。事实上，她仿佛清清楚楚看见楼上正在发生的事情，看见詹莱的一举一动。在为援救者临时搭了床铺的门厅里，被雨水浸透的飞行员们也将在那儿搭铺睡觉。此刻，杰克和詹莱正在那儿。詹莱看了看他的炸药，没有发现什么异常情况，便把它挪到门厅入口处没有人住的一个角落里。每一个这种性质的动作都说明，用那玩意儿的时刻已经步步逼近。

她仿佛看见，他正提着炸药，迈着沉重的步伐，向楼下慢慢走来，把炸药放到她的房间。她看见他和那些无家可归、正向楼上走去的人们擦肩而过，到那辆卡车那儿找“逃亡者”嘎斯·斯库尔波戈。

格赛嘎和他的儿子很快把酒喝完，匆匆离开酒吧。在这个洪水泛滥的夜晚，他们也没有喘息的机会。他们要去找詹莱。

凯特找了个借口离开酒吧，沿着铁皮屋顶下面的走廊向后院走去。她听见一声枪响，在充满水气的夜空，那声音有点闷浊。她向马厩望去，看见一条条拴着链子的狗，虽然闷闷不乐，但已经安静下来，准备过夜。她还看见杰克、嘎斯和詹莱的一位朋友——警官伯恩斯。毫无疑问，他就是那位拿着她的照片征求詹莱意见的朋友。警官伯恩斯手里拿着一支步枪，脚边躺着一只死羊。男人们指着那群食用的肉牛，这群牛因为墨齐森酒店地势高，才来这儿避难的。现在被伯恩斯的那一枪吓得直往门里退。夜色朦胧，她听见男人们一边朝那几头肉牛指指划划，一边议论什么。詹莱的声音十分清晰地送到耳边。

“让老杂种迈克休也出点血吧！找他家的牛。”

迈克休，极力反对炸坝的木亚木巴镇长。关于他，小镇有这样的传说：木亚木巴的堤坝就是为保护迈克休的牧场设计的。被堤坝阻挡的洪水无处可去，只好冲进小镇。这种说法也许并非实情，但一直广为流传。

她看见詹莱和嘎斯以乡下人那种熟练、敏捷和悠然自得向牛群走去。她自己不敢这样漫不经心地走近畜群。因为蛮横的力量在牲畜这边。第一次接近它们的人，很可能触发它们那股蛮劲儿。

詹莱和嘎斯分开双臂，掌心朝外，在那些膘肥体壮的肉牛中间走来走去，寻找到了有迈克休家烙印的牛。詹莱找到一头，一边拍着牛屁股，一边吆喝着，赶到警官伯恩斯面前。伯恩斯举起枪，砰的一声，把牛撂倒在地上。

凯特纳闷，嘎斯的鸸鹋和袋鼠看了这场面会作何感想？格赛嘎和他的儿子也来了。他们从杰克的卡车上拿来一根铁链，穿过墙上的铁环——以前也在这儿宰牛——很快就把那头牛吊了起来。杰克挥舞着缠满绷带的手，只一刀便割断牛的颈动脉。

对妻子忠贞不渝的杰克说："尽可能多在这儿吊一会儿。康妮最讨厌带血的牛排。"

雨又下大了。对于一座已经被洪水淹没的小城，这无疑是"雪上加霜"。杰克把屠刀递给嘎斯。格赛嘎站在那儿一言不发。

凯特回到酒吧之后，想象着嘎斯手持屠刀，切割牛肉的情景。

一个小时以后，她正在厨房里喝茶，他们把切好的牛肉送了进来。杰克又找理由，让康妮给大伙做点好吃的东西。

"听我说，凌晨两点以前，我们说什么也得给大伙弄点吃的，亲爱的。"

不一会儿，酒吧里就充满了煎肉的香味。在这香味的刺激之下，人们兴高采烈，胃口大开。有几个男人出于习惯，或者出于爱好，跑到厨房煮土豆、炒洋葱。雪莉和康妮烤那几大块刚刚送过来的新鲜牛肉。显然，尽管康妮牢骚满腹，杰克·墨齐森想要款待大家的计划正在顺利进行。他们的矛盾也会因吃完这些肉而圆满解决。

凯特在酒吧里吃饭。詹莱手里端着一个盘子，衣服散发着一股潮气，蹒蹒跚跚朝她走来。

"听我说，凯特，亲爱的。我准备带格赛嘎、他的儿子和嘎斯去爆破。你一定累了。不过，如果你愿意的话……"

凯特无法相信詹莱会向她发出这样的邀请，既害怕又高兴。原先总在墙角坐的那个老头和牌匾下坐的那个老头也许因为年事已高，没有乘直升机离开木亚木巴。但是，即使他们在场，詹莱也不会邀请他们参加今晚的行动。

凯特想到责任重大，有点受宠若惊，连忙去取那双正在烘干的雨靴和手电筒。

凯特手忙脚乱，头昏脑涨，没有多加思索。五个人都挤进詹莱那辆卡车的驾驶室里。凯特半个屁股坐在嘎斯的腿上。诺埃尔又坐在她和格赛嘎的腿上。没多久，他们就来到洪水横流的联邦大街。联邦酒店空无一人，洪水已经没过窗户。

凯特看见联邦酒店的门柱上系着一条带艇外推进器的小船。

格赛嘎又口若悬河，摆出一副“好为人师”的架势。他们一直在谈导火线和“刮片儿”的事儿。凯特不知道什么叫“刮片儿”，但是从他们的谈话中，她猜出，那是插在葛里炸药中间的一个木头片儿。

嘎斯说：“不能拿金属的，明白吗？”看来“刮片儿”两头通过导线和雷管相连，可以避免发生事故。詹莱、嘎斯和格赛嘎一定都精于此道。诺埃尔也许因为忙于当“剪羊毛冠军”，对这活儿不甚了了。格赛嘎一直在说，詹莱应该有更先进的点火装置，而不是这种老旧的撞针杆。

“现在的爆破器上面有两个按钮，两盏小灯，”格赛嘎说，“只有同时按下两个按钮，两盏小灯同时亮起，才能引爆。”

詹莱劝他别大惊小怪。上一次用的就是撞针杆，照样炸得天翻地覆。

他们解开那条小船，推到齐大腿深的水中。詹莱把装炸药的冰盒和另外一个用油布包着的盒子搬到船上。那盒子里放着点火装置——被格赛嘎称作老式撞针杆的玩意儿。大家都让凯特先上。凯特上去之后，他们依次跳上小船。

嘎斯心灵手巧，一直被大伙儿誉为“机械师”。上船之后，便理所当然由他开船掌舵。他们先开到伊戈林敦公路，然后来到已经被洪水淹没的铁路道岔。过了一会儿，嘎斯让格赛嘎的儿子诺埃尔掌舵，他自己小心翼翼踩着那条摇摇晃晃的小船，走到前面，在凯特身边坐下。他们现在是顺水而行，洪水向西奔流，冲击着科巴铁路线高高的路基。凯特在墨齐森酒店第一次给客人们倒酒的那个夜晚，詹莱讲了他为保护木亚木巴镇，奋勇炸开铁路路基的故事。现在，这滔滔滚滚的洪水又一次证明，他当年的举动多么英明。

格赛嘎上船之后还唠唠叨叨地责备詹莱没有搞到一个最先进的起爆器，就好像詹莱没能生产一个这玩意儿，是他的失职一样。

“你带了多少炸药？”他用一种咄咄逼人的口气问。

“七公斤。”

“狗屁！七公斤？也就是说，五十六卷儿？”

格赛嘎摆出一副爆破权威的样子，再三强调这是最小的用量，不过最终还是同意了詹莱的意见。

嘎斯不时亮一下手电筒，朝已经被洪水淹没的大街照一照，以便确定现在的位置。没过多久，黑乎乎的路基出现在眼前，船头撞上松软的泥土。格赛嘎抓着缆绳跳上路基，詹莱也跳了上去。嘎斯把冰盒和装引爆器的油布包递给他。

五个人都上岸之后，格赛嘎对儿子说：“你在这儿抓着缆绳。能办好这事儿吗？”

"能。"

格赛嘎又语气严厉地问了一遍。

"能办好吗?"

"能!"

诺埃尔心里很委屈。他觉得自己应该能派上更大的用场,而不是像一根柱子似的站在这儿抓缆绳。

"这么说,你不会吓得发抖,松开缆绳,让洪水把船冲走?"

"绝对不会。"诺埃尔喃喃着。

他相信,因为自己得了"剪羊毛冠军",爸爸就用这种当拴马桩似的活计糟蹋他,而且诬蔑他怕黑。

"格赛嘎,"詹莱喃喃着说,"把冰盒放下。你就让小伙子干吧。"

"我不得不提防着点儿。这小子神经过敏。"

"看在上帝的份儿上,格赛嘎。只有你能干出这种事儿,你把我也搞得神经过敏了。"

最后,他们还是把格赛嘎闷闷不乐的儿子留在路基上抓缆绳,以免洪水把船冲走。他在黑暗中直挺挺地站着,俨然第一流的"陆标"。

踩在高低不平的路基上向前走,真是一种慰藉。雨已经停了,周围静悄悄的一片漆黑,仿佛天地万物都在听洪水在木亚木巴每一幢房子里的呢喃细语。

"起爆器放在哪儿?"嘎斯问。詹莱说:"就放在这儿!"嘎斯放下那个盒子。然后他和凯特、格赛嘎一起跟着詹莱继续往前走。詹莱不让别人拿那个冰盒。

詹莱把木亚木巴射击俱乐部作为他选择爆破地点的参照

物。他们倒很聪明，把俱乐部的名称写在铁皮屋顶上。因为现在洪水已经没过屋檐。嘎斯从装引爆器的油布包里取出一根绳子，系在詹莱腰上。老虎钳、绝缘胶布和导火线也已经从包里取出，放在两根铁轨中间。

“拿好手电。”嘎斯对凯特说。詹莱和他的朋友们正为爆破做准备。凯特拿着手电筒，为他们照亮。格赛嘎现在终于有机会掌管冰盒了。他不无怀疑地打开那个盒子，取出裹着银箔的雷管。詹莱腰里系着绳子，从盒子里取出一卷炸药和那种被叫做“刮片儿”的薄木条，把“刮片儿”插到炸药里。嘎斯和格赛嘎看他开始捆扎，也动起手来。他们把炸药拿出来，每七八卷捆成一捆，然后整整齐齐摆放到冰盒旁边。对于凯特来说，这是不得不接受的“强化教育”。她把每一个动作都看在眼里。

嘎斯、格赛嘎和詹莱继续捆他们的葛里炸药，用黑胶布结结实实缠好，不时互相询问老虎钳在哪儿。捆好炸药之后，嘎斯打开银箔，取出一个雷管，递给詹莱。詹莱把雷管和已经插到炸药里的“刮片儿”捆到一起。这是非常重要、非常关键的一步。

“别着急，伙计们。”他说，“雷管还没接上导线呢！”

“可我们正朝那个方向走呢！”凯特想说，“朝那个可怕的方向一步步逼近呢！”

“接线！”他命令。

嘎斯从油布包旁边拿起一团导线。凯特用手电筒照着詹莱那双沾着油污而又白皙的手。他抽出一股导线，绕在“刮片儿”一头——正如以前向凯特解释的那样——然后用老虎钳拧到雷管上面。另外一股导线也这样连接起来。詹莱干这活儿的时候，手指十分灵巧。

把这卷绑了雷管和“刮片儿”的炸药捆到一捆炸药上面之后，这件工作就算完成了。

现在，他们把六七捆炸药都捆到一起。最上面那捆绑着雷管、“刮片儿”，连着导线。

这一连串的准备工作，使这四个人心中都升起一种崇高、庄重的情绪。詹莱把导火线递给凯特，让她先替他拿一会儿。嘎斯和格赛嘎抓着系在詹莱腰间的那根绳子。詹莱抱着那一大捆葛里炸药，向路基下面走去。走到与木亚木巴射击俱乐部被洪水淹没的铁丝网相连的水面时，他毫不犹豫地跳到水里。凯特把手电筒的亮光向他射去。

格赛嘎说：“那儿有一个被堵塞的涵洞。那就是……”

除了凯特，大伙儿都知道这个涵洞。詹莱的名字曾经刻在那涵洞上方。在他们认识她以前，涵洞就已经堵塞。这难道是为了今夜做的准备，还是木亚木巴又一个疏忽？洪水已经没过詹莱的胸口。他把已经捆好的炸药放在路基上，只拿了一捆，一个猛子扎下去，把炸药放到水里什么地方。这样折腾了好几次，终于把所有的炸药都放到预定的地点。

凯特的头又晃了晃。不过，不是那种不由自主的痉挛，而是为这几个男人庄严的洗礼，为这爆炸的仪式。

没容凯特多想，詹莱又一次被朋友们拉出水面。他爬上路基，来回转动着身子，慢慢甩掉雨衣、雨裤上的水珠。嘎斯和格赛嘎将导线沿路基摆放好。这两股线一头和水里的炸药相连，另一头，抓在凯特手里。

詹莱什么话也没说，从凯特手里接过那团导线。

他们沿着铁路线向后退。凯特打着手电，詹莱摆放那两股导线。导线横穿科巴铁路线一根根枕木，一直保持平行。要想成功地起爆，就必须保持这两股导线之间有一个距离，这是科学。

就这样，詹莱在格赛嘎、嘎斯、凯特的陪伴之下，将两股导线一直拉到刚才放下起爆器的地方。他十分熟练地把导线和起爆器连接好。凯特觉得，他虽然有好几个朋友陪伴，可是做这一切的时候，一副旁若无人的样子。他提起那个装起爆器的盒子，又沿着铁路线走了一段路。他走得很慢，小心翼翼，生怕乱了脚步。有一两次，他打手势让三位朋友走在他身后，但不要挡他的路。

然而，作为一个明天就要再次名震木亚木巴的人，一个为自己的传奇故事画上圆满句号的人，他竟看不出一点儿兴奋与激动的神情。

他们都弯着腰爬下浸透了雨水的路基，来到铁路西边，也就是和木亚木巴镇遥遥相对的这一边。如果他们抬起头，目光一定是越过铁路线，眺望浸泡在洪水中的市政厅。

格赛嘎朝他的儿子大声叫喊，让他赶快趴下，再往路基下面靠一靠，隐蔽好，抓好缆绳。

他们在黑暗中匍匐前进，爆炸前的紧张悄悄爬上心头。格赛嘎问："天哪，这是什么玩意儿？"凯特也觉得什么东西擦着她的大腿慌慌张张地跑过。那匆忙的奔跑中有一种野蛮和欲望。她不由得从地上爬起，跪在泥水之中。

“老鼠。”她说，和大家一起乱打起来。

詹莱也打了几下。用安定人心的口吻说：“只是几只老鼠，游上岸的。就这么回事儿。”

受惊的老鼠沿着铁路线疯跑。路基并不是它们的目的地。它们在寻找阿勒山[①]。

“这些小杂种，可不要再来回跑了。”格赛嘎用颤抖的声音说。他回转头，朝黑暗中的儿子喊道：“你没事儿吧？诺埃尔。”

“是不是要起爆了？”诺埃尔叫喊着问。

“但愿如此。”

詹莱已经准备就绪。起爆器放在路基上，正对着他的脸。他伸出那双诚实的、湿乎乎的手，灰白色的手指捏住接线的末端晃了晃，检查导线是否和起爆器结结实实连接在一起。

但是他没有按起爆器的按钮而是挣扎着爬起来，支棱着一只耳朵在黑暗中仔细地听着什么。风已经停息。洪水无声地拍打着科巴铁路。但是万籁俱寂中有另外一种声音。那是只有人紧张得毛发倒竖的时候，才能分辨出的响声。那是一大群一大群从水里爬出来的老鼠沿着铁路线，向科巴奔跑的声音。刚才它们的“尖兵”嗅来嗅去，想找一块高地没有结果，只好沿着铁路继续奔逃。

“但愿它们别把导火线搞乱。”詹莱说。

詹莱沉思了一下，断定线路没有被老鼠弄乱。

“准备！”他大喊一声，原地趴下，手指按住起爆器的按钮。

①阿勒山（Mount Ararat)：译“亚拉腊”，据基督教圣经载大洪水后，诺亚方舟即停于此。

“现在不要灭手电，凯特。等我数到三的时候再灭。”

他数到了三。

凯特无法相信，她能在这样一个令人焦躁不安、“一触即发”的时刻，置身于爆炸现场。只要能活着经历这一切，她就感到一种愉悦和满足。詹莱按下按钮。他们等待着、等待着，直到连凯特也终于忍不住抬起头，望着詹莱，目光中充满疑惑。

“天哪！”詹莱说，“这该死的老鼠！”

格赛嘎说：“要是用新式起爆器就好了，老兄。”

詹莱只好松开按钮。

“我去查一下线路，有人把两根导线弄到一块了。”

“净胡扯！”格赛嘎生气地说，他很着急。凯特和詹莱倒是沉得住气，格赛嘎又显露出他性格的弱点。

“我去看看。”

“不是我们踩了导线，詹莱，”嘎斯平静地说，“一定是老鼠。”

詹莱站起身来。

“要不要把导线从起爆器上拆下来？”嘎斯问。

詹莱很不耐烦，使劲儿摇了摇头。

“还是拆下来的好。”凯特催促道。

“听我说，如果按下起爆器的按钮，它还不炸，松开就更炸不了啦。”

詹莱不肯拆下那两根导线。他从凯特手里拿过手电筒，沿着铁路线向前走去，不时跪在枕木上，摸索着分开那两股导线，直到他那项伟大工程的中心。

詹莱一路摸索，回到导线、“刮片儿”以及那包安放在水里的炸药相连接的地方。格赛嘎的儿子诺埃尔手里拉着那条船，一边哽咽着叫喊，一边沿着铁路线向凯特、嘎斯，还有他父亲跑来。

刚才跑过铁路线的成群的老鼠不过是木亚木巴被洪水冲出来的老鼠的先头部队。真正的老鼠大军现在才到来。它们追赶格赛嘎的儿子，并不是要啃掉他的脚后跟。而是凭着一种幻觉向前奔跑。诺埃尔吓得要命。他本来就最怕蜘蛛、老鼠之类的东西。父亲总是嘲笑他见了老鼠就战战兢兢的“熊样”。

老鼠已泛滥成灾。那简直是一条老鼠铺成的路，老鼠汇成的河，老鼠堆起的路基！凯特心里也害怕，但她想得更多的是，当这老鼠大军跑到詹莱面前时，他将怎样手忙脚乱，不知所措。

惊恐之中，澳大利亚“剪羊毛冠军”诺埃尔不知道是被老鼠还是被枕木绊了一下，一个趔趄朝前摔倒。那一刹，凯特断定，他摔得很重，而且正好把起爆器压在身下。不知道是他的额头，还是胳膊肘撞在起爆器的按钮上面。惊天动地一声巨响，大地好像撕裂了一样，气浪滚滚，向她的脑袋、胸口、无用的子宫猛烈地冲击过来。

凯特感受到了极强的冲击。这种冲击和以前奇夫利和詹莱让她体会到的惊恐大不相同。她立刻意识到，詹莱已经在刹那之间痛痛快快、轻轻松松地卸掉了“神爆破手”给他带来的负担，已经从那血肉之躯的束缚下得到了解脱。

男人们脑子里一片混乱。他们还没有从那撕心裂肺的爆炸声中清醒过来，去哀悼他们的朋友。凯特却一屁股蹲在地上，像上一次祸从天降时那样，嚎叫起来：“啊——啊——”老鼠像冰雹一样，从天而降。她看见，有的老鼠一落地就拼命奔跑，恨不得远远离开这硝烟弥漫的是非之地。

男人们终于强打精神，打着嘎斯的手电去找詹莱。他们一边走，一边长吁短叹：“天哪！”“见鬼！”诺埃尔也跟大家一起默默地走着，谁也没有责备他。他们也不具备命令凯特留下的权威，只能让她跟他们一起走。她的悲痛对于他们是无声的命令，她哭喊着，在他们身后踉踉跄跄地走着。那是一种巨大的悲哀，又是一种没有目的的悲哀。像一块沉重的石头，压在她的胸口。

他们感到靴子下面全是软绵绵毛乎乎的东西，暗自祈祷那不是詹莱的遗骸。勇敢的嘎斯发现一条胳膊、一只手，他怕凯特看见，连忙塞进那个装过起爆器的油布口袋。

格赛嘎终于也派上了一点用场，尽管不具备嘎斯寻找詹莱的那种“天才”。他挥舞着手臂，让凯特和诺埃尔待在一起。这个大小伙子拉着那条船，备受挫折，走得很慢，忍不住喊了起来：“我们该怎么对人们解释这一切呢？”

格赛嘎瞥了一眼嘎斯手里的袋子，不由得打了一个寒战。金字塔一样的詹莱居然缩小到这样一个袋子里。可是，凯特清清楚楚地感觉到，格赛嘎肯定还存着一线希望——除了这条胳膊，詹莱完整无缺。

可是没过多久，嘎斯就找到了詹莱那颗硕大的头颅。面色苍白，静卧在铁路线一个缺口旁边，沉思默想。这个缺口便是詹莱的佳作。正如他预想的那样，洪水咆哮着，冲出缺口，向西流去。

“上帝保佑！”凯特发了疯似的叫喊着。明天，城里的水就会流干，工匠和“逃避者”们又得回来，修补、粉刷这座遭劫的小城。

嘎斯抱起詹莱那颗灰白的头颅，装进油布口袋。

“坚持下去，”格赛嘎大声说。“也许他还……”

“什么？”嘎斯问，“他还能怎么样？”

格赛嘎似乎仍在梦中，总觉得詹莱还能传递来一点什么信息。嘎斯严厉的口气彻底击碎了他的梦。

嘎斯继续寻找，没有结果。格赛嘎厉声责问儿子诺埃尔？“你还抓着那条该死的船吗？”

凯特还在哭喊，她心里明白，她要离开杰克了。这个由詹莱、杰克和牢骚满腹的康妮组成的可爱的“三角形”使木亚木巴成为她的立足之地。现在这个“三角形”已经不复存在。就在洪水奔流、涛声依旧、她大放悲声的时候，凯特知道，自己非走不可了。默里、她的父母亲、富兰克舅舅，还有一心想要报复的科金斯基一家人，都不会让她安安静静待在这儿。默里太饥渴也太钟情，别人因悲伤而充满了困惑。她的父母亲依然相信，她生活在一个人们恭恭敬敬相互递名片的世界。“请原谅我的不辞而别……”

又找了一会儿，嘎斯领格赛嘎和还在尖声痛哭的凯特回到诺埃尔那儿。他从诺埃尔手里接过缆绳，让他先到路基下面上船。然后又让格赛嘎上船。格赛嘎跌跌撞撞爬上去，坐了下来。

他看起来实在是无足轻重，事实上他也无足轻重。他没根没底，不像詹莱那样自作聪明——那种使他死无葬身之地的刚愎自用。诺埃尔伸出一只手，似乎要让父亲坐直。格赛嘎甩开他的那只手。

“别神经过敏！”格赛嘎说。

“看在上帝的份儿上，”嘎斯大声说，“不要再折磨这个小伙子了！”

凯特慢慢走下路基，在船上找一个地方坐下，抽泣着抬起头看嘎斯。嘎斯怀里还抱着那个装着詹莱遗骸的油布口袋。她心里想，詹莱复活之日，就是她生机勃发之时。她要和嘎斯一起提着这遗骸，从一座城市走到另外一座城市，去创造奇迹。“神爆破手”——圣人詹莱。

然而，在一个充满丑陋的世界，很难说清嘎斯该如何处理詹莱的遗骸。

他们在嘎斯的指挥下，把船推到深水里。三个男人里，他是唯一头脑清楚，知道应该怎么办的人。因为格赛嘎和他的儿子已经吓呆了。凯特看见小船向右驶去，手电筒的亮光照着路基。詹莱的伙伴们没有大声叫喊，也没有求助于小船的发动机和舵轮。只是让它“一意孤行”。

没有什么推动力，坐在船上，感觉得到水的流动。木亚木巴的洪水正从詹莱炸开的窟窿里排出。嘎斯把那个油布口袋放到船底，非常平稳地发动了引擎。这是他的天赋。马达隆隆，船儿平稳地前进。嘎斯抽出一只手，拍了拍凯特的膝盖。在他的抚慰下，凯特止住了哭泣。

“我们该怎样向人们解释这一切呢？”格赛嘎又提起儿子

先前提出的那个问题。

“我们该怎样向人们解释？”诺埃尔也喊了起来。

嘎斯喃喃着。虽然声音不高，但透过流水的哗哗声和马达的隆隆声，还听得清清楚楚。

“你和你的男孩儿压根就没来过，这是第一件要讲清楚的事情。”

“可是谁都知道我们来过。”

嘎斯说：“不，只有杰克知道你和你的儿子来过。别人都不像杰克·墨齐森那样消息灵通。”

“可是他们要严厉盘问你和凯特。”

“不，听我说，”嘎斯说，“没有人知道凯特和詹莱在一起。至于我嘛……你们为什么不可以说只有我和他在一起呢？”

“天哪！”格赛嘎浑身颤抖，怀着一种崇敬的心情说。

“说我和他在一起，好吗？”

嘎斯问道，“就这样说，好吗？”

“我说。”凯特说。

“好。你们也这样说好吗？格赛嘎？诺埃尔？”

他掌着舵轮，逼他们一定要答应下来。

“就这样，一口咬定只有我和他在一起。精明一点。你们就可以摆脱干系。”

“哦，天哪！”格赛嘎抽泣着说。

格赛嘎和诺埃尔羞愧交加，受到了极大的震撼，却只能勉强同意按照嘎斯的安排去办。

绕过联邦酒店，船头触到泥地。凯特看出，詹莱原来的计划是把联邦酒店周围和木亚木巴大部分机关、住宅区周围的水都放跑。

“剪羊毛冠军”诺埃尔跳下船，把船和船上的人一起拖过联邦酒店前面那一片泥泞，他一直没有说话，只是想干点什么。这当儿，嘎斯站起身来，提起那个袋子，跳到泥水之中，在诺埃尔拖着的船边慢慢走着。格赛嘎和凯特还在船上坐着。

“你和你的儿子都没去过那儿，”他斩钉截铁地说，“凯特也没有。我本来应当和他在一起，结果错过了约定的时间。就这么说，格赛嘎。不能暴露事情的真相，一定要守口如瓶。”诺埃尔想继续拖着船走过联邦大街。他不想让别人说他什么也干不了。他虽然因为害怕小动物而铸成大错，但他有足够的精力和胆量去做好别的事情。

“好了，诺埃尔，”嘎斯喊道，“够远的了，小伙子。”

格赛嘎又哭了起来。

“你打算离开这儿，是吗？”

“是的，我一定离开这儿。”

格赛嘎不想让别人觉得自己太窝囊。

“要离开这儿……”

“可以走铁路桥。”凯特说，她想起那个护士。

“是的，”嘎斯说，“从铁路桥可以出去。”

格赛嘎还坐在那条停在稀泥中的船上。他打了一个寒战，问道：“詹莱怎么办？可怜的詹莱怎么办？”

“我带他走。”嘎斯说。

“天哪！你的鸸鹋和袋鼠呢？”

“我也带着走。你们把这边的事儿处理好就行了，格赛嘎。

至于知道我们的那些人会说什么都没关系。”

嘎斯已经拢平他的黑发，做好了离开的准备。

第十八章

在这个悲凉的深夜，身材瘦小、头脑清醒的嘎斯，手里提着油布口袋，领着奇夫利和孟席斯踏上了艰苦的征程。洪水正慢慢退去，他用一粒粒饲料引诱鸸鹋和袋鼠在一幢幢房屋间穿行。

关于詹莱这场可怕的事故，除了嘎斯，谁也没有理出个头绪，而且他已经做了妥当的安排。

他把近乎疯狂的凯特送回房间，安排她睡下。他给了诺埃尔四十块钱，让他过几天把那辆运送家具的卡车开到维尔卡尼亚，还给他的朋友。前提当然是等他头脑清醒，不再神志恍惚，可以上路的时候。

他叫醒杰克和目光呆滞的康妮，把这件事情原原本本告诉了他们。杰克也再三叮嘱格赛嘎和诺埃尔应该说什么，不应该说什么。几个人订立了“攻守同盟”。

“可他为什么要带凯特去呢？”杰克在心里问自己。他坐卧不安，好容易才忍住没去叫醒凯特问个究竟。

杰克极力安慰康妮。

“这事儿和你的酒店执照毫无关系。”他几乎是用轻蔑的口吻说。

嘎斯说啊，说啊，直到大家终于平静下来。

夜已深，嘎斯从墨齐森酒店后面的马厩里开出那辆卡车，谁也没有注意到他。尽管一直有人——伯恩赛德也在其中——在酒店走廊里走来走去。杰克那台应急用的发电机电压不够，电灯亮着枯黄的灯光。人们聚在一起推测水情，相互询问一个小时前听没听到一声巨响。

嘎斯把车停在联邦酒店门前。诺埃尔已经把那条船从泥水中拖了出来。孟席斯伸开僵直的腿跳进船舱。嘎斯提了一下奇夫利的尾巴。奇夫利生怕遭到什么不测，连忙跳上小船。

嘎斯把船拖到水里，孟席斯收回细长的腿卧下来。奇夫利直挺挺地坐在船头，尾巴保持着身体的平衡。一只袋鼠稳坐船头，这情景倘若被酒鬼看见，一定会发誓戒酒。

远处，水上警察和那些前来救援的人们已经把探照灯的灯光对准铁路线上那个巨大的窟窿。

他们朝反方向发动汽艇的引擎，以免被洪水吸进那个窟窿，冲到西边辽阔的牧场。

嘎斯涉水走到齐膝深的地方，正要上船，看见四五步开外有一个人影，像是凯特。他虽然看不太清楚，但是能够感觉到她正直勾勾地望着他。她似乎拿着一个航空包。他不是刚安顿好这个精疲力竭的女人，让她好好地睡觉吗？她要上哪儿？干什么？

“我怎么能睡得下去呢？”她问他，“你知道我睡梦中看到的第一样东西是什么吗？”

她手里的手电筒朝他晃了晃，好像为了加重语气。她看见他闭上一只眼睛。显然，他希望一个人带着鸸鹋和袋鼠上路。她熄灭了手电。

“不，听我说。杰克会以为是我拐走了你。”

但是凯特自有话说。

收拾好随身携带的航空包之后，她悄悄走进墨齐森夫妇的卧室，给他们留了一个纸条，听见他们睡梦中呼吸的声音。康妮细弱的吸气声好像带着一种疑惑，杰克的呼吸声却缓慢、深沉、无所顾忌。他的酒吧已经不再需要什么服务人员。

“没有我他也会干得很好。他有那么多‘自愿者’帮忙……他们都愿意围着他团团转。在相当长一段时间内，他用不着人手。”

“天哪，这事儿会让大家都摸不着头脑。他们会以为你出了什么事儿……”

“好了……你看到一个名叫伯恩赛德的人吗？昨天晚上，在影剧院。”

“我可不想承担什么责任……”

她站在洪水中哭了起来。然而，她流下的不是无可奈何的眼泪，而是命令。

“求求你，”她说，“现在，詹莱也走了。”

等等，等等，等等。

从某种意义上讲，他是詹莱的继承人。

说到底，嘎斯没有拒绝她的勇气。他让她上船，和鸸鹋、袋鼠坐在一起。

她没有想到能如此轻而易举地离开木亚木巴。

正如嘎斯想象得那样，水位下降以后，科巴支线和伯克铁路线汇合处成了一片铺满沙砾和卵石的泥滩。嘎斯把船停下，凯特跳下船提着航空包向“岸边”走去。奇夫利毫不犹豫地跟在她身边。凯特想到自己幻化成袋鼠的梦，那个影子的影子，现在才变成看得见、摸得着的现实，一种愉悦从心底升起。她热切地欢迎那遥远的海岸，没有被留在木亚木巴，她心里充满了感激，一种无法用语言表达的感激。

换个场合，嘎斯和孟席斯上岸的情景一定滑稽可笑。嘎斯高高地托着鸸鹋的肚子，这样它那两条长腿才不至于碰到船舷上缘和沙砾遍地的泥滩。大鸟表现出充分的信任，老老实实站在路基旁边等它的朋友。

嘎斯回到小船上取下那个油布口袋。

“走吧，凯特。”

凯特费了好大劲儿才爬上路基。袋鼠早就蹦蹦跳跳，十分敏捷地跳上铁路。他们现在爬上来的这一段路基在詹莱炸开的那个大洞这边，前面的铁路线一直与开往伯克的主干线相汇合。“下伯克”，人们常常这样说。用一个“下”字表现伯克的遥远，表现在干旱的内陆地区，那是一条多么漫长的路程，尽管今夜并不干旱。

嘎斯救回来的鸸鹋和袋鼠，就像两条狗陪伴着凯特和嘎斯。

它们一会儿跑到前头，一会儿落在后面。在这个詹莱一命归西的夜晚，这是一个最完美的组合。凯特现在完全依赖于他们，祈祷天亮前不要发生什么意外。

又朝前走了一会儿，凯特听见脚下传来哗哗的流水声，但是看不见有水在流动。黑暗中，她能够感觉到大桥的钢铁结构。枕木之间闪着朦朦胧胧的光。奇夫利十分灵巧地跳跃着。有时候，它的一条后腿会滑一下，但靠着那条粗尾巴的支撑，很快就恢复了身体的平衡。奇夫利像一个在泥沼中行走的人，不时矫正自己的姿势和步态。奇夫利、长腿孟席斯和嘎斯在大桥上行走没有一点眩晕的感觉，凯特从他们身上汲取了力量和勇气，也大步向前走着。

走到一半的时候，嘎斯手里提着那个油布口袋向桥边走去。他像高空作业工人一样，一点儿也不害怕。

他好像喊了一声："凯特！"

凯特看出他的意图，但不知道该说什么才好。她好像只说了一句类似"是的，好吧"这样的话。

因为从凯特这样一个曾经在苏雷托女修道院受过教育的女人嘴里，不大可能说出"愿灵魂安息"这样的套话。詹莱不会安息。这句话本身就像一语双关的俏皮话，对詹莱的下场是一种讥诮和讽刺。詹莱将是这大河之中永难安息的亡灵，他将紧紧拥抱这条大河，保持一种平衡。他将用自己沉甸甸的灵魂拖着奔腾的河水前进。

嘎斯松开手，让詹莱的遗骸下落。就在嘎斯松手的一刹，詹莱开始向无底深渊坠落。小农场主、铁路工人、吃救济者、酒吧"主席"、"神爆破手"就这样去了。河水咆哮着奔腾向前，吞没了詹莱落水的响声。为了证明他的存在，等到洪水退尽，河水放慢流速，他或许会“大白于天下”。

过了大桥再往前走一段路，河水的喧闹渐渐归于沉寂。铁路线进入一片洼地，被洪水冲断。凯特惊讶地发现，鸸鹋和袋鼠高高兴兴、蹦蹦跳跳走过那一片水洼。凯特心想，也许它们嗅到或者看到了远处那座大山。想到詹莱刚刚从嘎斯手里落入大河，黑黝黝的流水便在她的心中激起一丝兴奋。

银色的铁轨露出水面，在茫茫夜色中闪着暗淡的光。嘎斯一行在两条铁轨间慢慢走着，爬上那一溜儿缓坡。

嘎斯回忆起詹莱的历史。

“詹莱本来是个很有进取心的人，曾经在市里一个俱乐部工作。可是他的妻子愿意和母亲待在一起，詹莱只好离开那家俱乐部。这是詹莱可怜一生的写照。他为了妻子的缘故留在城里，可妻子最终还是抛弃了他。”

嘎斯在伯克附近的军人拓垦农场过着艰辛的生活，艰苦反而造就了他强壮的体魄。爬上山顶的时候，他连气也不喘一口，继续讲詹莱的故事。

“他当小农场主的时候，”他说，“小政客们经常排着队跟他握手。现在，他的手却在河里。”

“是的。”凯特说。几粒泪珠颤动着，从她的面颊流下。那泪水仿佛离她很远很远，宛若月亮上的冰川。

他们沿着铁路线慢慢走着，嘎斯承认，不知道下一步该怎么办。或者沿铁路一直向西，或者穿过牧场上的公路。公路在右手方向，如果走这条路，碰到警察或者搭别人的车的时候，该向人家作何解释？

一下子拿不定主意，嘎斯开始抱怨鸸鹋和袋鼠。

“这两个家伙就像狗一样总跟着我。它们已经失去了野性。它们认为和我或者和别的什么有一种天然的联系。如果当年有人把那个鸸鹋蛋吸空了，在上面刻上棕榈树，当手工艺品卖，也就不会有孟席斯，它也不会受这份洋罪了。它一定比别的作装饰用的鸸鹋蛋更赏心悦目。”

听到嘎斯希望孟席斯再还原成鸸鹋蛋，凯特心里很是不安。

“可是，是你把它们从万加救回来的。”凯特说。

“当然。还有奇夫利。我无法想象让它在妈妈的袋子里慢慢地饿死的景象。一天傍晚，我们的卡车撞死了它的妈妈。发现袋子里的奇夫利还活着。我们觉得有责任把它养大。可是现在，一切都变得这么艰难。瞧它。”

奇夫利落在后面，蹲在一根铁轨上若有所思。一会儿，它就会蹦蹦跳跳跑到前头，再蹲下来沉思默想。它就像一条牧羊犬一样忠诚、充满了渴望。

“这家伙离开万加高兴极了。它认为自己是我们这个‘联盟’中的一员。”

洪水给凯特上了短暂而又深刻的一课。现在她可以从这个角度去考虑问题。从目前的情况看，沿铁路线走要比沿公路走慢。如果他们能够越过公路和铁路之间那一片被洪水淹过的牧场，从公路上走还是可以试一试的。西边被洪水淹过的地方，可能碰到一辆陷在泥水中的汽车。嘎斯心灵手巧，肯定能修好。

她建议嘎斯要注意大路两边的牧场。如果发现洪水漫过的地区，就从相对而言比较高的铁路线上走，遇到浅滩，就从右边直接插过去，低洼的地方，有可能碰到别人丢下的汽车。

当然，要找到一辆能拉走奇夫利和孟席斯的车。

嘎斯和凯特穿着胶靴，带着鸸鹋、袋鼠，穿过一块被洪水冲毁了的苜蓿地。

“谁愿意当农民呢？”嘎斯好像对大地和苍天发问，尽管他自己就是农民、乳牛场场主。凯特累了。在她看来，从铁路线到公路那么遥远，公路似乎充满了敌意，总也不能让你接近。她原以为这两条交通要道“遥相呼应”，现在看来，根本谈不上什么“呼应”。那是一条漫长的路，过了一道又一道铁丝网。不少地方和水面齐平，和铁路线平行，但是就看不到和铁路平行的公路。

过铁丝网的时候，孟席斯那两条细长的腿总是让嘎斯十分着急。就像这天夜里上船时那样，他只能托着鸸鹋的肚子，把它举过铁丝网，递给凯特。孟席斯倒显得自得其乐，对这个安排没有表示出一点儿不满。

奇夫利却是个古怪的家伙。它本来可以一下子跳过去，即使在这样松松软软的地面。但是，它懒得跳，而是像人一样，先用一个肩膀抬起一根铁丝，用后脚踩下下面几根，再把脑袋钻过去。对于一个以跳跃闻名的动物，此举的确有点儿怪诞。

“看见它钻铁丝网那个样子了吗？”嘎斯问凯特，“看见了吗？”

嘎斯假装为奇夫利的懒惰而生气，不过也是他的真心话。

他们终于结束了这一段艰苦的跋涉，来到那条路基很高的公路前面。

公路的路面很干。嘎斯扶着凯特爬上高高的路基。他们必须朝被詹莱救了的那座小镇方向往回走一小段路。

他们很快便看见一辆白色搬运车。那车很新，白得耀眼。车身后部高高翘起，车头插在泥水之中。这辆车的车身上面用红蓝两色烤漆喷着字，说明车主是伯克一位专门做广告牌子的人：欧瑞奥丹。木亚木巴东面的什么人，也许是达布或者万加的某位商人要和他签合同，他便不顾阴云密布的天气驱车上路。后来遇上大洪水，车轮打滑，陷入泥水之中。他一定急得骂骂咧咧，不知如何是好。正在这时，又来了一辆车，把他带到吉瑞拉姆堡或者是科巴。他不得不在一家酒店或者汽车旅馆凑合一夜，等到早晨——如果局势不恶化的话——找一辆卡车或者拖拉机，把车拖出来。

他可能两手捧着脑袋坐在床边，或者买一杯啤酒，坐在酒吧，逢人便讲自己遇到的麻烦。

“这事儿真把我害苦了！”

汽车陷在湍急的水流里。很难相信，詹莱炸开那个口子之后，从木亚木巴奔涌而来的洪水，居然对它没有产生任何影响。嘎斯拉着凯特的手，试探着涉水向汽车走去。他想让凯特爬进驾驶室，把车罩打开。凯特爬进去，汽车张开“大嘴”。她从反光镜里看见孟席斯正在啄食水边砂土中的草籽，奇夫利则向西跳去。尽管短短几个小时之内发生了这么多悲伤的事情，奇夫利那悠然自得的跳跃还是让凯特感到高兴。它在尾巴上坐了一会儿，一副若有所思的样子，然后又向东跳，又在粗壮的尾巴上坐了一会儿，透过敞开的窗户看着凯特。

“哦，”她不由自主地和它说起话来、“哦，该死的眼泪哪儿去了？”

奇夫利继续从反光镜里凝视她。她发现她被这个念头迷住了——奇夫利把她的眼泪，储存到了什么地方，等到合适的时候，再让它流出来。这古怪的想法是从哪儿来的？她竟完全被它吸引住了。但是奇夫利没有多停留，好让这个想法形成一种定型的东西。它又向西跳去。她的所有思想似乎都依赖于这种蹦蹦跳跳的运动。

她从驾驶室跳下来，想看看嘎斯在干什么。水灌进她的胶靴，她感到一阵刺骨的寒冷。她弯腰掬起一捧水，喝了一口。那水不但有一股泥味，还散发着死牛、死羊、死狐狸的臭气，真是一种“内容丰富”的水。

嘎斯给她讲发电机。他拔出火花塞清洗一番，还用打火机烧了烧。他说要打开并且清洗一下化油器。

“你站在水里没用，亲爱的。”

但她还在那儿站着，腿脚渐渐变得麻木，听身后鸸鹋走来走去、袋鼠跳来跳去的声音。它们这种好动的习性自然无法满足万加那个游乐场主人做“活国徽”的要求。代表澳大利亚联邦六个州的徽章可以老老实实待在那儿不动。奇夫利则因为需要沉思默想而跳来跳去，孟席斯则必须走来走去刨土觅食。

四周一片漆黑，只有嘎斯的手电筒亮起一束微弱的光。凯特站在冰冷的水里，仿佛突然清楚地看见她在科金斯基建筑公司的游艇——维斯特拉号上见过的那些女人。就连她们的头发也看得清清楚楚。而且鼻翼间流动着女人身上那股淡淡的、特别的体味。她还看见了风姿翩翩的科金斯基太太。杰克·墨齐森酒店的大油肥肉还没有将她改变，或者说她还没有面临这种改变的威胁。

手电筒从汽车罩子里面反射出更加微弱的光。她觉得肩膀处一阵痒痒。这和平常伤疤那种肿胀的感觉不同，也不是灼热的阳光照在身上的感觉，而是那光线更加快活地啃食那两个孩子的感觉——透过衬衫的纤维轻轻地咬啮西奥布罕和伯纳德。

他们去“维斯特拉”号之前，保罗总是小心翼翼地向她介绍他邀请的客人和准备搞的活动。他说，客人中有一位顾问、三位建筑工会的负责人。他们还准备带上保罗亲自拟定的“陪伴女郎”。在凯特看来，“陪伴女郎”这个称谓很可笑。她威胁说要待在家里。他便求她，说他愿意看见孩子们在船上玩。

保罗掌舵。应该说，他是一位称职的水手。每逢周末，科金斯基夫妇还雇一位甲板水手，负责桅杆的左右支索。他们逆流而上，帕尔默海滩一幢幢房子宽大的玻璃窗闪烁着明亮的灯光，照耀着铅灰色的水面。左边是陡峭的山崖，山崖上覆盖着澳大利亚葱茏的树木。那是一座大洪水到来之前便成为花园的山崖，横在凯特和保罗·科金斯基之间最美丽的地方。它也是欧布雷恩一家和科金斯基一家唯一可以同时认可的东西。

保罗对工会来的那三位客人毕恭毕敬，管他们叫建筑工人理事会“三巨头”。这三个家伙一个短小精悍，另外两个人高马大，但肌肉松弛。他们皮肤白皙，年轻的科金斯基太太总觉得那是一种阴谋家的苍白，而他们或许会振振有词地说，这是在纽敦和亚力山卓长大的工人阶级出身的人的特征。

现在，站在被洪水包围的汽车旁边，靴子里灌着水，凯特还想象得出他们苍白的脸颊和鼻子两边淡紫色的小血管的网络。

他们很快活，和保罗嘻嘻哈哈，谈天说地。保罗是资本家里的坏种，却能与他们融洽相处。

他们都大口喝酒，好像来这儿就是为了喝酒。三位女郎身穿比基尼，坐在前舱房舱口的栏板上。老科金斯基先生和保罗都说，这间舱房设备齐全，坐在里面可以快快乐乐、舒舒服服跨越太平洋。这三个女人都落落大方，没有丝毫的扭捏和羞涩。但是小凯特·科金斯基太太很快就看出，她们三个人相互根本就不认识，她们连对方的名字都叫不出来。而那三个男人似乎都有过一面之交。站在手把舵轮的保罗身边，不但相互之间可以直呼其名，而且有那么多共同知道的人和事可以谈论。

这几个以前从未共过事的女人都拼命抽烟，就像那几个男人拼命喝酒一样。出于社交礼节，小科金斯基太太和她们打招呼的时候，能闻见从她们的头发里渗出的烟味儿。

她的脚趾还浸泡在木亚木巴的洪水里，但还是想起了三个女人中两个人的名字。她在心里把玩着那两个名字，就像那是两块平平的石头。她看见那块石头的两个侧面：德尼丝和钱特勒。第三个女人的名字，她想了半晌也没有想起来。

她们谈话，有时候压低嗓门儿，有时候肆无忌惮。她们和凯特·科金斯基谈话，主要是赞美“维斯特拉”号，说她们非常喜欢这条游艇。凯特发现她们刮了阴毛，因为从比基尼扎出来的毛茬清晰可见。

说来真是可笑，她居然清清楚楚地记得那三个刮了阴毛的女人，记得其中两个一个叫德尼丝，另一个叫钱特勒。她上路的时候唯一带走的记忆竟是那三个女人造访“维斯特拉”号的日子和老科金斯基太太在坟墓旁边声嘶力竭地哭叫。

三个女人都一惊一乍，夸奖西奥布罕和伯纳德。两个孩子给那三个几乎全裸的女人表演他们的拿手好戏。西奥布罕在前舱房房顶上来了一个倒立，两腿呈V字形分开，就像为正在掌舵的父亲导航。伯纳德·科金斯基光着脚丫从船头跑到船尾，再从船尾跑到船头，父亲保罗则站在舵轮旁边为他拍手叫好。

那几个姑娘盘着光溜溜的腿坐在那儿为孩子们喝彩：“好聪明的孩子！真希望我们也有这两下子！……”

孩子们能够感觉到她们这样叫好仅仅是出于礼貌。是女人们因为相互专注于对方太累了，换个消遣的办法。于是两个孩子都跑到舵轮旁边，听男人们粗声粗气的谈话，他们或许会注意到他们，并且也大惊小怪地赞美一番。

孩子们的选择充分显示，舱口栏板上坐着的那三个女人还是急于摸清对方的底细，所以马上又聚在一起叽叽喳喳起来。而那三个男人，因为相互之间早已有所了解，便把注意力集中到“拿大顶”的西奥布罕身上。

保罗和那位在甲板上帮忙的水手开着“维斯特拉”号绕过西面那座山崖，在一个被叫作耶路撒冷的平静的水湾抛锚。他们在船尾放下一块木板，从那儿可以下水游泳。那三个女人却穿上了衬衫。

“这儿有鲨鱼吗？”她们七嘴八舌地问。就像向所有客人担保没有鲨鱼一样，保罗也向她们打了保票：“在皮特水湾或者霍克斯波利这一片水域，从来没有人看见过鲨鱼。”瞧，他自己的孩子正在水里游泳。西奥布罕舒腰展臂，游得非常漂亮。她知道，这里根本就没有鲨鱼。伯纳德也在水里扑腾，每向前划二十次水，就要换一口气。他脸上挂着微笑，根本不怕水里会有什么吃人的动物。

叫钱特勒的女人抱着衬衫，说：

“他们真幸运。在水边长大，和别的孩子就是不一样！”

保罗向厨房走了过来。凯特·科金斯基太太已经开始剥虾、切鸡，准备午饭。“对她们不必过分热情，”保罗对凯特说，就好像他生怕她和那三个女人成了朋友，“她们也不是什么了不起的人物。”

凯特有点生气，争辩道，凡是来这条船上的人，凡是和他们一起度过一个星期天的人，她都应该以礼相待。她还问，这几个女人互相认不认识？看起来，她们好像是第一次见面。

她想问这到底是怎么回事儿，保罗不好意思地笑了起来，仿佛一个被解除武装的斯拉夫人。他回转身，又向通往仓房的梯子走去。

凯特做好午饭，去找他们，发现保罗已经走了。她看见他正划着一条小船送工会那三个头目和他们的女朋友到一片小海滩。雄踞于那海滩之上的是几乎与海面成直角的巨大砂岩和层层叠叠的树木。除了保罗和甲板上帮忙的水手，那三对男女都向丛林走去。保罗和他雇来的帮工像两个仆人，坐在沙滩上闲聊。工会头头和三个女人已经在绿叶丛中消失得无影无踪，两个孩子无精打采地坐在舵轮旁边。

“他不让我们跟着去。”西奥布罕对凯特抱怨说。

凯特说："没关系，我跟你们一起游泳去吧。"她们向已经从船尾放下的梯子走去，眨眼之间已经跃入粼粼碧波。两个孩子是大海的常客，工会头头们和那三个刮了阴毛的女人可没这本事。

没过多久，他们——三个工会头头和他们的女伴——就从树丛里走了出来。他们穿过古老的植物群，在山龙眼[1]橄榄绿的枝叶和黑色球形果实之间钻来钻去。凯特和孩子们一起游泳，她看见保罗和那位帮工从海滩上站起身来，迎接他们。她的丈夫和那位帮工划着小船把客人送回来的时候，她喝了一口港湾里咸咸的、散发着一股泥土味的海水。她含着那口水，直到完全"品尝"了它的味道才吐出来。

那天晚上，孩子们刚睡着，她就对保罗说，像这种旅游，她再也不想参与了。不管带不带西奥布罕和伯纳德，她都坚决不去。钱特勒、德尼丝还有那个直到此刻还没有想起名字的女人都是妓女。

她回想那几个女人和嘴里那口咸咸的海水时，还费了点脑筋，可是和保罗的争论却轻而易举。这是他们两个人之间那种习以为常的争论。

保罗·科金斯基建筑公司是他们生活的基础。尤其在她闲居在家，要做天字第一号慈母期间。是的，如果你想叫她们妓女，也可以。她们在厨房后面那间卧室里梳妆打扮的时候，她听见那三个女人中有一位说，她一直为科金斯基建筑公司干活

①山龙眼（banksia）：澳洲产常青树，具有坚硬的叶子，开黄花。

儿。但是，凯特是否以为生活是一首抒情诗？她是否认为她可以永远使自己的儿女不卷入因肌肤饥渴而做的交易？不卷入和砖瓦、水泥打交道的商业活动？她把儿女保护在一个不真实的世界里，但这绝非长久之计。总有一天，不知不觉之中，他们就会进入那个真实的世界。所以，那几个工会官员在砂岩之上做出点风流浪漫的事情，又有什么大不了的呢？这种善良的愿望对科金斯基的事业不无好处，也是凯特·科金斯基太太为自己伟大的母爱付出的代价。而这种爱，很可能最终把她的孩子扼杀！

这正是那时候在帕尔默海滩，今夜在伊戈林敦高速公路，她心中生出的疑问：她的孩子是不是真的被她扼杀的呢？在木亚木巴，她努力从这个疑问的泥沼中自拔。虽然还没有在短时间内完全自拔出来，但杰克·墨齐森酒店的老式饭菜至少使她得到某种程度的改造。

她等嘎斯修车的时候，伸出一只手，搅和着融入了詹莱的精神和肉体的冰冷的水。

在“维斯特拉”号度周末的那天晚上，凯特争论道：她相信，科金斯基家族就喜欢干这种事儿。在任何别的制度之下，恐怕都不需要这种手段。旧世界的狡诈和腐化堕落，在新世界变得更加成熟。她并不害怕建筑行业所谓的“现实生活”。她认为，西奥布罕和伯纳德不应当经常看到按钟点买来供建筑工会头头们在耶路撒冷享用的女人。

凯特激动起来。

下一次，他会拉一船女人让那些工会领袖玩儿。他还会给自己留下一个享用！

站在齐小腿深的洪水里，一只手下意识地搅和着那浑黄的水，她想起那几个女人和港湾里的海水，远比想起和保罗的争吵更亲切。也许他是对的：她总是不把他放在眼里。

她还记得，她曾经尖锐地指出，老科金斯基绝不会在出卖肉体是活动内容之一时，把自己的太太也弄到船上。老科金斯基先生也许腐化堕落，但他至少知道一点儿“外交礼节”，知道做这种生意时，应当“端庄稳重”。保罗太澳大利亚化了，干这种腐化堕落的勾当时，连“行业”的规矩也不懂。

在这个令人震惊的悲伤的夜晚，嘎斯似乎最大限度地满足了自己对生活的追求。他说，现在可以发动汽车了，让凯特绕到后面，看看汽车的主人会不会把备用的钥匙放到保险杠下面的小盒子里。凯特涉水绕到汽车后面，伸出一只手在保险杠下面摸索着，钥匙果然在那儿。

凯特用冰冷的手指取出那把钥匙爬进驾驶室，按照嘎斯的指点插进发火装置，转了一下。发动机震颤着发出沉闷的响声。听见这声音，嘎斯高兴地笑了起来。他知道，再震颤一下，引擎就会正常运转。果然，一切都在预料之中。就像机械师成功地完成一件修理任务那样，嘎斯“砰”的一声关上汽车罩盖。凯特倒车，嘎斯一边替她看路，一边打着手势，让她注意不要压了鸸鹋和袋鼠。他们终于把车从洪水中倒了出来。

她从驾驶室里跳出来，看嘎斯装那两个活宝贝。嘎斯用他那种特别的方法，把孟席斯引到车厢后面。他侧着身子，因为车厢太低，站不起来。孟席斯把两条长腿向后一弯，就势卧了下来。它已经跟着嘎斯坐过许多次车厢窄小的卡车，早已养成习惯。奇夫利也训练有素，站在油漆桶中间，仙风道骨，宛若一位圣者。它已经进入沉思默想的新阶段。它蹲下来，准备坐着汽车开始漫长的旅行，那神情仿佛在说，它的思想无需受任何行为的影响。

嘎斯放下车厢后面的门，锁好之后，钻进驾驶室，抓住方向盘。凯特坐在旁边的座位上，他们向西驶去。西面的牧场已是一片汪洋。人们管这一带叫半干旱地区。不过今夜已无半点干旱可言，今夜这里是漫无边际的沼泽地。

嘎斯打开汽车上的收音机。播音员正在广播有关这场水灾的统计数字。不幸的木亚木巴，只今年一年就两次遭受洪水袭击。十二个月里发的洪水相当于二百年来洪水的总量。

嘎斯说："木亚木巴的世纪过得真快！"

"另有消息说，"播音员继续广播，"达布游乐园为澳大利亚活动国徽组成图案的袋鼠和鸸鹋被盗。奇夫利，雄性大灰袋鼠，八岁。孟席斯，雄性鸸鹋，九岁……达布警方宣称，这个案子绝非小事。"

但是作为一条新闻，袋鼠和鸸鹋被窃显然无足轻重。因为嘎斯听见播音员说："另有消息说……"

"人们真奇怪。铁路酒店后院里，杰克收留了木亚木巴所有没被淹死的狗，就成了了不起的新闻，还上了可笑的'内容提要'，被吹嘘为人道主义之举，不是'另有消息说'。而我们的事儿倒成了花边新闻。就因为是一只袋鼠和一只鸸鹋？在有些人的书里，或许这只是笑料。"

凯特嘴里还残留着洪水的味道。她在心里琢磨，卡车的事儿最终会怎么样呢？到达吉瑞立兰堡之前是合法的——嘎斯从洪水中抢救出一辆汽车。可是一过吉瑞拉姆堡，就成了盗窃。车身上写着车主的名字——欧瑞奥丹。那名字仿佛就是主人的请求：当我处境艰难的时候，当我沿澳大利亚古老的河道去做生意，遇上河水暴涨、城镇衰落的时候，请不要开走我这辆用以谋生的汽车。她还能想象出这位欧瑞奥丹先生辗转反侧，难以成眠，怀着十分紧张的心情，看丛林地区的晚间新闻。

嘎斯显然也想到了欧瑞奥丹，那是一种既崇高又实际的感情。想到欧瑞奥丹的方便，也想到车身上那红蓝两色的名字——彻底的大暴露。

她看见嘎斯把下巴颏歪在一边，棕黄色的牙齿露出一条宽宽的缝。

几位“旅行者”路遇一个高高的干草棚。即使在朦胧的夜色中，也能看出一层层正在发酵的、棕色的干草。看出最上面是刚割不久的金黄色的草捆。在这样的背景之下，即使有人从公路上看见奇夫利和孟席斯，也觉得非常自然，绝对不会想到它们就是电视台广播的被人偷走的鸸鹋和袋鼠。

于是，凯特和嘎斯丢下欧瑞奥丹那辆工具车，走过泥泞的牧场，爬上高高的干草垛。孟席斯站在一株木麻黄光滑的树干旁边，显得超然、冷漠。在这片被人们满怀伤感地称为荒野的地方，它一定能够保护自己。奇夫利离它稍远一点，站在茶树中间。凯特又一次感觉到心灵的震颤，快乐的印象总与奇夫利比肩而立。

嘎斯说：“要小心黑虎蛇。”人们都知道，黑虎蛇最喜欢在这种地方度过懒散的冬天。

于是，嘎斯在干草垛上筑起一道“屏障”，找到一个“有利地形”。在这道“屏障”后面，他和凯特可以在潮湿、闷热，散发着刺鼻的气味的干草垛中睡觉。

嘎斯从车上带来了那个做广告的人的一块罩布，铺在干草上面。

“我已经尽最大努力了，真抱歉。让你如卧针毡。这儿不是希尔顿大酒店。”

要睡的时候，嘎斯想起詹莱。

“可怜的詹莱是个什么样子呢？”

在凯特看来，干草棚那个角落黑乎乎一片，那就是詹莱应当在而不在的地方。凯特好像直到此刻才切切实实感觉到他的泯灭，感觉到世界的变化，那是一种可怕的重压。她又想起，或许只有奇夫利才能将这重压化为乌有。

凯特和嘎斯带着满身尘土紧紧搂抱在一起。这一场爆炸使凯特失去了情侣。她觉得肚子里好像塞了一块木头，两个耳朵的鼓膜咚咚直响。嘎斯是一个可靠的具有绅士风度的农民。他不但从父亲那里学会了使用各种农用机械，还学到了种种美德。孟席斯在一片清冷之中，蜷缩在草堆上进入梦乡。奇夫利在茶树中伸开四肢懒洋洋地躺了一会儿。凯特从审美的角度出发，总觉得奇夫利睡觉的姿势特别难看。它从来都不像现在这样给人一种后腿失重、失去平衡的感觉。她希望它轻松自如地跳跃，并且因此而给她以慰藉。在她的想象之中，奔腾跳跃的袋鼠像人一样充满活力，而熟睡的袋鼠全然没有生气。

达林北面，斯库尔波戈农场——现在归嘎斯和他的嫂子所有——矗立着一座20世纪20年代被人遗弃的建筑。这座房子建造在战火纷飞的年代。在那场战争中，澳大利亚送到遥远的欧洲战场的士兵比大多数真正参战的国家还要多。从原始丛林开拔到前线去的小伙子们有三分之二受伤或者阵亡。活着的人踏上故土，高兴地喊："我们回来了！我们回来了！南海的欧洲！赎了罪的流放犯！我们都是真正的凯尔特人，甚至爱尔兰人！"

国家赐给凯旋的英雄们大块大块的荒地。并且送给他们一个骄傲的称号：士兵定居者。他们中的大多数人辛勤耕耘，坚持在划定的土地上开拓，直到1929年经济大萧条。有些地区则一直坚持到20世纪40年代初那场大旱。那时，第二次世界大战已经爆发。

嘎斯和他的已故兄长的农场上还有一幢当年"士兵定居者"的住宅。事实上，这座农场是由两座"士兵定居者"的农场合二而一的。每一座都有两千五百英亩大。这座被遗弃的房子离嘎斯和他哥哥的房子很远。木头地板上面铺着亚麻油地毯、油毡下面铺着那个充满希望的年代的报纸。那家人搬走的时候留下几件手工艺品和小摆件。但给人印象最深的则是泡在煤油里装在一个大玻璃瓶子里的黑白花蛇。

屋子里还有几张铁床，那是孩子们的床。可惜那些孩子都得白喉或者肺炎或者小儿麻痹死了。他们的父母亲太疲惫了，没有再生。嘎斯和凯特现在就奔这几张床去了。

在澳大利亚，人也好，车也好，不是向西面的中心地带流动，而是向东部沿海地区流动。澳大利亚是一个边缘地区发达的国家。它梦想着它的核心，但又抛弃了这个核心。所以，即使碰到运送家具的卡车，对于嘎斯、凯特、袋鼠和鸸鹋来说，它们也是“背道而驰”。

现在让我们利用这段时间看看睡梦中的凯特。这场脱胎换骨的改造，已经取得比她预想的更大的成功。她那双脏兮兮的手因为装沙袋划开了一道道口子，乱蓬蓬的头发黏成一块，身上散发着一股汗臭和没换过的衬衣的霉味。如果总理阁下现在看见她，肯定认不出她来，也不会说什么“漂亮的凯特，还选我吗？”

凯特在康妮·墨齐森的厨房里切菜的时候，偶然看到报纸上关于科金斯基建筑公司的报道，甚至看见报上登着保罗或者他父亲的照片。这时，她总是赶快把那张报叠起来，包那堆剥下来的萝卜皮、洋葱皮。

但是，有一天早晨，她却看到一则她感兴趣的消息。这则消息和“不怎么受人尊敬”的富兰克舅舅没关系。她挪开一个鸡蛋壳，认真地看起那篇报道。这个人，我们在本书刚开始的时候即已提到。他就是富兰克·派雷格瑞诺，电影制片人，凯特过去的情人。

派雷格瑞诺是个很反常的人，一位阿德莱德[①]的西西里人。从某种意义上讲，阿德莱德的西西里人比哪个城市都多。起初

①阿德莱德（Adelaide)：澳大利亚东南部城市，南澳大利亚首府。

这儿不是流放犯人的聚居地，而是自由民众在历史的长河中开辟的一块“试验田”。对悉尼那些来自爱尔兰和伦敦东区的流放犯和他们的后裔，这些人从过去到现在，总是敬而远之。他们为自己英国人的诚实正直，而不是西西里人的什么美德而骄傲。不过，派雷格瑞诺是个例外。在凯特的少年时代，他已经是小有名气的年轻导演。他常常表达自己对吉姆·盖弗尼的感激之情。因为正是吉姆·盖弗尼顶着种种压力在他的电影院里上映了派雷格瑞诺执导的影片，他的才能才渐渐得到人们的认可。

所以，凯特和派雷格瑞诺的关系很有些历史渊源。

派雷格瑞诺年轻的时候，为电视台拍摄商业广告。他当然梦想着有朝一日能拍电影、拍故事片。后来，他让他的摄影师——一个从墨尔本来的名叫拉波蒂克的克罗地亚人——到澳大利亚中部广袤的不毛之地去拍摄。他承认，他希望能够运用那位克罗地亚人的摄影机拍摄镜头叙述一个动人的故事，而不是为了销售什么石油化工产品。他在澳大利亚南部荒漠拍摄了一部反映古老的康沃尔铜矿的影片。这是他拍的第一部故事片，花了不到五十万澳元。这部影片被选送参加戛纳电影节。虽然好莱坞对这部影片说三道四，颇多误解，但他在比弗利山庄①住了下来。经过几年辛勤的劳作，他又拍出两部故事片。这两部影片因其完美的拍摄技巧和演员卓越的表演而引起世人的关注。一部在澳大利亚获大奖，另一部为他本人赢得奥斯卡金像奖。

①比弗利山庄(Beverly Hills)：美国加利福尼亚西南部城市，好莱坞影星集居地。

凯特是在那部获得大奖、轰动一时的影片到达澳大利亚时和他相识的。她到机场去接他——这自然是她分内的工作，带他参加记者招待会，给他安排酒店，陪伴他出席联邦各大城市举行的首映式。伯尼·阿斯特办公室和电影发行界的女人们在鸡尾酒会上都警告她，对派雷格瑞诺要当心点儿。他为人堕落，喜欢用甜言蜜语引诱女人。

她却发现他是个个子矮小、衣着随便，孤立无助的人。他刚坐飞机从加利福尼亚回来，累得精疲力竭。他压低嗓门儿向她倾诉衷肠——他一直保持清醒的头脑，对回家充满了恐惧。

“对于归乡的人，这是一个环境险恶的国家。”他一遍又一遍地说。

她对他说，全国人民都为他骄傲，把他的成功看作自己的成功。

他说，这是普通老百姓的感情，是一种爱戴。可是那些文化警察呢？他们要问我，你为什么去美国？为什么拍美国电影？打算什么时候回国？就好像澳大利亚有多少好片子等我去拍似的。我知道他们要没完没了地问这些问题。可我实在是无可奉告。但是，记者招待会上见到的评论家对他却都很真诚，没有提那些他不想回答的问题。

“亲爱的，”他对她“推心置腹”起来，“看来这个该死的国家变得好一点儿了。”派雷格瑞诺带有试探性的兴奋与快乐，为他们俩共进的每一餐饭都增添了色彩。在高档酒店的电梯上、走廊里，他们嘻嘻哈哈开着玩笑。她开始陷入一种危险的情感——她仿佛从小就认识他。

在家乡举行首映式的时候，他还是有点儿紧张。

“不是一个意大利人聚居的大城市，甚至也算不上爱尔兰人聚居的地方。那是澳大利亚唯一还被英格兰人控制着的‘据点’。”

阿德莱德衷心欢迎游子归来，她看得出，派雷格瑞诺心中最后一丝担心和忧虑都已烟消云散。参加首映式的人很多，他们在唐伦斯河边搭起一个巨大的帐篷。他的父母也出席了仪式。她原来以为他的双亲一定是饱受劳作之苦的西西里商品菜园的菜农，可事实上他们是已经退休的餐馆经理。他们温文尔雅，举止得当，并且喜怒不形于色。在她的眼里，派雷格瑞诺是两位老人的好儿子，而不是人们倾慕的大导演。她原谅了他因为出于虚荣，故意把父母说成不走运的、不知所措的农民。

回到旅馆，在走廊里他便毫不费力地把她抱在怀里。她闻见他呼吸中那股酸臭味儿。为了壮胆，他喝了不少酒。

“嫁给我！”他以一种酒后的激情热烈地说。

他是真诚的，她知道，在这次旅行结束之前，他将继续保持这种真诚。他是这样一种男人——可以轻而易举地说出海誓山盟，然后再折腾那么一两天，自个儿也相信这全都是肺腑之言。从阿德莱德到珀斯，再返回到悉尼，一路上他都是一位忠贞不贰的情人。在飞机上，他忍不住要抚摸她、凝视她、赞美她。这样热恋了几天，他要坐飞机回美国比弗利山庄了。他们似乎都松了一口气，依依不舍之中不无矫揉造作的成分。获得这次电影大奖，人们都对他寄予很高的期望。他得面对这一现实，赶快拿出更好的作品。

已经发生很大变化的凯特，站在墨齐森铁路酒店的厨房里，拿开那个鸡蛋壳，看着一篇关于她的“三城情人”派雷格瑞诺的特写。他的照片在另外一版上。她本来打算用这一版包东西的，现在看到他的照片，心中就像打翻了五味瓶，升起非常复杂的情感。那篇特写说，他最近拍摄的影片《收割者》，以德克萨斯州一座农场为背景，叙述了一个因情欲而犯罪的故事。这部片子发行之后，几乎没有引起任何反响。他不但损失了一大笔钱，而且受到评论界的批评。

那篇特写引用了派雷格瑞诺的话：“我认为作为一个电影导演，我创作的动力和源泉在遥远的澳大利亚。现在我意识到，离开澳大利亚太久了。我准备回去重整旗鼓，拍一部漂漂亮亮的澳大利亚影片。”

他想拍摄的这部“漂漂亮亮的澳大利亚影片”是由布拉诺·凯西的小说改编的。从这个故事的内容提要看，电影不会稳操胜券。第二次世界大战期间，一位澳大利亚妇女在新南威尔士州西部经营着一座小农场，她的丈夫到西南太平洋打仗去了。年迈的公公婆婆和她住在一起，帮她管理农场。所以，她还是按照丈夫过去的模式耕耘播种，夏锄秋收。后来，政府指派给他们一个意大利战俘在农场干活儿，女主人爱上了他。她的丈夫在布干维尔岛[1]翻车，受伤致残……

这部电影准备在新南威尔士州西部，科巴西北一个名叫克雷戈荷尔姆的农场拍摄。

---

①布干维尔岛（Bougainville）：巴布亚新几内亚东部，所罗门群岛中最大的岛。

凯特醒来，觉得比古老的西部平原还要饱经沧桑、疲惫不堪。但是想起派雷格瑞诺拍电影的事儿，她还是立刻来了精神。

嘎斯也醒了，呻吟着说："真冷。"

但他松开她，想到她会怎样想他，不由得尴尬起来。她问："你知道附近都有什么农场吗？"

嘎斯说，不但知道，他还在好几个农场干过活儿。他这人的确与众不同，刚刚睡醒就能把什么问题都回答得清清楚楚。

"你知道一个叫克雷戈荷尔姆的农场吗？"

"克雷戈荷尔姆？这一带历史最悠久的农场。"嘎斯说，好像这是个最基本的地理常识。

第十九章

克雷戈荷尔姆——电影《意大利来客》的外景地，四周是从国外引进的白杨树，笼罩着潮湿的雾霭。凯特、嘎斯、鸸鹋和袋鼠费了好大气力才来到这里。他们在黎明之前大约走了两个小时，穿过了十七道铁丝网，爬过五条坡度很大的红黏土路。路上到处都是轮胎陷到泥里留下的印迹。

克雷戈荷尔姆是一座白色的大房子，游廊很宽。周围有几座用砖头和原木膘皮盖的房子，看起来已经日久年深。大房子和剪羊毛的棚子以及剪羊毛工人住的房子中间有一溜活动房屋，里面住的显然是电影摄制组的演职人员，现在他们大概还在睡梦之中。剪羊毛的棚子在一个土丘之上，和那个林木繁茂、大房子坐落其上的土丘平行。嘎斯、凯特和两个动物站在水淋淋的桉树下面，欣赏着派雷格瑞诺想象之中的景物。

从剪羊毛工人住的那间房子走出一个身穿黄色风雨衣的男人。他弓着腰，吐着一团团白气，向一辆很长的做饭用的白色汽车走去。凯特看了觉得自己身上也很冷，不过眼下她已经顾不上这些了。

“我去跟他们谈谈。”凯特对嘎斯说。她现在又有了发号施令的自信，尽管她希望去谈话的是孟席斯和奇夫利。

他们像克雷戈荷尔姆农场的常客一样，走过桉树间最后一道篱笆，来到拍电影的人住的地方。电影明星、跑龙套的小角色、摄影师、录音师、化妆师、汽车司机、电工、木工、场记小姐、服装制作人，都还在周围的活动房子里睡觉。

这时，那个弯腰弓背、呵着白气的人已经走进那辆炊事车。凯特敲了敲门，那人擦着皱皱巴巴的手走了出来。汽车里一张不锈钢长凳上放着一个吱吱嘎嘎杂音很大的收音机，播音员正在播早间新闻。

“警方正就一个人的死亡、另外一个男人和一个女人的失踪，调查木亚木巴一对父子。”

他们会不会把格赛嘎和诺埃尔分别关在两个屋子里审讯呢？如果杰克和这件事情也有瓜葛，他们就会把他们都当做吓坏了的幸存者，从轻发落。

“据可靠消息报道，木亚木巴的巴里·迈克尼尔，绰号詹莱的人，在试图炸木亚木巴到科巴的铁路线时丧生。迈克尼尔先生的两位助手在那天夜里晚些时候失踪，他们曾经乘一条铝制小船穿过被洪水淹没的小镇。失踪的两个人是伯克镇的嘎斯·斯库尔波戈先生和木亚木巴镇的凯特·盖弗尼女士。人们非常担心他们的安全……”

“怎么回事儿？”从炊事车里出来的那个男人问。他没有听清刚才的新闻，只听了一个大概：木亚木巴、洪水、有人失踪。每次发洪水都有人失踪，谁也不怀疑其中有诈，一切都是洪水造成的。

保罗会听到这条新闻吗？他会不会满怀希望地皱着眉头，庆幸自己用不着催伯恩赛德找凯特签什么文件——如果她就是那个凯特·盖弗尼的话。

“我们送来了派雷格瑞诺先生要的动物，”凯特对那人说。

“哦，是吗？这事儿我不大清楚。”

“他今天拍片儿需要这几只动物，”凯特说，“也许明天。不管怎么说，我已经把它们带来了。”

那人看了看孟席斯和奇夫利。

“没有装笼子？”

“是的。我们从来不把它们关到笼子里头，他们又不是老虎、狮子。”

那人笑了起来，没有一点儿恶意。

“你们这是自由放养，对吧？”

“派雷格瑞诺先生让我们一来这儿就找他。”

“他们昨天夜里拍到很晚。再让他睡一刻钟吧，亲爱的。来喝杯茶吧。天哪，它们就那么老老实实站在那儿？”

“它们认为，它们是我的家庭成员。”嘎斯说，他还想老老实实进一步讲清楚这件事情，“我妻子和我从蛋壳里和袋子里把它们养大的。”

那人当然不知道他的妻子早已命归西天。他以为凯特就是嘎斯说的那位妻子。不过听了嘎斯的介绍，他倒是平静了一点，不再为听话的鸸鹋和袋鼠大惊小怪。

他们喝茶，给富兰克·派雷格瑞诺和他的美国妻子再留十五分钟睡觉的时间。

“是哪个代理机构让你们送来的？”那人问。他只是随便问问，并不是故意刨根问底。

“伯尼·阿斯特。”凯特信口胡诌起来。

“我知道他是搞电影宣传的，不知道他还是个代理人。”

“哦，”凯特说，“在悉尼搞电影首映式的时候，我们就给他干过这活儿。”

一帮年轻男女都来喝茶、喝咖啡。他们有的人提着充电用的金属盒子，有的腰里别着钳子、改锥之类的工具。有一个男人脖子上挂着一个测光表，一边搓着手，一边喊道：“小伙子们，姑娘们，今儿早晨可真冷！”

凯特认出了这个人。他是派雷格瑞诺小时候的朋友皮特·拉波蒂克。派雷格瑞诺所有的影片，不管好坏，都是他拍摄的。就像毕业于阿德莱德大学音乐学院的马蒂·芬顿为富兰克·派雷格瑞诺的所有影片作曲一样。从拉波蒂克身上就能看出派雷格瑞诺对老朋友们的天赋十分尊重。

那个负责炊事车的男人拉住一个满头卷发、腰里挂着各式各样工具的小伙子，说：“兔子，把这两个人领到富兰克那儿去。”

小伙子领着他们走过那片草地，草沙沙地响着。一夜风霜，草叶上结满冰花。鸸鹋和袋鼠一直不远不近地跟着他们。他们走到一座活动房屋前面，门上写着派雷格瑞诺的名字。小伙子敲了敲门。门开了，富兰克·派雷格瑞诺腰里裹着一条浴巾。他的上身还像凯特记忆中那样洁净光滑，只是因为人到中年，已经开始发福。

“天哪，兔子，”他说，“这儿比阿拉斯加还冷。”

他到阿拉斯加拍过电影。和他童年时代的朋友拉波蒂克一起，作曲是童年时代的朋友、作曲家芬顿。他凝视着嘎斯和凯特，还有那两只不离左右的动物，没有擦干的肩膀冒着一缕缕水汽。

“要给它俩找点活儿干？”他问，朝奇夫利和孟席斯点了点头。

“是的。”凯特说。

“哪一场用？我没有说过要用这玩意儿。”

“我叫凯特，”凯特对他说，“我认识你。我曾经在伯尼·阿斯特手下干过。”

“凯特？”

“凯特·盖弗尼。你应该记得的。在阿德莱德。”

他先回头看了看，一双眼睛瞪得老大，来回摇着头，一副难以置信的表情：“在这儿等着。我回去穿一下衣服。你在这儿等着。”

这也是情理之中的事情。他不想让妻子听见旧情人们的名字。

派雷格瑞诺穿衣服的时候，凯特领兔子和嘎斯向山坡下面走了一段路。奇夫利和孟席斯跟在他们身边，眺望着这个尚可苟活其中的世界。

“如果你们不介意的话，”兔子说，“我想……”

他朝坎事车周围那些男男女女努了努嘴。

“去吧。”凯特说。

她看着他蹦蹦跳跳去吃早饭，那种冰冷的感觉像一团火在她心中燃烧，肩膀上面的伤疤又痒痒起来。不一会儿，富兰克·派雷格瑞诺从那间活动房子里走了出来。他穿着一双旅游鞋，连鞋带也没系。牛仔裤，皮夹克。这件皮夹克是在纽约买的，也许花了几千美元，但他穿在身上随随便便就像木亚木巴那些工人身上的工作服。

“凯特？”他又问了一遍。

“凯特·盖弗尼。”

“我听收音机了。我感到非常惊讶。这么说，你没被洪水冲跑？还是广播里说的是另外一个凯特·盖弗尼？我想，如果这个倒霉的地方发大水，也是上天的恩赐。可是据说，有人把铁路炸了一个洞……”

“那可和我们无关，派雷格瑞诺先生。”嘎斯坚定地说。

“我们带来的这两只动物怎么样？”凯特问他。

“天哪，你变了，亲爱的。”

派雷格瑞诺毕竟是一个好人，或者至少是个感情丰富的人。他伸出手，摸了摸脸颊旁边缠结在一起的头发。

“我说这话可没带什么偏见。你显然已经不在伯尼那儿工作了，对吗？”

“是的。这位是嘎斯，富兰克。嘎斯，这位是富兰克·派雷格瑞诺。”

“奥嘎斯特斯·斯库波特，或者这一类名字，对吗？”富兰克问。他总是对什么都很关注，总是像一个喜欢听新闻广播的大学生。

“我姓斯库尔波戈，派雷格瑞诺先生。”嘎斯说，希望派雷格瑞诺喜欢那种身背行囊的流浪汉。

派雷格瑞诺和他的父母相比，可以算得上一位更加足智多谋的西西里人，他也许认为，最好能把祖传的农民的聪明才智发扬光大。他仔细打量着嘎斯，嘎斯避开他的目光，眺望那一排活动房屋背后云遮雾罩的山峦。似乎在耐心地等待派雷格瑞诺对他作出评判。

不一会儿，派雷格瑞诺便完全抛开“雇主”的角色，十分平静地对凯特说：“我曾经对你说过，我将永远记着你在阿德莱德对我的种种好处。在那‘阴间地府’你是我的向导，凯特。我很高兴，你没被洪水淹死。我很想知道，从那以后，你的情况如何……我的情况，你大概多多少少还知道一些。那些混蛋都想在我的坟头跳舞，不过，我不会为他们去死。我娶了个挺不错的妻子，凯特。”

“我们能留在这儿吗？”嘎斯突然问。他觉得他们俩久别重逢之后的寒暄花的时间实在太长了。

“我不知道你们为什么要隐姓埋名，嘎斯。凯特是个有身份的人。如果不能庆贺她幸免于难，许多人会伤心的。我想，我们应该让大家都知道她还活着。”

嘎斯和凯特都沉默了一会儿。凯特说：“你把我们俩放进预算吧，富兰克。”

富兰克·派雷格瑞诺搔了搔下嘴唇。

“就这样办吧，富兰克，”凯特坚持着，“你就慷慨大度点儿吧！”

“哦，天哪！慷慨大度。你真希望我这样做吗？”

他摇了摇头。但是越发显得心里充满歉疚和对往日那份感情的怀念。

“好吧。到制片组报个到。离炊事车最近的那个房子。我先给他们打个电话。你们想用什么名字都可以。告诉他们是我让你们去的。我想得给你们安排一下食宿，找制片主任就行了。克劳斯，他住在制片组旁边那间屋子里。”

孟席斯从富兰克·派雷格瑞诺身边走过。

“不过，你们得告诉我，这两个家伙能在我的电影里派上用场吗？”

嘎斯连忙说：“我的袋鼠可不表演那种和人拳击的鬼把戏。”

“我不会让它和任何人拳击，伙计，”富兰克说，“我想让它表演的是，蹦蹦跳跳走到意大利主人公面前，好像神灵突然显现。那是我们澳大利亚的精灵。我是说，你这只袋鼠个子很大，非常典型，简直就是澳大利亚的缩影。它能老老实实让人给它洗头吗？拉波蒂克要拍摄这样一个镜头。”

“洗头没问题。”嘎斯说。

“我的意大利男主人公还可以从鸸鹋那儿再看到一次神灵显现。你该知道，拍电影时，往往临场即兴发挥才能出现最好的艺术效果。凯特，我们拍这些镜头时，你可以在周围随便走走，现在，你最好去换件干衣服，吃点早饭。我得到我妻子那儿去了。”

他挥了挥手，转身向活动房屋走去，鞋带拖在泥水里，皮夹克在冬天清冷的黎明沙沙响着。

就这样，奇夫利和孟席斯在拍摄计划“榜上无名”的情况下，插进了派雷格瑞诺的新电影。

看守们把意大利战俘留在牧羊站门口，他用半通不通的英语问，他该往哪儿走？

“一直往前走，伙计，”和他告别的澳大利亚看守说，“走到那座房子跟前。”

意大利战俘沿着那条长长的红土路向前走去，路上碰到守护神——奇夫利。奇夫利若有所思地打量着他。它虽然不是富兰克·派雷格瑞诺想象中的“神灵”，但是它以一种可怕的陌生和异国情调，把意大利人阻挡在门槛外面。在那幢房子里，他将见到那位异国妇人，并且成为她的情人。意大利人将在不同场合多次见到奇夫利，而且电影从头到尾，都以闪回手法，重现奇夫利凝视的目光。

孟席斯大步流星地从银幕上跑过。特别在前面最关键的那儿场戏，起了很重要的作用。意大利明星和女影星坐着汽车穿过辽阔的、水汽蒙蒙的原野。孟席斯神情冷漠，和卡车呈一条平行线奔跑，最后超过那辆卡车。这个镜头拍得非常漂亮，“火候”掌握得恰到好处。即使是这种远距离拍摄的镜头，主要演员也必须坐在汽车里，因为派雷格瑞诺很少允许演员找替身。凯特和嘎斯每天晚上坐在冰冷的剪羊毛棚子里看刚拍摄的样片。那些衣冠不整、放荡不羁的演员和摄制组的工作人员们传递着解百纳葡萄酒，一边嘴对瓶大口喝酒，一边为拉波蒂克拍摄的镜头欢呼喝彩。

他们还在工作样片里看到在汽车里拍摄的近景：意大利战俘转过脸望着女主人，他咧着大嘴，脸上挂着不合时宜的微笑。他以为这位妇人也看到了那只巨大的、不会飞翔的大鸟在草原上奔跑，而且一定也觉得很好笑、很好玩。可是对于澳洲丛林里长大的女主人来说，鸸鹋在她的风景线上司空见惯，没什么可大惊小怪的，她反倒奇怪，这个意大利人为什么总是龇牙咧嘴地傻笑？她讨厌他那副傻乎乎的样子。孟席斯也张嘴凝视着他，最终又是这种激情的煽动者。

“趁热乎劲儿，拍那该死的袋鼠！”富兰克·派雷格瑞诺在拍摄那些场景时，经常这样叫喊。他的纽约妻子总是一边摇头，一边微笑，对他拍电影的天分和乡下人的粗俗的完美结合表示赞许。

拍完几个镜头之后，他就大步流星地走过去，拦腰抱起意大利影星，喊道：“听我说，你这个满身脂粉气的意大利佬。我们不得不好好谈一谈了。”

派雷格瑞诺觉得嘎斯挺好玩。嘎斯只要轻轻拍拍孟席斯小得几乎没有的屁股，孟席斯就迈开两条又细又长的腿跑了起来。至于总是胸怀坦荡、目光坚定的奇夫利，根本用不着哄骗诱惑。这一切都让派雷格瑞诺高兴。

凯特和嘎斯住在一间活动房子里。她在那儿洗脸梳头，但并不刻意打扮。她淋浴之后总是在浴室里就穿好衣服。她不想让嘎斯看到自己肩膀上的伤疤，她觉得难为情。她也不想像嘎斯一样，把自己经历过的事情都告诉他。

在嘎斯的坚持之下，奇夫利和孟席斯可以自由自在地在周围走来走去。但是遇上不需要它们的场景，就得暂时关在大房子后面的牲畜栏里。凯特坐在床上打瞌睡的时候，常常听见它们在活动房子外面走来走去。孟席斯拍打着飞不起来的翅膀，发出哗啦啦的响声；奇夫利从容不迫地跳跃着，在霜花和枯草上留下一行行印迹。

凯特仍旧指望着靠大吃大喝改变自己的体形，每天早饭都到炊事车狼吞虎咽一番。中午的汤汤水水再加上意大利面条吃个肚子溜圆，晚上烧猪肉、烤羊肉，吃个不亦乐乎。吃午饭的时候，一位可以和美国任何一位女电影明星相媲美的澳大利亚女明星跺着脚来到炊事车前面。她穿着二十世纪四十年代流行的马裤和马靴，正对一位年轻的制片助理发脾气。

“我真不知道他为什么非要让我拍那些远距离的镜头。他本来应该让莎仁替我去演。他在四百米以外拍，还说非我不可！他这人怎么这么滑稽？我知道他那番高论。什么神韵呀、灵魂呀、天分呀，四百米开外也不肯放过。可我穿着夏天的衣服拍这么长时间，屁股都快冻掉了。今天我可不干了。我感冒了，让他见鬼去吧！”

这位大明星说的莎仁是一位悉尼姑娘，马骑得非常好，长得也挺像这位女演员。但是正如女明星所说，富兰克·派雷格瑞诺认为，人的气质、神韵是不可替代的，哪怕是这种远距离拍摄。据说，那些不相信“精神不可替代”的明星们，在派雷格瑞诺的电影里经常感冒发烧。

场记、灯光、布景、次要演员们围坐在化妆台四周吃早饭，女明星从他们身边走过的时候，对他们视若无睹。对凯特，她只冷冷地看了一眼，认为她是个十足的局外人。可是年轻时候，凯特曾经紧挨她坐着上过课。她是一个妙趣横生、自我专注的女人。她脑子很快，喜欢审视一闪而过的面孔，从记忆中搜寻“似曾相识”的蛛丝马迹。可是对眼前的凯特，她的记忆竟是一片空白。

拍动物的场面时，富兰克·派雷格瑞诺压低嗓门告诉凯特，等奇夫利和孟席斯完成拍摄任务之后，他要给他们派一辆车、一个司机。奇夫利拍完最后一个镜头之后，派雷格瑞诺把凯特从领午饭的长队里叫出来。

“你认识小凯文吗？”富兰克·派雷格瑞诺问，“那个红头发的小伙子，勤杂工。他开车送你们。你们想到哪儿，他就送到哪儿。”

他转过头，目光落在那支正排队吃饭的队伍身上。这是一支招之即来、来之能战的队伍。炊事车为他们增加了能量，使他们凝聚在一起，拍出高雅、高尚的影片。或者，这只是派雷格瑞诺的希望。他又把凝视的目光转回到凯特身上。

“你认识一个名叫伯恩赛德的人吗？他一直给科金斯基和他们这类人干活儿。年轻时候，我拍纪录片，他经常在我的片子里出现，一个挺蛮横的家伙。阿德莱德人不喜欢他这种人。”

“他想让我签一些文件。”

“我听说你嫁给了那个科金斯基。你为什么要嫁给他呢？凯特。”

“唔——”她说。她本来可以说出那个冠冕堂皇的理由：“我想要孩子。”然而，他不会理解她过去那种做母亲的欲望和母爱的力量，她发现连她自己也很难记起那一切。

“昨天晚上，天黑之后，他来过这儿一趟。淋浴那会儿，晚饭前。”

富兰克特别喜欢淋浴。凯特还记得，温热的水流下，他们一起度过许多美好的时光。那时候，对于他俩，床只是精疲力竭之后的安睡之地。

“他不相信广播里关于你的报道。他认为你还在路上。他径直走到我住的那间活动房子门口。‘呸！见鬼！’我在心里狠狠地想。刚才我跟你说过，过去我拍纪录片时，跟这小子打过交道。我把他当做一个富有特色的人物，接待了他。他说：‘是呀，我这活儿不好干。因为到处都是坏透了的混蛋。’他伸出一只手，捏住我的胳膊，疼得我眼泪都快流出来了。那阵儿，我真怕你从房间里走出来。不过，你这人一贯精明，居然一直没有露面。你是不是听到了什么动静？”

“我没有听到。”

“他对我说，作为佣金，谁能提供你的地址，他就付二十五万澳元，凯特。我看着他，问：‘谁的钱？’他说：‘我的钱。派雷格瑞诺先生。从我的佣金里支付。’”

她很想向富兰表示衷心的感谢。但是，光天化日之下，她只能说出些干巴巴的、毫无感情色彩的话来。不管怎么说，应当把实情告诉他。

于是，她解释说：她拥有丈夫相当大的一部分产业。伯恩赛德想让她签署那些文件。这样，他就可以把这部分财产转让给他的新妻子，或者干脆收回去归他自己所有。她本来已经签了那些文件，可是伯恩赛德遇上大洪水，车被冲跑，文件也丢了。

“那么，你还愿意见他吗？还想签那些文件吗？你愿不愿意和那帮无赖把这桩事情尽快交割清楚。我这样说，不是为了他提到的那笔钱，亲爱的。我在这儿浪费的钱够多的了。他那点儿钱，于事无补。我只是想知道，你想不想赶快获得自由，不要再被这些事情困扰。”

她真有点儿义愤填膺：“我根本就不想见那个混蛋。我什么都不想，更不想帮助伯恩赛德或者科金斯基派来的任何人。”

“他们都对你做了些什么？亲爱的。我本来可以娶你。不是我现在抱怨——我从不抱怨。我的确可以娶你为妻，那样也就省了我后来的许多麻烦。”

她笑了起来，觉得他这种海市蜃楼般的遗憾——“我本来可以娶你为妻”多么愚蠢。

“这么说，是我让你失望了。”

“不，我不是这个意思。”

但是，从某种意义上讲，他就是这个意思。她违背了旧情人的责任，没有保持魅力的连续性，从而为日后的偶遇创造条件。

然而，所有这一切与生活的真谛恰恰相反：富兰克舅舅关于世人必须扮演的角色的信条，已经为詹莱和墨齐森酒店那些食客们实践了的信条证明，在这个世界上，并不是每一个人都可以免除痛苦。

于是，凯特说：“你本来就不会娶我为妻的。”

派雷格瑞诺不想硬坚持自己的观点。

他说：“我觉得我现在确实理解了过去发生的那些事情。你一定要原谅我没给你写信。你知道，这种事情挺吓人，让人觉得无话可说。可是凯特，你愿意这样生活一辈子吗？那位嘎斯是个可爱的家伙。但他是个早已过时的人物，像个该死的幽灵。”

“不，他是个活生生的人，他很不错。这个世界才是该死的幽灵。他周围的一切都那样丑恶，不堪忍受。但他是堂堂正正的。”

他耸了耸肩，偷偷摸摸从口袋里掏出一张名片。这位南澳大利亚来的西西里人，奥斯卡金像奖获得者，一大群摄影师、演员、牧马人、提供饮食服务的人、电工、化妆师的“指挥官”，偷偷摸摸掏出一张名片！

“不管什么时候，你都可以通过他找到我，”他对她说，朝那张名片点点头。“他是我的代理人。你可以提出任何要求，包括钱，你需要钱吗？”

凯特不想接那张名片。

“用不着打搅你。那两只动物养活得了我和嘎斯，谢谢你，谢谢你。”

她像个孩子似的跺着脚，或许为了加重语气。她要走，派雷格瑞诺抓住她的胳膊，还是刚才那副偷偷摸摸、鬼鬼祟祟的样子。

“我知道，你并不喜欢这种脱离尘世的生活。你一定要改变这种局面。”

她耸了耸肩。

“我现在这个样子就挺好。”

他摇了摇头。

“但愿你一切都好。”泪水迷住了他的眼睛。他是一个感情丰富的人，尽管恶语中伤差点要了他的命。

不仅仅是对阿德莱德，而是对整个世界的嘲弄和恐惧使他游离于妻子的爱抚之外。

第二天早晨，天高气爽，牧场上霜花遍地。凯特紧挨着勤杂工凯文，坐在驾驶室里，凯文的红头发散发出一股蔬菜味儿。凯特希望詹莱天真无邪的品格植根于这个小伙子的心田。因为伯恩赛德完全可能出一大笔钱，从他那儿探听到她的下落。

嘎斯坐在窗口，心里也想着这桩事。他和凯特都知道，朋友当中，只有詹莱才具备崇高的正直无邪的精神，这崇高的精神将伴随他们一路同行。

快吃早饭的时候，汽车开到了贝罗克镇。一个块头很大的警察挡住红头发凯文，责备他超速行驶——在镇子里车子的时速不得超过十公里。

鸸鹋和袋鼠关在卡车后面，不过在澳大利亚，没有警察搜查汽车的规矩，所以凯特并不特别着急。

"可是，警察先生，"凯文说，"我们还没有进城呢！"

"你已经超速行驶了。"

贝罗克为了强调自己的存在，在离自己那条大街几英里远的公路上便竖起限速的标志。

警察问，谁是车的主人。"车是租来的，"凯文对他说，他从工具箱里拿出几张纸，"帕拉玛特电影摄制组租的。"警察犹豫了一下。他从来没有想过"帕拉玛特电影摄制组"和贝罗克存在于同一个世界。

"这么说，你和科巴附近拍电影的那些人是一伙的？"

"没错。我送他俩回威尔卡尼亚。他们刚拍完。按照合同送他们回家。"

"你们在电影里拍什么角色？"

"牧马人。"嘎斯说。警察的好奇心得到满足。嘎斯的解释合情合理。

"好了，走吧。下次你们从这儿过的时候，要按标志要求放慢车速。"他很友好地拍了拍那辆卡车，就好像这辆满载电影事业光荣的卡车要一次又一次地经过贝罗克。

汽车继续向前驶去，凯文对那位警察没有丝毫感激。

“我说你们去威尔卡尼亚，”他解释道，“因为你们一直没跟他们讲实话。说去威尔卡尼亚要比说你们去哪个乡村小镇更安全一点。”

下午，他们在伯克南面一个乡村小杂货店停了下来。嘎斯买了一些吃的东西，装到一个麻袋里。这个袋子和装着詹莱的遗骸扔到洪水里的那个麻袋差不多。店老板很健谈，声称认识嘎斯和他嫂子，嘎斯只好随便和他搭讪了几句。

在一片辽阔的滨藜丛生的原野，嘎斯让凯文把车开到一座牧场的大门前面。大门上写了一行字：T. P. ·迈克格拉格兰。他和凯特、奇夫利、孟席斯下了车，和凯文道别。凯特看见这个红头发小伙子从车窗探出头来向他们招手，长满雀斑的脸上透露着真诚。他显然以他们的同谋者自居，至少在伯恩赛德拿着科金斯基悬赏的重金找到他之前，他不会出卖他们。

站在通往迈克格拉格兰牧场的红土小路上，嘎斯伸出一只手抚摸着凯特的手臂。那只充满柔情的手让凯特吃了一惊，她希望这并不意味他要在这蛮荒之地重温温柔之乡的旧梦。

“我们当然不是要走进这座大门，凯特。我们要走过这片荒野，离这儿二十英里。路还算好走，凯特。”

凯特听了非常高兴。像平常一样，一想到要和无与伦比的、甚至充满哲学家气质的奇夫利和孟席斯走过凝寒的大地，快乐就油然而生。

这块土地在远古时代是一片汪洋，现在仍然像海底一样平坦，只是长满了桉树和滨藜。在那高大的树木和低矮的灌木丛中，稀稀拉拉居住着土著人和被生活与命运击败的农民。

第二十章

科金斯基家的朋友——波兰牧师主持那天为告别孩子们的亡灵所做的弥撒。脸色苍白、“不怎么受人尊敬的”富兰克身穿白色法衣站在祭坛旁边。那时候，大主教区已经开始酝酿反对他的风波，痛苦和忧伤折磨得他几乎要精神错乱。弥撒结束之后，他迫不及待地抱住痛不欲生的凯特。凯特离他那么近，闻得见刚刚浆洗过的法衣上那股淀粉味儿和昨天夜里喝过的威士忌已经变酸的气味。

“这纯粹是天谴。”富兰克舅舅说。

她知道，一个更正统的牧师一定会说：“这是上帝的旨意。”

那天，富兰克舅舅的法衣是白色的。在“士兵定居地”农场度过的第一个寒冷的夜晚，为了取暖，她躺在嘎斯的怀里。他们裹着几条足有三十年历史的马鞍坐毯，不知道为什么，凯特突然想起那件白色法衣。她看见，那几位波兰牧师老爷面色蜡黄，身穿雪白的法衣，站在桉树中间。她真想不顾一切地伸出手摸一摸与孩子的亡灵告别时波兰牧师身上那白得耀眼的法衣。

嘎斯去看他的嫂子，留下凯特一个人躺在那儿想那些白色的法衣。过了一会儿，嘎斯和他的嫂子开着一辆红色越野车回来，车上装着食物，坛坛罐罐，和从嘎斯自己家里拿来的几条毯子。嫂子帮他搬这些东西，但是看起来却不怎么高兴。她个子很高，身体很壮，鹰钩鼻子，穿一件红色羊毛衫，灰裙子，为了保暖，羊毛长袜外面又穿了一双高筒靴子。她刚从红色越野车上下来，就喊道："天哪！嘎斯，你该马上处理掉这两个玩意儿才对！"

嘎斯和他已故的哥哥平分了父亲的遗产。他们两家的房子在农场东边，相距不太远，鸡犬之声相闻。嘎斯的哥哥死于车祸。他拉了一车羊，刹车失灵，汽车一直滑进用于灌溉的大运河里。癌症夺走了嘎斯妻子的生命。现在，嫂子和小叔子共同放牧那群牛羊，他们还共有几个抽水浇地的水泵。嫂子尽管情绪不高，但看起来对小叔子最近的不辞而别并无异议。她一定认为她自己也有资格、有权利不辞而别。她似乎压根儿就没听见关于他被洪水冲走的报道。

"你打算什么时候再露面？"她一边喝茶一边问。

"等风声过去以后再说吧！"嘎斯说。

"我看这个凯特还不错，"嫂子有点儿刻薄地说，"你为什么不跟她结婚，安分守己地过日子呢？"

她的潜台词是："她在利用你呢，嘎斯。"凯特对这一点恐怕无法否认。

嘎斯和他的嫂子这样含沙射影地相互争论、抱怨的时候，凯特一直想着那些身穿白色法衣的牧师，她觉得自己仿佛和他们建立了某种联系。在那白色法衣的灿烂之中，她真想轻轻触摸早已不复存在的儿女。

“警察是不是正在监视我的住处？”嘎斯问。

“听我说，嘎斯，”嫂子说，“别胡思乱想了。你又不是犯了什么车匪路霸的大案。”

她喝了一大口茶。凯特看了她一眼，觉得她虽然表面上挺快活，其实心里未必满意。她虽然一天到晚忙忙碌碌，但总没钱花，满脸皱纹记录了她的艰辛。

凯特洗杯子，嘎斯开车送嫂子回去。汽车上落满了灰尘，引擎发出嗡嗡嗡的响声，就好像嘎斯使它变得更加诚实，再过一会儿，嘎斯就会再把车开回来。

“出去散散步好吗？凯特。”他问道。

辽阔的天空，地平线上升起几缕白色的水汽。从农场望去，天地间只有一座小山。这是一堆巨大的岩石，是古老土地的力量聚集、迸发的结果。

“那是非常坚硬的岩石，”嘎斯对她说，“树木在岩石的缝隙扎根，以顽强的意志和极大的决心冲破石头的封锁，长得千姿百态，令人心驰神往。”

嘎斯朝那块巨大的岩石的底部指了指，那儿有一条长长的凹痕。这条凹痕使她想起年轻时出去旅游看到的情景——罗马人的大车在庞培[1]鹅卵石大街上碾出的车辙。这条凹痕和那条

①庞培（Pompei）：意大利南部古城，在维苏威火山附近，公元79年火山爆发，全城湮灭。自十八世纪中叶起，考古学家开始发掘其遗址，至今已过半。

车辙看起来同样古老、遥远。她很累，脑子里面一片混乱，只想着白色的法衣。所以起初没太注意这条凹痕到底怎么回事儿，直到后来才看清，凹痕环绕了整座岩石。

嘎斯说：“你瞧，尽头的岩石之间有一个水洞。”

嘎斯就像作学术报告一样，讲得有条有理：“当然了，只是在风调雨顺的季节，袋鼠才跑到这儿喝水。想想看，凯特，要多长时间才能踩出这样一条凹痕？多少袋鼠排成一行往来穿梭才能踩出这样一条凹痕？我想，要几千年才能在这坚硬的岩石上踩出一条路来；要千百万只袋鼠齐心协力，矢志不移，才能踩出这样一条路来……”

他很满意自己这个想法。

她朝四周张望，奇夫利正若有所思地看着她。它一直漫不经心地跟着他们。它对这条凹痕并不像嘎斯那样感兴趣。

“看见了吗？”嘎斯说，“在它看来，这玩意儿实在算不了什么。我经常带它到袋鼠出没的地方，可它对同类留下的踪迹总是无动于衷。倒是我激动得无法自持，心想有多少袋鼠从这里走过啊！母袋鼠跟着公袋鼠。年轻的公袋鼠鬼鬼祟祟地瞥着母袋鼠，等待着采取行动的最佳时机。”

嘎斯哈哈大笑起来，笑过之后又为自己的放肆感到不好意思。“奇夫利也追过一次母袋鼠。不过那时候它太小，被一只老灰袋鼠赶跑了。后来，它又追过一次，可惜还是有点儿小。现在它长大了，肯定能成功。可它反倒没兴趣了。它总是围着我打转转，就好像我已经老了，它要一心一意地照顾我。”

“不怎么受人尊敬”的富兰克舅舅刚从爱尔兰来的时候，就在达林河周围人烟稀少的教区传教。

嘎斯坐在门廊下面擦一支老式步枪，这支枪是过去“士兵定居地”的军人留下来的。凯特想起小时候坐在饭桌旁边的情形。她总是老老实实坐在那儿，直到大家都忘了她的存在，或者偷偷溜到桌子下面，在客人和父母亲的腿中间“安营扎寨”，成年人身上那股特别的气味在她鼻翼间缭绕。那是一种混合着动物本身和人工合成的麝香味儿。每逢这时，富兰克舅舅便开始讲他年轻时候，在威尔卡尼亚－方贝斯教区当牧师的情形。

那时候，他真的是牧师的楷模，基督教的十诫还束缚着他。他还是个单纯、要面子、没经验的牧师。没多久他就开始在乡村赛马会和没有草坪的赛马场上（雨水不够，长不起草坪）下赌注。土著人骑手和脾气很坏的驯马师作好了一切准备，但是富兰克舅舅认为，上帝也插手帮忙了，那滚滚黄尘之中也有上帝的旨意。

凯特蹲在桌子下面，津津有味地听着富兰克舅舅在丛林教区当牧师时那些奇妙的故事。

当丛林仍然天真无邪，人们都是嘎斯那种勤劳朴实的开拓者时，威尔卡尼亚教区的牧师是蒂姆·布拉迪神父。后来，布拉迪死了，死在离他哥哥在爱尔兰的欧法利的农场一万两千英里远的澳洲丛林，各地的牧师都来为他送葬。大主教克兰·迈克唐纳在他的助理牧师的陪同之下，从方贝斯专程赶来。等到牧师们都赶来的时候，修女们已将棺材封好。但是她们告诉蒂姆·布拉迪的同行们，布拉迪神父死的时候神情安详，没有什么痛苦。

威尔卡尼亚教堂里停放着布拉迪神父的棺材。十九世纪，羊毛在利物浦[1]和哈德斯菲尔德[2]都是抢手货，人们用轮船沿达林河和拉克兰河把威尔卡尼亚产的羊毛源源不断地运到港口。丛林深处一片方兴未艾、蒸蒸日上的景象。可是到蒂姆·布拉迪去世，和他共事多年的神父、修女以及教区牧师围在他的尸体旁边向他告别的时候，威尔卡尼亚大教堂对于一个日渐萎缩的小镇来说已经足够大了。

富兰克·欧布雷恩和他的朋友迈克·卡西迪和别的牧师一起，排着队从蒂姆·布拉迪已经钉好的棺材旁边走过。迈克·卡西迪压低嗓门说："听我说，富兰克，我可不敢担保蒂姆就在棺材里边。依我看，他很可能带着一个女人跑到新西兰去了。他这人，从来不喜欢洗衣服，可总是干干净净。恐怕也是个金屋藏娇的主呢！"

蒂姆被抬出教堂，送到墓地，埋在那一片盐碱地下面。他如果早死几年，大家还可以凑凑合合把他埋在教堂后面的墓地。可是现在太晚了。十九世纪和二十世纪初期死的爱尔兰牧师已经占完了那块墓地。安葬之后，主教和所有牧师又回到蒂姆那座宽敞的、空空荡荡的住宅。平常他们之间难得一见，现在正好借这个机会在一起聚一聚。你相信吗？天开始下雨，干旱结束了，洪水来了。修女们一致认为，是蒂姆·布拉迪向上帝求情，才使干旱已久的土地普降甘霖。

这一带年降雨量不超过八英寸。可是这场雨下到第二天早晨吃饭的时候，已经把一年的雨水都倾泻到干旱的丛林里了。

---

①利物浦（Liverpool）：英国英格兰西部港市，默西赛德郡首府。

②哈德斯菲尔德（Huddersfield）：英国英格兰中北部工业城市。

小镇的交通完全中断。连清理公共卫生的卡车也没办法把垃圾桶及时拉走（富兰克舅舅在餐桌边说，前来吊唁的人留下的污物太多）。第二天早晨，威尔卡尼亚－方贝斯的大主教克兰阁下出现在餐桌旁边，对他手下的牧师们大发雷霆。

“你们这些家伙干的好事，瞧瞧粪桶里扔了什么伤风败俗、乌七八糟的东西！”蹲在桌子下面的小凯特·盖弗尼听到这儿，像触了电似的兴奋。她没想到堂堂大主教会说出这样一番话来。她坐在桌子底下晃来晃去，周围那一条条形状各异的腿也都兴奋地颤抖着。

现在，饱经磨难、失去亲人的凯特在这遥远的丛林被人遗忘的农家茅舍，又想起富兰克舅舅的白色法衣和他曾经工作过的那个教区的奇闻轶事。

他们在紧靠厨房的屋子里搭了床，炉子生火后，发出哔哔叭叭的响声。一窝负鼠[①]从烟囱里逃走。它们估计在那里面已经住了三四十年。

奇夫利和孟席斯在清冷的夜空下面踯躅。和厨房相连的小屋里，为了取暖，他们把两张单人铁架床并到一起。黑暗中，他们和衣而睡，都向铁床里沿蜷缩着。屋外，寒风呼啸，在这彻骨的寒冷中，凯特又一次表现出对奇夫利的关心。黑暗中，嘎斯搂着凯特，讲起从前给他父亲干活儿的一个老黑人的故事。起初听起来这只是嘎斯为了让凯特高兴而信口胡诌的故事，就

①负鼠（possum）：有卷尾的袋鼠。

像民间传说。

可是，话一开口，就涉及一个非常特别的话题：语言。凯特意识到，这将是一个内容严肃的故事，其严肃程度恐怕连嘎斯自己也不曾意识到。

嘎斯娓娓道来：

“那个老头说，语言天赋本是一个精灵，他在平原闲逛，想找一个可以拥有他的人，一个朋友或者别的什么。可是谁都怕他，以为他是一个危险的野兽，一个惹祸的魔鬼，食肉的妖精。于是一个委员会成立了，它要决定到底把语言天赋给谁。有一个动物，或者一个什么图腾说：‘给人吧。他们爱虚荣，又蠢，他们会喜欢语言这玩意儿的。’于是大家选了一个动物劝人类接纳语言天赋，这个被选中的动物便是袋鼠。”

这个在似睡非睡中听的故事使凯特一下子完全清醒过来。她仿佛突然明白了奇夫利的安详与平静意味着什么，那是一种劝告，是催促她接纳语言天赋这个精灵。她抽抽搭搭地哭了起来。

“你怎么了？凯特。”

他推了推凯特的肩膀焦急地问。

他从来没有看见过她裸露的肩膀，对她肩头的伤疤更是一无所知。现在，推搡她的动作渐渐变得轻柔，最终变成一种爱抚。

她渐渐安静下来，争论这种事情没用，那种要拥有语言天赋的焦急渐渐化为乌有。嘎斯伸长手臂，紧紧搂着她。他自然想得到她，但他觉得这不应该是自己侵占她的借口。可怜的嘎斯，他是一个仍然崇尚早已不复存在的价值观的“老古董”，他不谙此道，单纯得让人无法想象。

凯特难以成眠，凝视着自己的欲望——那个超然、孤傲的幽灵。这个幽灵在嘎斯强壮、生动的动物性的陪伴之下，实实在在，几乎可以触摸。她希望自己能够融入这无言的催逼之中。但是，那欲望的幽灵离她还有一点点距离。这事儿得慢慢来，要从那没有一定之规的爱抚开始。否则，嘎斯也不会接受这种羞耻。

他们用煤油炉子烧洗澡水。凯特一直在想那个关于语言天赋的故事，后来才终于开始沐浴。她看见自己的屁股大了一圈儿——正是现在被人们称之为肥臀的样子。可她还希望大腿更粗一点。她还比不上康妮·墨齐森的厨娘雪莉那腰身。她仔仔细细地洗着阴部，觉得那里面流着她不熟悉的血液。她想，这就像从远方寄来的一张明信片。她出来的时候只戴了一个破乳罩，肩膀上搭了一件衬衫，下面穿着一条衬裙。这条裙子本来是奶油色的，因为总用碱性很大的肥皂洗，变成了黄色。嘎斯怀着一种敬畏的心情问："你要不要再穿暖和点儿？"

他们熄灭了那盏防风灯，他像平常一样从后面搂着她，只是多了几分试探。为了让他知道，她允许他做任何事情，凯特向后面伸出一只手，在嘎斯身上摩挲着——不是光滑的肌肤，而是质地坚硬的旧军裤。不一会儿，她就十分快乐地感觉到它在勃起。她帮他弄起那条黄衬裙，他怀着一种感激的心情深入到她的身体内部，阳刚之美骤然迸发出绚丽的光彩。

和嘎斯做爱的凯特知道，她是来自一个充满引力的星球的凯特。她的头颅仿佛被太多的事情压扁了。她已经从一颗昼夜交替的星辰幻化为一个维纳斯，她已经让墨齐森铁路酒店的“引力”养肥了自己。嘎斯显然也来自同一个星球。他从后面进入她，爱抚她，嘴贴近她的耳朵，快乐地扭动着，纠缠着，叫喊出一串串赞美之词。

就像奇夫利先后两次进行命中注定要失败的、大胆的性的探索一样，凯特想象，她的此举也是对嘎斯的身体一次难得的探索——当然，她的想法也许是完全错误的，和这种想法相配合，她觉得某种甘露或者琼浆，在她体内奔涌。她对这一切持赞赏的态度，就像印度女王迎接季风的到来。

奇夫利在霜花遍地的院子里自由自在地跳来跳去，它等待着。凯特为接纳“语言天赋”付出艰辛，它似乎欠着她什么。它甚至为她每一次艰难的呼吸，为嘎斯紧贴她耳朵的呢喃絮语，而感到歉疚。

然而，尽管奇夫利有很大的肺活量，有强健的肌肉，它还是无法把什么都提供给她。快要进入梦乡的时候，她说：“你能让我去做弥撒吗？”

“什么意思？”

“我是说，如果你同意，我想开车去。我想到伯克或者威尔卡尼亚做弥撒。”

“为做弥撒跑这么远的路值得吗？凯特。”他说。

那种暴风骤雨般的爱的宣泄已经结束，他便小心谨慎地使用自己那份柔情。他心里充满骄傲，既不愿惹凯特生气，又不想冒昧地建议什么。

“我当然没有什么意见。”他补充说。

“如果碰上伯恩赛德，我就签了那些文件。只是为了息事宁人。但我不会让他跟回到这儿的。这个地方不能让任何人知道……”

“那就是你的事情了，凯特。”

第二十一章

凯特在伯克教堂和屈指可数的几个虔诚的教徒一起做弥撒。威尔卡尼亚大教堂是被迈克·卡西迪恶语中伤过的蒂姆·布拉迪神父工作过的地方，也是他的安息之地。但是正如嘎斯劝说的那样，实在太远了，所以她只好选择伯克。

做弥撒的有这样几个人：

医生和他文静的妻子还有他们那几个漂亮的、举止得体的孩子。

律师——看起来像个黎巴嫩人——和他那位年轻的、脸上长满雀斑的妻子。

几个老太太和两个名叫凯利和马哈尼的小老头。他们以前在牧羊站或者牧牛站干活儿，现在退休闲居在城里。他们不管到哪儿——甚至洗澡，头上都戴着以前干活儿时戴的汗渍斑斑的帽子。

尽管来做弥撒的人如此之少，是当年建造这座教堂的爱尔兰牧师不曾预料到的，但是自从富兰克舅舅在这个教区当牧师以来，周围的环境没有任何变化。那位年轻牧师简直就是一个过了时的“不怎么受人尊敬”的富兰克。不过，当年富兰克和别的牧师来澳大利亚是因为这儿信徒太多，当地的教士供不应求。而这个年轻人来这儿当牧师是因为不再有人愿意来这偏远的丛林，因为圣母玛利亚渐渐失去了她的魅力，杰克·尼科尔森巧妙地勾走了这一代年轻人的灵魂。粗俗而又光怪陆离的世界最终将把乡村医生那几个规规矩矩的孩子也拖出教堂。

牧师穿着绿色法衣——这是这个季节牧师的服饰。

她一直在教堂里坐着听牧师布道，手脚都有点麻木。这位年轻牧师一定师从于哪位口若悬河的演说家，布起道来抑扬顿挫，有声有色。凯特一边听，一边想象着他打哪儿来。是爱尔兰中部绿草如茵的乡村，还是密丝哪家小酒店？从他颤抖舌尖的“r”音看，也许是来自戴瑞的小酒店。

她浑身麻木，从小城尚存的几个修女中的一位那里领圣餐。这个修女和蒂姆·布拉迪死在这个教区时的那些修女大不相同。她穿着齐小腿肚的裙子，是一个较为现代的女人。

最后，牧师用英语为大家祝福。他在祭坛脱下绿法衣，向教堂前面走去，拦住正离去的堂区居民，在有的妇女的脸上吻了吻。这种新教徒表示友爱的方式与富兰克舅舅年轻时所宣扬的“天谴”理念背道而驰——我可以跟你握手，但上帝还是会惩罚你。

只有几个上了年纪的人对这种友好的握手和亲吻不以为然。他们站在后面，心里默默地祈祷着。凯特和他们站在一起。

她看见年轻的神父在各家的汽车中间绕来绕去，和大伙儿十分热情地打着招呼，一会儿把脑袋伸到这辆车里，逗逗孩子；一会儿把脑袋伸到那辆车里，夸夸老人。他看起来超然物外，但实际上，世界——至少存在于伯克的这个世界——正把他一点一点地引向世俗。他把绿法衣扔在椅子上，早已忘到九霄云外。

凯特从旁门走出教堂，又从名叫库伦和费兹格拉德的牧师的坟墓旁边走过，径直走进圣器室。圣器室里弥漫着富兰克舅舅和所有别的牧师的气味。那是一股用蜂蜡擦得非常光亮的器具的气味，是赛马的日子富兰克舅舅那双软绵绵的手的气味。是很早以前，他还没有抚摸过柯尼太太小巧玲珑的身体的手的气味。

一溜用清漆刷过的抽屉上面镶着一个个小铜框。铜框里面贴着标签：Albs[①]、Tunicles[②]、Surplices[③]、Stoles[④]、Chasubles[⑤]。有两个抽屉放的都是十字褡。她拉开下面两个抽屉。红色和黑色的法衣照弄花了她的双眼。那是象征着鲜血、悲哀、殉教和毁灭的祭品。她急忙用脚把抽屉关上。

她又打开一个抽屉，里面放着绿色和黄色的法衣。还有两套白色的。一套是现在常见的用绸子做的宽大的无袖长袍，供牧师夏天穿。另一套是厚厚的锦缎做的、镶毛边的长袍，全然

① Albs：神父、牧师于圣餐礼中穿的白长袍。
② Tunicles：主教、副助祭等行圣餐礼时穿的短祭袍。
③ Surplice：教士及唱诗班成员所穿的白法衣。
④ Stole：教士等在举行仪式时披戴的圣带。
⑤ Chasubles：十字褡——神父行弥撒或圣餐时所穿的宽大的无袖长袍。

没有考虑到伯克夏天的气温。凯特把这件拿出来，仔细地看了看，摸了摸它的质地，紧紧抱在怀里。就在这时，年轻牧师走出教堂，走进圣器室，手里提着今天做弥撒穿的那件绿十字褡，不像凯特怀抱那件白法衣那样，充满亲密的感情。

他吃了一惊，但还是和颜悦色地问道："我能帮你什么忙吗？夫人。"

凯特向他走过去。"是的，"她说，"这几件白法衣……"

"这套法衣分量可不轻，"他说，还是那样和颜悦色，甚至想开开玩笑，"大概有八十年的历史了。"

她用尽全身力气猛地朝他的肚子上打了两拳，抱着那套法衣扭头就跑。教堂墓地里回荡着已经去世的詹森教派[①]牧师们悲怆的叹息。大街上空无一人，只有花椒树轻轻摇曳。所有那些虔诚的教徒都已经消失得无影无踪。

她不想向嘎斯解释，车里怎么会放一件做弥撒用的法衣。法衣"坐"在她旁边的前排座上，她开车的时候，可以用一只手抚摸它，心里感到一种满足。后来，她碰到一条灌溉用的运河，这条运河离嘎斯的农庄还挺远。她把白色法衣放到水里，看着法衣像一个庄严的活物向远方漂去。

"就这样远远地去吧。"她站在运河岸边，站在曾经是茫茫大海的海底，十分友爱地说，好像是鼓励和安慰。人们从课堂上学到：英国人查理·斯图尔特发现，大约两亿年前，这里

①詹森教派（Jansenist）：信仰詹森主义的教派。詹森主义是十七世纪天主教詹森教派的神学主张，认为人性由于原罪而败坏，人若没有上帝恩宠，便为肉欲所摆布而不能行善避恶。

是一片汪洋，但是后来，奔涌的大海渐渐干涸，海滩闪烁着刺目的白光。

她看了看自己那双揍了“救世主”的手。她不知道自己为什么要打那个善良、快活、可怜的年轻人。

她回到卡车上，穿过桉树林里蜘蛛网似的小路，回到“士兵定居地”那幢破破烂烂的房子，走进去坐在火炉旁边，接受嘎斯心平气和的盘问。

在这个静悄悄的下午，他们心满意足地坐在一起。她为自己上午完成的使命而快乐，他则对她、对正在擦拭着的步枪充满敬意。嘎斯打开收音机。

收音机里正播新闻：

“众所周知的赌马好手，‘不怎么受人尊敬’的富兰克·欧布雷恩今天凌晨在悉尼俄明敦酒店被捕。”

凯特情不自禁地喊了一声，不过嘎斯没有注意。她立刻镇定下来。她知道这家酒店，只有澳大利亚人开的酒店才会有如此美妙、令人惬意的名字。凯特还知道，这家酒店的主人是柯尼太太。

“同时被捕的还有欧布雷恩神父的同伙，费奥娜·柯尼太太。欧布雷恩神父和柯尼太太被指控犯有逃税、非法赌博、违反联邦电信法等罪行。欧布雷恩神父和柯尼太太在悉尼至少合伙经营着十家酒店，虽然这些酒店都是以柯尼太太一个人的名义登记注册的。柯尼太太是著名的东悉尼市政委员会委员迈克·柯尼的遗孀，他临终前曾为非法赌博案出庭作证。‘不怎么受人尊敬’的富兰克·欧布雷恩早在1988年11月即被悉尼教区大主教方加蒂阁下停职。那时候，欧布雷恩因在赌注登记中做了手脚，而被有关部门指控。”

方加蒂一定非常满意——他赶在警察之前先处置了富兰克舅舅。尽管已经毫无意义，方加蒂阁下这种摆出一副正人君子的架势，采取“先发制人”的手段，还是让凯特怒火中烧。

嘎斯自然也听到了这条新闻的每一个细节，但对他来说只不过听听而已，并没有什么意义。奇夫利蹲在桉树下面静静地听着，直勾勾地望着门廊。

“听见了吗？”凯特相信奇夫利正对她平静地说，“这就是语言天赋。要把握住这个混蛋！”

“非常感谢。”凯特说。

至少收音机太古板、太拘谨，没有说出凯特完全可以想象出来的情节：富兰克舅舅和柯尼太太都半裸着被警察从同一张床上拖起。他们俩都说不上潇洒、漂亮。富兰克舅舅肥胖稀松，柯尼太太瘦骨嶙峋，两个人都蓬头垢面。凯特记得，好像是科金斯基家的一位朋友说过，富兰克舅舅倘若不信守诺言，一定可以找一个比费奥娜·柯尼太太更漂亮的女人。

现在我该怎么办？她心里想。然而，不管怎么说，她都帮不了什么忙。“不怎么受人尊敬”的富兰克不会接受她的恩惠。

她想起那个吓坏了的年轻消防队员塞给她的那瓶酒。

“我冲了进去，但是只找到这瓶酒。别的东西什么也没救出来。真抱歉。真抱歉。”

即使进了监狱，富兰克舅舅还是富兰克舅舅。他知道那瓶酒在哪儿。最糟他会把它放在俄明敦柯尼太太的橱柜里，或者在他家哪个橱柜里。现在不应该问他这事儿，他的负担已经够重的了。

她还想，要不要给他写封信？虽然她知道富兰克舅舅并不需要她的帮助，他可以找到最好的律师。他有十个酒店，足以支付这笔开销。而且，即使真的支付不起，还有忠心耿耿的姐夫吉姆·盖弗尼和他的莫逆之交、殡葬业者欧图勒先生。

午睡，对于嘎斯来说是少有的享受。这是凯特偷了白法衣那天的下午，她还想不出能为富兰克舅舅做点儿什么。吉姆·盖弗尼大概正在什么地方和他商量保释出狱和找律师的事儿。嘎斯一个劲儿地打盹，懒洋洋地搂着凯特。

“过这种日子，男人都变懒了。”

他们半睡半醒，突然听见一阵汽车的马达声，两个人用胳膊肘子撑着，爬起来，向窗外望去。不一会儿就看见有两辆汽车疾驰而来。

第一辆汽车在大门旁边停下，是嘎斯嫂子那辆红色轻型小货车。因为车上总是落着一层尘土，那红色早已失去光泽。

嘎斯的嫂子跳下汽车，打开院门。这时，嘎斯已经走到窗前。让他们疑惑不解的是，嘎斯的嫂子打开院门之后，转了一个圈儿，把车停在门外，车尾对着他们那幢房子，为一直跟在后面的那辆黑色轿车腾出一条路来。

凯特直勾勾地望着窗外那辆牧师们常坐的黑色轿车。

“富兰克舅舅？”她问，“是富兰克舅舅？”

她好像仍在梦中。嘎斯全然没有注意她神情的变化。就像过去的丛林人一样，他连袜子也没穿就套上靴子。“士兵居住地”的开拓者们，除了在佛兰德斯[1]的战壕和结婚那天，从来就没有穿过短袜。

“来了个什么人？”嘎斯问道。

凯特也光着脚穿上她的雨靴。她本来应该洗把脸，虽然这和客人来访的礼节没有什么关系。对于一个农场的主妇——如果这就是凯特目前的身份——客人们还能指望什么呢？凯特主要是觉得从门前贮水池里流出来的冷水使她浮想联翩，那件白色的法衣使她对水产生了一种特殊的敏感和喜悦。

她听见那位客人的汽车一直开到台阶旁边，她和嘎斯对视了一眼，都出去迎接客人。等他们走到门廊，伯恩赛德已经走出汽车，打量着环绕在台阶周围齐膝高的澳洲本土的植物。他穿着笔挺的裤子，漂亮的风衣，不再是在木亚木巴得救之后，穿着慈善机构发放的衣服时那副寒酸相。凯特走出门廊，伯恩赛德直勾勾地望着她。

“哦，你们二位难道不应当给警察局打个电话，告诉他们你们平安无事？他们很想跟你们谈谈那个傻大个儿的事儿。他到底出了……”

那个大个子，最大的那个，詹莱。

嘎斯的嫂子站在大门外面的汽车旁边，手里拿着什么东西，朝嘎斯摇晃着。那是一个信封。伯恩赛德是这个信封的主人。

“一万五千元现金，嘎斯。还有五万元支票。我收了这笔

①佛兰德斯（Flanders）：欧洲西部一地区，濒北海，包括比利时、法国和荷兰的部分领土。

钱，伯恩赛德先生就可以和你的朋友见上一面，谈谈话，还有些法律文书。依我看，这交易很公平。”

嘎斯又气又羞，满脸通红。虽然离得挺远，他的嫂子也一定感觉到了他的羞愧。她似乎嘟哝了几句什么，把信封扔到车里。

“我先走了。”

她钻进汽车，向家里开去，车轮扬起淡红色的尘土。

门廊下面放着一张临时搭起的桌子和两把椅子。嘎斯和凯特经常坐在那儿喝茶。伯恩赛德慢慢把目光移到这几件极其简单的家具上面。

“我能进去吗？”他问，似乎非常疲倦。

“不能，你绝对不能！”嘎斯说。

伯恩赛德又回到他的汽车跟前，打开一个车门。座位上放着一个公文包。他从里面拿出一个牛皮纸信封。这个信封和他在铁路酒店交给凯特的那个信封一模一样。凯特看了怒火中烧。她仿佛看见那熊熊燃烧的火焰，映照着门廊下面站着的魔鬼撒旦。她说：“我现在不签，现在我不签！”

他全然没有意识到，他面对的是一个活生生的人。而在木亚木巴，他要战胜的只是一种惰性。

“如果你上次按我的意思当时就签了这些文件，也用不着我再跑到这儿找你了。”

“请你离开这儿，我不签。”

“这么说，你只在木亚木巴签，”伯恩赛德几乎是伤心地说，那是一种恶棍受了委屈的真正的伤心，“因为你知道洪水会把我冲跑，你真恶毒啊，我可受不了被你这样的人捉弄。”

“听着，你在‘维斯特拉’号的时候，就让我恶心，伯恩赛德先生。滚吧！我要走了。”

“看起来，你的品味也算不上高雅。你真像黎巴嫩的处女，装得一本正经。不过，话说回来，我们没必要相互攻击。还是说正经事儿吧。如果你顺顺当当签了这些文件，老科金斯基先生愿意在原本说好的 200 万澳元的基础上再增加 30 万。”

凯特听见嘎斯打了一声口哨，或者至少是情不自禁地倒吸了一口凉气。

“不！别做梦！”

如果不是愤怒已极，她不会“一言以蔽之”，她总能说出些更俏皮的话来。比如：想除掉我？他们还没印出大得可以写下那么多位数字的支票。但是，她太生气了，一句幽默的话也说不出来。

伯恩赛德开始求助于嘎斯：“这个人简直不可理喻。你觉得她还明白事理吗？”

“这事儿由不得我说。可是，这样一笔巨款，背后一定有一笔肮脏的交易。”

“是肮脏的交易，”凯特又激动起来，“他就是这笔肮脏交易的主谋。”

嘎斯歪着脑袋，头发闪闪发光。他说：“我不知道是谁邀请你来我的农场的，我得先问问我嫂子这事儿。”

奇夫利跑到它的朋友嘎斯身边。出于从小就养成的习惯，满怀食草动物的好奇心。伯恩赛德一边走上台阶，一边打开信封，取出里面的文件递给嘎斯。

“你读读这些文件，这里面还有你的一笔钱。她在木亚木巴本来已经签了和这些材料完全相同的文件。哦，木亚木巴，那个鬼地方。”

嘎斯向前走了几步去接那几份文件，没有一点儿防备。凯特本想提醒嘎斯伯恩赛德的阴险狡诈，但是还没来得及，伯恩赛德已经“先下手为强”。他把那几份文件扔到门廊。这天，风和日丽，文件不会被吹到什么地方。他猛地掐住嘎斯的脖子，使劲儿往下按，同时抬起膝盖，用力撞向他的脑袋。

全能的嘎斯曾经在大洪水的袭击之下救出凯特、奇夫利和孟席斯，现在却倒在地板上，动弹不得。伯恩赛德大打出手，用膝盖使劲儿顶凯特的肚子，凯特大张着嘴连气都喘不过来。

“别把一个女人弄得青一块紫一块，”她听见伯恩赛德狞笑着说，“在软组织上做文章，我早就想干点什么了。”她已站立不稳，在嘎斯身边坐下。她听见自己大口大口地喘气。两条大腿之间有一片棕黄色的污渍，散发出一股无可奈何的愤怒的臭气。

伯恩赛德收起那些文件。凯特喘着气说：“我宁愿死，也不……”

她这样大口大口喘气的时候，对嘎斯嫂子的天真感到十分好笑。居然有这样的女人，相信有天上掉下馅饼的好事，相信从流氓恶棍手里接过来的钱会是干净的。如果她不相信天下有这等好事，就一定会待在这儿，等着瞧瞧门廊下面会发生什么事情。对于伯恩赛德这种恶人，永远不该掉以轻心。

他抓着凯特的颈背毫不费力地把她拎起来，这个动作倒使凯特喘过气来。

“科金斯基太太，你可真了不起！难怪真正的科金斯基们，特别是老先生和老太太都瞧不起你。你想让这个该死的丛林人操出几个孩子？我真想把他给阉了。亲爱的，听着！老老实实签了保罗·科金斯基送来的这些文件！你们就可以平平安安过好日子，你可以由着性子去放荡。”

嘎斯挣扎着往上爬，伯恩赛德紧紧抓着凯特，朝嘎斯的脑袋踢了一脚。嘎斯是不是一直穿着在墨齐森铁路酒店穿的那双底子包了金属的皮鞋？嘎斯怎样才能躲过这能置人了死地的踢打？

嘎斯被科金斯基的保镖踢打着，两条胳膊软绵绵地垂下来，丝毫没有招架之力。凯特看见奇夫利在台阶大约十步远的地方，目睹了这一幕。孟席斯以禽鸟的超然与冷漠，在矮树丛旁边踱来踱去；奇夫利看见但误解了这一切。它和嘎斯的嫂子一样，只有食草动物的天真。凯特心里想：你劝说我们接受语言天赋，现在拥有这天赋的伯恩赛德正往死里打我们。

伯恩赛德说：“我要把你的朋友打残，科金斯基先生替我请的律师将在法庭为我辩护，告诉他们我是正当防卫。他们甚至可以说，当时他正在打你。而你是个神经病，你的行为已经剥夺了你作为证人的资格，这样的案子我以前办过无数个。”

他坐在嘎斯的椅子上，手里摆弄着那几张纸，仿佛陷入了沉思。

“对于我，这是轻车熟路。对于你，这却闻所未闻。”

他看着凯特从地上爬起来，一屁股坐在椅子上。为了找到她，他也是费了九牛二虎之力。还有那些紧跟在他后头，为他通风报信的人。她有办法帮助嘎斯，虽然对富兰克舅舅爱莫能助。她有那些文件，毫无疑问，伯恩赛德手头还会有支笔。

“我不是为钱才签这些文件。什么都不为。”

他掏出笔，把那几张纸推到她面前。

“最上面那份文件是说，你已经接受了额外增加的 30 万澳元预付款。这笔钱，科金斯基授权我开一张支票给你。至于兑不兑现金随你的便。但我不想因为改动这些文件而再遇到法律上的问题。”

她甚至连那份协议书也马上签了。然后开始签剩下的那一大堆法律文书。她发现这次好像有更多的公司。并不是因为她上次没有特别留意，遗漏了什么。有的公司她倒是有点印象，在木亚木巴签字的时候看见过。可是有几家，自从保罗·科金斯基向她求爱，她也没有注意过。什么维斯特拉旅游业集团有限公司、亚麻织品服务公司、克拉科夫证券有限公司、西澳大利亚科金斯基住宅开发公司、科金斯基矿业有限公司、加利福尼亚科金斯基购物中心。

这些文件经凯特签字生效后，律师很快就会再拟出一份财产受益人的指定文书。那些文书将使保罗·科金斯基的新欢帕迪塔·克林科维奇接过凯特在遥远的伯克城外一座门廊下面放弃的财产和权利。也许那些文件早已准备停当，并且已经签过字。但是只有凯特签字之后才能生效。

她签字的时候，伯恩赛德摆出一副哲学家的派头，意味深长地说：“瞧那家伙，”他笑了起来，“那只该死的袋鼠。澳大利亚的象征。小脑袋，大蛋，肌肉都跑到屁股上了。小时候待在一片漆黑的袋子里吃奶。前进，美丽的澳大利亚。”

他站起来，大摇大摆地走下台阶。那是橄榄球运动员趾高气扬、蹦蹦跳跳的步态。在建筑工地，人们都怕他这副样子。

在奇夫利看来，这个摇摇晃晃、蹦蹦跳跳走过来的家伙一定是个拳击运动员。正如嘎斯所说，自从乔治王朝[1]的拳击运动和伦敦东区那些男女流放犯一起“输入”澳洲这块古老的土地，两百多年以来，袋鼠因其酷似拳击家的姿势，便蒙受了不白之冤。第一个欧洲人登上海岸的时候，心里纳闷，欧洲人是不是能在这里生存下去？基督的鲜血是不是也浸染过这块土地？第二个欧洲人是个爱开玩笑的家伙，他上岸之后，看见这种古怪的有袋动物，惊讶得目瞪口呆，半晌才说：“伙计，想打一架吗？”

这种古老的、蠢笨的传统为伯恩赛德事业上最大的成功奠定了基础。现在，他又想旧调重弹。他不想打奇夫利前面那两只纤细的爪子，他想打它个耳光。可怜的奇夫利，它和伯恩赛德都知道的事情——这是一个冷酷、粗暴的国家。

凯特颇有先见之明，她已经清楚地意识到，现在，奇夫利将为自己曾经劝说凯特接纳“语言天赋”而“付出代价”。嘎斯本来想警告伯恩赛德——即使这个杂种刚刚踢断他的鼻梁骨。但是嘎斯脸色灰白，连话也说不出来。伯恩赛德依照一条“古训”办事：让任何一个可能提出警告的人闭上嘴巴。

起初，奇夫利不知所措，拖着粗壮的尾巴直往后退。它只有两条路，要么逃之夭夭，要么奋起反击。伯恩赛德认为，他现在所要做的只是神情严厉地向前、向前。他就是靠这样一种精神，为自己开创了一番事业。老科金斯基先生和保罗将会为他打得嘎斯皮开肉绽，逼得凯特乖乖签字，还和袋鼠来了一场“拳击比赛”而付给他二十五万，甚至五十万。

---

①乔治王朝（Georgian)：指乔治一世至四世（1714—1830) 这一历史时期。

奇夫利拖着尾巴又往后退了几步。抬起两条看起来全然无用的粗壮的后腿，紧张地颤抖着，似乎随时都会一甩尾巴，逃得无影无踪。奇夫利平常那副蹦蹦跳跳的样子只能使人想到它会一逃了之。在凯特的梦中，它从来没有以“拳击家”的面目出现过。奔跑几乎是它的本能，它随时都可能飞奔而去，那时候，就连伯恩赛德也只能靠子弹才可以追上它。

“你真是和动物学开了一个天大的玩笑。”伯恩赛德说。他朝奇夫利身上乱捅，耳朵，肩膀，胸。

伯恩赛德朝奇夫利两眼中间和鼻子上面狠狠地打了一拳。就像凯特在墨齐森铁路酒店第一个星期看的那本百科全书描绘的那样，袋鼠以粗壮的尾巴为支撑点，以迅雷不及掩耳之势，弹起两条肌肉和筋腱十分发达的后腿，朝伯恩赛德的肚子和骨盆猛地踢去。伯恩赛德朝前弯着腰，晃了两下跌倒在地上。

奇夫利掉头就跑。它感觉到这次真的出事了，尽管以前不曾有类似的经验。它从脖子硬挺的孟席斯身边飞奔而过，后面的两个爪子在赭黄色的土地上留下暗红的血迹。

凯特走下台阶，弯腰看了看伯恩赛德。奇夫利把伯恩赛德裤子前面撕开一个很大的口子，抓破了他的肚子。

伯恩赛德用微弱的、恭敬的声音说：“科金斯基太太，我的骨盆完了。”

他受了重伤，危难之际，凯特在他的心目中，又成了科金斯基家的一员。

“哦，天哪！”他无可奈何地承认，“我真的干了一件蠢事，帮忙找个医生好吗？”

然而，茫茫荒野，无医无药。他大口大口地喘着气，不再请求什么，似乎马上就要昏迷过去。她回到门廊下面，在嘎斯身边跪下。嘎斯神志还不清醒，但脸色好了一点。他很快就会均匀地、半睁着眼睛打起鼾来。她得赶快给他拿来一条凉毛巾。她从桌子上面拿起那些刚刚签过名的文件，撕得粉碎。在这个万籁俱寂的偏远农庄，纸片呈直线落到她的脚边。每一年都会有那么一段时间，风的浪涛掠过这远古的大海。今天却没有一丝风，只有凝固的、平静的大海。

老科金斯基那张支票消失在一堆纸屑里。

她给嘎斯拿来一条冰凉的湿毛巾。

嘎斯终于被弄醒之后，第一句话就是要去找他的嫂子问个究竟。他好长时间没有想起伯恩赛德，没有想到那个五大三粗的家伙怎么不见了？后来，他挣扎着爬起来，看见伯恩赛德平躺在这个宁静的、光线渐渐变暗的下午，而且肠开肚破，他一下子没了主意，那副惊慌失措的样子，凯特从来没有见过。

“天哪！奇夫利打他了！”

“是的，”凯特说，想尽量冷静一点，“他说，他的骨盆碎了。他想办的事儿都办了。打坏了你的鼻子，逼我签了那些文件。可是，千不该万不该，他不该打奇夫利。这回他可失算了。”

嘎斯哭了起来，鼻孔中冒着血泡。看见他这副哭哭啼啼的样子，凯特越发觉得不可思议。

“奇夫利呢？”

“跑了。”

“它会回来的。除了回家，它不知道还有什么更好的去处。”

他们一起走下台阶，查看伯恩赛德的伤势。他脸色苍白，凯特对他非常轻蔑。

“他需要医生，他以为他在哪儿？敢打袋鼠，还想找医生！《医疗补助法》第一百二十三条就有被袋鼠袭击后给予医疗补助的规定，可惜他在这儿可享受不上……”

嘎斯又觉得一阵头晕目眩。他对她说，眼前直冒金星，连她说话的声音也听不清楚。

“我那个该死的嫂子。”他不停地说。

“她那张支票作废了。事儿没办成，科金斯基父子从来不白送人钱。”

“是呀，”嘎斯说，“我们不能在这儿坐以待毙。”

嘎斯一下子把这件事情的严重性说得清清楚楚，凯特不由得也哭了起来。

“你得开车进趟城。”

“什么？去请医生？”

“能请的人都请来。”

如此说来，伯恩赛德虽然骨盆受损，让人前呼后拥的“感召力”却没有稍减。

“开到城里，凯特。如果需要，你就开着车继续往前走，权当这辆车是我借给你的。我自个儿可是‘借车老手’，你说对吗？这件事情解决之前，你不必回来。”

“不，”她对他说，“不，我要跟你在一起。”

这是一个她愿意与之发生联系的家庭。詹莱的影子，嘎斯和鸸鹋、袋鼠，这就是她所钟爱的一个家庭。

“好吧。”嘎斯对她说，高兴得满脸通红。“不过你应当看到，这只是暂时现象。我们这儿的事儿都这样。”

他们又争论了一会儿，凯特生怕超越了她应该做的界限。可是伯恩赛德的伤总得医治。至少要打几针，以防得了破伤风。要是他真的死了，问题就更复杂了。

凯特几乎是目光炯炯地钻进驾驶室，转了一个圈儿，驶向大门。这时，她看见嘎斯手里拿着那支一直擦了又擦的步枪，出现在门廊。有一刹，她惊恐地想，他一定想给已经不省人事的伯恩赛德再补一颗子弹。后来，她看见嘎斯在门廊下面的桌子旁边坐下，步枪放在膝盖上面，一副守株待兔的样子。她立刻停下汽车，因为看起来不能这样就走，干脆熄了火，从汽车里面跳出来，踏着那一溜台阶，走进门廊。

“警察需要它，”嘎斯说，“为了打官司，他们需要它，你知道吗？这场该死的比赛。它又要像耍猴似地被人家展览。我一直努力避免它在大庭广众之下‘抛头露面’。我把它卖给万加游乐场那个家伙已经是莫大的耻辱，已经是无可挽回的失误。现在，你能想象会发生什么事情吗？‘杀人的袋鼠’！所有的电视新闻都要播来播去。而且……它将为警察所有，他们最终会把它打死。毫不留情。‘警察开枪杀死袋鼠！’多好的新闻素材。”

泪水填满了凯特的眼眶。她含糊不清地说：“求求你，求求你！它是我唯一的快乐。”

“谢谢你，太谢谢你了，”嘎斯说，然后更温和、更宽厚地说，“我明白，我明白。”

她在他的面前跪下，抓住他的两只手腕。

“如果你打死它，我就完了。”

“不，话不能这样说。”

“是这样的。如果那样，我就完了。跟我的孩子在一起……”

“孩子？凯特，”他以一种猎人的温柔问道，“我不知道孩子的事儿……”

第二十二章

为了用一种间接的方法营救奇夫利，让嘎斯认识到她无法再承受失去亲友的痛苦，从而改变打死奇夫利的主意，凯特横下一条心，给他讲了伯纳德和西奥布罕的故事。她心里很乱，一方面害怕这样做隐藏着某种危险，另一方面又感到“一吐为快”的轻松。如我们所知，她费尽心机想改变自己，想变成那种肥胖稀松、头不梳脸不洗的邋遢女人，甚至不知道世上还有沐浴着傍晚的阳光，小脚趾头黏着金黄色的细沙，头发滴着珍珠般的海水的幸福欢乐的孩子，她曾经精心喂养这两个孩子。他们爱吃甜食，但她只给他们吃蜂蜜和蜜桃，像墨齐森铁路酒店那种破坏了蛋白质的油炸食品，她从来不屑一顾。孩子们这种童年养成的习惯，将陪伴他们终生，使他们永远健康、快乐。

她是这样的孩子的母亲吗？除了和詹莱提到孩子的事情，她对自己是否有过这样可爱的儿女一直将信将疑。现在，为了奇夫利，她开始重新回忆，并且承认那一切的一切。

那天晚上，父亲吉姆·盖弗尼告诉她这个不幸的消息时，离家还有半个小时的路程。在这一段时间内，她有两三次大声嚷嚷着，不肯相信会发生这样的事情。吉姆·盖弗尼只好拿出平常凯特·盖弗尼太太发脾气时自己使用的招数——怀着一种温柔的绝望，说：“你认为我能对你说谎吗？你认为我能拿这种事开玩笑吗？看在上帝的份上，凯特，你要做好思想准备。”

那条一边是悬崖的狭窄的大街上，挤满了汽车，不停地闪着红的、黄的、蓝的光，那是鲜血、怜悯和悲伤的象征。只有和前门相连的小桥靠马路这边的石桩还可怜兮兮地伫立着。花园的砂岩围墙已经坍塌，上面似乎覆盖着一层带油性的尘土，房子已是一片废墟。倒塌的车库被烟火烧得一片焦黑，她那辆不肯发动的汽车只剩一个破铁架子。保罗站在路边烧焦的橡胶树和夹竹桃中间，叫喊着：

“为什么没送他们去舞蹈班？”

救护车上的人们抱住保罗，不让他扑到凯特面前，就好像都知道这两个人正面临一场婚姻危机一样。吉姆·盖弗尼的一条胳膊紧紧搂着凯特，一句话也说不出来。保罗的问题听起来非常有理：“为什么不去舞蹈班？那样的话，他们就是得了肺炎也还有救，总比让火烧死强！”

左边离她不远，小保姆丹尼斯的妈妈正跪在地上呼喊：“不！不！”丹尼斯的父亲，一个警察，想把她从地上抱起来。想到丹尼斯和孩子们现在一定还在那儿，藏在或者被人藏在哪个角落。凯特心里充满了恐惧，这一场灾难使她悲痛欲绝，而更让她苦不堪言的是那种沉重的负罪感。任何一个母亲都会像保罗·科金斯基那样说，应该送孩子们去舞蹈班，而不是让他们葬身火海。

救护车上的人们抬着三副担架，冒着摔倒的危险，爬上花园一角的山坡。他们不想从众人面前走过，虽然那儿的路好走。凯特听见她从心底发出一阵哀号。她想冲过去，但是被吉姆·盖弗尼和警察们紧紧抱住。

“你为什么不和他们在一起？”保罗·科金斯基一遍又一遍地咆哮，而且他的咆哮听起来合情合理。什么样的母亲才会在舞蹈班快要结束的时候，丢下孩子不管呢？在这个可怕的夜晚，别的亲戚朋友陆续来到出事现场。保罗·科金斯基的父亲和母亲——老科金斯基夫妇面色苍白，泪流满面。保罗因为悲伤过度，本来不想再大吵大闹，看见老爹老娘，又来了劲儿，一遍又一遍地重复着那些问题。

“他们为什么没去舞蹈班？你的车还在。你上哪儿去了？你为什么不在家？”

吉姆·盖弗尼紧紧抱着女儿，有时候用手捂住她的耳朵。他无法保护可怜的凯特，只能捂住她的耳朵，让她尽量少听几句人们“正义”的质问。

“上帝呀——”她喃喃着，接受了所有的责难，但是，保罗的喊叫让她发疯。

富兰克舅舅和她的母亲坐同一辆车来到帕尔默海滩。他们从车里爬出来，跌跌撞撞跑到吉姆和凯特身边。看见那个烧焦了的黑洞，富兰克舅舅跪在地上。出于习惯，他朝那一片废墟做免罪祷告。不管怎么说，那两个可爱的小天使，已经被命运之神召走。他站起身，一只手放在凯特的肩膀上。他想赶快让保罗·科金斯基住嘴。

“为什么没人给这个家伙打一针呢？”凯特听见他问吉姆·盖弗尼。

“你上哪儿去了？”保罗还在咆哮。

在救护车灯的照耀之下，他满是泪水的脸闪着红光。富兰克舅舅忍无可忍，向科金斯基一家人走去。科金斯基太太看见他走过来，无声地抽泣着，把头转了过去。不管这天夜里发生了多么可怕的事情，老太太还是不忘她和富兰克舅舅的“宿仇”。

保罗冲富兰克舅舅喊：“她应当和他们待在这儿！”

富兰克舅舅挽着他的手，望着他的一双眼睛。

“听我说。听我说，我的好人儿。难道你情愿像失掉两个孩子一样，失掉你的妻子吗？你也该替她想想。看在上帝的份上，替她想想！”

但是保罗对富兰克舅舅的安慰充耳不闻。

“她的车还在这儿！为什么她出去了，车却在这儿？”一位阿瓦隆[①]年轻医生来了。他给两个孩子检查过身体、看过病，并且建议送伯纳德到那个诊所矫正动作，从而使小伯纳德成了“抓球好手”。他压低嗓门儿和吉姆、凯特·盖弗尼这一对老夫妇说服用镇静剂的事儿。他自己看起来也垂头丧气，神经近乎错乱。凯特心里想，他家里也一定出了什么大事儿，大概是埃及人念了咒语，所有长子、长女都死了。她只顾想自己的不

①阿瓦隆（Avalon）：凯尔特族传说中的西方乐土岛，据说亚瑟王及其部下死后尸体被移往该岛。

幸，不知道别人家里都出了些什么事情。

她看见急救中心的医生把一杯热茶送到保罗唇边，保罗摇着头，不肯碰那杯子。他继续叫喊着，不想偃旗息鼓。

“你为什么不和你的孩子们在一起？”

富兰克舅舅做了最后一次努力。

“看在上帝的份儿上，想一想你妻子此刻的心情吧！”保罗根本听不进去。急救中心的人还抱着他，不让他向凯特扑过去。老科金斯基夫妇看见富兰克舅舅就立刻把头转过去。富兰克舅舅只好再回到凯特身边。看见他回来，凯特心里很高兴。她希望他有一道符咒，替她解开眼下的迷魂阵。

一个年轻的消防队员被烟火熏黑了脸。他把一样东西递给凯特，是一瓶伏特加。

“我好不容易把手伸进门里。”他说。

他浑身颤抖。他自己就需要急救中心的帮助。

“我只能抢出这玩意儿，别的东西都完了。对不起，真对不起。”

他把酒塞到她的手里，酒瓶子热乎乎的。那是她的家，她和孩子们亲密相处的岁月唯一残留的东西。吉姆·盖弗尼要拿走那瓶酒，但她紧紧抱着不放。

富兰克舅舅喃喃地说：“我们应该送她回家。科金斯基一家人都不可理喻。当然，他们可以找到一千条理由，就像我们自己一样，借口有的是。”

泪水潸潸流下，那是无可奈何的泪水。这是否意味着富兰克舅舅也已经毫无办法了？

大伙儿搀着她，向吉姆那辆汽车走去。

她想："谁来照顾我的孩子？"

一个身穿便装的警察在另外两个穿制服的警察的陪伴下，小心翼翼地走到他们和吉姆那辆"捷豹"中间说，他不知道说什么才好。他对她深表同情，等她感觉好一点的时候，他想跟她谈一谈。

然而，只要个可怕的夜晚不从记忆里消失，就不会有"感觉好一点"的时候。

她的母亲凯特·盖弗尼在后排坐下。就像领着孩子上哪儿去的母亲，自己走在前面，让大家放心大胆地跟上。但是凯特停了下来，因为默里站在那儿，站在那一道峭壁之下。这道峭壁对于凯特已成废墟的房子，曾经是极好的屏障。他一直站在山龙眼、茶树和棕榈树中间，现在从那绿树丛中走了出来，默默地张开双臂。默里这样一个因循守旧的人，众目睽睽之下做出如此举动，实在出人意料。她扑到他怀里，嗓子里咯咯地响着。她一直默不作声，生怕那已经漂流而去的叫骂声和怒吼，再回过头来将她紧紧缠绕。默里的出现和富兰克舅舅的眼泪一样，使她意识到，什么都改变不了这个夜晚的性质。

她感觉到，父母和富兰克舅舅正在她旁边不安地踱来踱去。她不是投入声嘶力竭尖叫着的保罗的怀抱，而是投入另外一个男人的怀抱，这件事情本身就给她的仇人留下了把柄。然而，在凯特看来，和她巨大的损失和痛苦相比，什么"把柄"都已不足挂齿。她在默里的怀抱里，哽咽着，咳嗽着，真想大喊一声："让他们都见鬼去吧！"

毋庸讳言，科金斯基一家人一定会抓住这件事大做文章——她刚才一直没哭，现在却投入某位邻居的怀抱。富兰克舅舅走过去，拍了拍默里的肩膀。

“听我说，年轻人。最好让她现在先走吧。”

他又像从前那样，精明干练，显出足够的能力，让六神无主的人听从他的安排。

大伙七手八脚把凯特弄上车，吉姆尽可能快地发动引擎。刚才还是红灯、蓝灯、黄灯不停闪烁的大街，现在已是漆黑一片。但是保罗·科金斯基的叫喊声还在耳边回荡：“你为什么不在那儿？”

汽车里有的人呻吟，有的人啜泣，分散了她的注意力。然而唉声叹气也好，啜泣哀号也罢，都无法排遣她郁积太深的痛苦。她十分害怕地发现，痛苦的哀号下面是无底的深渊。她成了丧亲失友、一无所有的化身。而在这根悲哀的耻辱柱上，又分明涂抹着应受责备和惩处的色彩。保罗·科金斯基——她的丈夫、克林科维奇太太的情人——当然有充足的理由责备她。谁都不会怀疑，他应该娶一个更周到、更谨慎的女人为妻。

他说，她应该在那儿，是完全正确的。

那位态度和蔼、曾经在吉姆的汽车前头拦住她表示慰问的长官，终于从凯特那儿取得了证词。那是在双水湾她父母亲那套阳台宽大的公寓，这套房子正对着永远都让她、让所有人都感兴趣的悉尼港。1788 年 1 月，菲利浦船长乘坐一条长艇驶入这个港口。她惊喜地叫喊，这个美丽的港湾，能容纳一千条大船。她小时候就在课堂上听老师讲过，那座活像一个巨大衣架的大桥，是世界上跨度最大的铁桥。

海港里，条条渡船绕过丹尼斯城堡，驶向悉尼歌剧院和码头。从盖弗尼家宽大的玻璃窗望去，美丽的景色尽收眼底。歌剧院巨大的陶瓷白帆闪闪发光，和盖弗尼家的玻璃窗交相辉映。所有这一切都是吉姆·盖弗尼靠自己的聪明才智、谦和有礼为这个家庭赚来的。

然而，对于已经完全麻木的凯特·盖弗尼－科金斯基，风景再美也毫无意义。她只是坐在那儿喝白兰地。母亲极力分散她的注意力，却收效甚微。

冰川开凿而成的这个巨大的洞穴——海港的洞穴，排干了海水，填满了时光的泥沙。但是这洞穴不肯容纳她的痛苦，或许这只是一种物理现象，它不会容纳她的泥沙。

负责调查纵火案的长官向盖弗尼一家介绍了调查结果。这场大火是由于电源短路，产生电弧引起的。大火很快就吞没了房子前面风吹日晒早已干透了的红杉木门窗、隔板，然后窜上阳台，烧毁了绝缘材料，这些绝缘材料释放出大量有毒气体。所以，两个孩子和丹尼斯死的时候实际上没有什么痛苦，他们是窒息而死。他极力让他们相信，他并不是无根据地瞎说，验尸官的报告将充分证明这一点。

狂想之中，凯特仿佛看见那些男女法医为了取得证据，撬开孩子们的嘴巴，刚想问“你们的母亲在哪儿？”就被毒气麻醉过去。

那位长官进一步解释说，事情发生时，伯纳德正在睡觉，因为是在卧室里发现他的尸体的。丹尼斯和西奥布罕在一起。他说话的口气暗示，她们是在友好和仁慈的安睡中离开这个世界的，凯特的父母听了感到一点点安慰。

在“士兵居住地”，嘎斯那幢破烂房屋的门廊下面，凯特为了拯救奇夫利，强忍心中的悲痛，讲完她痛失儿女的悲惨经历。这当儿，伯恩赛德一会儿说胡话，一会儿发命令。但是嘎斯和凯特明白，他还能熬一阵子。她如履薄冰、小心翼翼地走着，似乎随时都可能一脚踏空，跌进万丈深渊。嘎斯看起来也意识到这种危险。打坏了的鼻子下面，嘴唇紧紧绷着。

听到最后，他用了一个人们用烂了的字眼儿：事故。凯特明白，他正苦思冥想，想说点什么，尽管他的脸被伯恩赛德的膝盖顶得皮开肉绽。但他只能说些朴实无华的话：“哦，天哪！亲爱的！”此刻，满脸伤痕，他自然最多也只能说一句：“事故”。

伯恩赛德躺在那儿，黑乎乎的一堆。他的抱怨已经含混不清。嘎斯握枪的手渐渐松开，过一会儿，凯特就可以轻而易举地从他手里把枪拿走。他苦苦思索该说些什么表示哀悼的话，他这个人不会同时干两件事情，他想结果奇夫利的主意已经抛之脑后。

凯特为这个结果付出的代价是，她不无苦涩地发现，虽然经过极其艰苦的努力，其实，自己还是当年帕尔默海滩那个优秀的母亲，凯特·科金斯基仍然存在于世。那个像奥菲莉亚[①]一样，让人憎恨的、应该受到惩罚的女人，挥之不去，仍然在她的血液里流淌。要严格，她想，需要严格！她以为已经取得很大成绩的脱胎换骨的改造才刚刚开始。

嘎斯站在那儿，完全放弃了杀死奇夫利的打算。他说，他

①奥菲莉亚（Ophelia)：莎士比亚悲剧《哈姆雷特》中的女主角。

怕是要生病了。他摇摇晃晃走到屋里，而没有向那一丛丛茶树和滨藜走去。她可以趁机收拾一下残局。她打开他留在那儿的那支步枪的枪膛，取出里面的子弹，装进羊毛外套口袋里。

他不一会儿回来了，气色还好，只是半张着嘴。他说，他站立不稳，得赶快躺一会儿。她扶他上床，又给他盖了一条毯子。天已经晚了，凉意从大海升起，颇有点寒气袭人的味道。

他说："看在上帝的份儿上，你得赶快去警察局和急救中心。不能就这样让伯恩赛德在外面躺一夜。"

她口袋里装着那几颗子弹，望着他低垂着的脑袋，寻思，眼下，他已经派不上什么用场了。她去请医生，不只是为了伯恩赛德，还为了他。

葬礼之后，她和父母亲住在一起，在那精神濒于崩溃的一个星期，默里每天都给她打电话。那些日子，科金斯基家连一句话也没有捎来过。只有色彩鲜艳的酒和镇静剂陪伴着凯特。白兰地和镇静药使得她不再呜咽、哀号，但是无论进入梦乡，还是大睁着双眼，凯特眼前总是晃动着两个孩子的影子，耳边总是回响着科金斯基一家人在废墟旁、教堂里、墓地上的叫喊。在教堂里，她看见老科金斯基在公司两位经理的搀扶下，在座位上坐下。不知怎地，她竟生出一种责任感。儿子在那一堆瓦砾旁边大喊大叫，母亲在墓地又哭又闹，这一切当然无可非议。没有必要争论。她一直举着两只手。没有必要争论。母亲搂着她的腰，说："没有必要，亲爱的。"

因为老凯特·盖弗尼太太知道，她一这样举手，就要歇斯底里大发作。

这个星期，默里每天都非常有礼貌地打电话给凯特。但是凯特仍然等待着有人向她证实这一切确实已经发生。她常常想，也许大家都出于好意和科金斯基一家合谋哄她。他们希望她从此以后改邪归正，老老实实地参加澳大利亚波兰人的一切宗教活动，承认玛利亚·科金斯基太太的观点：波兰牧师比富兰克舅舅强百倍。一旦她明确表示，没有什么可能性，他们就会对她说："那么，好吧。你受了一场惊吓。走吧，去做个好妻子！"她当然要走，而且要去自杀，她有死的办法。

然而默里不停地给她来电话。他当然不可能和他们合谋。他像平常一样和她谈话，全然没有板球明星的风采。她感到惊讶，迷惑不解。

一般来说，默里总是跟人交往了一段时间之后，才给人家打纯属私人交往的非正式的电话。他在过了好长一段时间之后，才拨通他妻子的情人的电话。那时候，他虽然精神濒于崩溃，但仍能彬彬有礼，心想，他的这位朋友应该是一个不错的人，他的妻子当然还会回到自己身边。看到他年轻的妻子和她的情人宛若一对快乐的鸳鸯潜水、嬉戏，他也曾怒火中烧。现在，就是他，想知道她愿不愿意和他出去喝杯咖啡。

她的母亲说，应该去。这些日子，科金斯基一家连个屁也没放过，盖弗尼家打去电话也不回。甚至凯特亲自打去电话也没有反应。因此，不论凯特的名声受到多大的损害，都已经无法弥补。

他们坐在双水湾"四海酒家"，喝着维也纳咖啡。凯特的神志不怎么清醒。看着从南非和东欧来的难民，那些衣着漂亮，能言善辩、忙忙碌碌的家庭主妇，她懵懵懂懂，不知道是怎么回事情。那些人和生在澳大利亚、对世界局势喜欢发点儿议论的人大不一样。

默里噘着他当律师练出来的嘴巴，脸上挂着一丝微笑，说："凯特，你嘴唇上抹了点奶油，就像长了一撇胡子。"

为了远远地避开那个让人心碎的话题，她仿佛借了别人一张嘴巴，说："你妻子回来没有？"

默里脸涨得通红。"没有。她又有了一位新欢，据说好得如胶似漆。"

她看见他那张不同寻常的嘴巴——好像专门为了大谈钱、股票、价格、信托财产、支票现金而长的——又向前噘了噘。

"凯特，从去年起，我们——我和我的妻子为了度假，就在斐济的一座小岛定了一座别墅，非常幽静，设备也很豪华。你愿不愿意跟我一起去散散心呢？你可以单独住一个房间。"她直勾勾地望着他那张脸。

"你只要在阳光下坐着就行了。如果愿意，可以看看书。"她纳闷，他这人怎么这么天真，他应该知道，她不是不食人间烟火的神仙。

他说："当然是我请客了。"

"请我喝咖啡？"

"不。我的意思是，机票、食宿都由我负责。这实在算不了什么。反正这笔钱我已经付过了。"

她觉得他的说法不太符合逻辑。

"除非你急着要把离婚的事儿办完。我认为，这件事不会有什么问题。你在这件事情上没有过错。不管怎么说，是他开的头……原谅我这样说话。我并不是想要提醒你，你怎样做也不过分，他不是早就和那个克林斯基太太，还是克林什么太太鬼混上了吗？”

他咳嗽起来。

“请原谅我这样冒昧……在现在这种情况下……”

她笑了起来，笑得挺开心。

“在现在这种情况下。在现在这种情况下。”她以为她说得很轻，可是别的喝咖啡的人都转过脸来看她。

默里说：“我并不在乎你的行为是否让人尴尬，或者你是不是总是这样说话。我是指，声音有点儿高。这都无所谓。你有权利这样做。”

“是的，我酗酒，还服用麻醉药。”

“我知道。度假的时候，你可以少喝点酒，少用点麻醉药。或者，至少要少用点麻醉药。饮酒，在度假的时候总是允许的。”

她又笑了起来，而且相信这次笑得还是有所克制。他听起来就像一个老师：“饮酒在度假的时候总是允许的。”

她问：“如果那座小岛有什么联邦法官，或者首席司法官，你该怎么办呢？”

“我德高望重，不会对我产生任何影响。什么首席司法官，让他见鬼去吧。”

她咯咯笑着站起身来。

“你为什么要这样做呢？默里。你为什么要这样做呢？小伙子，你爱我，还是怎么回事儿？”

这个想法撩拨得她心痒难耐，她忍不住哈哈大笑，让一番心里话迸发而出。

“是的，我想，我爱你。”

来“四海酒家”消遣的人们自然也都在大声喧哗。可是凯特现在意识到，他们的说话声都没有她高。

“我们会有孩子吗？默里？我们会有孩子吗？小伙子。”她变得凶狠起来，她想把他击败，想让他把目光移开，想让他夺路而逃。然而，默里仍然直勾勾地望着她。他不打算因为她大声叫喊，因为别的喝咖啡的人都回过头来看他们就退缩。那些人们正悄悄议论：“这个女人怎么回事？”

“我还没想到孩子那么远的事情，凯特。路得一步步走，事得一件件办。一开始很难把什么都想到。”

她没办法击败他，只好坐下。

现在她意识到，她有了自己的“慰藉物”，有了和父母亲争论的“资本”。默里这个建议让她烦躁不安，就好像这件事最终要由他们作出决定似的。老凯特·盖弗尼认为，从他那天夜里的行为看，默里这个人有点放荡。她一直问，这些事情会在多大程度上影响凯特和保罗离婚的协议。据她所知，安德鲁·科金斯基先生已经和十分听话的大教堂的律师们谈过这桩离婚案，而且准备以感情不融洽为由取消这桩婚姻。简直是开玩笑——这是富兰克舅舅的口头禅。她想不出这些律师们将发现到底是谁的感情不融洽。

她对母亲说，她不想要什么协议。母亲争论说，别把事情说得这样绝对，有用得着的时候。凯特说服不了母亲，只能对着天花板大声指责她的愚蠢。娘家姓布雷恩的凯特·盖弗尼太太，一贯错误地估计形势。

凯特从别人的谈话中得知，事实上，富兰克舅舅，已经去见过默里。

“是个好人，”“不怎么受人尊敬的”富兰克说，“是个好人，现在的问题是，你是不是想让你的女儿后半辈子都受科金斯基家的恩惠？”

“可她给他生过两个孩子！”凯特·盖弗尼太太叫喊着。想起那两个孩子已经命归西天，她又失声痛哭起来。

凯特自己付了机票钱。一天早晨，她和默里系着安全带，并肩坐着飞上蓝天。飞机越过在流放犯的歌曲里广为传唱的植物湾，飞越太平洋。他们坐在头等舱里大口喝酒。临下飞机，又喝了两瓶阿马尼亚克酒。一辆豪华轿车把他们从南迪送到西加托卡，一艘带鸡尾酒吧的大游艇载着他们行驶在湛蓝的大海上。凯特非要坐在船尾不可。她解开衬衫扣子，露出肩膀，仿佛洒在肩头的不是灼人的阳光，而是温柔的亲吻。

默里确实给她另开了房间。不过不是一个房间，而是人们称之为“卡巴纳”（Cabana）的那种房子——茅草屋顶的小屋，里面装着空调，一个起居室，一个卧室，都面朝着蔚蓝的大海。晚饭前后，默里和凯特都坐在起居室里喝酒。因为，一到晚上，酒吧里喝酒的人和乐队那些汗流满面的美拉尼西亚乐师就用怀疑的目光打量他们。他们在起居室和卧室里做爱，满面通红、汗流浃背，从灵魂与皮肉深处挖掘出快乐与幸福。不知道他们是寻求一种激情，还是一种惩罚。后来，阳光灼伤的地方开始肿胀、发炎，也许这可以算作一种惩罚。

默里身为律师，心里很清楚，凯特的事情最终还得通过法律手段解决，尤其这件事情涉及的当事人是科金斯基父子。所以，他的行动十分谨慎，并不公开和凯特同床共枕，而是秘密来往于两个“卡巴纳”之间。比方说，他在自己的房间洗澡。第二天早晨，早早地回到他的“卡巴纳”，在床上躺一会儿，给人们留下一个他是个安分守己的单身男人的印象。

凯特即使在神情恍惚的时候，也还是发现他的肌肉很发达，比保罗·科金斯基还壮。

默里深感内疚，专家们都说，在热带地区，如果让太阳晒上半天，就会造成三度烧伤。凯特却无遮无拦，让灼热的太阳晒过好多天。她经常拿着一本书坐在环礁湖旁，抬起一只手遮着太阳，装模作样地看书，实际上一个字也看不进去。有一次，她和他一起坐在一条小船的船尾。默里一个猛子扎下去，潜到水底，凯特几乎一丝不挂，坐在阳光下等他。等他再钻出水面，凯特已经中暑。她浑身颤抖着，在船上滚来滚去。一位悉尼的医生十分严肃地、一针见血地指出：酒精大概已经把她肌肤中的营养烧干了。

斐济的船员用担架把她抬回她的“卡巴纳”。她颤抖着，躺在床上，身上好像着了火。起初，她难受得要命，只觉得疼痛难忍。因为她的肩膀先是起泡，然后肌肉萎缩、变黑，最后脱皮。倘若孩子们还活着，他们对妈妈那副歪歪扭扭的样子一定会嗤之以鼻。但是眼下，她处境悲惨，对自己受这份苦难反而感到一种欣慰。

她在萨瓦医院进进出出，从印度医生茫然若失的脸上看出，他们认为她被太阳晒成这个样子，一定是个十足的傻瓜。

尽管已经超假，默里一直陪着她。等到可以继续旅行的时候，他们给她包扎好肩膀，默里把她送回家。他知道，如果情况不太好，她该吃什么药。还知道，在飞机上她不能喝酒。

飞机进入澳大利亚领空之后，用不了多久就可以到达悉尼，凯特吃了不少镇静药。盖弗尼家搞了一辆救护车来悉尼机场接她。

这以后，大家对默里都没再多想。富兰克舅舅更是只顾忙他和柯尼太太的事儿，根本没有精力考虑默里的“事业”。

第二十三章

为了从嘎斯手里救出奇夫利，凯特急急忙忙去城里找人给伯恩赛德治伤。她在红土公路上疾驰，身后留下一团团赤褐色的尘土。她吱吱咯咯抬起门栓，打开再关上一道道栅栏门，虽然完全能够干得了这活儿，但心里已经烦躁不安。离牧场最后一道门，离前面的公路还有好多英里。她觉得自己与世隔绝已经好长时间，真不知道见了警察或者急救中心的人，会用什么语言说话。也许一张嘴，就会冒出阿拉姆语来。

在云雾的笼罩之下，西沉的红日仿佛一块熔化了的铸铁。世界充满了静止的光，然而那宁静之中孕育着不安与骚动。斜阳下不知道什么东西发出讨厌的叫声。天低云暗，似乎要把她从大地上吸起来。她把车开得飞快，极力摆脱这种吸引，车速已经达到每小时 75 英里（120 公里），快得有点怕人。穿过涵洞的时候，车子哗啦哗啦直响。天空的阴影在挡风玻璃上一闪而过，她紧握方向盘的手也在阳光与阴影之下变得忽明忽暗。

突然间，让人吃惊的事情发生了。一架蓝色的直升机从天空掠过，闪闪烁烁的导航灯已经亮起。飞机煞费苦心地判断，怎样才能停在这辆飞驰的汽车前面，拦住凯特的去路，然后试探性地向地面俯冲下来。凯特放慢车速，飞机降落在公路旁边的公共牧场。这是一片狭长的牧场。遇上干旱，牧人可以来这儿自由放牧，不用向任何人交费。直升机停在那儿，像一颗巨大的、蔚蓝色的蛋。机身上写着“欧图勒”三个字，黑底白字，十分醒目。

螺旋桨卷起的风还没有停息，机舱的门就打开了，富兰克舅舅身穿黑色航空夹克，走下飞机，跑到公路当中，拦住凯特的去路。

如此说来，飞机上写的这个“欧图勒”不是别人，正是富兰克舅舅的莫逆之交、殡仪业者欧图勒。他的手像圣餐面包一样白。正是这双白皙的手，送走了一个个亡灵，让他们在天国安息。他和富兰克舅舅还没到澳大利亚这个著名的传教国家之前就认识，他们都来自爱尔兰的拉姆雷克县。

见到富兰克舅舅穿着“准空军飞行员”夹克，站在路当中，凯特并不怎么惊讶——我们也不应该惊讶。以伯恩赛德的智商，他能一直找到伯克这样遥远、偏僻的内陆，这对“不怎么受人尊敬”的富兰克舅舅来说更不在话下。

就像凯特小时候那样，富兰克舅舅朝她挥了挥软绵绵的大手。

“到这儿来。”那只大手仿佛在说。

螺旋桨还在嗡嗡地响着。他需要跟她说点儿什么，得离那仍不停旋转的螺旋桨稍微远一点。

她走到他身边。他非常轻柔地抚摸着她的肩膀，仔细端详着她。她看见他的嘴唇动弹着，说："凯特，凯特。"

毫无疑问，他希望凯特和他一起乘坐欧图勒那架天蓝色直升机。她好像演哑剧似地比划着想告诉他自己此行的目的，天知道他是不是明白了她的意思。他摇了摇头，十分激动地吻了吻她的耳朵，大声嚷嚷着说："去伯克，凯特。这不是绑架、劫持，我的宝贝儿。这是光明正大的，不必担心。"

她从来没有想过，有朝一日自己会坐着直升机飞过这片荒凉的土地。可是现在看起来，此次她非坐不可。服从富兰克舅舅的安排，她感到一种快乐。她把车停到公路旁边一条明沟里，取下钥匙，连窗户也没关，就在渐渐浓重的暮色的笼罩之下，爬上直升机。欧图勒坐在驾驶舱里，那副打扮比富兰克舅舅还像一个正规的飞行员，不愧为"空中雄鹰"欧图勒。凯特纳闷，他是纯属爱好，还是出于虚荣，怎么就有了一架直升机？

后来，她才搞清楚，欧图勒是用这架直升机撒骨灰的。因为现在天主教徒也可以火化。这样做还可以免税，这是欧图勒和欧布雷恩大搞无政府主义的又一个例证。

富兰克舅舅和悉尼教区红衣大主教方加蒂之间的矛盾白热化之前，经常给他的好朋友欧图勒出主意。就是现在，他虽然已经成了保释出狱的阶下囚，也还是不忘给他出谋划策。

欧图勒这架天蓝色的直升机降落在达林河旁边一个足球场，正好在半场的白线上。他坐在飞机里，就像一位高高在上的裁判员。富兰克舅舅已经从凯特大声嚷嚷、比比划划中得知，外甥女有十分紧急的事情要处理，所以她来不及问富兰克舅舅的事情，也来不及谈她自己在丛林里的经历——她是怎样在杰克·墨齐森专做煎牛排的厨房里和富兰克·派雷格瑞诺的流动餐车里狼吞虎咽，养了一身肥膘。

欧图勒终于关了引擎。螺旋桨在惯性的驱动之下还在吱吱扭扭地转着，所有机械传动的喧闹都变成单调的嗡嗡声。

凯特似乎被这突然降临的寂静吓了一跳，自己也闭上嘴巴，不再说话。

欧图勒回过头，说："哈罗，凯特。"他从一双浓眉下面望着她。三十年来，他就是这样望着那些失去亲人、哭天喊地的人们。

"天哪！"她听见富兰克舅舅喊了一声，"你说，伯恩赛德在哪儿？"

他们尽管风风火火来到伯克，可是找不到一个可以给警察局和急救中心打电话的地方，只好徒步进城。欧图勒在后面走着，让久别重逢的舅舅和外甥女有机会叙叙家常。凯特生怕自己赶回去之前，嘎斯改变主意打死奇夫利，所以走得很快。富兰克舅舅一向不爱活动，最近又坐了几天牢，走起路来很吃力。他扭动着肥胖的屁股，迈开两条长腿，上气不接下气地跟在凯特身边。

"凯特，"他气喘吁吁地说，"我知道你……不理解……这次可把我们大伙儿害苦了。你的父母从木亚木巴那个酒店老板那儿得到你的消息……可是他们还没来得及去那儿……就……传来可怕的消息。啊……那痛苦是你无法想象的。我要告诉你……你可以无视自己的存在……你的亲人却无时无刻不在惦记你。至于伯恩赛德，他是个什么东西！你要是杀了这个狗杂种，我们都会站在你一边。悉尼会有一半人举行宴会为你庆功，向你祝贺。”

他还告诉凯特，他是怎样发现她的——她偷了那件白法衣，结果暴露了行踪。

原来，富兰克舅舅早就给他工作过的每一个教区都写了信，还附了凯特的照片。

“小伙子们还都很喜欢我，凯特……”

伯克那位年轻牧师两个月前就收到富兰克舅舅寄来的信。他用一块磁铁把凯特的照片“钉”在冰箱上，一“钉”就是两个月。那个星期天早晨，他照例从厨房到祭坛，然后再回他的圣器室。结果，看见一个和冰箱上那张照片一模一样的女人正在偷他的法衣。

他们还没有找到一个可以打电话的地方，第一个“国家机关”就出现在眼前——用带铁链子的栅栏围起来的警察局。这是一座十九世纪的砂岩建筑，大英帝国的君权在土著人河流上的缩影，这条像蛇一样弯弯曲曲的河叫达林河。象征维多利亚女王的威严的石狮和独角兽还镶嵌在警察局的飞檐上。

富兰克舅舅停下脚步。

“我得告诉你，最近，我和这些家伙打过交道。”

“我知道。”

她有点不耐烦，想马上进去。

“我从收音机里听到过你被捕入狱的消息。”

“凯特，我要郑重其事地当面告诉你，我从来没有贿赂过任何人。”

对于富兰克舅舅来说，最大的骄傲莫过于亲人的信任。

“当然。”她摇着头，迫不及待地说。一方面，她确实相信富兰克舅舅不曾贿赂过什么人；另一方面，她想赶快把事情办完，尽管对警察局的态度心中没有底。

富兰克舅舅十分洒脱地把有关自己保释出狱的文件拿给警察看。他腰板挺得笔直，就好像十分珍爱这些文件。

“我跟你们这些年轻人，不会兜圈子……”

他告诉正值班的那位年长的警察，他一直在寻找他的外甥女。那位警察足有伯恩赛德高，但没他那么壮。

凯特干巴巴地讲了她要报告的事情，丝毫不讲究叙述的技巧，既不添枝加叶，又不闪烁其词：伯恩赛德受伤了，现在在斯库尔波戈牧场。不，不是在牧场“总部”，不是。不在他已经去世的哥哥那儿。她愿意带他们去，因为他们不认识路，谁把他打伤的？他自个儿，是摔坏的。

欧图勒一直跟在他们后面，到警察局后，解释说，他可以提供他的直升机，只是天马上就黑了，他对当地的地形不熟悉。

警察对着无线电对讲机吵吵了一会儿，他们便上路了。前面是一辆警车，后面跟着救护车。富兰克舅舅轻轻搂着她的肩膀。她既欢迎这种爱抚，心里又很不自在，因为她从中看出自己究竟改变了多少。事实上，所谓脱胎换骨的变化只是一场梦，是一种虚荣心。她还是当年那个小凯特·盖弗尼，天性使她冒险成了小科金斯基太太，但自我谴责的血液并没有变得沉闷迟滞。

如果她要为伯恩赛德眼下的处境负责，她可以交一笔保释金，然后和嘎斯、奇夫利一起继续向西漫游。然而，要想真正改变自己，必须在那漫漫长途中做艰苦的努力。澳大利亚中部沙漠就是一座可以改变她的大熔炉。她是唯一怀着疑虑的人，或者不是怀疑而是坚信，她相信这一点。在那场幻化成袋鼠在草原上跳跃的梦中，她已经感觉到希望的曙光，正从地平线上升起。

所以，她要尝试着，轻轻地呼吸着，向那新生之火走去，走去。

他们看见一辆汽车正从对面驶来。车灯闪闪，径直开到他们这条路上。借着闪烁不定的灯光，凯特看出那是一辆红颜色的汽车，是嘎斯嫂子的汽车。在警车车灯的照射下，凯特看见嘎斯那双忧郁的眼睛，警车和救护车停了下来，人们都跳下汽车：救护车的司机、富兰克舅舅、凯特、年老的警察和警长。嘎斯站在那条土路上等他们。他那又粗又硬的黑发无精打采地垂在脑后，就像被打败的印第安武士插在脖子上的羽毛。他领他们朝汽车后面走去，货厢里躺着一个不停呻吟的男人，身上裹了一块粗帆布。旁边，寂静的夜空下直挺挺地躺着满身粗毛的奇夫利。

富兰克舅舅后来说，凯特嗓子眼儿里发出奇怪的响声，就像汽车换挡时的尖叫。

凯特的呼吸瞬间停止了。再也没有什么可以让她振奋精神的东西了，她的梦幻像照相机的快门，一下子关闭了。在一个没有上帝的星球上，她知道，她的两条腿将无力地蜷缩在红色的泥土中，做最后的抗争，那是一个不愿意从海底升起的女人破碎的梦。

奇夫利回来之后，嘎斯一枪把它打死，使它免于在晚间新闻蒙羞受辱。想到孟席斯的全然无用，嘎斯也想结果这只大鸟的性命。可是孟席斯脖子比奇夫利细，脑袋比奇夫利小，子弹呼啸着从它的脖子旁边飞过，孟席斯自然拔腿就跑，它跑得飞快，就像在富兰克·派雷格瑞诺拍摄的电影里表演得那样，和女主人公的卡车赛跑。嘎斯只好罢休。

他用一块粗帆布裹上伯恩赛德，给他喝了点水。伯恩赛德经不起这番折腾，又昏了过去。嘎斯一把火点着了“士兵居住地”这幢破烂的房子，那条泡在瓶子里的珊瑚眼镜蛇，那些旧家具，那捆二十世纪二十年代的《悉尼先驱报》，很快便被火焰吞没。

很难说他为什么要这样做。这场火自然也烧了科金斯基送来的那些文件，或者把它们变成点点飞灰，撒在辽阔的原野之上。这场火就像座明亮的灯塔，吸引了他嫂子的注意，又像投降者升起的旗帜，还像为火葬奇夫利点起的一堆大火。

嘎斯那位天真的、出卖小叔子的嫂子看见闪闪火光与冲天而起的黑色烟柱，开着汽车急忙跑了过来，她怕的是伯恩赛德放火。

她到这儿之后，强迫鼻子被打得一塌糊涂的嘎斯向她作出解释，无知常常把她变得不可理喻，她认为她还有资格让小叔子把每一件事情都说得清清楚楚。

从斯库尔波戈到伯克的路上，嘎斯一直跪在凯特身边——富兰克舅舅后来告诉她——吻着她的面颊，当着那几位面若冰霜的警察的面，啜泣着说，他再也不会做对不起她的事情。富兰克舅舅对这种悲悲切切的场面司空见惯，他看出，他还不至于因为悲痛欲绝而陷入危险。真正有危险的是凯特，她抽搐着开始咬自己的舌头。富兰克舅舅不知如何是好。那位年纪比较大的警察受过这方面的训练，使劲儿掰开她的上下颚，揪出那条接纳了奇夫利“语言天赋”的舌头。

警察说，奇夫利后腿爪子上还有伯恩赛德的血，那尖而长的爪非常锋利。

警察又盘问了一会儿嘎斯，对凯特却没有追究。即使对悲伤已极的嘎斯，大家也没有过分谴责。他们只是问了问詹莱的事儿、鸸鹋和袋鼠的事儿。就这样，打死奇夫利的第二天早晨，警察局就把他释放了。

凯特并没有在伯克看到这一切，因为富兰克舅舅很快就让她坐欧图勒的直升机回家了。该死的新闻记者们坐着轻型飞机、直升机蜂拥而至，在辽远的蓝天下和凯特“擦肩而过”。对于他们，这该是一个多么动人的故事！对大笔财产拥有继承权的科金斯基太太面临离婚的困扰，失去一双儿女的母亲，盛传她在木亚木巴的大洪水中丧生，危难之际得到著名导演富兰克·派雷格瑞诺的帮助，卷入袋鼠伤害臭名昭著的伯恩赛德的血案。想想看，如果他们在伯克发现她，她会陷入怎样难堪的境地。她不会得到任何保护，除非咽了这口气。

“我想警告伯恩赛德，”她一定会不厌其烦地向他们解释，“可是他朝我肚子上踢了一脚，我没能……”

“对不起，科金斯基太太，我们没胶卷儿了……也没电了……灯光有问题……有架飞机一会儿就来……我们能再谈一次吗？”

回家的路上，她一直服用麻醉剂，还吃了不少平常癫痫病人才吃的药，尽管她可能并不是一个癫痫病人。但她总觉得缺氧，喘不过气来，这也是不得已而为之。

嘎斯留在伯克应付新闻界的采访。失去奇夫利，离开凯特，他满腹忧伤，但他是一个认真负责的采访对象。他的坦诚和直率在随后的一个星期里赢得了人们的支持。这当儿，凯特一直躺在一座偏僻的绿荫覆盖的私人疗养院里，服用麻醉剂，逃脱了悉尼那些无孔不入的新闻记者们的追踪。

在她神志恍惚，躺在病床上的时候，默里来看望她。她的父母，还有取保候审的富兰克舅舅也常常来抚慰她那伤痕累累的灵魂。她对富兰克舅舅的看望似乎格外重视。有时候，她会从昏睡中清醒一会儿，但是不说话。她注意到富兰克舅舅手里提着一个航空包，就像要送给她的一件礼物。他把那个包放到墙角，像是等她清醒之后再拿出这份馈赠。

嘎斯并没有进行自我宣传。他的经历本身，已经使他成为新闻媒体称之为“一般人心目中的英雄”的那种人物。当他拒绝把自己的故事出卖给任何一家报纸的时候，这些“故事”越发身价倍增。

他还充当了一个“催化剂”与“导火索”的角色。不少人撰写文章，介绍伯恩赛德和他的丑恶行径，以及他与科金斯基父子的关系。

“皇家反虐待动物学会”对嘎斯表示了极大的同情。他们对万加游乐园那位搞活动国徽的老板发起猛烈的抨击，并且通过有关部门向他发出传票。人们利用报纸、电视和广告，连篇累牍地发表文章，陈述自己的意见并指出，纳税人不应该把钱花费在嘎斯这种案子上。

生活把他变成一个讲求实际的人。他所认识的凯特是那个在墨齐森酒店大嚼牛排，在酒吧前台给顾客倒啤酒的凯特。他的凯特是詹莱那个凯特，而不是这个经历奇特、人们议论纷纷的凯特。他无论如何也不能把凯特和“女继承人”“科金斯基建筑公司”“加利福尼亚林荫广场”“北海岸的悲剧”“‘维斯特拉’号上的社交活动”这样一些词句联系到一起。

嘎斯前后两次手捧雏菊到医院看望凯特。一见他，神志还不大清醒的凯特·盖弗尼又悲从中来，抑郁难平。凯特的母亲，老凯特太太不得不把他领到一边，告诉他，最好现在不要打搅她的女儿。

他当然知道，他有选择的权利。考虑到凯特的幻觉和种种怪想，他曾经答应不打死奇夫利。可是为了不让这只自己一手“拉扯”大的袋鼠被展览、受虐待，最终他还是让它一死了之。

在疗养院的病房里，凯特从昏睡中醒来，她要见见昏睡前见过的那个人。这个即使在她昏睡中也陪伴在床边的人不是她的父亲母亲，也不是默里——因为他和她身心受到的摧残有关，凯特的家人很少让他单独和凯特待在一起。一直陪伴她的总是富兰克舅舅。显然，别人离开之后，富兰克舅舅一直坐在床边等待着，他等待一个可以让他带来的航空包派上用场的时机。

他总跟她絮絮叨叨。他说的话远远超过她现在的意识所能理解与接受的范围。他认为，只有这样才能起作用。她有时候答非所问，有时候说话结结巴巴，不知道该如何表达自己的思想。甚至不知道自己说了点什么。不过，渐渐地，她可以准确地理解富兰克舅舅说的每一句话。

富兰克舅舅的话题主要是，他从来没有贿赂过任何人。这件事成了他最大的心病，几乎一有机会就要向人们表白一番。这样做的结果是，他既像一个安慰者，又像一个精神导师。他在她的病房里讲起这件事的时候，就像在遥远的伯克警察局一样，慷慨陈词，不遗余力。

富兰克舅舅认为，赌马和这个无政府主义横行的岛国同样古老，和流放制度同样古老。从某种角度看，这一活动没有什么坏处，是澳大利亚劳动阶层男女民众非官方给予的民主权利。当然，参与这种赌博的也不乏俗不可耐之徒，甚至地痞无赖。当年，他来澳大利亚，到维尔卡尼亚－方贝斯教区传教，后来又到悉尼大主教教区服务，完全出于非常纯洁的动机，他只是喜欢赛马罢了。如果他不当牧师，也许会成为一个很不错的驯马师，或者自己就拥有几匹出类拔萃的赛马。不过他还是认为自己受命于天，并且完全胜任这一神职，至少比大主教方加蒂阁下强。

他又大谈爱情。他之所以从没有爱情可言的拉姆雷克来澳大利亚，并不是为了寻找爱情。但是他并不因为追求爱情而羞愧。已故阿尔德曼·柯尼年轻时就赌马，他年纪轻轻就一命归西，撇下一个无依无靠的寡妇。她请求她的朋友——“不怎么受人尊敬”的富兰克帮助她管理这方面的事务。

凯特也许知道——如果不知道，富兰克舅舅一定会告诉她——作为登记赌注的中间环节——“控制者”，必须拥有好多部电话。在一个地区，至少要有十二部。因为政府当局最关心的就是普通市民的税收问题。如果一部电话不停地和许多部电话联系，就会引起他们的注意，甚至会查个水落石出。这事似乎令人难以置信，但他们确确实实在这样干。所以，你得有许多部电话开展“业务”。为了避免有关单位的“突然袭击”，就得“打一枪换一个地方”。

如果一位“控制者”的办公室受到监视就得赶快采取办法。如果当地负责此类工作的稽查人员正好是你的朋友，他就会通风报信：“富兰克、菲奥娜，上边儿正给我施加压力呢……”如果电讯部门已经对你采取了侦察手段，就得赶快作出反应。不管哪一种情形，都要立即转移到一个新地方，而这个新地方也应该设备齐全，通讯设施完好，这就是富兰克的谋略。那八家酒店（有的报纸说是十家）分布在八个小区，都在菲奥娜·柯尼（和富兰克舅舅）的控制之下。他们甚至把这个控制系统租给别人使用。而操纵在他和菲奥娜手里的整个网络的“枢纽”，可以根据情况，随时搬迁到任何一个小区。要紧的是一定要及时装好新电话，而且要有足够的、可以转移的地方。

富兰克舅舅能做到这一点。他有好多朋友，都愿意为他效“犬马之劳”。所以，他认为这件事并没有给当局留下什么把柄。

他在银行系统也有朋友。有时候，他也请他们帮忙，把他们的地址作为自己的家庭住址，联系“业务”。对于富兰克舅舅来说，这都是友谊的结晶，是朋友之间正常的帮忙。凯特在病床上想，富兰克舅舅神圣的法衣下面包藏着犯罪的灵魂。

她还喜欢跟他争论到底什么是腐化堕落。在富兰克舅舅看来，凡是涉及友谊、真诚、爱情，就谈不到什么腐化堕落。在教堂或者欧图勒的殡仪馆，说过那些慰藉人心的话之后，他可以毫不脸红地向接受了他的抚慰的人索取点什么。她想起欧图勒那架专门用来撒骨灰的直升机，和四处安装电话登记赌注一样，这架直升机也是富兰克舅舅的一大发明，是对政府的无情嘲弄。

所以，正如监狱对于惯犯没有用处一样，富兰克舅舅也不会因为怕成为阶下之囚，而改变自己的生活方式。她不知道，富兰克舅舅为什么会对她充满信心，认为她会相信他这些歪理。就好像小时候，她也看见过爱尔兰王室警吏团[①]坐着铁甲车耀武扬威。就好像她不曾在悉尼港平等、公正的阳光下度过童年，并且对法律和秩序深信不疑。

这些问题横在她和富兰克舅舅中间。对于她，没有什么充满活力的话题。

不管什么时候醒来，她都为自己呼吸艰难而惊讶。就像任何一个活物一样，新鲜空气吸进来，变得又酸又臭再吐出去。

她的皮肤在变化，她用泡在玻璃杯里的一块薄纱洗脸，发现母亲在水里加了美容剂。

她没有睡觉，一直睁着眼等母亲来看她。

“我不要美容剂。”她对母亲说。

“只是想滋润滋润你的皮肤。”

“不，不要美容剂。”

但是她拗不过母亲。

①爱尔兰王室警吏团（Black and Tans）：1920–1921年在英格兰募集，用以镇压爱尔兰独立运动，因戴警吏黑帽，穿茶色警服，故得名。

有一次醒来，她看见菲奥娜·柯尼太太正面带微笑看着她。凯特心想：是啊，真是个漂亮、慷慨的女人。简直是富兰克舅舅从“爱尔兰王室警吏团”手里解救出来的“人质”，是从束缚中解救出来的灵魂。

凯特醒来之后，十分遗憾地感觉肚子饿。但是她没有要东西吃，而是问嘎斯在哪儿？

“在电视上。”富兰克舅舅说，好像这样一说，她就可以不再关心他的存在。

“你也会上电视的，富兰克舅舅。”

“会的，亲爱的。可这是我最不情愿的事情。”

她告诉他，她想见默里，也想见嘎斯。

“同时见两位？”他想让她听了之后手足无措，用意却是好的。

于是，嘎斯手捧鲜花出现在她面前。

他生怕凯特为奇夫利的事大吵大闹，他想尽快让她知道，他早已认识到自己没有资格和她争长论短，而且对此没有丝毫怨恨。

“我要回家了，凯特。”

“回去吧，待在这儿也无事可干。”她表示同意。

“哦，我和一位寡妇一起走。她是动物保护协会的一个成员……不过并没到发疯的地步。”

他笑了起来，摸了摸凯特的手腕。

“至少认为袋鼠不应该拳击。”

他脉脉含情，要她跟他一起喝一杯茶。她朝四周瞥了一眼，想送他一样东西。只有吉姆·盖弗尼给她买的两本小说。他希望这两本书能分散她的注意力，不过，看起来他的目的很难达到。

“你把这两本书带走好吗？嘎斯。”

他很礼貌地拒绝接受她的馈赠。但是事实上，这又是一件不可推脱的事情。他不但要带走，还要怀着崇敬的心情在达林河边那干涸的海底，读这两本书。

“我们失魂落魄，一直跌跌撞撞往前走，对吗？”

他和她吻别之前这样说。这将是她亲耳听到的他说的最后一句话。

默里也来看望凯特。他是在凯特对时间恢复了概念之后的第一天来医院的。凯特知道那是一个星期六，是赛马的日子。可是司法机关禁止富兰克舅舅参加一切赛事，他也只好待在医院陪凯特。默里来了之后，富兰克舅舅还磨磨蹭蹭不想走。凯特吃了一惊，刚从昏睡中清醒，她居然还能做出一副闷闷不乐的表情——比大多数小说描写的那种警告、气恼的表情多了些内容，似乎预示着她要大发雷霆。

富兰克舅舅走了之后，默里慢慢地、温柔地吻了吻她的额头。

“我母亲又给我抹什么化妆品了吗？”

“唔，凯特，你的肩膀怎么样了？你的伤现在怎么样？”

“不知道，我根本没心思管什么伤不伤。”

他似乎想开个小小的玩笑。

“洪水暴发后的一两个小时……”

“我知道，”她说，“我知道。”

他握着她的手，仿佛从中感受到许多，她却无动于衷。在这间屋子里，她的手仿佛是一件珍奇古玩，他下定决心要珍爱一番。

“凯特，”他说，“有机会和你聊聊，我真高兴。现在，我是作为你的朋友跟你谈话。你的母亲和父亲都向法院状告科金斯基父子。他们跟我要求对方分割两千多万澳元的财产，达成协议之后再由法院判决离婚，这当然算不上贪婪。他们要亲眼看到保罗为他的丑恶行径付出代价。但是在我看来，你不应该这样做。一旦开庭审判，听证，取证，就会把你搞得焦头烂额、苦不堪言。你知道人们是怎么说的吗？如果你和狗躺在一起，起来的时候就会惹一身跳蚤。依我之见，你应当尽快了结此事。和科金斯基父子达成协议，在严格限定的最短的时间内付你一笔钱。倘若你去履行那些复杂的法律程序，不等判决，科金斯基家的财产就已经所剩无几。现在，他们已经陷入困境，建筑业委员会正对他们进行严格的审查。这一对父子都将因其从虚假计划到敲诈勒索的种种违法行为而被指控。为了你的自尊，眼下最明智的办法就是了结这件事情。”

他这种经济上锱铢必较和孤高自傲的巧妙结合，让凯特听了觉得好玩。她任凭他抚摸着自己那枯黄的头发。

“我随时都愿意和你结婚，在你身上发生过的任何事情都不会把我吓跑。”

“夸海口罢了。”她说，很快就进入梦乡。

下午她醒来的时候，默里已经走了。富兰克舅舅坐在她床左边那张椅子上。他膝盖上放着一个小收音机，正听赛马场上的实况广播，怕影响凯特睡觉，音量放得很小。播音员带着浓重的鼻音，正在按顺序广播获得名次的赛马。富兰克舅舅现在已经被禁止参加这种牵动千万人心的赌博。

富兰克舅舅看见凯特睁开一双眼睛，发现他依然这样钟情于赛马，有点不好意思。他把收音机音量放到最小，但并没有关上。

他说："有一匹三岁马，达尔蒙提那。我跟你说，它可是一匹要创造奇迹的好马。它将在春季运动会崭露头角。下一次墨尔本杯大赛马，凯特，他们肯定会想方设法阻止它获奖。真是一匹好马！如果到时候，我不能亲自去为它呐喊助威，你就替我押上赌注。"

他呵呵笑了起来，但是从他那双眯着的眼睛看，他并不是因为心里高兴才笑，他是在打量她。自从他们团聚，他每天都这样观察她哪怕最细微的变化。

现在，他似乎心里有了底，站起身走到墙角，航空包正在那儿等着他。他拉开拉链，取出一个瓶子。正是那个伏特加瓶子，里面还满满装着一瓶子酒。凯特心里突然生出一种恐惧。啊！她心里想，他一定喝了，丢了，或者打破了我那瓶酒，这瓶酒是他随便找来应付我的。

但是，他送到她面前的正是那位消防队员从倒塌的房屋中拿出来的那瓶酒。她一眼就认出商标上面撕的那个口子。

"我一直按照你的吩咐，把这瓶酒藏在家里。"

想起凯特把这瓶酒托付给他的情景，他好难受，一时语塞，过了一会儿才接着说："有一天晚上，因为特别想念你，我便从橱柜里拿出这瓶酒，仔细盯着看了半晌。突然，我发现这瓶酒和别的伏特加不一样，有一种淡黄色。后来，朋友们对我说，对酒，我还真是个行家里手。于是我找到一位朋友，一个和警察局有关系的药剂师……”

这位药剂师大概因为失去亲人而接受过富兰克舅舅的吊唁和慰问，要么就是和欧布雷恩—柯尼登记赌注的勾当有关。

“他说，这瓶伏特加里溶入了大量叫 Vallergan 的东西，如果喝上两口，你就会在十分钟之内昏睡过去。而且一睡就是十个小时，注意我说的话——毫无疑问，有人在这瓶酒里下了药，凯特。下药之后，当然又包装得天衣无缝。”

听了这个消息，凯特那行将死灭的好奇心又感受到剧烈的震动。这是一种奇妙的、痛苦的复苏。

“是谁干的？”她问。她虽然好奇心大发，但还是难以置信。

富兰克舅舅摸了摸头，好像他很怕弄清真相。

“不告诉你谁干的，的确很难说清楚到底是怎么回事儿，凯特。不过，你总可以从中了解点儿什么，不是吗？在这件事情上，你是无可指责的。关于你的丈夫，社会上有许多传说。他和那个女人已经鬼混了三年，她身上一定有什么东西使他中了邪。为了给南加利福尼亚那几个林荫广场筹措资金，保罗把这儿的财产都抵押给银行。你知道‘超负荷’这个词吗？你丈夫现在的流动资金已经出现了严重问题，这是我下面要对你说的这些事情发生的背景。科金斯基建筑公司两个还没有完成的建筑工地被大火烧了个精光，就在你出走的时候。离开我们大家的时候……”

富兰克舅舅把那瓶伏特加和小收音机放到床头柜上。

他已经把赛马的事儿忘到了九霄云外。也许有忠心耿耿的朋友在什么地方替他和柯尼太太下了赌注。但她感觉到富兰克舅舅心中的怅然若失，他被剥夺了进赛马场的权利。还是听他讲吧，她对自己说。听吧，回到刚才那个问题上来。

“你还记得吗？”富兰克舅舅说，“那天夜里他大喊大叫：‘你为什么不在这里？’他说，‘你的车在，为什么你不在？’由于那天晚上发生的可怕的事情，对他的叫喊谁也表示理解，谁也没有多想，凯特。可是现在有一种极其容易燃烧的装置，如果你有心制造一场大火，可以把它放到配电盒里，使断路器失效，从而产生电弧，燃起大火。”

现在，麻醉剂已无法再使凯特思维混乱。她完全理解富兰克舅舅的推理、分析。因为，她对这一切都有一种很熟悉的感觉，从某种意义上讲，她似乎早就看清了这一点。

“他唯一的善心，就是想让你被大火烧死的时候没有痛苦。”

“啊——”她说，没来得及深深吸一口气。但是她所有的器官都充满了新的力量和信心。就像奇夫利给了她活下去的勇气一样，富兰克舅舅在她的心底燃起仇恨的火焰。

富兰克舅舅举起一双手，示意她不要过分激动。

“现在，他已经完全陷入困境。据说，他的新欢在两个问题上较为不悦：一是他整日酗酒，二是他面临垮台的危险。那个女人，人并不坏。如果她是个坏蛋，事情或许更好办些。她想不通，除了事业不顺，他还有什么为难之事，为什么总是闷闷不乐。她对她的朋友说，保罗那副郁郁寡欢的样子让她十分惊讶。他虽然遭受了巨大的不幸和损失，但也不应该这样颓废。她知道，他一定有更大的难言之隐。你现在也明白了这其中的隐情。我们就把这份痛苦留给他，看着他死，看着他下地狱！”

她发现自己半个身子已经下了床，一条腿绵绵地向地板探过去。

“我想看一份化验报告。”她说。她对富兰克舅舅的朋友做的那份报告有点怀疑。不是怀疑化验结果，而是怀疑它是否正规，有没有法律意义。她要搞到一份打印输出的正规报告。“我要一份有详细分析数据的报告。”

“当然。我们把它送到化学实验室。”

她呻吟着摇了摇头，又感到一种新的压力。这件事的确需要认真对待。过去她自己也认为，孩子是由于她的原因葬身火海的。现在，她完全推翻了这个看法。保罗的责问“你为什么不在这儿？”有了一种完全不同的含义。她清楚地看到，两个孩子不是被她抛弃的，而是被别人夺走的。这个不熟悉的“方程式”使得她坐起来，支支吾吾，捂上一双眼睛。她感觉到脑子里一阵阵发紧。她将要卸掉的是沉重的罪责。

麻醉剂和痛苦仿佛从头到尾、从里到外灼干了她。富兰克舅舅一下子听不懂她说了些什么，忙去给她倒茶。她问：“是谁替保罗·科金斯基干的？”

她不是指在伏特加里下蒙汗药，这事儿他自己就干得了。她是指谁把释放电弧、引起火灾的装置放到配电盒里的。

其实，她自己就知道这个问题的答案——伯恩赛德！她已经习惯了复仇，就好像她生来就是为了报仇雪恨的。她真希望伯恩赛德被奇夫利打伤那天，她就知道这一切。她希望奇夫利把他的肠子都掏出来，扔到大海干涸的海底。

她喝了一口茶，润了润嗓子，问道：“他们周末还开门吗？”

“谁？”

富兰克舅舅又偷偷地听起收音机。

“化验室，”凯特说，“化验室。”

她一字一顿，咬得清清楚楚。

“唔，是个好主意，”富兰克舅舅承认。他又把注意力从收音机上集中过来，转过脸望着凯特。他说，他去看看。

“别敷衍我。”她对富兰克舅舅说。

“不会，不会。我马上就去落实。”

凯持很难计算出伯恩赛德到底欠她、欠整个社会多少账。只有富兰克舅舅带来的消息让她感到一点安慰，伯恩赛德现在拄拐走路，他再也不能那样飞扬跋扈、动不动就吓唬别人了。更重要的是，他完全丧失了生殖能力。她不知道后面这条消息是否可靠，也许是富兰克舅舅出于对她的宠爱，故意编造的。但是，不管怎么说，先后两次弄丢她已经签好的文件，对伯恩赛德肯定是一种折磨，她为此而感到十分满意。

至少，拄着拐走路这一点，默里已经向她证实，伯恩赛德成了一个失去施暴能力的打手。她一边在心里玩味着这份快乐，一边等待那瓶伏特加的化验报告。

她知道，保罗·科金斯基一定会受到惩罚。化验结果一放到床头，她就采取行动。

就在她等化验报告的时候，默里请了一天假，把她从疗养院接出来，到迈克卡湾去玩儿。过去，“维斯特拉”号经常在这一带航行。游艇是默里向他的一位朋友借的，32英尺（9.6米）长，虽然谈不上豪华，但驾驶起来很方便。默里发动了船上的辅助发动机，离开停泊之地，升起前桅帆。海风徐徐地吹，小船十分轻捷地行驶在碧波之上。凯特看见默里十分高兴，她也不由得面对太阳了仰起下巴。好像告诉默里，她虽然肩头伤疤犹在，但还是可以毫无畏惧地面对灼热的太阳。她的头发用洗发剂洗过，自从听了富兰克舅舅讲的事情，她就恢复了自信，觉得自己也有资格用洗发剂洗头。她的脸颊还抹了化妆品和防晒油。

默里手持舵柄，心里充满了胜利的喜悦。他知道，世人都渴望看到凯特的照片。报社编辑们早就烦透了那些不得已才发的旧照片。想到她在这儿可以避开照相机的追踪，默里心里感到特别高兴，他也使她免受电视台记者的骚扰。他红光满面，透露着真诚和爱。

她暂时对他的这种真诚和爱表示认可，也暂时感到由衷的快乐。出于同样的心情，她接受了那粼粼碧波，就在这碧波之上，她曾经和自己的孩子，和伯恩赛德，和科金斯基雇来为客人取乐的妓女一起吃过饭。

默里在家里收集了一大堆报纸上关于保罗·科金斯基的报道。他把每一份剪报都想象成那头波兰洋葱的一层皮，剥一层少一层，一直剥到它的核心。

关于科金斯基父子“光辉灿烂”的最新报道是，昆士兰州一位前内阁部长向政府调查组坦白，科金斯基发展公司曾经建造一座为他的商业大街服务的大桥，该部长为他们大开方便之门。作为回报，科氏父子送给他二十五万澳元的政治礼金。搞这笔权钱交易的时候，商业大街并没有开工。但是科金斯基父子是目光远大的企业家，他们已经为下一步的发展铺平了道路。

在新南威尔士州，那几个曾经在维斯特拉号上寻欢作乐、与科金斯基花钱雇来的妓女在丛林野合的工会官员，更是丢尽了脸面。他们承认，接受过保罗·科金斯基的贿赂，并有一笔以保罗·科金斯基的名义捐赠的政治基金，落入某政党官员之手，条件是科金斯基建筑公司在特威德建造船坞酒店时，该官员给予优惠。

科金斯基父子和有关当事人都对州和联邦调查组，包括建筑业调查委员会，供认了上述犯罪事实。默里手里就有建筑业调查委员会的地址。因为据传，凯特有可能被传去作证。如果这样，他就得去替她周旋。

除此之外，还有一些金融方面的消息。科金斯基父子将会见几位银行家，重新理清该公司的债务。默里向凯特解释说，毫无疑问，这种会见极不光彩，并且一大堆幸灾乐祸的新闻记者正挤在门口等待清理结果。

但是无论父亲还是儿子表面上都非常冷静。悉尼盛传，老科金斯基太太经常说，现在只有犹太人没麻烦。她的丈夫和儿子之所以陷入困境，是因为他们灵魂深处那种基督教徒的轻率和宽容造成的。

他们逆风航行，把游艇开进耶路撒冷湾。那里已经停泊了不少船只。人们坐在船尾吃午饭，酒瓶子在手里传来传去。一个女人咯咯尖笑着，那声音像鸟叫，直上悬崖。

“我们没酒喝。不过，在斐济的时候，我们就滴酒未沾。医生警告过我。用药期间不能让你喝酒。”

“维斯特拉”号也曾在这里停泊，尽管默里对此一概不知。西奥布罕一边游泳一边抬起头望着一层层灌木，问：“他们要上哪儿去？”

默里到厨房切鸡，以前在科金斯基的游艇上，这活儿都归凯特。他一边切，一边望着舱口外面的凯特。

“有件事情我该告诉你。当然也不是多么了不起的大事。伯恩赛德向法院告了嘎斯·斯库尔波戈。罪名是对所饲养的动物管理不善，伤害他人。这条法律是十九世纪国会通过的，二十世纪又作了修改和补充。”

凯特听了非常焦急，默里连忙跑上舷梯。

“说实话，没有法庭会受理这种案子。”

但是被人告来告去、传来传去本身就挺讨厌。

“你劝过我，应当早日和科金斯基家达成协议，是吗？”

“是的，这是我个人的忠告。当然，作为律师，从法律的角度看，这个忠告也不失为很好的建议。趁着他们现在还有支付能力，给多少要多少。签了那些文件，把他们忘得干干净净。”

当然，默里并不完全了解科金斯基父子有多么恶毒，也不明白保罗是多么“难以忘怀”。

“我想搞一份自己的文件。你能帮我起草吗？”

伯恩赛德费尽心机，甚至付出被奇夫利“阉割”的代价，想从她嘴里掏出“同意”二字。现在她却要起草一份表达自己意愿的文件，交给科金斯基父子。

她说：“这事非常重要，非常重要。”

“我不能替你起草文件，我跟你的关系太密切了，凯特。

日后会遭人攻击，造成不良影响。不管怎么说，你现在住在疗养院，我对你关心有加，是人所共知的事实。倘若我替你起草这一份法律文书，我们自己不觉得有什么不妥，可是在法庭上，别人就认为其中有诈。此外，如果我替你起草这样一份文件，我和你父母亲的关系就彻底完蛋了。”

她十分专注地看着他，希望自己的目光中有一种巨大的威慑力，就像康妮·墨齐森的目光中有一种深沉的忧郁一样。

“好吧，我可以找一个和我们俩都没有任何关系的律师来跟你谈谈，按照你的要求起草一份文件……”

“我的想法是……你一定要请一位能够守口如瓶，并且完全按照我的意见起草文件的人，那些罪名都是无稽之谈，却像大山一样压着我和我的孩子的灵魂。现在我要把所有这些脏水还给那些罪有应得的人。”

“当然。但是你也应该为自己将来的幸福着想。”

“什么幸福！见鬼去吧，默里。我很饿。你真该看看我在乡下是怎样狼吞虎咽的。他们知道怎样才能吃得饱、吃得好。和我们的生活大不相同……”

他从厨房端来鸡、剥了皮的虾、橘子汁。

“吃过午饭你去睡一觉，我开船回去，下面有床。”

她又重复了一遍“下面有床。”

她甜甜地说，声音朝上拐了个弯。

他一边剥虾，一边探过身子，吻了她一下，两手朝外撇着，生怕弄脏她的衣服，用手腕子搂住她的肩膀。

“他们的东西我什么都不要。”她对他说。

默里在心里琢磨着凯特的话，似乎在想："对于一位律师，这个主意可真新鲜。我应该说点什么。"但他又觉得无从说起。

她说："真的，我一点儿也不要。"

她微笑着，为自己碰到这样一些好人而高兴。对于一个大吃牛排的女人，再没有比詹莱和嘎斯更好的人了。对于一个疗养院里的病人，默里更是难得的好人。在想出惩罚保罗·科金斯基的办法之前，她必须彻底摆脱他。

现在，富兰克舅舅不常到医院看她了，他很忙，就像他自己说的那样，忙着会见律师。但他常来电话，从电话中听，他情绪很好，他为自己转变了她的思想，而又没造成任何损害而沾沾自喜。他为此而骄傲，就像为自己没有贿赂过任何人而骄傲一样。

一个年轻律师来访问凯特。他和凯特年龄相仿，但看起来比她还年轻。一看便是那种一帆风顺，没有经过什么磨难的人。凯特对他说，不要大惊小怪，把她的要求记下来就行。她开始口授：科金斯基建筑公司及其雇员，任何时候都不得采取有损于新南威尔士州伯克镇嘎斯·斯库尔波戈先生的行动。特别是伯恩赛德先生要立即撤销其对嘎斯·斯库尔波戈先生的控告。如能满足上述要求，凯特·盖弗尼愿意放弃在科金斯基建筑公司的所有利益和财产要求。

她说，希望他能按她说的这些话，草拟一封信，不要发表任何不同意见。他需要什么文件，她都可以签。他要多少钱，她都给。只要他把事情办好，并且守口如瓶。

收到这样一份文件，老科金斯基当然欢呼雀跃。狂喜之中，他没有多加思索，便认为凯特之所以如此“大度”，是因为她还有点羞耻之感。老科金斯基太太则把这个好结果归咎于她向琴斯托霍瓦的圣母玛利亚虔诚的祈祷。保罗当然不会相信这一切。她到底想做什么？他问自己。

一件好事。

第二十四章

化验报告长达十二页。封面像欧图勒的直升机一样，蓝得耀眼。化验结果表明，有人在凯特的伏特加里溶入四百五十毫克 Vallergan。Vallergan 是一种高效抗组织胺的药物。一个身高、体重都为中等的中年男子，服用的最大的剂量为三十毫克。服用之后即嗜睡，并且久睡不醒。化验报告还指出，Vallergan 如果溶入酒精服用，效果更加显著。

加入 Vallergan 的伏特加，仍然像普通酒一样纯明透亮，只有放置一段时间之后，才会出现淡黄色。

看了这份报告，凯特的第一个反应竟是一种慈母般的感情，一种奇怪的毫无用处的柔情。她仿佛看见老科金斯基太太的宝贝儿子，“化学家”保罗把自己反锁在办公室里，用麻醉剂和藏在公司柜橱里的伏特加做实验。倒在杯子里的伏特加在桌子上摆了一长溜。一种药放进去，伏特加立刻变成蓝色，另一种放进去，变成绿色。第三种放进去变成黄色。他可能不得不做详细的笔记——如果不用“方法论”，进行分析比较，他不可能获得如此的成功。

伯恩赛德肯定为他提供了全套麻醉剂，他将因此而飞黄腾达，大发横财。

看完这份化验报告之后，凯特想到这样一个问题：保罗精心配制药酒也好，派伯恩赛德到丛林找她也罢，都是为了保全他的财产不被凯特分割。现在凯特凭那一纸文书，把应该属于自己的权利拱手让给科金斯基家族，那么，她还有什么办法惩罚保罗呢？她怎样才能不降低自己的人格、不牺牲自己的性命，而给他致命一击呢？

她希望富兰克舅舅在她身边。她希望他坐在自己身边讲那匹三岁的赛马参加春季大赛的故事。可是有一天下午醒来之后，她发现除了肩膀上的伤疤，浑身上下又痒又痛，长满了疹子。医生给她抹了一层消炎药，结果毒火攻心，她开始一阵阵窒息，迫不得已，医生只能马上给她输肾上腺素进行抢救。

第二天早晨醒来，她看见富兰克舅舅正站在床头看化验报告——是他自己那份。他在上面整整齐齐写了一行字“不受人尊敬”的富兰克·欧布雷恩。

“听说你又病了，凯特。疹子……”

他摇了摇头，似乎责备她捎去的话没把病情讲清楚。“我希望你尽快恢复健康，凯特。因为两天之后，一场闹剧将开始。摄影记者们将使尽浑身解数，追踪我和菲奥娜·柯尼。我们要出庭打这场官司了。”

他叹了一口气。一个被欺骗的爱尔兰人。

“所以，现在我帮不了你的忙，也帮不了任何别人的忙。”她看了看她的胳膊，皮肤还很白，没有留下什么疤痕。

“你那位默里告诉我，你已经把什么都还给科金斯基家了。事实将证明，这是明智之举，凯特。从一个角度看，你使他们的财富增加了一倍，可是从另外一个角度看，你使他们的债务也增加了一倍。你可以毫不在乎这个恶棍会怎样想这件事情，他已经滑得很远了。”

“如果他已经滑得很远，我怎样才能找到他报仇雪恨呢？”

“凯特，他自己会遭报应的……当然，迈克·科林斯[①]绝对不会让他这种人活在世上。”

富兰克舅舅崇拜的、含义模糊的圣贤之一是迈克·科林斯，旧时代的共和军总司令。那时候的共和军都是好人，而爱尔兰正面临着无可更改的天命。这些优秀的人带着牧师的祝福参加战斗。那时候，打完伏击战之后，他们经常跑到教堂，为刚刚被他们打死的爱尔兰王室警吏团的成员们和被他们打碎脑壳的英国特务的亡灵祈祷。

她心里纳闷，富兰克舅舅是不是说，保罗·科金斯基的案子已经从民事法庭移交到军事法庭了吗？对于他，不需陪审团参与的直接定罪更合适一些。富兰克舅舅也许知道一点内情。

“我想忘掉这一切，”她连忙说，“你自己还身背大案，富兰克舅舅。”

---

①迈克·科林斯（Michael Collins，1890-1922）：爱尔兰自由邦创建者之一、新芬党人，参加1916年复活节起义，曾任爱尔兰共和国财政部长、共和军司令，在内战中遭伏击身亡。

“哦，上帝，我的确负案在身。”

他在屋子里走来走去，用卷成一卷的化验报告敲着胳膊。那份报告上清清楚楚写着他的名字“不怎么受人尊敬”的富兰克·欧布雷恩。

“不知道方加蒂阁下是不是会消除对我的成见，允许我去教堂做弥撒。”

她笑了起来。

“我想，他会让你去的。”

“在他们眼里，我是新南威尔士州罪恶的鼓吹者。让我告诉你，我不是这儿第一个披枷带锁的牧师！”

他又开始幻想自己是政治犯，是一个信仰无政府主义的圣人，是 1798 年起义的继承者。善良的人应当打消他这种念头，使他安度晚年，抑或是凶残的人可以帮到做到这一点。她自己则无能为力。

“你在法庭上穿法衣吗？”

那象征着他的光荣的黑羊驼呢长袍和象征他纯洁的白领子。

“当然。我绝不会向那些混蛋屈服，凯特。我还是堂堂正正的牧师。”

她一直想劝说他不要穿法衣出庭，因为这样做太刺激那些正跟他作对的人。可是如果他像普通人一样穿西装出庭也不大合适，所以，她没有把自己的想法说出来。

她还想起她的母亲。她曾经发誓要永远善待这位饱经风霜的老人。凯特葬送了一对儿女的犯罪之感直到最近还深深刺痛她母亲的心。老凯特·盖弗尼太太身体、精神很不好。她睡不着，一直被家里蒙受的耻辱所困扰。那一场悲剧的耻辱，凯特出走又回来的耻辱。至于富兰克舅舅的案子，她并不是为亲爱的弟弟感到羞耻，而是为这个社会感到羞愧。不是她弟弟有罪，而是这个社会错待了他。

他们一直争论凯特是不是应该去法庭。富兰克舅舅曾经对老凯特·盖弗尼太太说过，她的女儿不应该去。富兰克舅舅说，凯特还不到离开疗养院的时候，而对于姐姐来说，这位兄弟的权威并没有因为他将出庭受审而有丝毫削减。

“默里可以陪我，”凯特争辩说，“默里可以保护我不受那些新闻记者的骚扰。”

“新闻记者们会用大字标题发布消息‘失踪的女继承人凯特·科金斯基和她的朋友默里·斯坦纳德’。然后，所有的人，包括科金斯基家就会猜测这个‘朋友’到底意味着什么。”老凯特·盖弗尼太太不知道，他们现在已经和科金斯家没有任何关系了。

盖弗尼太太走了之后，默里来了。凯特要他在她屋里呆到天黑，等着看“不怎么受人尊敬”的富兰克和柯尼太太走进新南威尔士地区法庭的电视报道。女评论员说：

“还穿着牧师的法衣……”

这一天似乎没有发生什么大事，只是繁琐的法庭调查。一大新闻是：富兰克舅舅戴着牧师的硬领。

新闻节目刚结束，她就和默里商量，她什么时候去法庭最为合适。星期四下午，午饭之后，新闻记者们不会像平常那样活跃。而且到下午两点，她上午服用的镇静剂的药劲儿基本上已经过去，她的思维可以更敏捷，口齿也可以更清楚。不管怎么说，她要好好地睡一上午，做点儿准备。

这星期早些时候，新南威尔士州议会的一位议员——曾经是富兰克舅舅当牧师的那个教区的居民——成立了一个“欧布雷恩牧师后援团”。其实众所周知，“不怎么受人尊敬”的富兰克舅舅有足够的钱支付打官司的费用。所以“后援团”到底想干什么就越发引人注目。

于是在这个天高气爽的冬日，脸色苍白的凯特和默里手挽手向富兰克舅舅勇敢地走去。再加上“后援团”的声援，为富兰克舅舅创造出一种“形势大好”的氛围。他们和助理律师、律师乱哄哄地站在一起等电梯。不少人朝默里点点头，嘴里嘟哝着他的名字。他们的目光掠过凯特那张戴了太阳镜的脸。律师们头戴假发，身穿长袍，就像她在大学里见过的那些学者、权威一样。这身披挂他们本来已经习惯了，可是看见默里手挽一个女子站在面前，又局促不安起来。也许默里的出现使他们想起他们是谁，和他有什么区别。“瞧我”，有的人一定在心里对默里说，“当年在法律学校念书的时候，和你一样，也是满脸粉刺、目光犹疑，现在却已是头戴假发的律师，即使不是皇室律师。”

这是一个挺现代的法庭。地上铺着皇家的红地毯，墙壁上镶着澳大利亚硬木。二十世纪末期的建筑师不想重复十四世纪法庭的模式，结果把这所房子盖得和时髦的会计事务所相差无几。在这样的背景之下，凯特和默里向富兰克舅舅那间审判室走去，一个年轻的记者，也许是个埋伏已久的“哨兵”，拦住他们的去路。

“科金斯基太太……”年轻人喊了一声。

默里十分利落地应付了那个年轻记者，把凯特推进法庭。

这座神圣的殿堂成了她的避难所，里面铺着红蓝双色地毯。

正厅三面都是旁听座。

“法庭就在那儿。”默里悄声说。

审判已经开始。起诉人口中念念有词，正在履行必要的程序。默里朝法官鞠了一躬，表示他的敬意。凯特觉得没有必要跟着默里。

旁听席两边坐着来看热闹的人、对这个案子感兴趣的人和新闻记者。盖弗尼先生和盖弗尼太太没跟他们坐在一起。第三面的旁听席坐着保护法庭、防止富兰克舅舅和柯尼太太心血来潮试图逃走的警察。他们都懒洋洋地靠在椅子上，一副无精打采的样子。

正对富兰克舅舅的那几排椅子上坐着陪审团——七个男人十五个女人。有一个男人长了一张波利尼西亚人的脸。有两个女人像希腊人。对于道德的理解，他们大概和富兰克舅舅大相径庭。

“不怎么受人尊敬”的富兰克穿一件奶白色短上衣——这种短上衣罗马教士只在社交场合才穿——把他黑色的长袍衬托得更加醒目，出现在法庭上，给人一种虚张声势之感。欧洲的夏天，北海岸潇洒的牧师访问罗马时，经常是这副打扮。

法官头顶上方高悬着狮子和独角兽。平常澳大利亚机关、学校、团体挂的袋鼠和鸸鹋被逐出法庭。正是在狮子和独角兽的注目之下，爱尔兰的英雄们被一次又一次审判。因此，富兰克舅舅有足够的理由相信，他也是以埃米特[①]为代表的爱尔兰

①埃米特（Robert Emmet 1778—1803）：爱尔兰民族主义领袖，1803年在法国支援下举行反英起义，失败被捕，被处绞刑。

英雄群体中的一员。他们都被狮子乱咬，被独角兽吞食。

一个身穿灰色西装的年轻人准备为起诉人提供证词。富兰克舅舅显得精力很充沛，但又现出一副若有所思的表情。他止从被告席上递一张纸条给他的律师——王室法律顾问伊雷克·唐迪。富兰克舅舅抬起头，朝凯特挤挤眼睛。外人看了一定觉得是面部神经疼痛而痉挛了一下。富兰克舅舅很快就把注意力集中到“灰西装”的身上。

起诉人开始向“灰西装”提问：

“蒂塞先生，到最近为止，你一直是东澳银行莫特代尔分行的经理助理，是吗？”

蒂塞先生说：“是的。”

“你和被告是熟人吗？”

“我认识欧布雷恩牧师。”

蒂塞先生很紧张。他长了一张过去时代的工人阶级的面孔，长着雀斑，因为着急，雀斑间的皮肤白得引人注目。他的紧张、焦急意味着什么？凯特觉得富兰克舅舅之所以那样神情专注，恐怕也是在考虑这个问题。

“你是怎么认识被告欧布雷恩的？”

“我第一次见他是我的小姑姑去世的时候。她才 37 岁，留下丈夫和两个孩子。”

“这么说，欧布雷恩第一次见你的时候，是以安慰者的身份出现在你的面前的。”

凯特心想，这个问题提得实在愚蠢。就好像确定了富兰克舅舅当时的身份，就找到了确凿的罪证。

“他对我们家非常友好，非常关心。”蒂塞坚定地说。

“这以后你们经常见面吗？”

“是的，有过一些交往。欧布雷恩牧师和我相处得很好。在这些事情上，他是一个相当称职的牧师。”

凯特感到一阵害怕，心仿佛提到了嗓子眼儿。听这位蒂塞的口气，他好像话锋一转就可以把富兰克舅舅描绘成另外一个样子。

起诉人问：“富兰克·欧布雷恩有没有请你特别关照过？”

蒂塞似乎苦思冥想。

“有一天，欧布雷恩牧师打电话给我，说他想见我。我说可以。他来之后问我可不可以以爱迪丝·蒂姆斯的名义在银行开户。他说，那是一笔没有登记注册的信托财产，用他平常的账户不大合适。我没有多问他什么，我也没有理由这样做。我想，他可能是为某位寡妇或者受了什么伤害的人开这个户头……”

新闻记者的们肆无忌惮地笑了起来，陪审团里那几位女士笑得更厉害，凯特看了似乎得到几分安慰。

“你们都知道，他不想通过繁琐的法律程序重开一个信托账户。后来，我就问，这位爱迪丝·蒂姆斯的账户应该写什么地址。他似乎事先没想过这事儿，而且不想写他自己的地址。他看起来有点不知所措，我就说：‘如果你愿意，可以用我的地址。’”

起诉人对蒂塞先生的证词表示满意，并且问他通过那个账户汇进过多少钱。

蒂塞说：“大约三万六千澳元。”

起诉人干巴巴地说，这个数目远远超过对一个寡妇的捐助。蒂塞先生说，如果采取对奖售物或者别的办法争取捐助，这个数目并不是不可以达到的。

“可你压根儿就不知道爱迪丝・蒂姆斯是谁。”

蒂塞说：“不知道。”

“就连那个账户的地址也是你的？”

“我以为这只是操作过程中的一个技术问题。”

“你的上司是否指出过，这并不仅仅是一个技术问题？”

蒂塞承认他们指出过。他似乎并不认为这有什么可丢脸的。他还承认，他被停过职。

如果事实证明，柯尼太太以爱迪丝・蒂姆斯的名义在好几家银行开户，用的又全是蒂塞的地址，蒂塞先生会不会感到十分惊讶？

蒂塞摇了摇头。他在这个问题上对富兰克牧师感到失望。他对这些事情一无所知。

从某种意义上讲，凯特对富兰克舅舅的狡诈，对他的手段也是一无所知。她感到非常惊讶，甚至好奇。

起诉人又想起一个至关重要的问题：“请问，被告欧布雷恩有没有因为你提供的帮助，而给你直接的引诱？”

“开户一个月之后，”蒂塞说，“富兰克牧师——知道他很爱赌马——给我打了个电话，并给了我三个电话号码。欧布雷恩神父说，拨通这三个电话中的任何一部，都会发现有三千元存款。”

“你是否认为这是贿赂？”

“不认为，”蒂塞说，“我知道欧布雷恩神父很有钱。倘若他给另外一个酷爱赌马的人一点好处，也没有什么可大惊小怪的。所以，这不是引诱，而是礼物。”

这会儿菲奥娜·柯尼一直十分镇静，她也没有给王室法律顾问唐迪递条子。她是个旧式妇女，从前一直听命于丈夫阿尔德曼·柯尼，现在又对她的精神导师和爱人——“不怎么受人尊敬”的富兰克言听计从。倒是富兰克舅舅一直歪着脑袋，严密注视着起诉人是如何步步深入，把他逼入绝境的。而且，他还不停地给唐迪写纸条。

“政府是否鼓励银行职员接受有钱客户的礼金？”起诉人问。

“理论上当然不鼓励，但事实上这种事儿从未绝迹。”

现在轮到王室法律顾问唐迪先生提问了。看起来他对富兰克舅舅性格的了解不亚于凯特。他问蒂塞的问题都是富兰克舅舅想问的。

“当富兰克·欧布雷恩告诉你，已经为你存了三千块钱的时候，你是否想到这是牧师对你让他使用地址的回报？”

“没有。”

“你认为这笔钱和你作为银行职员的职责有什么关系吗？”

“没有。”

“那么，对这事儿，你是怎么想的？”

“一种友谊的表示。一个慷慨助人、正大光明的牧师的善举。”

蒂塞的愚不可及虽然是有意做出来的，但对富兰克舅舅总是有利的。下一个传唤来的证人好像要做出有损于富兰克的事情，默里要带凯特马上离开。

“再等等，”凯特说，“再等等，默里。”

这个证人年纪较大，是米尔波拉一家银行的前经理。他穿旧式深棕色套装，身体健壮，乐呵呵的，因为侵吞公款正在服刑。那个案子和现在这场官司当然没有什么关系。他当经理的时候，柯尼太太和欧布雷恩神父曾经找过他好几次。他以爱迪丝·蒂姆斯和艾德蒙德·凯莱的名义为他们在银行办理了开户手续。

"你有什么理由相信这两个名字不是捏造的吗？"

"看到艾德蒙德·凯莱这个名字，我倒是在脑子里转了个弯儿。我想起这是那个丛林土匪的名字。"

内德·凯莱，在墨尔本监狱被处以绞刑，按照富兰克舅舅的观点，是狮子和独角兽的又一个牺牲者。

"这两个账户的地址是哪儿？"

"实际上没有实实在在的账户。我是替欧布雷恩牧师和柯尼太太非正式开户。"

"非正式开户？这是什么意思？"

"哦……有时候——当然是临时性的——我把他们的户头放在抽屉最下面，或者放在办公室的保险柜里。"

"银行的利息呢？这两个户头如何计息？"

"没有利息，"已经垮台的经理说，"我把利息计为我应得的报酬。"

凯特心里一阵害怕。证人说这话的时候，她注意到富兰克舅舅点了点头。他好像在说：答得好！好伙计！对于富兰克舅舅来说，最后的判决可能让他大吃一惊。在这个星球上，无论在哪儿，都缺乏对幽默最终的认可。

王室法律顾问唐迪问证人：

"你第一次是在哪儿见到富兰克·欧布雷恩牧师的？"

“是我的妻子先找的他。我喜欢赌博，她替我担心。”

“她有什么理由替你担心？”

“如果我不赌博，就不会落到今天被判入狱的地步。”

“你的妻子为什么要去找富兰克·欧布雷恩呢？谁都知道，他自个儿就是个赌徒。”

“我的妻子认为欧布雷恩神父是理想中的好赌徒，他虽然赌博，但有自制力。”

陪审团和新闻记者们又哄堂大笑起来，凯特庆幸母亲不在场。

唐迪和法官没有笑。

“欧布雷恩神父给过你什么忠告吗？”

“给过，”前银行经理说，“欧布雷恩神父让我到‘匿名赌博俱乐部’。起初只是一个旁观者，尽管这个所谓俱乐部的一切活动都在匿名的情况下进行。我起初不想介入，生怕我的上司听到风声。后来，欧布雷恩神父给了我三个电话号码。他说，如果我实在想赌，就按这几个号码打电话。他还说，如果我给这几个号码打电话，就会发现，我有一万元的存款。”

“到你被捕的时候，接电话的人告诉你，你欠他们多少钱？”

“他们告诉我，我欠他们 17737 元。我跟富兰克神父谈了这事儿。那是我最后一次跟他谈话。”

看到起诉人虎视眈眈抬起头，凯特问默里，是不是可以离开法庭了。不管怎么说，这是一个好机会。新闻记者们放松了对她的监视。坐在这儿，目睹富兰克舅舅被审判，心里实在不是滋味。就连平常对他恭而敬之的朋友们，现在也在责备他。

而富兰克舅舅错把这种责备当成赞美。

凯特动作敏捷地站起身来，默里帮了她一把。

在外面等电梯的时候，他说："你们这个家庭可真是出类拔萃，凯特。你自己也是个出类拔萃的女人。"

她一言不发，一颗心在为富兰克舅舅痛苦地颤动。

"我从来没有想到会和这样一个家庭搅到一起。"

他笑了起来。

两个律师走了出来，他们悄悄地谈着什么，朝默里点了点头。默里转回头和她说话的时候，也神情诡秘，好像密谋什么。

"跟我一起生活吧，凯特。现在就来。我一直是个粗心大意的朋友，但我非常有耐心，如果你喜欢我这种耐心的话。我的第一个妻子就受不了这种耐心。"

"我首先得离开那家所谓的疗养院。"

"离开之后，马上就来和我一起过日子。"

他们离开法院的时候，一直埋伏在那儿的摄影记者给他们拍了一张照片。第二天早晨这张照片就登在一张小报上。他们俩都很瘦，看起来倒是天造地设的一对儿。

第二十五章

疗养院的生活结束之后，凯特不得不做出选择，是回父母那儿住，还是去默里那儿住。她的母亲压根就想不通，为什么一个失去儿女的女人，并不愿意回到她自己度过童年的那个家庭。吉姆·盖弗尼倒是理解这一点。而且他明白，凯特肩膀上的烧伤和默里没有关系。

于是，凯特搬到默里在城里的公寓。她把几件衣服拿出来放到衣柜里。她已经开始用美容剂了，不过是最简便的那种。因为长期服用镇静药，她的皮肤变得粗糙，现在她希望皮肤再细腻起来。她在梳妆台上放了几件最简单的化妆品，就像孤零零的“滩头堡”。以前，这张梳妆台归斯坦纳德太太所有时，一定是琳琅满目。

她到医院做了一个星期化疗，坐在那儿，听男人们谈论寂寞和使命感把他们压迫得濒于崩溃，听女人们诉说占有欲成天困扰着她们。她每天早晨都要听他们喋喋不休地絮叨。为了使那些人相信她是健全的，她就跟他们胡吹乱侃，而且很为自己所编造出这些有益于健康的故事而沾沾自喜。她在大谈加利福尼亚的陈词滥调之前，总是皱着眉头，犹犹豫豫，还爱夹带几句社会学和心理学的行话、术语。她的口头禅是：“一定不要得罪自己。”大伙儿听了都很满意，她相信，这话很能慰藉人心。

她出院时，疗养院给她开了一大堆处方，还给了她一张看急诊的电话号码表。

她很想工作，一个星期天的下午，便和默里一起到伯尼·阿斯特那儿喝茶。

她儿子的教父看起来老了许多。

她在伯尼那儿干点儿力所能及的秘书工作：安排接送演员的飞机，预定旅馆，给报社写点消息。她不像年轻时候那样喜欢召开或者出席记者招待会，也不和演员、导演一块儿出去旅行。但是伯尼还付给她做这些工作的钱。她也不想为这事儿和伯尼争论，她知道自己很快就会用勤奋的工作做出回报。她将在适当的时候出席记者招待会，并且非常自如地周旋在那些被采访的明星之间。

没过多久，她就去了一趟墨齐森的铁路酒店。杰克见了凯特十分高兴，好像变了一个人似的。他说，康妮住了一段时间医院，不过现在身体好多了。“她正学着不怨天尤人，自怨自艾。”他说。

“为什么？”

“你该知道的。说实话，和她妹妹一个毛病。”

他话锋一转，笑出声来。

“天哪，你和嘎斯离开木木巴那天夜里，我们不得不红口白牙说谎话。我们不知道该对那些警察说什么，只有尽量少说话……”

“格赛嘎成了木亚木巴的英雄。”杰克又说。但是人们真正不能忘怀的还是詹莱。杰克在酒吧里为他悬挂了一块牌匾。据说，诺埃尔和他的父亲吵翻了。现在，诺埃尔在巡回展览会上表演剪羊毛，小伙子可以靠自个儿的技术混口饭吃。

当然了，他永远不会忘记自己正好摔倒在起爆器上，引起爆炸，虽然那绝对不是他的过错。

“你见过嘎斯吗？”她问。

“嘎斯订婚了，”杰克说，“过得很快活。他开着还没过门的媳妇的大篷车周游新南威尔士州。两个人给小学生演示幻灯片，专门介绍澳大利亚的野生动物。”

夜晚，她偎依在默里的怀里，他的面颊贴着她肩膀上的伤疤。他说她很漂亮。这话虽然平平淡淡，但自有一番真情。她感觉到一种空虚。她做了每天要做的事儿，默里紧紧拥抱着她。她完成了自己的职责，而且眼巴巴看着自己去做这些事情。她认为，在“观察者”和应尽的职责之间不会有什么联系或者沟通。她已经永远被一分为二。

惩罚保罗·科金斯基的想法一刻也没有从她脑海里消失。她从来没有因为哪怕最微小的原因而有所动摇。甚至当她偎依在默里的怀抱里的时候，也盘算着怎样才能安排一次和保罗的“邂逅”，趁机朝他肚子上捅一刀。可是到目前为止，还没有一个切实可行的完美计划。

为了他的新婚，保罗买了一所新房子。结婚典礼还没有举行。不过等通告、请柬发出去之后，这个仪式不会拖太久。凯特知道，那位一贯给富兰克舅舅当助手的波兰牧师这回一定会主持典礼，大显身手。她还知道，买这幢房子的钱，有一部分是帕尔默海滩那幢已经化为灰烬的房子的保险金。她的那份儿还在律师办公室放着，但她永远不会动这笔散发着血腥味的钱。

科金斯基的新房子在乌拉赫拉，离保罗的办公地点不远。开车从乌拉赫拉到悉尼市区只需十分钟。那幢房子深藏在一堵赭红色的围墙后面，围墙中间的黄铜大门亮光闪闪。门铃旁边镶着一块铜牌，上面写着：科金斯基。

默里经常小心翼翼地提起富兰克舅舅的案子，他认为，进展不会顺利。尽管他从来没有去监狱探望过他，还是极力安慰凯特，富兰克舅舅在里面不会受罪。

“当然了，谁也不想坐牢，”他说，“不过犯人也好，狱卒也罢，都不会难为他。谁也不会碰他一下或者袭击他。他肯定要比保罗将来成为阶下囚之后的处境要好。不管怎么说，他是牧师，许多犯人都是天主教徒。”

和科金斯基父子的罪恶相对比，凯特越发珍视默里这份真情。她相信他是一个可以依赖的人，为了维护她及她的家庭的利益，他可以说出些不无偏见的话来。

一想到富兰克舅舅身陷囹圄，她就心痛欲裂。她脑子里经常出现一个字眼儿：阶下囚。

她经常做噩梦，梦见富兰克舅舅被关在监狱里，苦不堪言，惨不忍睹。她叫喊着，大口大口喘气。默里已经习惯了这一切，他打开灯，轻轻抚摸着她肩上的伤疤，这样她的呼吸会慢慢平静下来。但是想到舅舅身陷囹圄，妈妈蒙羞受辱，她就无法忍受。

她到庭旁听了最后一天的审判，唐迪律师伶牙俐齿，唇枪舌剑，在法庭让好一番辩论。但是，他只能在富兰克舅舅为教区作出贡献方面大做文章。而这一点，起诉人只需列举富兰克早已被方加蒂阁下解除职务的事实，便把他驳斥得哑口无言。红衣主教绝对不会解除一位好牧师的职务！

富兰克舅舅穿着白外套，的的确确是一个道貌岸然的好牧师。柯尼太太穿着一条花裙子。两个人一个英俊一个俏丽，倒是一对相当般配的中年夫妇。凯特无法理解，他们为什么那样镇静。他们是否知道一些法官和辩护人不知道的情况？他们是否觉得自己会平安无事？或者他们早已将生死置之度外？

陪审团走了之后，这天没有回来。新闻记者们像碎浪花一样向他们扑来，凯特只好退避三舍，留下默里跟他们周旋，作点不咸不淡的评论。凯特对这种安排并不满意，因为默里不可能对富兰克舅舅这样一个不同寻常的人有深刻的了解。但是眼下，她没有别的办法，只能拿他去抵挡一阵子。

然后，她和默里送凯特·盖弗尼和吉姆去吃饭。看到老两口那副无精打采的样子，他们心里都很难过。

第二天午饭前，陪审团才回来。宣读富兰克舅舅的罪状的时候，凯特的脸和妈妈的脸被同一根神经扭曲着。刹那间，她们好像变成同一个人，她们手挽手站起来。富兰克舅舅在法庭那边站着。他抬起一双眼睛，向她们张望着，很古怪地噘着嘴唇，举起两条胳膊。罗伯特·埃米特在都柏林[①]上绞架的时候，

①都柏林（Dublin）：爱尔兰共和国首都。

其沉着镇静以及对自己精神不死的信心，恐怕也莫过于此。凯特突然意识到，富兰克舅舅落到今天的下场，或者说得到今天的回报，不是由于他的德行，而是由于他的类型。他这个类型的人，对事物的看法，对生活的态度，不因外力的压迫而改变；他这个类型的人面对审判，也可以镇静如常。

比如，似乎为了显示自己的力量，他在被警察带走的时候，特地吻了吻菲奥娜的手。

倒是娘家姓欧布雷恩的凯特·盖弗尼太太缺乏这样一种人们可以信赖的精神。

判决书九天之内下达。我们都知道，这并不意味着缓刑。法官将说，不管用什么法律来解释，富兰克舅舅的罪行也不会超过一般的违法。法官还会说，起诉人没有在法庭辩论中得胜的原因是，从某种意义上讲，与其说富兰克舅舅破坏了新南威尔士州的赌博法，不如说他违背了社会对他的期望。不管怎么说，富兰克·欧布雷恩牧师在社会上和他的教派当中，还有不少赞赏者。他得罪的是一般意义上的社会。

法官还说，在另外一个地方，根据另外一种司法权，他的非法所得将被评估、没收并且拍卖，以便偿还罚款。

他将在监狱里度过五年。

对富兰克舅舅的审判促使凯特开始对保罗进行监视。大洋街对面有一个停车场，从那儿看得见保罗新购置的那座房子。每天下班后，她都可以坐在汽车里面监视他一到一个半小时。有一天傍晚，她看见保罗那辆捷豹汽车开到那道赭红色围墙尽头的车库。一看见这道红墙，她就想起伯克城外那条红土路，想起嘎斯嫂子那辆红汽车和车上躺着的奇夫利、粗帆布包裹的伯恩赛德。

保罗把车开进车库。凯特坐在她那辆新车上，又大口大口喘起气来。这是一辆价格低廉的日本微型车，和她劫后余生的生存状态倒很相配。她开着汽车驶上大桥，人们发疯似的在那儿变车道超车。她获得了一种几乎包含着喜悦之情的脆弱感。

悉尼的春天来到了。阳光明媚，空气里溢满花香。通过这次审判，凯特和她的母亲对富兰克舅舅有了更深刻的了解。母女俩现在经常见面，而且经常到伯尼・阿斯特办公室附近的咖啡馆里喝咖啡。凯特很为自己在尽孝道而高兴。

岁末的某一天，是凯特・盖弗尼太太的57岁生日。凯特到大卫・乔尼斯百货商店给妈妈买生日礼物。

她乘直通顶楼陈列室的自动电梯上楼。第二层是女式时装部，凯特从电梯上走下来，差一点儿和帕迪塔・克林科维奇撞了个满怀。这一段日子发生了许多事情，分散了凯特的注意力。她好像第一次认识到，帕迪塔一直想把她的名分抢过来，戴到自己头上，成为科金斯基夫人。凯特十分惊讶地发现，自己居然不愿意丢掉这个名分。因为这个名分包含着她奉献的血肉之躯，她为之付出的沉重代价。

这真是一次可怕的相遇。她们俩四目相对，连一点儿心理准备也没有。凯特看见帕迪塔大张着嘴，下嘴唇向里收着，露出几分凶气。她还看见她已经怀孕，到了肚子“显怀”的阶段。

“这是我的孩子，”她想，“她抢走了我的孩子。”

她踉踉跄跄，差点儿倒在手提包柜台上。如果恢复了身体平衡，她也许会马上走开。然而，这也是给帕迪塔一个突然袭击的机会。

“天哪！”她听见帕迪塔喃喃着说。

保罗·科金斯基的现任爱人回转身，在柜台之间跌跌撞撞地走着。她拼命朝前挤，希望赶快消失在那些年老的、年轻的女人和她们华丽的或者朴素的衣裙之间。

凯特吓了一跳，没有马上追过去。大概是人道和同是女人的姐妹之情阻止她这样做。身后就是向下滚动的电梯。两个女人一排，一边聊天，一边向下“滚动”。她们都是满怀慈母之情的、大度宽容的女人。凯特嘴里道着歉，十分敏捷地分开众人，踏着滚动的楼梯，向下跑去。

楼下站着一个看门人。这家百货公司即使在生意萧条的时候，也还是模仿哈罗兹购物天堂的派头，雇个看门人站在门口。凯特对那人说，她急需一辆出租车。

“他们刚把我的母亲送到医院。”

看门人领着她从那一大堆等出租汽车的女人中间走过。“请原谅，女士们。我相信，你们肯定不会介意……这位女士有点急事。”

很幸运，出租车司机是个朝鲜人。他听懂她有急事，但听不懂看门人吵吵着说，她要到医院看她的母亲。所以，按凯特递给他的地址，穿过伊丽莎白大街，径直向帕拉马塔路驶去。富兰克舅舅就住在那儿。

普林德加斯特太太给凯特开了门。她给“不怎么受人尊敬”

的富兰克舅舅当了整整十七年管家。但是这位瘦小的妇人和他干的那些违法勾当没有一点儿瓜葛。

她一眼认出凯特，还叫她盖弗尼小姐。

她领凯特穿过走廊的时候，回头望着她，眼里充满泪水。“真可怕，富兰克神父怎么摊上这种倒霉事儿。”

“他还经得起这场打击。他说他身体、精神都很好。”

“我知道。他只是嘴硬罢了。”

凯特看出，她得和这个好心的女人谈一谈，安慰安慰她。

普林德加斯特太太说：“如果他们把他的财产没收了交税，这座房子就没有了。我就得到大街上去睡。”

1958 年丈夫去世之后，她有好长一段时间流离失所。一想起那段难熬的日子，她就不寒而栗。富兰克舅舅是唯一可以使她不受冻饿之苦的人。

“不会的。我父亲说，如果他们要卖，他就买下来。”尽管她还没听父亲说过这话，但她一定要提醒他这样做。“他一定会为富兰克舅舅买下这座房子的。”

普林德加斯特太太听了非常高兴。

“谁都知道，盖弗尼先生是个圣人。”

“可不是嘛！他为人非常真诚。我能进富兰克舅舅的书房吗？我父亲正帮富兰克舅舅打这场官司。他给了我一份他需要的文件目录……”

只要是“圣人”吉姆·盖弗尼的意思，打开哪一扇门，她都心甘情愿。

凯特一个人走进书房。

富兰克舅舅的壁炉台上方，镶着一面椭圆形镜子。凯特从小就熟悉这面镜子。那时候，富兰克舅舅经常请盖弗尼一家来玩。在家里，他自由自在，不必在教徒们审视的目光下，戴着面具做人。这面椭圆形镜子周围，镶嵌着一串珠子。珠子旁边有一个很小的木头按钮，看起来活像一般木器家具上面的一个疵斑。凯特 11 岁那年，无意之中按了一下这个开关，结果镜子滑到一边，一个秘密橱柜像变魔术一样，出现在眼前。这就意味着，只有在电影和电视里才能看到的秘密橱柜，在富兰克舅舅家里就有。她小时候以为只有另一个半球才有的东西，在这个半球也并不鲜见。

那个“木头小瘤子”还清晰可见。凯特轻轻地按了一下，镜子像二十年前一样，向一边滑去，秘密橱柜又出现在眼前。里面放着一摞落满尘土的文件——也许正是她 11 岁时见过的那些文件。橱柜一边，枪筒朝下，枪柄靠墙，立着一支左轮手枪。手枪旁边放着一个尘封的盒子。盒子上面写着：直径 0.32 英寸（8 毫米）。那是一盒子弹。她拿起来晃了晃，沉甸甸的，哗哗直响，差不多还有满满一盒子弹。

直觉告诉她，这支枪没有持枪证，也不曾登记在册。一旦警察追究，也查不到富兰克舅舅头上。

这支枪很可能是富兰克舅舅从某位丧失了亲人，得到他安慰的私人侦探那儿搞来的。

凯特抓住深棕色枪柄，试着拿起那支手枪，第一次竟没拿起来。她又使了使劲儿，才从橱柜里取出那支沉甸甸的左轮手枪。她拿着枪在书房里走来走去，似乎是为了习惯那种沉重之感。她学着电影里的样子，拉开枪栓，看了看枪膛，里面有两粒子弹。她想，这是否意味着富兰克舅舅用过两粒?

那支枪尽管落满尘土，但先前上过的油还在，看起来肯定挺好使。

富兰克舅舅的左轮手枪，就这样被她装进了手提包。尽管枪身会把提包撑得鼓鼓囊囊的，可能还会把里子弄脏。

城里没有可以不引起人们注意，而放一枪试试那支左轮手枪的地方。凯特只好把枪膛里的子弹都取了出来，试试它的机械传动部分是否灵敏。手枪咔嗒咔嗒响了六声，听起来似乎一切正常。她很满意，而且充满信心。

傍晚。

她坐在保罗那座被赭红色围墙围着的住宅对面一家咖啡馆里。如果咖啡馆关门，她就到街上等他。不过事实证明，没必要找这份麻烦。七点刚过一会儿，保罗就回家看他第三个孩子的母亲了。他没有下车，在车上按了一下遥控器，大门徐徐升起，就像向他致敬。

他的车没有动，停在车库前面等自动门一直升到天花板上。

这是袭击他的最佳地点。看见她走过来，保罗不会摇下车窗玻璃，或者至少不能指望他摇下车窗玻璃。她只能隔着车窗向他射击。她要压满子弹。帕迪塔会吓得要命，但是人活着就得担惊受怕。何况她再害怕也不会像伯纳德和西奥布罕活活死于父亲的阴谋时更害怕，也许你会伤心、难过，但是该办的事情还得去办。

为了监视保罗，这几天每天晚上她都回家很晚。她编了个理由：帮伯尼·阿斯特先生审查影片。默里对电影之类的东西没有什么好奇心。他从来不问："演的什么内容？"他只想知道好看不好看。如同板球运动员的问题：输了还是赢了？

现在她睡觉很好，虽然还常做些乱七八糟的梦，但是不用服安眠药了。

她想结果保罗那天，他回来得很晚。咖啡馆关门之后，她只好在那条街上踱来踱去。她看着房地产经纪人贴在橱窗里的照片，又一次意识到，悉尼是一座高消费的城市。她踱到报栏前去读报，装成一个等待约了的朋友的人。桉树在马路上投下斑斑驳驳的影子，她站在树影之中，闻见一股狗尿的臊味从树根处升起。她好像一个等待情人的女人，那注定要相会的一刻似乎永远不会到来。

树影下，她看见保罗的捷豹汽车驶向赭红色围墙。车在路边停下，紫红色的车尾还横在车流之中。不过那些急急忙忙开过去的汽车，谁也不敢往如此华贵的汽车上撞。

她朝汽车走过去，手伸进已经打开的手提包，紧紧握着手枪。她想装成一个从手提包里掏化妆品的女人。她的这副样子真实可信，没有引起任何恐慌。突然她觉得从身后更浓的树影下走出来一个人，抓住她的左胳膊肘子。抓她的人个子很高，年纪和她相仿。借着路灯，她看见那人穿着便服，系着一条蓝领带。他的目光阻止她继续向前走。她把目光从那人身上移开，向捷豹汽车望去，看见保罗·科金斯基的遥控器已经打开车库大门。这时，另外两个个子很高的人走过去，用力敲打车窗。面对这阵势，保罗不得不摇下车窗。

抓住凯特胳膊肘的那个人自我介绍说，他是联邦警察局的巡官，名叫温特。正和保罗说话的那两个人是新南威尔士反贪局的官员。所以，保罗其人至少受到两级司法机关的指控。她将及时提醒他们，他因触犯刑律，还将被家人起诉。

他们让保罗把车开进车库。反贪局的两位公务人员，一边一个把守在汽车两边。联邦警察局的巡官对她说："我们要进宅子里搜查，会翻个底儿朝天。科金斯基太太，我给你叫一辆出租汽车，送你回去好吗？"

她掏出富兰克舅舅那支左轮手枪。巡官眯住一只眼睛。"我打算用这玩意儿打死他。"

他从她手里拿过那支枪，拉开枪栓，朝枪膛里面看了看。虽然凯特看不出名堂，他还是指着枪膛，说："你可以吓他一跳，科金斯基太太，尽管我想，我们已经把他吓得够呛。你这支枪的撞针已经取掉了，还是专业枪械师干的呢！根本就打不出子弹。你是从哪儿搞的？"

"和一个朋友借的。"凯特说。

他把枪装到她的手提包里。

"如果我把这支枪拿走，就太官僚主义了。"

她挺喜欢这个人，温文尔雅。他扬扬眉毛，挤挤眼睛，暗示他将守口如瓶，不把这件事的前前后后告诉任何人。

她收拾好提包，心里生出一种被挫败的感觉，不由得想起富兰克舅舅。不过她并没有失望。天使终于从堪培拉和迈克夸利大街降临，保罗·科金斯基将被绳之以法，温特刚为这场活剧拉开序幕。

“听我说，科金斯基太太，恶有恶报。他将受到严厉的惩罚。你先回家，好吗？”

他走到大街上，抬起一只手，一辆出租汽车停了下来。她看见赭红色高墙的大门开了，六七个身穿警服的警察突然从墙角跑出，冲进大门。

宅子里传来了帕迪塔·克林科维奇的尖叫声。

第二十六章

凯特给帕迪塔写了一封信。

帕迪塔——也许很快就成为名正言顺的科金斯基太太——还住在那幢赭红色的房子里，尽管它现在已经属于商业银行和澳大利亚税务总局，而不再属于保罗·科金斯基。凯特之所以给帕迪塔写信，不是出于某种狂想，而是出于将保罗和其生活内容彻底分开的需要。凯特在那封信中表达了对帕迪塔的怜悯和同情。因为保罗·科金斯基向记者们抱怨，警察搜查他的宅子时，大施淫威，结果导致他的妻子因为惊吓而流产。

凯特在保罗——或者说澳大利亚联邦——那幢宅第对面一家咖啡馆里和面色苍白的帕迪塔喝咖啡。保罗虽然还住在家里，但每天都得上法庭。起初，帕迪塔陪他去。可是现在，为了两个人都好，他不让她再跟他一起出庭。

用保罗的话说，那儿不是表现爱情的地方。他还对她说，看到她坐在旁听席上垂头丧气，他心里非常难受。

于是，她现在和最恨他的敌人，而不是和他一起，坐在这儿喝咖啡。

他被指控贿赂一位内阁阁员，犯有一系列破坏联邦政府法律的罪行，以及破坏《土地和环境法》的罪行。帕迪塔告诉凯特，更糟糕的是，他自个儿心里清楚，对他真正的审查才刚刚开始。等到在新南威尔士州犯的案子审理完毕之后，他将被移送到联邦法院，接受一系列审讯。

他将因为这些罪行被判处五年徒刑，老科金斯基先生则被判了四年。

老科金斯基太太一连做了九天祷告，逢人就说，“纳粹”无处不在，法西斯的精神又死灰复燃。科金斯基建筑公司还处于破产在管状态，但是有希望变卖出去。

那幢赭红色的房子以低于市场价百分之三十的价格售出，帕迪塔搬进老科金斯基太太提供的一套公寓。

帕迪塔还应邀到默里那儿，跟他们一起吃饭。默里对凯特的大度宽容十分赞赏，尽管说这种赞美之词的时候，他的目光中不无疑惑。他不完全相信凯特此举是出于一般的好心和女人之间的姐妹情谊。当凯特邀请默里那位最乐于助人的朋友——名叫费利斯的银行家，跟他们三个人一起吃晚饭的时候，默里越发疑窦重重。帕迪塔是个诚实的女人。有好几个月，她极力摆脱费利斯的追求，但最终还是投入了他的怀抱。因为费利斯人很不错，乐乐呵呵，安分守己，靠合法的手段赚钱，心理上也没有因为自己的罪恶而失去儿女的愧疚。帕迪塔打算等保罗出狱之后，再跟他说这事儿。

凯特到中心监狱看望富兰克舅舅的时候，自然跟他说了帕迪塔另有所爱的事儿。后来有一天，“不怎么受人欢迎”的富兰克在监狱操场上和保罗·科金斯基提起费利斯，保罗举起板球球拍——这也是默里经常用以防身的武器——打了富兰克舅舅一拍子，结果他被加刑两年。法官告诉他，如果迄今为止他还以为自己是一位身份高贵的“白领犯人”，袭击这样一位年长的、行为举止都很不错的囚徒，会把他的“自欺欺人”招牌砸个粉碎。

回到我们开头时那个细雨绵绵的夜晚。此时此刻，从那个报刊亭的广告橱窗望过去，富兰克舅舅即使在监狱医院的病床上，也不肯放过制造一点新闻的机会。他有望因为“行为举止都很不错”，而在一年之内获释。

细雨蒙蒙，凯特要回家了，回到默里温暖而宽容的怀抱里。

图书在版编目（CIP）数据

内海的女人 / (澳) 托马斯·肯尼利著 ; 李尧译
. -- 青岛 : 青岛出版社, 2017.5
ISBN 978-7-5552-5428-7

Ⅰ. ①内… Ⅱ. ①托… ②李… Ⅲ. ①长篇小说－澳大利亚－现代 Ⅳ. ①I611.45

中国版本图书馆CIP数据核字(2017)第071230号

书　　名	内海的女人
著　　者	（澳）托马斯·肯尼利
译　　者	李　尧
出版发行	青岛出版社
社　　址	青岛市海尔路 182 号（266061）
本社网址	http：//www.qdpub.com
邮购电话	13335059110　0532–85814750（传真）0532– 68068026
责任编辑	刘　坤
整体设计	刘　欣
印　　刷	青岛国彩印刷有限公司
出版日期	2017 年 8 月第 1 版　2018 年 1 月第 2 次印刷
开　　本	32 开
印　　张	13
字　　数	260 千
书　　号	ISBN 978–7–5552–5428–7
定　　价	58.00 元

编校印装质量、盗版监督服务电话　4006532017　0532–68068638